Allem, was gestorben war

Das Buch

Ein Jahrhundertsommer in Göteborg. Jeden Tag werden neue Temperaturrekorde erreicht. Die Hitze liegt wie eine Glocke über der Stadt. Auf einer Parkbank im Hafen sitzt ein Mann. Er ist tot. Durchbohrt von einem langen Messer. Es ist ein brutaler, inszenierter Mord, der abschrecken soll. Etwa zur gleichen Zeit schlägt ein Unbekannter Jonathan Wide, Privatdetektiv mit einem ungesunden Hang zum Alkohol und einer großen Liebe zur klassischen Musik, im Treppenhaus zusammen und durchsucht systematisch seine Wohnung. Kurz darauf klingelt das Telefon, und eine Frau, die sich als Lea Laurelius vorstellt, bittet ihn verzweifelt um Hilfe – ihr Mann, ein angesehener Geschäftsmann, ist verschwunden. Als Wide sich entschließt, den Auftrag anzunehmen, ahnt er nicht, worauf er sich einlässt. Erst ein Treffen mit seinem ehemaligen Kollegen Sten Ard kann etwas Licht in den Fall bringen. Stück für Stück decken sie einen Drogenring auf, dessen Köpfe bis in die höchsten Kreise der Göteborger Gesellschaft reichen … Und diese Personen sind zu allem entschlossen, um zu verhindern, dass ihre dunklen Machenschaften publik werden.

Der Autor

Åke Edwardson, Jahrgang 1953, lebt mit seiner Frau und zwei Töchtern in Göteborg. Bevor er sich dem Schreiben von Romanen widmete, arbeitete er als erfolgreicher Journalist u. a. im Auftrag der UNO im Nahen Osten, schrieb Sachbücher und unterrichtete an der Universität von Göteborg Creative Writing.

Von Åke Edwardson sind in unserem Hause bereits erschienen:

Geh aus, mein Herz
Der Himmel auf Erden
In alle Ewigkeit
Der letzte Abend der Saison
Die Schattenfrau
Tanz mit dem Engel
Das vertauschte Gesicht

Åke Edwardson

Allem, was gestorben war

Roman

Aus dem Schwedischen von
Angelika Kutsch

List Taschenbuch

Besuchen Sie uns im Internet:
www.list-taschenbuch.de

Umwelthinweis:
Diese Buch wurde auf chlor- und säurefreiem Papier gedruckt.

Ungekürzte Ausgabe im List Taschenbuch
List ist ein Verlag der Ullstein Buchverlage GmbH, Berlin.
1. Auflage Januar 2005

Titel der schwedischen Originalausgabe:
Till allt som varit dött (Norstedts Förlag, Stockholm)
Umschlagkonzept: HildenDesign, München – Stefan Hilden
Umschlaggestaltung: Hauptmann und Kampa Werbeagentur,
München – Zürich,
unter Verwendung eines Gemäldes von Gerrit Dou,
Stilleben mit Leuchter und Taschenuhr (Ausschnitt), um 1600.
Staatliche Kunstsammlung, Dresden
Satz: Pinkuin Satz und Datentechnik, Berlin
Druck und Bindearbeiten: Clausen & Bosse, Leck
Printed in Germany
ISBN 3-548-60493-5

Über dem Himmel lag etwas wie Atemlosigkeit, eine seltsame Spannung. Tief unten im Süden flog eine schwarze Masse Möwen an der Küste entlang.

John Fante, *Ich – Arturo Bandini*

Eine Sekunde bevor der Gesang an den Wänden der Kapelle aufstieg, dachte er an Tod. Fünfundzwanzig vor Erregung zitternde Kinder waren von den Bänken aufgestanden, nach vorn gegangen und hatten sich unterhalb der Kanzel aufgestellt. Seine Tochter, die blonden Haare zu zwei Rattenschwänzen hochgebunden, hatte soeben das fünfte Jahr beendet in einer Schule, die einmal Europas beste werden sollte. Sie trug ein Kleid, das er noch nicht gesehen hatte, blau wie der Himmel an einem frühen Sommermorgen. Blau wie die Farbe der Erwartung. Groß und dünn, die Vierte von links. Wie viel war im letzten Jahr geschehen!

Danach würde er, wie früher auch, mitgehen auf die Wiese hinter der Schule, zu Kaffee und Hefekuchen. Er würde hier und da ein freundliches Wort mit Lehrern und anderen Eltern wechseln. Jemand würde Akkordeon spielen, und er würde ein Weilchen bleiben, sich dann erheben und den Hügel zwischen den hübschen Häusern hinuntergehen. Noch kein ganzes Jahr, aber die Scheidung tat immer noch weh, der Schmerz wollte nicht nachlassen.

Die Blütenzeit ist 'kommen, und er sang mit und sah das Grün draußen sanft gegen die in Blei gefassten Scheiben schlagen. Seine Tochter sah froh aus, *mit Lust und Farbenpracht*, sie wusste, dass ein ganzer Sommer vor ihr lag, wenn das Singen und die Reden vorbei waren. Er wusste, wie sehr sie darauf wartete, *jetzt nahst du, liebe Sommerzeit*, und er musste sein kaltes Herz mit warmen Umschlägen schützen, wenn er in der kommenden Zeit, *wenn Gras und Samen sprießen*, der Familie nahe sein wollte, die er immer noch hatte. Er hatte die Kinder.

Jonathan Wide drehte den Kopf etwas nach links, um besser sehen zu können. Er stand ganz hinten, und es war eng in der Kapelle von Sankta Birgitta in West-Göteborg. Das alles gehörte dazu: der wenige Platz unter dem hohen Gewölbe, das Nicken und Lächeln und all die bekannten Gesichter, diese gewisse Mischung von Stille und Gesang, die zum Schulabschluss gehört. Ernst und Freude, der verhaltene Applaus im Haus des Herrn.

Nachdem er einige Minuten auf Zehenspitzen gestanden hatte, begannen seine Waden zu schmerzen. Aber er konnte es aushalten, hätte gern noch eine Weile so gestanden und versucht, die Freude bei sich und den Ernst auf Abstand zu halten. Er schämte sich des kurzen Gedankens an den Tod, er sah seine Tochter leuchten. Das war etwas, an das man sich halten sollte. Die hellen Kinderstimmen sangen jetzt das Sommerlied von Klein Ida aus Lönneberga, der schwedische Inbegriff von Sonne und Wind, Wasser und Freiheit. Das Lied stieg von der Stelle auf, wo die Kinder standen, glitt durch den Raum und kraftvoll weiter zu den offenen Türen hinaus, sank langsam den Hügel hinab, auf dem die Kapelle wie eine kleine Kathedrale für Seefahrer stand – dem Fluss zugewandt und dem spärlichen Schiffsverkehr am frühen Morgen.

1

Der Mann war gut gekleidet. In der Wahl des hellen Sommeranzuges, der Weste, dem diskreten Rostrot der Krawatte lag eine Andeutung von konservativem Geschmack. Er hatte sich nie von den modernen Krawatten angezogen gefühlt, die manche Männer gern trugen, grelle Farben, Symbole, die vielleicht Spiel und Lust vermitteln sollten hinter dem im Übrigen strikten Äußeren.

Wenn es stimmt, dass Kleider Leute machen, dann war dieser Mann gut gelungen.

Er saß auf einer Bank an der Uferpromenade nahe Nya Varvet im westlichen Teil der Stadt. Der frühe Morgen war schon ziemlich warm. Die Wärme stieg langsam auf, bald würde der Asphalt der Promenade weich werden und die Luft darüber flirren. Im Lauf des Tages würden sich die Steine neben dem Asphalt so erhitzen, dass man unmöglich darauf sitzen konnte. Um die Mittagszeit war es hier fast unerträglich.

Am anderen Flussufer leuchteten die Öltanks wie kalte Sonnen, der Wind trug den kräftigen Geruch nach raffiniertem Öl ans südliche Ufer. Von dort, wo der Mann saß, konnte man das Meer im Westen ahnen, der Fluss weitete sich zum offenen Wasser und befreite sich von der brachliegenden Kleinindustrie und den verrosteten Bugsierschiffen, die sich früher ängstlich an seinen Ufern festgeklammert hatten.

Der Wind kam und ging in schwachen Böen. Er brachte die Frisur des Mannes in Unordnung, die Lage der sorgfältig gekämmten Wellen wurde wieder und wieder verändert.

Er unternahm nichts gegen sein wechselndes Aussehen. Er starrte intensiv nach Norden, über den Fluss, zum Widerlager der Älvsborgsbrücke auf der Hisingeseite. Schon seit zwei Stunden saß er so.

Es ist schwer, zwei Stunden lang in exakt derselben Haltung dazusitzen. Aber der Mann wurde von der fünfundzwanzig Zentimeter langen Messerschneide gehalten, die geradewegs von hinten durch seinen Körper gestoßen und mit dem Schaft an der Banklehne hinter seinem Rücken fixiert worden war. Die Messerspitze, vier Zentimeter rechts von der linken Brustwarze entfernt, sah wie ein kleines Muttermal heraus. Das Blut war von dem hellgrünen Hemd und vom Jackett absorbiert worden und wurde vom Schlips verborgen. Es war diskret am rechten Bein des Mannes heruntergelaufen, hatte sich zu einer nierenförmigen Pfütze gesammelt und war weiter in den Graben hinter der Bank geflossen.

Alles war sehr ordentlich, und dem Mann hätte die Szene gefallen, wenn er die Möglichkeit gehabt hätte, sie zu studieren. Er war ein ordentlicher Mann gewesen.

In der Zeit, während der Tote hier gesessen hatte, waren zwei Jogger vorbeigekommen. Sie befanden sich gewissermaßen in einem bewusstlosen Zustand. Sie hatten schon rote Nebel vor den Augen und sahen das Blut nicht, keiner rutschte in der Pfütze aus.

Wenn der Mann noch hätte sehen können, wäre die »Stena Jutlandica« in sein Blickfeld gerückt, die soeben breitbrüstig unter der Brücke auf dem Weg nach Fredrikshavn hindurchfuhr. Es war acht Uhr, der Juni war jung und es war Donnerstag. Achtern standen Passagiere an der Reling des Sonnendecks aufgereiht, von hier unten sahen sie aus wie schwarze Krähen. In dem Augenblick, als die Fähre unter der Brücke hindurchglitt, duckten sich einige und lachten dann verlegen über den optischen Streich, der ihnen gespielt worden war. Der Wind fing das Lachen auf und trug es zu dem Mann hinunter, der weder hören noch sehen konnte.

Die Passagiere hätten eine Person auf einer Bank nahe bei einem rot angestrichenen Stein sehen können, dem so genannten Roten Stein; den Göteborgern und Seefahrern seit Jahren wohl bekannt. Manchmal wurde er über Nacht grün oder blau oder sogar schwarz gestrichen, aber innerhalb weniger Tage waren die Männer der Stadtverwaltung da und strichen den Stein wieder rot, der Farbe, die an das Blut erinnern sollte, das durch die Körper jener Seemänner geflossen war, die hier vorbeigesegelt, hinaus aufs Meer, aber nie mehr zurückgekehrt waren.

Die Passagiere auf der »Stena Jutlandica« konnten allerdings nicht die naturrote Farbe daneben sehen, unter der Bank. Nicht einmal ein Habicht würde sie erspähen können.

Gleichzeitig mit der Fähre glitt der Sommertag nach Göteborg hinein – die Begegnung fand kurz vor der Brücke statt. Der Sommer war unmittelbar und intensiv ähnlich einer Gasflamme mit ewiger Nahrung. Die Wärmegrade schossen hoch bis zur 35-Grad-Marke, kaum dass die Sonne am frühen, stillen Morgen ihr frisch gewaschenes, scharfes Licht auf Zeitungsboten, Bäcker, Fischer, Krankenpfleger, Taxifahrer, Penner, berufsmäßige Vagabunden, Säufer und andere Süchtige warf, die ihre Suchtmittel lebensgefährlich miteinander vermischten.

Eine junge Frau übergab sich heftig in einem Eingang in einer der nördlichen Stadtteile, gestützt von einem fast genauso jungen Taxifahrer, der sich fragte, was zum Teufel er hier machte – eine Frage, die er sich schon viele Male gestellt hatte, die sofort einen Gedanken, ein Bild nach sich zog, in dem er sich selbst im Atelier sah inmitten all der Kunst, von der er nicht leben konnte. Vom Taxijob konnte er auch nicht leben, aber er konnte wenigstens dafür sorgen, dass er keine Kotze im Auto hatte.

Er konnte auch ein Mitmensch sein.

»Kommen Sie jetzt zurecht?«

Sie versuchte zu antworten, löste damit aber nur einen erneuten Brechreiz aus, und sie übergab sich noch einmal, jetzt kam nur noch Flüssigkeit. Sie lehnte sich gegen die Tür und sah den Taxifahrer mit tränenden Augen an. Der Blick war trübe und grau, als ob sie stundenlang mit weit offenen Augen auf einer Motorhaube durch die Gegend gefahren wäre. Ihr Haar war so nass vom Schweiß, dass er nicht erkennen konnte, was für eine Farbe es hatte. Sie trug ein dünnes rotes Kleid, das teuer wirkte. Einen ihrer Schuhe hatte sie verloren. Lag er noch im Auto? Er musste später nachsehen, wenn er sie ins Haus verfrachtet hatte.

»Ich … ich weiß nicht, wo … welches Haus …«

Er seufzte. Das war ungefähr das Letzte, was er für diese letzte Tour brauchte. Sie schien ganz in Ordnung gewesen zu sein, als er sie am Redbergsplatsen aufgelesen hatte, ein bisschen unkoordiniert in den Bewegungen vielleicht … aber nicht so. Auch keine, die an der Nadel hing, die erkannte er schon aus weiter Entfernung: die Rastlosigkeit, die Nervosität, die wie ein offenes Fadengeflecht über dem Körper lag, die Augen wie kaltes, geschliffenes Porzellan.

Am Anfang hatte er sich ein paarmal vertan. Er hatte nicht geahnt, dass der Wahnsinn so weit verbreitet ist. Jetzt sah er es. Andererseits, warum wurden es immer mehr? Einmal war einer beim Brunnsparken auf sein Taxi zugelaufen, hatte die Tür während der Fahrt aufgerissen, hatte sich auf die Rückbank geworfen und ihm aus einer anderen Welt zugerufen, er sollte zur Götaälvbrücke fahren und dann von der Brücke runter, direkt. Der Junge wollte Selbstmord begehen.

Hatte er jetzt wieder mit einem Selbstmord zu tun?

»Sie wohnen doch wohl hier? Wir sind auf dem Hjällbo-Platz. Das ist die Adresse, die Sie mir genannt haben.«

»Hjäl... Ja, hier wohne ich.«

»Na also. Schauen Sie sich um ... sehen Sie das Haus?«

Sie sah sich um, wie der Form halber, drehte sich aber wieder zur Wand und übergab sich noch einmal. Er sah sich um. Würde er selbst, in nüchternem und drogenfreiem Zustand, hier nach Hause finden? Vielleicht müssten die Bewohner dieses Stadtteils immer einen Plan mit sich herumtragen, in dem die Gebäude eingezeichnet waren mit Pfeilen und Nummern.

Sie übergab sich jetzt noch einmal, heftiger als vorher, es schien ihr wirklich schlecht zu gehen, und er glaubte es erst nicht, aber dann sah er Blut aus ihrem Mund fließen.

Das war keine gewöhnliche Trunkenheit.

»Was haben Sie eingenommen? Antworten Sie! Was?«

Sie ging in die Knie, versuchte den Oberkörper aufrecht zu halten, indem sie den Kopf gegen die Ziegelfassade lehnte. Aber sie glitt hinunter und ihre Stirn rutschte mit einem weichen, aber ekelhaften Geräusch an der rauen Wand entlang. Er versuchte sie zu halten, aber sie war schwer, jetzt fast leblos, hundert Gramm in ihrem Körper wogen jetzt ein Kilo, und er fasste einen Entschluss. Er warf sich den Körper über die Schulter, ging rasch zurück zum Auto und legte sie auf den Rücksitz. Er sah den verlorenen Schuh auf dem Boden liegen. Er startete das Auto und fuhr sehr schnell, denn es war früher Morgen, er raste südwärts über das leere Autobahnnetz und erreichte innerhalb von sieben Minuten die Notaufnahme des Östra-Krankenhauses. Er hatte sich über Funk gemeldet. Sie wurden erwartet. Er sah jemanden eine Trage heranrollen, ein Arzt daneben, Krankenschwestern. Die ganze Gruppe schien zu schweben, als wären die Gesetze der Schwerkraft nach Monaten mit dünner, trockener und heißer Luft aufgehoben.

Es war keine gute Luft. Der Fahrer nahm den stechenden Geruch wahr, als er die Scheibe herunterließ und langsam durch die stillen Villenstraßen zum Munkebäckstorg fuhr.

Er hatte Ähnliches schon gelesen ... kürzlich erst ... von Jugendlichen, denen es nach schlechtem Rauschgift dreckig gegangen war. Oder war es gutes Rauschgift gewesen, allzu gutes ... zu sauber. Wie war das ... war einer von ihnen gestorben?

Die Sonne war rot, mehr rot als gelb, als sie in seinem Rückspiegel auftauchte. Heute würde er nicht schlafen. Er würde den Wagen beim Taxiunternehmer abgeben, nach Klippan gehen, den Fahrstuhl zum Atelier hinauf nehmen, sich eine große Kanne starken Kaffee kochen und die rote Sonne malen.

Die »Stena Jutlandica« glitt dem offenen Meer zu. Die Fähre schaukelte sanft auf dem Fluss, sie fuhr an der

Älvsborgs-Festung vorbei und hielt geradewegs Kurs nach Westen. Sie bewegte sich steif und schwer, wie ein Kreuzritter, der in voller Rüstung auf dem Toten Meer treibt.

Drinnen im Bauch der Fähre, in einem kleinen Dienstzimmer, genau zwei Deck unter dem Konferenzraum Cannes 1, stand die Luft still. Zwei Männer beschäftigten sich intensiv und konzentriert mit Emballage.

Es ging nicht darum, sich zu vergewissern, dass die Verpackung reichte, nicht um die Dichte, den Schutz. Das war bereits erprobt, beurteilt worden. Es gab wenige Probleme, selbst bei schneller Umladung und schwerem Gewicht. Die Schwierigkeit bestand in der Lagerung, zu großer Druck, der Kontakt zu fremden Gegenständen musste vermieden werden.

Die Tür zu dem Raum war abgeschlossen. Wenn die Fähre wieder die Älvsborgsbrücke passierte, auf dem Heimweg, sollte diese Verpackung eine feine weiße Substanz umhüllen. Die Substanz war Heroin. Aber es würde sich auch um andere Präparate von zweifelhafter Qualität handeln. Das Heroin sollte von guter Qualität sein.

Einer der Männer war dunkelhaarig, ziemlich klein, er trug einen Schnurrbart und eine dunkelblaue Uniform. Er behauptete, ein schlechtes Gewissen mit sich herumzutragen.

»Mir gefällt es nicht, mich mit schlechtem Shit abzugeben.«

Der andere trug eine kurze Hose und einen kurzärmeligen, sauberen, weißen Pulli. Er war groß, hatte helle, dünne Haare, ein offenes Gesicht und seltsamerweise keine Ohrläppchen, als hätte ein strenger Vater oder Lehrer sie ihm abgerissen. Dennoch vertrat er hier das positive Denken.

»Dann kannst du ja im Großen und Ganzen ziemlich zufrieden sein.«

»Es gibt zu viel von dem anderen Zeug. Vielleicht nicht hier, aber woanders. Zu viel.«

Der Mann in der kurzen Hose spürte eine schwache Bewegung im Magen, die durchs Schiff ging. Sie hatten offenes Wasser erreicht.

»Shit wie Scheiß. Und er soll besser werden. Die Leute wissen, worauf es ankommt.«

»Ankommt? Wollen wir anfangen, die Sache mit Warndreiecken zu stempeln? Du weißt, wovon ich rede.«

»Ein Jugendlicher, der draufgeht? So was ist früher auch schon passiert. Und überall, eigentlich.«

»Auch in dieser Branche gab es einmal Grenzen. Ich jedenfalls glaube das.«

»Manchmal, jetzt immer weniger. Aber einige haben versprochen, besser zu waschen.«

»Glaubst du daran?«

»Nein.«

»Ich weiß nicht, wie lange ich da noch mitmache.«

Der kräftige Mann im weißen Pulli sah dem anderen interessiert in die Augen. Der Mann in der Uniform stand halb abgewandt, das Gesicht der Wand zugekehrt, die Schultern hochgezogen – wie zur Verteidigung.

»Vom Dienst befreit? Das möchte ich sehen, wie du das Gesuch stellst.«

»Ist das eine Art Drohung …?«

»Das ist eine Tatsache. Die Ware soll besser werden. Guck dir nur das Heroin an, sauber wie der Schnee in Lappland.«

Der uniformierte Mann drehte sich zu dem Kollegen um und zog an dem blassen, blanken Gummimaterial auf dem Tisch.

»Ich mag dies Dopingzeugs nicht. Das kann man überhaupt nicht kontrollieren. Man muss alles kontrollieren können, das ist eine Voraussetzung ... aber das Doping ... wir haben überhaupt keine Kontrolle über den Scheiß.«

»Die beim Fitness haben die Kontrolle.«

»Wir überlassen die Kontrolle den schon Hirntoten?«

»Kann dir doch egal sein.«

»Shit, Shit. Überall Scheiße. Warum wollen alle das Zeug haben? Alle scheinen immer nur ja zu sagen.«

»Ja.«

»Wem man was anbietet, der sagt ja.«

»Das ist das Leben.«

»Was?«

»Das Leben. Das Leben ist nicht schön, und es ist noch mehr Scheiße ohne Shit. Nicht jeder verträgt Alkohol.«

Wenn die Fähre am selben Abend auf dem Weg zum Terminal wieder den Roten Stein passierte, würden sich die Behörden des Mannes auf der Bank angenommen haben. Das machte es ihm leider unmöglich, später am Abend eventuell am Heroin teilzuhaben. Für ihn wäre ein Platz am Tisch reserviert gewesen.

Der Wind legte zwei Strähnen auf seinem Kopf über Kreuz.

2

Die Wohnung war einfach im Sinn von dürftig ... war das nicht der treffende Ausdruck für sein Zuhause? Die wenigen Möbel sahen aus wie Patienten in einem allzu großen Wartezimmer. Hier drinnen empfand er Trauer; es war, als ob die Wohnung selber die Zeit seines Lebens abmaß: Die Tage und Abende wurden Seite an Seite exakt wie Bretter in einer Holzhandlung aneinander gefügt. Er hatte einmal in einem Sägewerk gearbeitet.

Jetzt war es der Tag danach und der Tag vor einer bald notwendigen Veränderung.

Die Hand machte ihm zu schaffen, zitternd hatte er es geschafft, das Paket Kaffee hervorzunehmen und gemahlenes Pulver in einen Filter zu geben, und für einen Augenblick wurde sein Kopf klar vom Kaffeeduft. Jetzt machte er unvermittelt einen Schritt nach links, er war nicht ganz im Gleichgewicht, er spürte ein Schwindelgefühl und Übelkeit, aber er wusste, das würde sich nach der ersten Tasse Kaffee geben.

Vor fünf Stunden hatte er das letzte Glas getrunken und sich eingebildet, am Boden der Flasche ein Gesicht zu sehen. Es hätte nicht so enden müssen – es war nie Absicht, aber häufig Folge, Resultat eines schwachen Charakters oder etwas in den Genen. Er hatte etwas über Gene gelesen, ohne dabei Erleichterung zu empfinden.

Auf dem Weg zu seinem Bett war er über Jons Schmusetier gestolpert, ein brauner Bär in roten langen Hosen und mit einem aufrichtigen Lächeln. Im Halbdunkel sah er den Bär jetzt im Flur liegen, wie eine Erinnerung an seine gescheiterte Ehe: eine von 20 000 in diesem Jahr. Wenn man die Verhältnisse von Paaren, die ohne Trauschein zusammenlebten, hinzurechnete, gehörte er zu einem der 50 000 Paare, die es nicht schafften, in einem traditionellen Verhältnis zu leben.

Das ergab 70 000 einsame Menschen, vielleicht. Er gehörte zu einer neuen Art Gemeinschaft der Einsamen, er hatte, genau wie die anderen, merkwürdigerweise seine einzige Gemeinschaft aufgegeben und sich für ein isoliertes Dasein entschieden.

Elisabeth lebte nicht allein. Sie hatte den neuen Mann wegen der Kinder heraufgeschickt, war unten im Auto sitzen geblieben. Dem Mann war die Situation peinlich gewesen, und Jonathan Wide hatte einen ersten Impuls unterdrückt, seine Faust in das Zwerchfell des Mannes zu rammen. Als es still geworden war, als das Auto abgefahren war, hatte er unmittelbar einem zweiten Impuls nachgegeben und den Schnaps geholt.

Die kleinen alltäglichen Ereignisse vermisste er am meisten. Die Termine. Die Pflichten. Die Verantwortung. Das, was er früher Fron genannt hatte, was er jetzt nicht mehr nachvollziehen konnte.

Die kleinen Gespräche.

»Du weißt, dass ich es nicht schaffe.«

»Aber wenn ich es auch nicht schaffe? Ich hab schließlich auch einen Job.«

»Hast du gefragt?«

»Keine Minute länger. Und in der Kindertagesstätte haben sie gesagt, dass sie keine Kindernachtstätte sind.«

»Und Lena?«

»Bald werden sie sich vermutlich fragen, ob die Kinder kein Zuhause haben. Vielleicht sollten sie gleich ganz dort hinziehen?«

»Elisabeth ...«

»Du *musst* morgen zu Hause bleiben. Ich habe eine wichtige Besprechung, ich kann wirklich nicht.«

Aber da war auch noch anderes. Die Anpassung, alles planen müssen im Großen und im Kleinen. Das meiste war jetzt weg, verloren: Einkaufslisten, platte Reifen an kleinen Fahrrädern, ein kleiner blutender Finger. Und, manchmal, jemand, der am Ende des Tages oder zu Beginn der Nacht nach all den anstrengenden Stunden zuhörte. Überraschende Liebesakte, Liebe, die nicht stunden- oder tagelang vorbereitet worden war. Einfach nur zu nehmen.

Es war eine Art Geborgenheit gewesen, Wide verstand es jetzt erst voll und ganz. Vielleicht war er gar zu geborgen gewesen und möglicherweise gar zu blind, um zu begreifen, dass ständiger Einsatz nötig war.

Als er in diese Einsamkeit gezogen war, hatte er aus reiner Sentimentalität Dylans alte Nashville Skyline vorgesucht. Seit zwanzig Jahren hatte er sie nicht mehr aufgelegt und voller Bitterkeit *I must have been mad I never knew what I had, until I threw it all away* gehört.

Heute Nacht hatte er sich wieder mal Leid getan und Puccini aufgelegt, und es war ihm vorgekommen, als hätte José Carreras so geklungen, als hätte Puccini Mitleid mit ihm gehabt.

Irischer Whiskey hatte gut zur Oper gepasst. Er hatte es etwas merkwürdig gefunden, wie so viele andere Dinge im Leben. Vielleicht waren sie selbstverständlich. Mehrere Monate lang hatte er in einsamen Nächten Madame Butterfly gespielt. Eine Oper war die richtige Musik für einen gequälten Kopf ... er konnte sich von der Musik umarmen lassen. Blues auf Italienisch. Er hatte weiterhin grimmig Carmen McRae gespielt. Und Bellman: Blues auf Schwedisch.

Die Sonne kam durch die halb geöffnete Jalousie und die Küche war voll gestreiftem Licht, was ihm das Gefühl gab, in einem Gefängnis zu sein. Er neigte sich ein wenig zur Seite, um dem Licht auszuweichen, das ihm in die Augen stach, aber es arbeitete sich wie ein Laserstrahl in seinen Kopf, und er spürte einen intensiven Schmerz direkt hinterm linken Auge.

Er trank eine Tasse Kaffee und versuchte eine Scheibe Knäckebrot zu essen, die drei Tage lang in einem kleinen geflochtenen Korb auf dem Tisch gelegen hatte und weich geworden war. Er wusste, dass es ihm im späteren Verlauf des Tages viel schlechter gehen würde.

Jonathan Wide zog den Morgenmantel aus und hängte ihn über einen Küchenstuhl. Er ging ins Bad, regelte die Wärme des Duschwassers und stellte sich unter den Strahl.

Hinterher rasierte er sich und putzte seine Zähne. Er beugte sich über das Waschbecken und schaute in das Gesicht gegenüber, das mit jedem Mal fremder wurde: die Augen, die nie richtig klar waren, das feinmaschige Netz von Fältchen um die Augen, die verrieten, dass er ein Mann war, der bald den Gipfel erreicht hatte und sich auf die weite Reise bergab zu der unausweichlichen Begegnung mit dem Großen Barkeeper machen würde. So hatte jemand einmal Gott genannt, und er hatte gelacht, aber jetzt fand er das überhaupt nicht mehr witzig.

Er hatte Freunde gehabt, die der Meinung waren, es sei das Beste, zu saufen, solange man noch gesund war, und auch darüber hatte Wide gelacht und das Glas erhoben, und manchmal hatte er den Rat befolgt. Manchmal hatte er auch weitergetrunken, wenn er sich nicht gesund fühlte. Er war vierzig und übergewichtig, und er hatte sein Leben viele Jahre lang studiert, wie es langsam in dünnem blauem Rauch davonglitt, bis er mit den Zigaretten aufhörte und sich gleichzeitig scheiden ließ. Jetzt suchte er Trost und jemanden, mit dem er reden konnte, auf dem Boden der Flasche.

Er war eher klein als groß, und seine Haare waren hell, sie hatten das Blond der Kindheit behalten und lichteten sich kaum. Jonathan Wide hatte ein breites, offenes Gesicht, der Ausdruck war fast immer mürrisch. Er sah aus, als ob er sich auf etwas Wichtiges konzentrierte. Aber er wusste nicht mehr genau, was wirklich wichtig war.

Er versuchte, den Überdruss in Schach zu halten. Er konnte keine Bücher schreiben, also widmete er sich dem Kochen. Jetzt kochte er immer seltener, häufig überkam ihn ein Gefühl von Sinnlosigkeit, wenn er etwas Besonderes für sich allein kochte, aber das hielt seine Konzentration wach.

Wides Kinder vermissten seine Kochkünste. Jon junior und Elsa hatten es gestern Abend gesagt, und er hatte gelacht und einen Witz über Fertiggerichte mit seinem Warenzeichen gemacht: So eine Firma würde er gründen.

Gestern war er konzentriert und vielleicht auch für eine Weile froh gewesen, als er den Lammrücken in der Markthalle gekauft und in Stücke zerlegt hatte. Er hatte ihn in eine Marinade aus Olivenöl, Mohrrüben, Zwiebeln, Knoblauch, frischem Rosmarin und Thymian, Lorbeerblättern, drei Streifen Apfelsinenschale, frisch gemahlenem schwarzem Pfeffer gelegt. Die kleinen schwarzen Bohnen hatte er in Wasser eingelegt.

Vierundzwanzig Stunden später war die Konzentration zurückgekehrt, als er das Lammfleisch in Weißwein, dem Gemüse und den Gewürzen vorbereitet hatte: Er hatte die Marinade aus Olivenöl in einen Schmortopf gegeben und abwechselnd dünne Scheiben Knoblauch, in Streifen geschnittenen geräucherten Speck, eingelegte Mohrrüben, Zwiebeln und Zucchini mit den duftenden Fleischstückchen geschichtet, hatte den Weißwein darüber gegossen, fünf Deziliter, und das Ganze in einem Topf mit gut schließendem Deckel zweieinhalb Stunden bei mittlerer Hitze im Backofen ziehen lassen.

Die Bohnen kochte er vierzig Minuten und gab sie in der letzten halben Stunde Garzeit zu dem Fleisch.

Wides Kinder wollten dazu einen Salat haben. Er hatte eine rote und eine gelbe Paprika im Ofen gebacken, bis die Schale dunkel wurde. Während die Paprikas abkühlten, hackte er Tomaten, frische Zwiebeln, geschälte Gurke und Petersilie, er hackte die geschälten Paprikas und mischte sie unter das andere Gemüse, übergoss es mit einer Vinaigrette aus Olivenöl und ein wenig Weißweinessig, schwarzem Pfeffer – kein Knoblauch oder Senf und kein Salz. Kurz bevor die Kinder kamen, hatte er ein Stück griechischen Schafskäse ins Tiefkühlfach gelegt, den er dann grob über den Salat raspelte.

Er stellte auch mittelgroße gebackene Kartoffeln auf den Tisch.

Seine Kinder hatten frühzeitig Geschmack an seinem Essen gefunden, besonders an dem Salat mit dem geriebenen Schafskäse.

Jonathan Wide zog sich rasch an, ein wenig nachlässig, wie sich jemand anzieht, der einen Kater hat. Er zog Jeans an, die schon viele Male gewaschen worden und jetzt sehr weich auf der Haut waren, ein weißes Unterhemd, ein blaues Baumwollhemd vom Stapel der ungebügelten Hemden in einem Korb im Schlafzimmer, hellblaue Socken, braune Segelschuhe. Er zögerte und ließ dann die braune Wildlederjacke über der Stuhllehne hängen. Der Tag würde wieder heiß werden.

In der Zweizimmerwohnung gab es ein Bett, einen Nachttisch, einen Korbstuhl, einen Schreibtisch, überm Bett zwei Kinderzeichnungen, auf der einen eine Palme am Strand und auf der anderen ein Mann, der winkend neben einem Flugzeug steht, ein Sofa mit zwei Sesseln, deren Material Wide nicht benennen konnte und in einer Farbe, die er für Moosgrün hielt, einen Fernseher, den er selten anschaltete, einen CD-Spieler und einen Verstärker mit zwei mittelgroßen Lautsprechern, *du hörst schließlich am häufigsten zu*, ein kleiner Tisch zwischen Sofa und Sesseln, zwei hohe Bücherregale mit ungefähr fünfhundert Bänden: Moberg, Updike, Carver, Burke, Turgenjew und auf dem Nachttisch Vasilij Grossmans »Leben und Schicksal«: ein ermordetes Kind, davon hatte er sich nach dem Lesen erholt.

Ein Küchentisch und vier Stühle. An den Wänden hingen fünf Kunstwerke von Künstlern, die er kannte. Auf dem kleinen Tisch stand ein Elefant aus dunklem Holz. Am Fenster im Schlafzimmer standen zwei Farne, die er tatsächlich am Leben erhalten hatte. Im so genannten Wohnzimmer hatte seine elfjährige Tochter blaue Vorhänge aufgehängt und sie mit einem dunkelblauen Band hochgebunden. Im Küchenfenster stand ein Wunderstrauch, der immer noch gut erhalten war.

Hier wohnte er jetzt seit neun Monaten. Er fühlte sich ungebunden.

Jonathan Wide öffnete die Wohnungstür und betrat das Treppenhaus. Er drehte sich um und schloss die Tür ab.

Hinter sich hörte er eine Bewegung und wurde von einem harten Schlag am unteren Teil seines Hinterkopfes getroffen. Als er bewusstlos zu Boden glitt, kratzte der Schlüssel, den er immer noch in der Hand hielt, eine hässliche Linie an der Tür entlang bis hinunter zum Fußboden.

3

Die Wärme kam nie in Etappen. Sie war ständig da, hielt sich nur in den frühen Morgenstunden zurück. Wenn das milchige Licht zu einem Schleier feiner Glasfäden wurde und die Hitze wie eine Feuerzunge niederdrückte.

Der Morgen war in den frühen Vormittag übergegangen. Der Tote war aus seiner unbequemen Haltung befreit, seitwärts auf eine Bahre gelegt und von Klippans Spazier- und Joggingwegen entfernt worden. Ein weißer Schärendampfer fuhr auf dem Weg zu den nördlichen Schären vorbei, das Wasser am Bug wie blaues Kristall, die Passagiere wie braune Trauben entlang der Reling, die Kinder hatten ihre Augen überall. Ein entgegenkommendes Bugsierschiff vom Röda Bolaget drehte Steuerbord ab, die Heckwellen liefen in einem Muster auf den Roten Stein zu, das das Licht auf tausenderlei Art brach.

»Hier hat der Begriff stabile Seitenlage einen neuen Sinn bekommen«, sagte Kriminalkommissar Sten Ard zu seinem Kollegen Ove Boursé, als die Bahre in den Krankenwagen gerollt worden war. Das Auto fuhr auf die Brücke zu und verschwand um die Ecke. Bald war nur noch das Geräusch von trockenem Schotter auf weichem Asphalt zu hören.

»Ich glaube nicht, dass er die Fahrt in der Seitenlage besonders unbequem findet.«

»Er ist dort, wo es keine Passionen gibt, jedoch auch keinen Schmerz.«

»Ferlin?«

»Warum ausgerechnet er? Persönlicher Favorit?«

»Der Einzige, der mir so schnell eingefallen ist.«

»Ard. Sten Ard. Die Worte sind mir einfach so gekommen. Hat es poetisch geklungen?«

»Jedenfalls hat es nicht wie etwas geklungen, was einem Kriminalkommissar an einem eventuellen Tatort normalerweise einfällt.«

Ard strich sich über die rote, sommersprossige Glatze. Er war ein großer Mann mit einem schweren Körper, der einen kräftigen Eindruck machte. Die Nase in seinem Gesicht kam aus der Familie der Mutter, alles andere von Vaterseite: ein Cyrano, einem Bauernstamm aus Nordhalland entsprungen.

Er mochte die Wärme, aber es gab ja auch Grenzen, und diese Grenze war schon seit Wochen überschritten.

»Mich hat die Situation inspiriert.«

Ard sah Boursé an. Ove hatte keine Probleme mit der Hitze, selbst jetzt, mit Schlips und Kragen, sah er noch frisch aus.

Konnte man behaupten, dass Leichen ihn inspirierten?

»Die tropische Wärme inspiriert mich ja vielleicht doch. Vielleicht bin ich ernsthaft krank.«

Einer von der Spurensuche warf Ard und Boursé einen Blick zu.

Woher nahmen die Alten die Kraft für so ein Geplänkel? Selten hatte er jemanden von der Fahndung so reden hören, Profis, bei Gott, dachten sie nach, während sie so redeten, oder war es ein Ritual, eine Form, die Gedanken zu sammeln, sich vorzubereiten, wie hieß das noch ... mentale Einstimmung. Konnte das so heißen?

Sten Ard stemmte die Hände in die Hüften und drückte die Arme nach vorne und hinten. Er war neunundvierzig und fühlte sich steif. Schon mit dreißig war sein Körper steif gewesen, früher hatte er Fußball gespielt, dann Badminton und Squash, und jetzt lief er zwei-, dreimal in der Woche, aber er war immer steifer geworden. Wie sollte das werden? Das *Leben* wurde starrer ... war in Formen erstarrt, es gab keine neuen Formen mehr.

Schon jetzt hatte er Schwierigkeiten, sich an gewissen entlegenen Stellen abzuwischen. So manchen Morgen hatte er das Gefühl, als wäre sein Körper mit einem kräftigen Leim überzogen, die Arme ließen sich kaum bewegen. Jeden Morgen musste er die Fugen aufbrechen. Wie sollte es werden, wenn er keine Kraft mehr hatte?

»Wieso macht sich jemand die Mühe, den Kerl hier festzunageln?« Boursé strich sich über den ordentlich gestutzten Schnurrbart, hatte sich die Frage eher selbst gestellt. Ard hatte über das Wasser geschaut und das Geschepper der schweren Fahrzeuge gehört, die über die Älvsborgsbrücke fuhren. Die Konstruktion hatte eine eigene Stimme, wie ein Zug, der widerwillig in Bewegung gesetzt oder zum Stillstehen gezwungen wird.

»Eine Warnung vielleicht, ein Signal, eine extravagante Abrechnung. Leute mit einem besonderen Sinn für den Geist von Göteborg.«

»Jetzt kann ich dir nicht ganz folgen.«

»Vielleicht ein Segler. Du siehst ja den roten Stein dort. Der Gedenkstein für alle Seefahrer, die hinausfuhren und nie zurückkehrten. Auf diese Weise bekommt man ein ewiges Zuhause in dieser Seemannsstadt.«

»Das ist also ein Heiligtum.«

»Kennst du die Legende nicht? Ich eigentlich auch nicht so genau, aber irgendwas in dieser Richtung ist es.«

Die beiden Männer betrachteten den roten Stein, bis Sten Ard den Blick löste und zu Nya Varvet am anderen Ufer der kleinen Bucht schaute, die wie ein Keil von der Natur ins Land getrieben war.

Späte Nacht, früher Morgen, noch keine Zeugen, aber irgendjemand musste doch etwas gesehen haben. Diesen Weg wanderten unter normalen Umständen viele entlang. Vermutlich nur nicht im Moment, die Klippen waren allzu heiß, und das Wasser glitzerte wie Stanniol.

Vor zwei Nächten wäre es anders gewesen: reichlich Zeugen, wenn das passiert wäre, was jetzt passiert war, aber Zeugen, die von etwas anderem in Anspruch genommen waren.

Zweihundertfünfzig Meter westlich von der Stelle, wo der Tote saß, hatte vor einiger Zeit eine junge Familie ein neues Lokal eröffnet. Nur ein Schuppen, aber hübsch gestrichen. Der Strand davor war endlich gesäubert, einige Tische waren hinausgestellt worden, Naturmöbel: an Land gespültes Treibgut. Die Leute konnten eine Pause machen und eine Tasse Kaffee trinken, dazu einen Kopenhagener oder ein Eis essen. Viele nahmen die Gelegenheit wahr, stille Minuten mit Blick auf den Betrieb im Hafen.

Zwei Wochen hatte das gedauert. Eines Nachts dann hatten vier Leute Möbel und Serviertische sorgfältig zerschlagen, Benzin darüber gegossen und alles angezündet. Eine Weile hatten sie dagestanden und in die Flammen geschaut, dann waren sie weggegangen. Sie waren von irgendwas bedröhnt und vielleicht deswegen nicht richtig verantwortlich für ihre Taten. Bucht und Strand sahen jetzt wieder aus wie vorher: verwüstet. Auf diese Weise lockerte sich der Druck auf die benachbarten Stadtteile. Die Abrechnungen an den Straßenkreuzungen zwischen Menschen, denen die Gesellschaft mit abgewandten Gesichtern zuschaute, wurden weniger. So gesehen war der Brand in Nya Varvet eine gute Sache. Er verteilte die Aggressivität über ein größeres Gebiet, dünnte sie aus.

Ove Boursé starrte finster auf den jetzt leberförmigen Blutfleck.

»Das wird ein Scheißsommer. Hier haben wir es mit einem feinen Herrn zu tun.«

Zwei Stunden später bestand Klarheit darüber, wie fein dieser Herr gewesen war. Das neue, digitalisierte Identifikationssystem legte zwei Einser und zwei Nullen über Kreuz und hatte einen Treffer: Georg Laurelius, fünfundvierzig, erfolgreicher Immobilienmakler und Unternehmensberater mit übervollem Terminkalender. So war es die meiste Zeit gewesen, so hatte er gelebt in einem Regen von Geld.

Georg Laurelius schien die Fähigkeit besessen zu haben, übers Wasser zu gehen, solange es einen noch trug. Er hatte den Einbruch nach den kauffreudigen achtziger Jahren gut überlebt.

Sten Ard verbrachte eine Nachmittagsstunde in Laurelius' Büro in der Storgatan, in einem der hübschen Patrizierhäuser, die wie sichere kleine Paläste wirkten mit Fassaden, die von der Zeit abgeschliffen worden waren. Die Sonne reichte nicht ganz bis hinunter in die Straßenschlucht. Als Ard die Haustür öffnete, stieß er auf Menschen, die fünf Minuten im Schatten verharrt hatten, bevor sie sich wieder dem Schein der Lötlampe am Himmel aussetzten.

Nach Meinung der gut gekleideten Sekretärin war es

nur noch eine Frage von Minuten, dann würde Göteborgs Wirtschaftsleben zusammenbrechen.

»Wann haben Sie ihn das letzte Mal gesehen?«

»Direktor Laurelius hat gestern Abend noch spät hier im Büro gearbeitet. Er war allein, als ich um achtzehn Uhr drei ging.«

»Woher wissen Sie, dass er noch lange geblieben ist?«

»Wie bitte?«

»Sie sagen, Sie sind um achtzehn Uhr gegangen. Wie wollen Sie dann wissen, dass er lange gearbeitet hat?«

»Er hat mich um Viertel vor neun angerufen, wegen eines Vorgangs, den meine ... Kollegin an eine Stelle gelegt hatte, wo er nicht hingehörte.«

Sie sah streng aus. Sie trug ein Kostüm, das auf eigentümliche Weise gleichzeitig herausfordernd und korrekt war, dachte er.

Nicht wie diese neumodischen Klamotten, *tights* hießen die ja wohl, die unter kurzen Röcken und zu extrem hochhackigen, spitzen Schuhen getragen wurden ... diese Dame gehörte zu denen, die sich für den Job anständig kleidete, aber nicht mehr. Und zu Hause, war sie da eine andere? Mit wem, dachte er und vermutete, dass sie vierzig war, das konnte man heute ja nie genau wissen, aber so ungefähr. Kein Ring. Eigentlich wunderte es ihn, dass sie keine Brille trug. Sie hatte Haare, aus denen einer der Künstler in den Salons am Grönsakstorget etwas Sensationelles machen könnte. Sten Ards Tochter ging dorthin.

»Die können sensationelle Sachen mit Haaren machen, Papa.«

»Was können sie mit meinen machen?«

»Zaubern können sie nicht, Papa.«

Die Frau sah ihm gerade in die Augen, wie man einen

Fremden betrachtet, von dem man weiß, dass er nie etwas anderes sein wird als ein Fremder.

»Vertretung. Außerdem in Urlaub. Und es war nicht achtzehn Uhr. Sie sollten besser zuhören.«

»Jetzt verstehe ich Sie nicht ganz.«

»Achtzehn Uhr drei. Ich habe gesagt, dass ich um achtzehn Uhr drei gegangen bin.«

Der effektive Typ, dachte Ard und fühlte sich in Gegenwart der Frau nahezu beschämt, dass er in diesem Augenblick nicht wusste, wie viel Uhr es war.

»Entschuldigen Sie, ich habe Ihren Namen nicht verstanden.«

»Ist das so wichtig?«

Er zeigte auf seinen Notizblock. Das Protokoll. Er hoffte, dass sie ihn verstand.

»Ringmar. Margareta Ringmar.«

Hieß jemand unter vierzig Margareta? Er schaute auf sein leeres Blatt und dann wieder hoch.

»Hat er gestern Besuch gehabt?«

»Sollten Sie mit ›er‹ Direktor Laurelius meinen, ist die Antwort ja. Wenn Sie mich bitte mal vorbeilassen, kann ich seinen Terminkalender holen.«

Ard bewegte seine Schuhe, ungeputzt, und Hosenbeine, zerknautscht, beiseite. Er nahm ihren Duft wahr, als sie an ihm vorbeiging. Es roch nach etwas, dem er selten nah kam. Er lebte in einer Welt außerhalb solcher Düfte, er hatte sich entschieden, sein Leben in andere Richtungen zu lenken.

Er sah sich im Zimmer um. Über Einrichtung wusste er nicht viel, aber nach vierundzwanzig Jahren berufsmäßiger Besuche in verschiedenen Haus- und Arbeitsmilieus hatte er gelernt, Hochwertiges und Minderwertiges voneinander zu unterscheiden, und er begriff, dass er sich im

Augenblick ziemlich hoch oben befand, zwar nicht in schwindelerregender Höhe, aber nicht weit davon entfernt. Ein Haufen Geld musste für dieses stilvolle Arrangement aus Kristall, Marmor und roh geschliffenen Flächen nötig gewesen sein. *Wenn man dem Innenarchitekten bei der Arbeit »Ikea« ins Ohr geflüstert hätte, wäre er, oder sie, vermutlich ziemlich irritiert gewesen.* Sten Ard lächelte bei dem Gedanken.

»Gestern haben drei Personen Herrn Direktor Laurelius besucht.«

Ard zuckte zusammen. Die Frau ... Margareta war wieder da.

»Direktor Johlin, ein Kollege, der an zwei Projekten mit Direktor Laurelius zusammenarbeitet. Direktor Johlin war zwischen zehn Uhr eins und elf Uhr siebzehn hier.«

»Sind Sie sicher, dass es genau elf Uhr siebzehn war? Nicht elf Uhr siebzehn und zweiunddreißig?«

»Natürlich. Ich habe die Zeit doch selber aufgeschrieben.«

Vielleicht humorlos, dachte Ard, aber effektiv. Das ist gut.

»Um dreizehn Uhr kam Direktor Laurelius' Frau Lea. Eine Viertelstunde später ist sie gegangen, um ...«

»Dreizehn Uhr fünfzehn, ja. Das war ein kurzer Besuch. Kam sie öfter her?«

»Spielt das eine Rolle?«

»Ich wäre Ihnen dankbar, wenn Sie diese Entscheidung mir überlassen würden.«

»Sie kam selten, ja, so gut wie nie ins Büro.«

»Und warum diesmal?«

»Das müssen Sie sie schon selber fragen. Oder den Mann, der bei ihr war.«

Er hätte ihr jetzt die Folgefrage stellen und eine Antwort erwarten können, aber er hatte diese Sorte Gespräche satt:

»Hat jemand sie begleitet? Davon haben Sie vorher nichts gesagt.«

»Sie haben nicht gefragt. Aber ich habe ja gesagt, dass Direktor Laurelius gestern von drei Personen Besuch gehabt hat.«

»Wer war dieser Mann?«

»Das weiß ich wirklich nicht, ich habe ihn noch nie gesehen. Er war nicht ... ja, nicht der Typ Klient, mit denen wir normalerweise arbeiten.«

»Wie hat er ausgesehen?«

»Er war ... derb, schon gut gekleidet, aber er wirkte ... fast brutal. Er machte einen gewalttätigen Eindruck. Er hat sich den Zutritt zu Direktor Laurelius' Zimmer geradezu erzwungen.«

Ard lächelte innerlich. Klang wie die Beschreibung seiner eigenen Person, abgesehen von der guten Kleidung.

»Frau Laurelius ... Lea ... schien sich in seiner Gesellschaft nicht wohl zu fühlen.«

Aber ich fange fast an, mich in deiner wohl zu fühlen, dachte Ard.

4

Er hatte den Kleister aufgetragen, das letzte mühselige Stück, drehte sich halb um und begann die Leiter hinaufzusteigen. Die Tapetenbahn hing wie ein Brautschleier hinter ihm, als sie rasch das Zimmer betrat und ihre Ehe für beendet erklärte.

»Es ist aus, Jonathan.«

Er las von ihren Augen ab, wie lange sie herumgewandert war, während diese Worte in ihrem Kopf hämmerten.

»Komm bitte runter.«

»Ich muss erst die Tapete ankleben.«

»Ist das denn im Augenblick wichtig? Die Tapete anzukleben?«

»Das kommt ein bisschen überraschend.« Er wusste, dass er nur Zeit zu gewinnen versuchte. Er musste nachdenken. Er hatte ein Gefühl, als kämen die Wände näher ... Stärker denn je hörte er die Geräusche im Haus: das leise Klirren von Löffeln und Porzellan, eine Tür, die geöffnet wurde, und gleichzeitig Schritte. Das Rascheln ihrer Füße auf dem Papier, mit dem der Boden zum Schutz bedeckt war.

»Ich weiß. Aber über diese Sache kann man sich nicht in aller Ruhe unterhalten.«

Er hörte deutlich, wie sie die Füße vor und zurück bewegte.

»Zu reden ist eine gute Form, Dinge zu klären.«

»Mit dir geht das nicht. Du wirst viel zu schnell ... müde.« Sie hatte es nicht sagen wollen, nicht jetzt schon wieder, so direkt. Wenigstens hatte sie nicht *betrunken* gesagt.

»Warum bist du bloß so verbittert? Was soll ich tun?«

»Du könntest damit anfangen, von der Leiter zu steigen.«

Ging auf diese Weise eine Ehe zu Ende? Ein Schlag in die Weichteile in einem Moment, wo weit und breit keine Deckung war, mitten im alltäglichsten Geschehen, mitten im Familienleben.

Sorgfältig klebte er die Tapete an die Wand, noch nie hatte er eine Arbeit so sorgfältig und so langsam ausgeführt. In diesem Augenblick brauchte er alle Zeit der Welt.

»Wenn ich von dieser Leiter runtersteige, steige ich nie mehr hinauf.«

»Jetzt werd bloß nicht philosophisch, Jonathan.«

Sie kannte ihn so gut.

»Du wirst nie richtig allein sein.«

Sie stand am Fuß der Leiter und wartete. Er bewegte sich nicht.

»Jetzt komm da endlich runter, zum Teufel!«

Der Fluch blitzte durch den nach Kleister riechenden, nackten Raum. Ihm fiel auf, wie hässlich er klang ... besonders hier, wo all die weißen und hellen Oberflächen Vorboten waren von einem neuen Start.

Er wollte etwas sagen, er wollte das Beste sagen, was man in einer Situation wie dieser sagen konnte.

»Elisabeth ...«

»Nun komm schon ...«

Sie nahm ihn an der Hand und führte ihn wie ein kleines Kind aus dem Raum in das große, helle, luftige Wohnzimmer mit Aussicht auf den Garten.

Er hatte sich noch nie so hilflos gefühlt. Er wusste, dass Worte diesmal nicht genügen würden. Er würde weinen. Er wusste, auch das würde nichts helfen.

Jonathan Wide erwachte mit Schmerzen. Er war in seinem Leben schon oft mit Schmerzen aufgewacht, hatte Schmerzen in den Haaren gehabt, Trinkerterminologie, hatte diese Art Schmerzen bei all den Gelegenheiten gehabt, die jedes Mal die letzten hatten sein sollen. Er hatte es sich so viele Male geschworen, dass er kein Vertrauen mehr zu dem anderen in seinem Körper haben würde.

Aber dieser Schmerz war anders, er war schwerer und dunkler und hing mit äußerer Gewalteinwirkung zusammen.

Er war mitten aus einem bösen Traum aufgewacht. Rief körperlicher Schmerz das Böse tief drinnen in der Seele hervor? In seinem Kopf leuchtete das Bild von der letzten Stunde seiner Ehe wie eine frisch gestrichene Fensterleiste. Das Bild wurde immer deutlicher, während der Schmerz in seinem Kopf zunahm, und erst als er versuchte, den Kopf langsam zu bewegen, verschwanden er und Elisabeth, wie sie da auf dem Sofa saßen.

Vorsichtig richtete er sich auf, und als alles aufhörte, sich zu drehen, gelang es ihm, einen drei Meter entfernten Punkt zu fixieren. Er sah gegen eine Wand. Dann bewegte er die Augen und darauf den Kopf und den Körper, bis ihm eine halbe Drehung gelang.

Wide sah, dass er noch in seiner Wohnung war, es war

dieselbe, nur etwas zusammengestaucht, alles hing zusammen, aber nicht auf dieselbe Art und Weise wie vorher.

Er lag im Schlafzimmer auf dem Fußboden.

So etwas hatte er schon früher gesehen ... ehemalige Zuhause, geschändet. Das hatte ihn nur beruflich berührt, irgendjemand hatte das getan und irgendjemand würde dafür bestraft werden. Klarer Fall von Selbstjustiz.

Wide war nie selbst Gewalt ausgesetzt gewesen.

Durch die Tür sah er die Couch im anderen Zimmer, die Couchfüllung hing heraus wie eine düstere Erinnerung an alles, was sich unter glatten Oberflächen verbirgt. Der Tisch sah aus wie eine Jolle, die plötzlich bei Ebbe gestrandet war, ohne Beine, aber er sah, dass sie nicht zerschlagen waren. Sie lagen ordentlich geschichtet daneben, von der Unterseite des Tisches abgeschraubt.

Wide sah all das und dann versank er wieder in Bewusstlosigkeit. Er nahm gerade noch wahr, was für ein schönes Gefühl das war.

Die Musik weckte ihn. Als er die Augen öffnete, wusste er, wo er war, er war vorbereitet. Aber die Musik! Sie hatte ihn unvorbereitet getroffen. Stark und stolz wanderte sie von Ohr zu Ohr.

Wie wenn er in den frühen Morgenstunden mit den Kopfhörern eingeschlafen war, an dem Punkt, wenn der Rausch unmerklich in den Kater übergeht, wenn er tief geschlafen hatte und von José Carreras *La fleur que tu m'avais jetée* geweckt wurde, der Passage aus »Carmen«, wenn sich alles innerhalb von drei Minuten all den schönen Dingen nähert, die man sich vorstellen kann: wo er früher von kaum spürbarer Zartheit gewiegt worden war.

Jetzt erwachte er mit Don Giovannis *Fin ch'han dal*

vino wie einem Donnerschlag in den Ohren, und er fragte sich, warum sein Inneres eine Oper spielte, nachdem er einen sehr harten Schlag gegen den sehr weichen Kopf bekommen hatte.

Wide richtete sich auf, seine Beine waren wacklig, und er wankte ins Bad.

Es sah aus, als ob zwischen Waschbecken und Badewanne ein Kriegsschauplatz entstanden war.

Flaschen und Döschen waren geöffnet und der Inhalt über den Fußboden und andere Flächen geleert. Die Zahnpastatube war zerschnitten. Das Rohr zum Waschbecken war abgeschraubt, die Wand der Badewanne verschwunden, das Ablaufrohr der Wanne lag daneben. Er sah den verschlammten Ablauf, die Haarbüschel, Wäscheklammern, eine kaputte Haarbürste.

Die glänzende Rückseite der Toilette war zerschlagen.

Es roch ziemlich stark, aber nicht so, wie er es erwartet hätte. Hatte sich der Geruch in der noch übrigen Luft verdünnt? Wie lange war er abwesend gewesen von dieser Welt?

Jetzt stand er über das Waschbecken gebeugt und befeuchtete seinen Hinterkopf vorsichtig mit kaltem Wasser. Er sah, wie sich Blut mit dem Wasser mischte und durch das Loch floss, wo vorher das Rohr gewesen war, und spürte, wie seine Hosenbeine nass wurden und seine Beine ... die Unterschenkel. Es war ein schönes Gefühl, und er hätte noch eine ganze Weile so stehen bleiben können. In solchen Situationen kam es darauf an, sich nur langsam zu beeilen. Das war ein guter Ausdruck für genau die besondere Situation, in die er geraten war. Er wollte sehr schnell herausbekommen, was hier eigentlich los war, aber er begriff, dass er sehr, sehr langsam vorgehen musste.

Seine Augen befanden sich zehn Zentimeter über dem,

was noch vom Boden des Waschbeckens übrig war, als er schräg links einen schwachen blauen Abdruck sah. Er stellte das Wasser ab und schaute genauer hin.

Da war etwas. Ein Wort?

Er schloss die Augen und schaute wieder.

Es könnte ein Wort sein.

War jemand für einen Moment nachlässig gewesen? Es sah aus, als ob jemand einen Zettel verloren hätte ... oder eine Visitenkarte, die einen Augenblick an der feuchten Oberfläche kleben geblieben war.

Wide sah sich im Bad um, da entdeckte er die Talkumdose, *gab es noch mehr Vierzigjährige, die Talkum zu Hause hatten*? Er hob die Dose auf. Am Boden war noch ein wenig Pulver.

Vorsichtig streute er es auf den Abdruck im Waschbecken und blies darüber. Das Pulver drang in das dünne Blau und holte den Abdruck der Buchstaben deutlicher hervor, so deutlich, dass er einige entziffern konnte.

Xerx

Er starrte lange darauf und wartete auf die Gedanken. Häufig war der erste Gedanke der beste gewesen, Intuition, Wissen und der Mut, den ersten dünnen Spuren der Eingebung zu folgen, die die einzigen waren, die es gab. Xerx. Xerxes? War das nicht einer der persischen, kriegswütigen großen Herrscher gewesen? Oder war es ein ägyptischer Pharao? Wide wartete noch eine Weile auf einen neuen Gedanken, aber es kam keiner. Xerxes musste er später nachschlagen. Er wusste, das würde ihn nicht weiterbringen, um zu verstehen, was hier passiert war, aber er würde es tun: weiter suchen.

Mit einer nassen Toilettenpapierrolle gegen den Kopf gedrückt, ging er durch die Wohnung. Er war auf das Schlimmste gefasst.

Aber die Küche, die er betrat, war dieselbe Küche, die er vorher verlassen hatte, vor sehr langer Zeit. Nichts schien angerührt, nichts zerstört. Er besaß nicht viel Geschirr, aber das, was er besaß, war sehr zerbrechlich. Warum hatte es niemand zerschlagen?

Das war wohl nicht Ziel des Besuchs. Die Hauptabsicht bestand nicht darin zu zerstören. Wer etwas sucht, sucht nicht an unmöglichen Stellen. Es war schwer, etwas in einem Teller zu verstecken.

Als Wide sich der Anrichte näherte, sah er, dass die Schubladen hervorgezogen und das Besteck und andere Gegenstände bewegt, aber mit vorsichtiger Hand wieder zurückgelegt worden waren.

Er überlegte, was die Besucher wohl von seiner Spezialschublade gehalten hatten, seinen Spezialwerkzeugen. Er musste fast lächeln, als er daran dachte, wie er oder sie auf Olivenentkerner, sinnvolle Knoblauchpressen, Stanzmaße für Ravioli und *dim sum*, dem Hühnchenstativ, die Zangen für den Bambusdämpfer gestarrt und sich gefragt hatten, wozu um alles in der Welt diese Dinger nötig waren.

Das sind Sachen für spezielle Gelegenheiten, hätte Wide gesagt, wenn er den Besucher vor sich gehabt hätte.

Das war nicht er, Wide war klar, dass sein verwirrtes Hirn Sachen dachte, die sonst nicht gedacht wurden, und diese Erkenntnis war ein Zeichen dafür, dass er schon etwas klarer dachte. Er fand die Uhr an seinem Arm. Er war Linkshänder und trug die Uhr rechts. Es war vierzehn Uhr. Er war insgesamt drei Stunden bewusstlos gewesen.

Jetzt sah er, dass die Kühlschranktür weit offen stand, sie wurde von einem Küchenstuhl gestützt, damit sie nicht von ihrem eigenen Gewicht wieder zufiel. Der Besucher war lange genug da gewesen, um zu sehen, dass die Neigung des alten, auf Steinsockeln errichteten Holzhauses dazu führte, dass sich die Kühlschranktür automatisch schloss.

Es steckte Absicht dahinter, dass er die offene Kühlschranktür sah.

Als er näher trat, nahm der Schmerz in seinem Hinterkopf zu. Er spürte, wie sein Blutdruck stieg. Hatte er … Angst?

Ganz vorn stand eine braune Schüssel mit kleinen gelben Zitronen. Eier, Käse und ein kleines Stück Salami waren nach hinten geschoben worden. Er hielt inne, sein Blick wanderte zu der Schüssel.

»Was für ein hübsches kleines Ding!«

»Brauchen wir mehr Erinnerungen von dieser Insel?«

»Jonathan, wir haben ein Jahr hier gelebt!«

»Ein Ding für jeden Tag.«

»Okay, okay, wir kaufen sie nicht.«

»Bitte, ich hab doch bloß Spaß gemacht, klar kaufen wir die Schüssel.«

»Nein, du magst sie ja doch nicht.«

»Ich mag sie. Wir kaufen sie.«

»Wir brauchen keine Erinnerungen mehr.«

»Ich liebe diese verdammte Schüssel! Ich möchte sie haben, ich kann nicht ohne sie leben.«

»Dann kauf sie, ich will sie nicht.«

War die Schüssel eine der so genannten auslösenden Faktoren gewesen? Warum war es so schwer, gemeinsam eine hübsche kleine Schüssel für sieben zyprische Pfund zu kaufen? Er hatte sie mit schlechtem Gewissen gekauft und sie immer mit frisch geschnittenen Zitronenscheiben auf dem Tisch stehen gehabt. Er hatte gewünscht, dass sie die Schüssel mitgenommen hätte, als sie sich trennten. Hätte sie verstanden, warum? Hätte er es selbst verstanden?

An diese Schüssel war ein Zettel mit Tesafilm geklebt. Er ging näher.

In der Schüssel lag etwas. Es glänzte im Licht der Kühlschrankbeleuchtung. Eine Sekunde, bevor er sich über die Spüle beugte und sich heftig übergab, sah er das äußerste Glied und den Nagel eines kleinen Fingers, der über den Schüsselrand ragte, für ewig gefangen in der Bewegung, die zu einem harmonischen Nachmittagstee in einem vornehmen Salon gehörte.

Voller Panik wandte er das Gesicht von der Spüle ab und starrte auf seine eigenen Hände. Er zählte seine Finger. Durch einen Tränenschleier sah er zehn Finger. Dann zählte er die Fingergelenke. Sie schienen noch alle da zu sein. Auch die Nägel waren dort, wo sie hingehörten.

Vorsichtig ging er zurück. Aus einer Armlänge Abstand löste er den Zettel, der aus einem Kollegheft gerissen war.

Mit schwarzem Kugelschreiber hatte jemand in Versalien geschrieben:

HALT … FINGER … AUS … XR

Er wandte den Kopf ab, schloss die Augen und schaute wieder. HALT … FINGER … AUS … XR. Einigermaßen deutlich. Was machte man mit Fingern? Man steckte sie irgendwo hinein. Oder sollte sie heraushalten. Halt die Finger raus. Vielleicht. Das Problem lag in dem XR. Xerx …?

Er hatte das merkwürdige Gefühl, dass es irgendwo in seiner Vergangenheit eine Antwort gab oder zumindest Teile einer Antwort.

Ihm wurde wieder schlecht. Der Schlag auf den Kopf, die Verwüstung um ihn herum, er spürte, wie sein Blutdruck hochschnellte, die Hitze bis in die Ohrläppchen stieg, diese ... Sache im Kühlschrank. Er sah jetzt genauer hin und erkannte, dass der Finger nicht von einem Menschen stammte, es war ein künstlicher Finger, vielleicht von einer Schaufensterpuppe. Das war eine befreiende Entdeckung, aber der Effekt war unverändert stark.

Jonathan Wide merkte jetzt, dass er Hilfe brauchte.

Er ging zurück ins Schlafzimmer, setzte sich auf den Fußboden neben das Bett, hob den Telefonhörer ab und drückte eine Nummer ein.

»Praxis Doktor Tommysson.«

Gab es noch jemanden auf der ganzen Welt, der so hieß? Tommysson?

»Ist der Dok... ist Anders da?«

»Wer spricht denn da?«

Er sah die Frau vor sich, der Kittel, der sich bei jeder Bewegung spannte. Ein Namensschild und eine trockene, kräftige Hand, die den Telefonhörer hielt.

»Hier ist Jonathan Wide.«

»Einen Augenblick.«

Drei Sekunden Stille. Das Scharren eines Stuhls, der über eine unebene Fläche geschoben wird.

»Jonathan! Wie ist die Lage, wie man so sagt?«

»Im Augenblick sehr schief, Anders.«

»Du weißt, du hast die Wahl.«

»Diesmal geht es nicht um Alkohol.«

»Alkohol ist der Grund für das meiste.«

»Aber nicht dafür.«

»Das musst du mir erklären. Möglichst innerhalb von drei Sekunden.«

Er erklärte es. Es dauerte etwas länger als drei Sekunden.

»Kann man auf dem Bett noch liegen?«

»Ja.«

»Leg dich hin und warte. Du scheinst eine ordentliche Gehirnerschütterung zu haben. Ich bin in ungefähr einer halben Stunde dort. Vielleicht müssen wir noch ins Krankenhaus.«

Jonathan Wide sah ein Behandlungszimmer vor sich, und was er sah, gefiel ihm nicht. Allein der Gedanke daran sorgte dafür, dass er sich gleich besser fühlte.

»Ich hab eigentlich nur an eine Spritze oder Pille oder so was gedacht.«

»Ist das Freundschaft? Möchtest du nicht von deinem alten Freund umsorgt werden?«

»Ich fühl mich tatsächlich schon ein bisschen besser.«

»Du kapierst das alles nicht. Der Arzt ist der Einzige, der es weiß. Hast du nicht die Geschichte von dem alten Mann gehört, der im Sterben liegt und schließlich einschläft? Der Arzt, der gerade da ist, beugt sich über ihn und sagt: ›Der Alte ist ja schon tot.‹ Da wird der Alte wieder munter und sagt: ›Aber noch lebe ich.‹ Da beugt sich die Frau vom Alten rasch vor und sagt: ›Still, mein Kleiner, das weiß der Doktor besser als du!‹ Hast du die schon mal gehört, Jonathan? – Jonathan?«

Er hatte sie schon mal gehört und alle anderen Patienten von Doktor Anders Tommysson auch. Wide hatte den Hörer schon aufgelegt, bevor Tommysson fertig war. Er hatte den Rat befolgt und sich auf seinem Bett ausgestreckt. Er schloss die Augen.

Als das Telefon klingelte, blieb ihm fast das Herz stehen. Der Klingelton war laut gestellt und dröhnte durch seinen Körper wie ein Granatenhagel. Wie oft hatte er schon daran gedacht, den Ton leiser zu stellen ... Er hob den Hörer ab, als wäre es ein Sprengsatz, lauschte, sagte aber nichts.

»Ist da Jonathan Wide?«

Eine Frauenstimme, exaltiert, aber sie schien unter Kontrolle zu sein. Er war daran gewöhnt, Stimmen in den unterschiedlichsten Situationen einzuschätzen.

»Ja …«

»Mein Name ist Lea Laurelius.«

»Ja …?«

»Ich brauche Hilfe.«

5

Sie sah eine Amsel, die ihren Futterplatz bewachte, drei Krümel, auf Abstand die Meisen, bis sich eine drei Hüpfer näher wagte. Die Amsel hob den Schnabel und dann den ganzen Körper, einen Augenblick sah sie wie ein schwarzer Stein im Laubwerk aus, bevor sie in die Sonne flog.

Sie sah ihren Mann an.

»Noch ein Tag in der Welt der Männer.«

Sten Ard massierte seinen Nasenrücken, den Blick auf einen Punkt über ihrem Kopf gerichtet.

»Ich glaub, mir wachsen Haare auf der Nase.«

»Das kommt daher, weil du so ein Mann bist. Weil du dich in einer männlichen Umgebung aufhältst, einer kraftvollen Umgebung.«

»Viele der Kraftvollsten können nicht mehr als zwei Kilo anheben.«

»Vielleicht das Alter. Aber im tiefsten Innern sind sie die Männer, die sie immer sein wollten. Außerdem habt ihr doch die Autos.«

»Du bist also der Meinung, dass das Auto Macht ausdrückt?«

»Willst du mich auf den Arm nehmen, Sten? Hat das Auto nicht immer die Macht der Männer ausgedrückt?«

»Tja, wie es den Jungs im Punischen Krieg gegangen ist, das weiß ich nicht …«

»Ich weiß es. Sie haben von etwas geträumt, was sie vorwärts bringen würde, und zwar schnell. Die Männer haben es nie geschafft, sich nur aus eigener Kraft vorwärts zu bewegen. Es gibt nichts Verletzlicheres als einen Mann, der nichts weiter besitzt als seinen Körper.«

Er spürte seinen Körper, er fühlte sich schwerer an denn je – wie eine Rüstung, die zu rosten begann. Verletzlich.

»Und die Jungs im Schlosswald? Versuchen die sich in ihrer ganzen Verletzlichkeit zu zeigen?«

»Das ist auch ein Zeichen von Schwäche. Wer in einem Park herumrennt, läuft vor etwas weg. Sehen die aus, als ob ihnen das Spaß macht?«

»Es soll wehtun. Der Schmerz ist der Weg. Außerdem kriegt man vom Laufen einen schönen Körper. Das kommt den Frauen zugute.«

»Jetzt übertreibst du aber.«

»Dann lassen sich Frauen also willig von Fleischklöpsen umlegen?«

»Manchmal, wenn es ein denkender Fleischklops ist.«

»Wer seinen Körper pflegt, denkt nicht nach? Willst du das damit sagen?«

»Dir gehen wohl die Argumente aus. Du weißt doch, dass ich es nicht so meine. Aber mir ist schlecht von all dieser Mentalität ›Bau deinen Körper zu einer Festung auf‹, diese Fixierung auf den Körper und die Muskeln. Es scheint nur einen Körper zu geben, kein Gehirn, als ob der Kopf und der übrige Leib eine Skulptur wären, die man pflegen und putzen und aufpumpen und so lange wie möglich glänzend erhalten muss.«

Sten Ard sah seine Frau an. Sie hatte ja Recht. Er hatte

das aus ziemlicher Nähe gesehen: Jugendliche, die Pillen aus dem Ostblock schluckten, um ihr Ziel auf kürzestem Weg zu erreichen.

Aber konnte einem Jogger, der mit glasigem Blick zum dritten Mal um den Robbenteich lief, der ganze Schrott über die Mythen des Körpers angelastet werden?

»Maja, ich glaub nicht, dass wir dem Jogger im Schlosswald alle Schuld geben können.«

»Und ich halte diese ganze Verherrlichung des Körpers für verdammt gefährlich«, sagte sie »Du weißt, wie der Faschismus entstanden ist und sich entwickelt hat. Es ist gut, zu widersprechen und sich ein wenig gesunde Skepsis gegen übertriebene Körperbetätigung zu bewahren.«

Sten Ard lachte auf. Er liebte ihre genaue und trotzdem etwas umständliche Art zu argumentieren. Übertriebene Körperbetätigung.

Er lachte auch in der Erinnerung. Es war am letzten Wochenende auf einer glühend heißen Tribüne gewesen. Ard und die Nächsten im Gamla-Ullevi-Stadion, und sein geliebter Allianzclub, abgestiegen aus der Landesliga, und er Ausschau haltend nach etwas, was ihn mitreißen könnte. Es war übertriebener Körpereinsatz, den er sehen wollte. War die Hitze daran schuld, dass sich alle wie in Zeitlupe bewegten?

Aber nicht die Hitze hatte die Mannschaft absteigen lassen, er hatte sich umgeschaut, die Männer mittleren Alters angesehen, die zusammen mit ihm eine kleine Gruppe mitten auf der Stehplatztribüne bildeten, und er hatte den Blick zum Polizeipräsidium gehoben, das einige hundert Meter von dem Platz entfernt lag, wo er sich jetzt aufhielt.

Das Polizeipräsidium, Gamla Ullevi, das waren Orte, wo er sich aufhielt. In dieser Saison den Club zu begleiten war mehr Arbeit als Vergnügen gewesen, ganz zu schweigen von der vorherigen Saison, eine verdammt harte Arbeit war das gewesen, Trauerarbeit.

Er gehörte zu der Generation der Aussterbenden und das war gut so. Fußball war kein Sport der Zukunft.

Jemand hatte diesen Sport einmal als Rasenschach bezeichnet. Sten Ard hatte den Ausdruck immer für idiotisch gehalten, aber jetzt war er nicht mehr so sicher. Hatten die Spieler überhaupt so etwas wie Freiheit? Waren es nicht vielmehr die unsichtbaren Strippen des Trainers, die sie auf dem Platz agieren ließen? *Ich sehne mich vom schwarzen Feld zu dem weißen / Ich sehne mich vom roten Faden zum blauen*, vielleicht konnte Mutter Fußball mit Ekelöf beschrieben werden, Ard trug immer seinen Ekelöf mit sich herum wie eine schusssichere Weste. Die Leute machten sich nachsichtig über ihn lustig, und er wurde immer geneigter, ihn zu zitieren.

»Sten? Sten! Bist du müde?«

Sie berührte ihn leicht am Arm. Der tägliche Wortwechsel war vorbei, ein Ritual, wenn sie sich nach der Arbeit zu Hause trafen.

Maja sah selber müde aus. Eine Sozialarbeiterin, die schon viel gesehen und sich trotzdem ein starkes Engagement bewahrt hatte. Hatte sie sein ... Zynismus enttäuscht, wenn es denn Zynismus war, was er manchmal ausdrückte? Er hoffte, es war nicht so.

Auch er hatte viel gesehen. Ihm fiel es schwer, die richtigen, unmittelbaren Gefühle zu zeigen.

»Ja, ich bin müde. Ich möchte einen Whisky.«

»Talisker?«

»Nein, heute will ich nicht den Rauchmelder hören.«

»Einen, der weniger rauchig schmeckt?«

»Genau.«

»Glenkinchie?«

»Ausgezeichnetes Getränk *after a walk in the hills.*«

»Reden wir nicht von einem *pre-dinner-drink*?«

Wieder ein kleines Ritual. Der Malt Whisky Companion von Michael Jackson – ein Buch, aus dem man viel zitieren konnte.

»Ich bin ziemlich nah der Ängsgårdsberge gewandert und werde bald was essen. Her mit dem Schnaps!«

War es das, was am Ende etwas bedeuten würde? Maltwhisky, die echte Ware ohne Beimischung von Alkohol aus Kartoffeln und einfachem Getreide? Er trank nicht viel, aber er saß gern eine Weile da, die Nase in das glühende Getränk gesteckt. Es war eine Frage von ... Stil geworden, vielleicht sogar Ethik. In einer Abstellkammer hatte er einige hübsche Flaschen. Er würde sie niemals herausnehmen, nie mehr als eine zur Zeit. Vielleicht war das eine Klassenfrage. Sein Vater hatte den Branntwein nicht auf den Tisch gestellt. Ard stammte aus einer Schicht, in der man sich nie ganz von der Scham für das Trinken und die Flaschen befreien würde.

Er meinte, den frühen Abend da draußen hereingleiten zu hören, wie ein Schiff in den Heimathafen. Die vertrauten Geräusche.

»Da läuft ein Mörder frei herum.«

Sie saßen in dem, was sie jetzt Bibliothek nannten, ein großer, heller Raum, der mit jedem Bücherregal, das aufgestellt wurde, immer dunkler geworden war, die Jahre ihres Lesens waren wie Jahresringe an den Bücherregalen abzulesen. Sie las mehr als er. Er las die Bücher immer mehrmals, daher reichten sie lange für ihn. Er war dankbar, dass er im Lauf seines Lebens gewisse Sätze hatte lesen dürfen.

»Du pflegst sie nicht mit nach Hause zu bringen.«

Sie saß in dem Ledersessel neben seinem. Eines Tages vor einigen Jahren hatte er die Klassenzugehörigkeit sorgfältig im Garten vergraben, danach einen Anruf getätigt und war zur Bank gefahren. Hinterher ging er zu einem Möbelhaus und hatte für 29 000 Kronen diese Sessel gekauft, hohe Modelle. Als sie angeliefert wurden, war er für einen Moment in Panik geraten, und es hatte zwei Tage gedauert, ehe er sich zum ersten Mal hineingesetzt hatte.

Es war das beste Geschäft, das er jemals gemacht hatte.

»Dieser Mörder ist vielleicht ein Künstler. Er braucht Publikum.«

»Es reicht ihm nicht, jemanden umzubringen?«

»Nein, es soll gesehen werden, es soll in einer Art selbstverständlicher Nonchalance inszeniert werden. Wie ein Schauspiel. Vielleicht ist es so.«

»Das kann ja nicht der einzige, na ja ... öffentliche Mord in Göteborg sein.«

»Normalerweise kriegen wir sie fast immer sofort, Überfall auf offener Straße, Totschlag und ... ja, die Morde in den Kneipen und in dem Gedränge davor.«

Er schwieg eine Weile.

»Diesmal wirkt es so raffiniert.«

»Eine Warnung für andere.«

»Eine Kreuzigung. Es war wie eine Kreuzigung.«

»Aber so was hast du doch früher auch schon erlebt?«

»Nein, es ist neu. Ich spüre, dass es etwas Neues ist. Jetzt sind andere Spieler auf dem Platz. Davon gehen wir jedenfalls aus.«

»Das klingt unheimlich.«

»Es *ist* unheimlich. Göteborg ist wie ein weit offenes Feld, wie eine unendliche Fläche von unberührtem Neuschnee.«

Wie treffend der Vergleich ist, merkte er erst, als er die Worte ausgesprochen hatte.

»Früher hatten wir Probleme mit dem Rauschgift, aber damit sind wir noch irgendwie fertig geworden. Man kann sagen, es spielte sich auf einem mittleren Niveau ab.«

»Und jetzt geht es um die Elite?«

»Göteborg hatte sein eigenes Debüt in der Landesliga des Rauschgifts.«

»Kann man Fußball für alle Arten Metaphern benutzen?«

»Wir sind jetzt Mitglied in der Rauschgift-EU, wenn dir das lieber ist. Oder eher Rauschgift-UNO, das ist ein treffenderes Bild.«

»Und dieser Mord … der passt da rein?«

»Es sind deutliche Absender, deutliche Nachrichten für alle, die die Sprache verstehen. Es ist eine brutale Sprache, nein, das Wort ist zu kraftlos, sie besteht aus Lauten, entsetzlichen Lauten.«

»Aber die, die diese Sprache sprechen, beherrschen auch andere Sprachen.«

»Vielleicht ist das das Allerschlimmste. Die harten Akteure sind zu intelligent, sie sitzen auf den richtig hohen Posten. Den althergebrachten Soziopathen schnappen wir früher oder später. Seinen Bruder an der Spitze hinge gen kriegen wir nie.«

»Ist das nicht der übliche Polizeizynismus?«

»Ich fürchte, diesmal ist es anders. Dies sind neue Wege. Unsere Autos sind nicht schnell genug auf diesen Wegen.«

Sie spürte das Engagement, aber auch die Resignation, sein Gesicht mit den drei kurzen Falten zwischen den Augen. Sie waren schon früh da gewesen, wurden aber tiefer und waren in den Jahren ihres Zusammenseins immer deutlicher hervorgetreten.

»Wie wollt ihr mit dieser finsteren Grundeinstellung etwas ändern?«

»Nicht finster. Realistisch. Man muss von diesen Voraussetzungen ausgehen. Sonst erlebt man Enttäuschungen. Von Enttäuschungen auszugehen ist nicht gut.«

»Ihr seid doch ein Team.«

»Wir sind viel zu wenig.« Er wiederholte die Worte. »Wir sind viel zu wenig.«

Sie schwiegen eine Weile. Er trank den Whisky aus, oder besser, er atmete die letzten Dämpfe ein.

Die Wärme legte sich für die Nacht zur Ruhe, ein kleines Stück oberhalb des Bodens. Ein schwacher Schatten hatte sich über das Zimmer gesenkt. Sten Ard schaute auf.

»Dem langsam dunkelnden Abend ziehe ich freundlos entgegen.«

»Ekelöf?«

»Fast richtig, bis auf ein paar Buchstaben. Es ist Ekelund.«

Er hielt sein Glas gegen das weiche Licht und sah eine kleine Welt im Bernstein mit gerundeten Formen.

»Möchtest du noch einen?«

6

Zeit war vergangen. Er hatte wieder geschlafen, eine Spritze, er war fast bewusstlos gewesen, als Anders Tommysson kam.

An der Decke war ein Fleck, den er jetzt lange angeschaut hatte, das gab ihm ein Gefühl von Sicherheit. Wie lange war dieser Fleck ein Teil seiner Wohnung gewesen?

Er wurde wieder wach. Neben dem Bett lag ein Zettel. Er hörte Tommyssons dröhnende Stimme aus den Zeilen: *Gehirnerschütterung, aber nicht so schlimm. Stumpfer Gegenstand. Die wollten dich wirklich umbringen. Wenn es dir schlechter geht, ruf mich an.*

Niemand hatte ihn wirklich umbringen wollen. Wie ging noch die Zeile ... mit solchen Freunden braucht man keine Feinde. Oder war es in diesem Fall umgekehrt?

In seinem Bewusstsein wartete noch etwas auf seinen Auftritt. Er erinnerte sich an den Anruf, die Frau, die ihn angerufen hatte. Wann war das gewesen? Er sah auf die Uhr, aber die gab keinen Anhaltspunkt. Schließlich begriff er, dass er sie verkehrt herum hielt. Machte das einen Unterschied? Wie wäre es, wenn man mit der australischen Zeit auf der Armbanduhr durchs Leben ginge? Vielleicht würde das als asoziales Verhalten eingestuft werden.

Er stellte die Uhr richtig hin und sah, dass es Nachmittag war, der zweite Tag. Er überlegte, wie ein Boxer die Zeit unter Kontrolle halten würde ... es war ein schönes Gefühl, die Gedanken noch eine Weile frei schweifen zu lassen. Er wusste, dass er etwas erledigen musste.

Die Sonne war zum Feind geworden. Gegen sie konnte man sich nur schwer wehren, die harten Strahlen trafen ihn unbarmherzig, als er aus der Tür trat. Göteborg war wie ein kleines Kind ohne Sonnenschutz. Stadt und Land waren für die Kälte ausgerüstet, für Regen und Schnee. Die Zentralheizungen konnten jetzt nicht helfen, Klimaanlagen waren nötig, merkwürdige Kisten waren an den Häusern aufgetaucht: groteske Auswüchse, wie grauschmutziger Wärmeausschlag.

Die Sonnenstrahlen drangen zu jedem Wesen vor, das sich nachmittags hinaustraute, jagten alles Lebendige wieder hinein. Ein neuer Hitzerekord wurde aufgestellt, mitten am Tag waren die Badestrände leer.

Wide ging zu seinem Auto. Seine Lungen schienen sich mit Schwere zu füllen.

Er öffnete die Autotür und setzte sich in die 50 Grad Wärme. Er startete den Motor, stieg noch einmal aus und nahm drei tiefe, schmerzhafte Atemzüge, ehe er sich wieder hineinsetzte und in Richtung Majvallen fuhr. Die Klimaanlage im 242 hatte ihren Geist aufgegeben, die heruntergedrehten Fenster ließen nur eine Ahnung von Luft herein. Bei anderer Gelegenheit hätte ihn das vielleicht amüsiert.

Wide fuhr die Godhemsgatan hinunter zum Schlosswald, an der Schrebergartenkolonie vorbei, wo Kinder jauchzend durch die Strahlen der Rasensprenger rannten. Im Augenblick herrschte Bewässerungsverbot. Aber allmählich ging es ums Überleben für Pflanzen, Tiere und

Menschen. Ein Strahl wurde auf die Straße gerichtet, über eine niedrige Hecke hinweg, und traf sein Auto. Er spürte die plötzliche Kraft des dünnen Wasserstrahls, die Kühle, hörte das Lachen eines Kindes.

Wide nahm den Geruch nach gegrilltem Fleisch wahr. Plötzlich wurde ihm übel.

Im Schatten vom Skytteskogen konnte er zum ersten Mal wieder normal atmen, und als er auf die Dag-Hammarskjöld-Umgehung einbog, hatte sein Körper etwas Widerstandskraft gegen die Hitze gesammelt.

Sie hatte ruhig und kontrolliert gesprochen, aber mit verhaltener Verzweiflung in der Stimme, die Worte hatten sich in einem wilden Haufen am Ende der Sätze geballt. Irgendwo in dem Haufen befand sich auch ihre Adresse. Sie musste sie wiederholen.

»Das klingt, als sei es ein Fall für die Polizei.«

Nachdem er in etwa begriffen hatte, was sie wollte, fragte er sich, warum sie ausgerechnet ihn angerufen hatte.

»Ich will keine Polizei.«

»Das ist deren Job.«

»Ich hab Sie nicht angerufen, um mir von Ihnen sagen zu lassen, ich soll mich an die Polizei wenden.«

»Im Augenblick bin ich nicht in Form, jemandem zu helfen. Nicht mal mir selber.«

»Wissen Sie, wer ich bin?«

»Ihren Namen kenne ich.«

»Falls es am Geld liegt …«

»Für das, was Sie wollen, reden Sie ganz einfach mit der falschen Person.«

»Sind Sie kein … Detektiv?«

»Ich bin Privatdetektiv. Wissen Sie, was ein Privatdetektiv macht?«

»Deswegen hab ich Sie doch angerufen. Weil ich weiß, was Sie tun.«

Sie nannte einen Namen. Es ging um einen Job, den er erledigt hatte.

»Sie waren ... gut. Sie haben verstanden.«

»Wenn ich gut bin, kommt das daher, weil ich nichts verstehe. An dem Tag, an dem ich verstehe, was ich eigentlich treibe, springe ich vermutlich von der Älvsborgsbrücke.«

Er erinnerte sich an den Fall. Die Frau, von der Lea Laurelius gesprochen hatte, wollte sich scheiden lassen. Wide hatte für Beweise der Untreue gesorgt. Seit er Privatdetektiv war, hatte er viele solcher Beweise beschafft. Das war ein ziemlich schmutziger Job. Den meisten Dreck wusch er mit Schnaps ab.

»Selbst wenn dies außerhalb Ihres normalen ... Jobs liegt, hoffe ich, dass Sie bei mir eine Ausnahme machen.«

Die Verzweiflung in ihrer Stimme nahm zu. Er hörte auch noch etwas anderes heraus. Was war es? Angst?

»Wenn Sie keine Polizei im Haus haben wollen, gibt es denn keinen Freund, den Sie anrufen können? Oder eine Art ... Dienst, Sozialdienst?«

»Ich habe versucht, meinen Mann anzurufen.«

In diesem Moment fiel ihm der Name ein. Der Mann, dessen Vornamen er vergessen hatte. Er tauchte oft am Rand von etwas zweifelhaften Geschäften auf. Wide hatte schon früher Einsicht in Akten von Wirtschaftsvergehen gehabt. Im Hause Laurelius gab es also auch keine Ethik. Auf diese Weise hatten sie etwas gemeinsam. War er wirklich genügend in Form, um herauszufinden, was die Frau eigentlich wollte? Brauchte er Geld? Auf beide Fragen war die Antwort ja.

»Okay«, sagte er in den Hörer, »ich komme.«

Jetzt war er hier, in der stilvollen Welt. In Hovås besaßen die Einwohner genügend Geld, um sich gegen die Sonne zu schützen. Überwiegend hatten sie auch genügend Geld, um sich gegen den schmutzigen Teil der äußeren Wirklichkeit zu schützen. Er fuhr durch stille Straßen, an ordentlich gestutzten Hecken und hohen Mauern entlang, ein Stück dahinter Häuser, schöne Häuser, die nicht unbedingt ewiges Glück bedeuteten, aber den Weg dorthin zu erleichtern schienen.

Geld half nicht immer gegen eine innere Wirklichkeit. Jonathan Wide war kein Kommunist, eigentlich fand er, er stehe ein Stück außerhalb der Gesellschaft. Seine eigene Ethik war seine Privatangelegenheit, für die er kritisiert worden war ... jeder Mensch braucht ein soziales Gewissen ... aber eine kleine rote Flamme von Klassengefühl züngelte doch in seinem Inneren, als er an diesen Häusern entlangfuhr.

Er war schon früher hier gewesen, als Vertreter der äußeren Wirklichkeit. So manches Mal hatte er innerlich rebelliert.

Er erinnerte sich an eine angetrunkene Frau, die fast einen kleinen Jungen überfahren hatte. Als er kam, schenkte sie sich noch einen Gin ein und verwies nur auf ihren Anwalt.

Oder drei Jugendliche, die versucht hatten, einen schlafenden Penner anzuzünden. Der Vater eines dieser Jungen war fast gewalttätig geworden. Die Jungs hätten der Gesellschaft einen Dienst erwiesen, so was in der Art hatte er gesagt. Wide war roher, offener Menschenverachtung begegnet und es war nicht das erste Mal gewesen.

»Wisst ihr nicht, auf welcher Seite ihr stehen sollt, ihr verdammten roten Socken?!«, hatte der Mann sie angeschrien. »Wir sind es, die das Land am Leben erhalten!«

Wide war wie ein Mensch zweiter Klasse behandelt worden und das hatte ihm nicht gefallen. Vielleicht war er ein Mensch zweiter Klasse – oder der dritten Klasse, aber er besaß eine Form von Freiheit, und er war nicht sicher, ob er sie behalten würde, wenn die erste Klasse – die außerdem unbefleckt weiß war – mehr zu sagen bekam. Sie war auf dem besten Weg dorthin.

Hovås Södergatan Nummer 12. Er parkte. Vor dem zweistöckigen Wohnhaus stand kein Auto; Holz und Putz in Weiß und hellem Blau, ungleiche Giebel und eine Veranda mit Blick aufs Meer.

Normalerweise standen mindestens zwei Autos vor den Häusern hier, auf breiten, gut gepflegten Auffahrten.

Wide ging durch einen Garten, der eher einem Park glich, mit einem kleinen Birkenhain. Ihm gefiel das Rauschen der Bäume. Durch das Laub konnte er ein kleines Stück vom Wasser sehen, das intensive Blitzen der Sonne auf einer Oberfläche, die ständig in Bewegung war.

Er streckte die Hand aus, um auf die verzierte Türklingel zu drücken. Ein Löwe – oder ein Tiger? Lea ... bedeutete das nicht Löwin?

Er hielt mitten in der Bewegung inne. Die Tür war angelehnt, sie bewegte sich kurz im Windzug, dann war alles ruhig.

»Hallo? Ist da jemand?«

Er nahm den bitteren Geruch von Gefahr wahr. Es war eine klassische Situation. War jemals jemand in so einer Situation auf dem Absatz umgekehrt und weggegangen?

»Frau Laurelius? Lea Laurelius?«

Er lauschte, hörte aber nichts weiter als das weiche Rascheln des Laubs an der Hauswand. Ein Sonnenstrahl in seinem Rücken fiel in den dunklen Vorraum. In dem

Lichtstreifen sah er einen zerschlagenen Spiegel, ein Telefon auf dem Fußboden, zwei feingliedrige Stühle, die wie gestürzte Balletttänzer die Beine in die Luft reckten.

Wide betrat den Vorraum und stieg über den kleinen Tisch, den jemand sehr übel behandelt hatte.

Nach einer kleinen Weile hörte er aus dem Innern des Hauses ein schwaches Stöhnen. Vorsichtig durchquerte er den Vorraum und betrat ein sonnendurchflutetes Wohnzimmer.

Das Zimmer war zerlegt worden, eine zielstrebige Zerstörung, wie bei einer Suche, die keine Rücksicht nahm. Die Gardinenstangen waren von den Fenstern gerissen und die Vorhänge lagen auf einem dunkelroten Sofa, wie ein Trauerflor.

Die Frau lag im Arbeitszimmer im ersten Stock. Sie stöhnte wieder. Als Wide die Schwelle überschritt, hörte er ein kratzendes Geräusch von dem auf dem Boden liegenden Körper, das wie ein Räuspern klang.

Sie hatte allen Grund gehabt, Angst zu haben.

Teile eines Computers lagen in einem gezackten Kreis um die Frau verstreut. Blut war von ihrer Stirn auf die Tastatur geflossen. Die Buchstaben w, a, s, e und z hatten sich rot gefärbt. Wenn das eine neue Nachricht ist, dann ist sie wahrhaft kunstvoll gemacht, schoss es Wide durch den Kopf, als sich die Frau auf die Seite rollte und die Augen aufschlug.

Er erkannte sie von einem Foto aus der Zeitung. Jetzt schien sie ein rotes Band um den Kopf zu haben, wie auf dem Weg zu einer Party im Stil der zwanziger Jahre.

Er blieb an der Tür stehen.

»Ich rufe einen Arzt.«

Sie hatte die Augen wieder geschlossen.

Er erinnerte sich an das Telefon auf dem Fußboden im

Vorraum und wollte nach unten gehen. Sie rief ihm etwas nach, wieder dieses krächzende Geräusch, diesmal mit mehr Luft.

»Bl… bleib.«

Wide kehrte um, trat näher an sie heran. Die Augen … er war empfänglich für die Augen von Frauen … war es der Schleier von Schmerz, der sie so schön machte?

Diese Augen sah er nicht zum ersten Mal. Langsam wurde es ihm klar, bahnte sich die Erinnerung ihren Weg. Es war viel Zeit vergangen. War es zwanzig Jahre her? Eine kurze Begegnung, aber offenbar ein langer Abschied.

Mit dieser Frau war er an einem Strand entlanggewandert, und er erinnerte sich jetzt, dass sie am Wassersaum einen Stein aufgehoben und ihn zehn Meter weit ins Meer hinausgeschleudert hatte, und er hatte gesagt, dass es zehntausend Jahre dauern würde, ehe der Stein wieder an Land kommen würde. Sie hatte gelacht. Es war ihr letzter gemeinsamer Tag gewesen.

7

Er hatte fünf Kilo zu viel drauf, trug die Haare anders, hielt sich anders ... er hätte ein attraktiver Mann sein können. Die tiefe Falte zwischen den Augenbrauen würde er nie mehr loswerden. Sie hatte ihn nicht so klein in Erinnerung. Trotzdem wirkte er groß, vielleicht weil sie sich noch nicht aufgerichtet hatte. Vielleicht war er einer dieser Männer, die eine gewisse Körpergröße ausstrahlen. Das hatte nichts mit der tatsächlichen Größe zu tun.

Er trug einen hübschen Verband um den Kopf. Wenn sie diese Szene in einer Komödie gesehen hätte, sie hätte gelacht.

Sie saß in einer Sofaecke. Er hatte ihr einen Verband angelegt, und ihm war heute zum zweiten Mal schlecht geworden. *Mit dieser Frau hatte er nun mehr gemeinsam, als er sich in seinen schlimmsten Albträumen hätte vorstellen können.*

Er war gekommen, und jetzt musste sie etwas sagen. Lea Laurelius war es, als spräche sie zum ersten Mal.

»Sie sind doch noch gekommen. Ich hatte das Gefühl, dass alles zu spät ist.«

»Was zu spät ist?«

»Dass Sie es nicht hierher schaffen würden … nicht kommen würden.«

»Das hab ich nicht gemeint.«

»Entschuldigung, was haben Sie gefragt?«

Wide hielt einen Becher mit Kaffee in der Hand. In der Küche hatte er eine Dose Nescafé gefunden und eine ordentliche Portion von dem Pulver in den Becher gegeben. Auf einer Anrichte eine Flasche Cognac, Renault, der schwarze. Im Flugzeug oder auf der Fähre gekauft? Oder konnten sie es sich leisten, den richtig guten Alkohol im staatlichen Schnapsladen zu kaufen?

Er kochte Wasser und goss es über den Kaffee, gab Cognac dazu und widerstand dem Impuls, ein kleines Glas direkt zu trinken – oder aus der Flasche –, brachte der Frau den Becher und machte es ihr so bequem wie möglich. Sie trank in kleinen Schlucken und er sah eine Andeutung von Farbe in ihr Gesicht zurückkehren.

»Wir können uns ruhig duzen.«

»Wie bitte?«

»Wir können uns duzen. Ich bin allein im Haus.«

»Ich weiß nicht, was ich sagen soll.«

Er gab ihr noch einmal zu trinken.

»Ich hab mich beeilt. Die letzte Zeit war nicht gerade erholsam. Wir haben beide ungebetene Gäste gehabt.«

»Wie spät ist es eigentlich? Noch Vormittag? Es hat nicht an der Tür geklingelt. Plötzlich waren sie im Haus. Alles ist sehr schnell gegangen.«

»Ist das passiert, nachdem du mich angerufen hast?«

»So muss es gewesen sein.«

»Warum hast du meine Hilfe – ich meine, vor diesem Hausbesuch gebraucht?«

Sie schaute über das Zimmer und er folgte ihrem Blick, er sah eine hellgelbe Tapete mit weißgelber Borte als Deckenleiste, die Decke weiß gestrichen mit diskreter Stuckatur um die Lampenaufhängung. Rechts stand eine Stehlampe mit einem Schirm, der wie ein Sombrero aussah, neben einem Kunstwerk, das Wide für ein Motiv aus Monets Garten in Giverny hielt. Er war dort gewesen, mit Jon und Elsa, sie hatten sogar im Hotel Strasbourg in Vernon gewohnt, wo Alice Monet Pâtés geholt hatte.

»Ich habe mich bedroht gefühlt.«

»Von wem? Von denen, die hier waren?«

Sie zögerte. Ihre Augen waren ein wenig klarer geworden, als ob ein graues Häutchen langsam von ihrem Kopf gezogen würde. Wann würde sie die eigentümlich formelle Haltung aufgeben und sich zu erkennen geben, drei Worte oder mehr über ihre frühere Begegnung sagen? Sollte er jetzt selbst etwas sagen? Er wollte es schon, aber er wusste nicht, wie er anfangen sollte. Sein Kopf war ganz leer, die Erinnerung hielt die Worte in ihm fest. Er zuckte leicht zusammen, als sie schließlich auf seine Frage antwortete.

»Ich weiß es nicht. Ich hab nichts deutlich gesehen. Alles ging wahnsinnig schnell.«

Jetzt nahm sie seinen Geruch wahr. Er roch nach Schweiß, aber es war ein ... sauberer Schweiß. Ein Mann, der ein Leben ohne Körperspray führte. Gab es das noch?

»Haben sie etwas gesagt?«

»Es ging alles so schnell. Ich glaube, es waren drei Männer – oder zwei ... Plötzlich waren sie da und ich bekam einen Schlag.«

Sie hämmerte kraftlos auf das gequälte Sofa, als wollte sie ihren Worten Nachdruck verleihen. Er roch den Kaffee im Becher, den Cognac.

»Kleidung?«

»Wenn Sie ... du ... meinst, ob sie angezogen waren, ja.« Lächelte sie etwa?

»Ich meine, ob dir etwas Besonderes aufgefallen ist. Schwarze Kleidung. Anzüge. Clownsausrüstung ... so was.«

»Nein, nichts. Ich bin einmal kurz zu mir gekommen und hab einen von ihnen gesehen – oder den Schatten von einem, der über mich gebeugt stand. Dann ist wieder alles schwarz geworden.«

Wide erkannte den Geruch jetzt. Das war nicht Äther, etwas, an das er sich nicht genau erinnern konnte, das ihm aber schon einmal begegnet war.

»Sie haben dich betäubt«, sagte er, stellte die Tasse auf den Sofatisch. »Was hast du wahrgenommen, als du zu dir gekommen bist?«

»Um mich herum war Unruhe, wie ein Grollen. Krach. Und dann meinte ich eine Stimme zu hören.«

»Eine Stimme? Hast du Worte verstanden?«

»Nein, eigentlich nicht. Es klang eher wie eine dunkle Melodie ... als ob jemand tief hinten im Hals spräche.«

»Eine tiefe Stimme? Bass? Rollendes R? Jemand aus Schonen, aus Småland?«

Es gab auch einen göteborgischen Dialekt mit einem rollenden R, in Mölndal, aber auch in anderen Stadtteilen. Er hatte ihn gemocht, bis sich ihm an einem frühen Wintermorgen nach einer entsetzlichen Nacht im Dienst ein Auto auf der Eklandagatan in Schlangenlinien näherte. Er hatte nicht eingreifen können, als das Auto einen jungen Mann anfuhr.

Ohne anzuhalten raste der Wagen davon, Wide warf das Blaulicht aufs Dach und folgte ihm. Erst oben in Guldheden war es ihm gelungen, den Wagen zu stoppen. Eher hatte er ihn nicht überholen können. Ein kräftiger

Gestank nach Besäufnis und saurem Aufstoßen war ihm entgegengeschlagen, als er die Tür aufgerissen hatte, aber am deutlichsten erinnerte er sich an das rollende R des Fahrers, diesen faszinierenden Dialekt. »Werrr sin Sie, was wollen Sie, verrrdammt«, er hatte den Mann ganz ruhig aus dem Auto gehoben, die Handschellen hervorgeholt und sie um seine Hände auf dem Rücken zusammenschnappen lassen, »ich will meinem Rrrechtsanwalt sprrrechen ...« und dergleichen. Er wusste, wenn er antworten würde, hätte mehr daraus werden können als Worte, und er hasste den Mann und seine Tat viel zu sehr, als dass er es gewagt hätte, ihn mehr als nötig anzurühren.

»Vielleicht wie ein Dialekt. Das war ein Laut, der mir bekannt vorkam.«

»Wie?«

Hatte er ihr nicht zugehört? Wie lange war er abwesend gewesen? Sie griff sich vorsichtig an den plumpen Verband, den er um ihren Kopf gewickelt hatte. »Die Stimmen, es klang wie ein Dialekt.«

Wie lautete noch die Mitteilung auf dem Zettel? HALT ... Finger aus ... *Die Finger*?

Er hatte noch mehr Fragen, aber er wusste nicht, ob jetzt der richtige Moment war, sie zu stellen, wusste jedoch auch nicht, ob er noch eine Gelegenheit haben würde.

»Xerxes. Das Wort Xerxes. Hast du das schon mal gehört? Oder irgendwas mit xerx?«

»Xerxes ...«

»Das war ein persischer Herrscher.«

Er hatte es nachgeschlagen.

»Aber ich suche nach einer anderen Bedeutung, glaub ich.«

»Warum suchst du ausgerechnet nach dem Wort?«

Zögernd. Sie wusste, wovon er sprach. Schon als junger Verhörsleiter hatte er gelernt, dass derjenige, der auf eine direkte Frage eine Gegenfrage stellte, häufig Zeit zu gewinnen versuchte.

»Das Wort ist im Zusammenhang mit dem hier aufgetaucht … mit dem, was jetzt passiert ist.«

»Xerxes? Das ist der Name von einer … Holdinggesellschaft, so heißt das, glaube ich. Mein Mann macht mit ihnen Geschäfte. Er hat Xerxes erwähnt … jedenfalls glaub ich das.«

»Dir gegenüber?«

»Nein … ich hab ihn telefonieren hören …« *Kann er sehen, dass ich lüge? Ich bin eine miserable Lügnerin.*

Sie log. Er sah es. Warum verwob sie Wahrheit und Lüge auf diese Weise? War es so offensichtlich, weil es bewusst geschah?

»Wo ist dein Mann im Augenblick?«

»Ich weiß es nicht. Er hat heute Morgen einen Anruf bekommen. Er hat mir nichts gesagt.«

Sie sah jetzt sehr müde aus.

»Ich hab das Auto wegfahren hören.«

Nun sind wir wieder in der Wahrheitsfalle, dachte Wide, bald musste er ihr sagen, dass sie die schlechteste Lügnerin war, die ihm je begegnet war. Oder eine der besten Schauspielerinnen.

»Seitdem …«, sie breitete vorsichtig die Arme aus, »na ja, all das, ich weiß nicht, wo er ist.«

»Kommt das öfter vor, dass er so lange wegbleibt, ohne von sich hören zu lassen?«

»Es ist nicht die Regel, aber es kommt vor.«

»Es kann also durchaus passieren, dass dein Mann verschwindet, ohne etwas zu sagen, und dann mehr als vierundzwanzig Stunden wegbleibt …«

»Manchmal muss er wegen der Geschäfte sehr plötzlich verreisen.«

»Aber er ruft an ... wenn das Geschäft erledigt ist?«

»Ja.«

»Nur diesmal nicht.«

»Scheint so.«

»Eilige Gespräche in aller Herrgottsfrühe, eilige Reisen, eilige Geschäfte. Kam dir das nie seltsam vor ...?«

»Ich weiß nicht, ob die Geschäfte meines Mannes etw...«

»Die Geschäfte deines Mannes haben vermutlich eine ganze Menge mit dieser Sache zu tun.«

Sie hatte genug. Er sah es, und er wusste, dass er keine weiteren Fragen stellen konnte. Er selber hatte auch keine Kraft mehr. Er war ... leer. Es war schon eine Weile her, seit er auf professionelle Art Fragen gestellt hatte. Er war eingerostet. Er war müde.

Jetzt sah sie ihn direkt an, wich seinem Blick nicht aus.

»Bitte, ich kann nicht mehr ...«

»Du hast mich doch um Hilfe gebeten. Bis jetzt haben wir noch nicht darüber gesprochen, warum eigentlich.«

»Ich hab doch gesagt, dass ich mich bedroht fühlte.«

»Das reicht nicht. Die Dinge hängen zusammen, und ich muss dich so lange fragen, bis ich eine Verbindung gefunden habe.«

Sie seufzte.

»Können wir uns nicht erst ein wenig ausruhen?«

Das Telefon durchschnitt die Stille. Sie sahen sich überrascht an.

Lea Laurelius rührte sich nicht.

»Wahrscheinlich wird es nichts mit dem Ausruhen.«

»Wer kann das sein?«

Er hob den Hörer ab.

»Hallo? Hier bei ... Laurelius.«

»Wer sind Sie?«

Es war eine aggressive Stimme.

»Ein Bekannter der Familie. Wer ist da?«

»Hier ist die Familie. Mein Name ist Georg Laurelius. Ich möchte mit meiner Frau sprechen.«

8

Die Schwierigkeiten begannen diesmal schon ziemlich früh. Sten Ard pflegte zu spüren, wenn sich Probleme anbahnten. Zwar sah er seinen Job eigentlich immer wie eine Serie von dunklen Momenten – kleine Missgeschicke, unterbrochen von größeren Katastrophen –, aber diesmal hatte es wirklich böse angefangen.

Göteborg war eine Küstenstadt. *Eigentlich müssten wir Meister im Beutemachen sein, große und kleine Fänge.* Ard seufzte. Es war nicht gut, den Tag mit derartigen Gedanken zu beginnen.

Wir benötigen die Mittel dafür. Er schaute aus dem Fenster auf die glänzenden Kupferdächer in Heden. Es war nicht gut. Zu viel fehlte. Es war, als wollte man mit zerrissenen Netzen Dorsche im Skagerrak fischen.

Er hatte es satt, mit zerrissenen Netzen zu fischen. Die Mörder entwischten so leicht.

Georg Laurelius war sieben Stunden tot, als der Gerichtsmediziner seine Untersuchung beendete. »Plus/minus fünfundvierzig Minuten«, fügte der Pathologe hinzu.

Ard starrte auf die Berichte von Babington und Lagergren. Für das Lesen derartiger Prosa müsste er eigentlich Erschwerniszulage verlangen. Er erwartete ja kein kreatives Schreiben von den Kriminalassistenten, aber wenn er die Berichte lesen musste, wollte er nicht jedes Mal das Gefühl haben, als hätte er sich die Augen mit Zwiebeln eingerieben. Gab's denn an der Polizeihochschule keine Schreibkurse? Könnte man nicht jemanden von der Hochschule für Publizistik anheuern?

»Babington!«

Manchmal tat es gut zu brüllen. Der Name eignete sich auch besonders gut zum Brüllen, britisch-argentinisch, er hieß Carlos mit Vornamen, die Familie kam aus einem Land mit den eigentümlichsten Namen der Welt. Eine argentinische Nationalmannschaft war wie eine Landkarte der Völkerwanderungen. Natürlich viele alte Nazis, aber darunter litten die Jungs auf dem Fußballplatz sicher nicht.

»Chef ...«

Babington tauchte im Türrahmen auf, braune Haare, im Gesicht ein Ausdruck, als ob er heute in diese stolze, neue Welt hineingeboren worden wäre. Augen überall im Zimmer, erst als es sich nicht mehr vermeiden ließ, auf Ard gerichtet.

Könnte man beim schwedischen Polizeikorps nicht die Anrede »Sir« einführen? Das war eine gute Anrede von unten nach oben. Ausgeglichen sozusagen. Ard gefiel es nicht, Chef genannt zu werden, aber manchmal gefiel er sich darin, als Chef aufzutreten. Was mochte es für ein Gefühl sein, »Sir« genannt zu werden?

»Setz dich, Calle.«

»Ich sehe, dass du den Nachmittag mit den Anglern an der Älvsborgsbrücke verbracht hast. Etwas wortkarg, die Leute.«

»Niemand hat etwas gesehen.«

»Keine Autos in der Nähe. Keine Geräusche.«

»Sie sagen, sie haben sich aufs Angeln konzentriert.«

»Was machen die eigentlich genau mitten in Göteborg an einem dreckigen, urbanisierten Fluss, wenn sie sich aufs Angeln konzentrieren?«

Die Ironie ließ Babington zusammenzucken, er hatte selber oft versucht, seine Worte spitz zu schleifen, aber es gelang ihm nicht richtig. Er brauchte mehr Zeit. Er war dreißig, fühlte sich jedoch in dieser Gesellschaft nicht wirklich erwachsen.

»Ich weiß es nicht.«

»Was sind das für Leute, warum sind sie schon so früh dort?«

»Einer war gegen fünf da, andere sind später gekommen.«

»Und nichts gefangen?«

»Doch, einer hat drei Her...«

»Ich meine, du hast keinen Fang gemacht?«

War er ein bisschen zu laut geworden? Drückte er sich unklar aus?

»Wie ich in meinem Bericht geschrieben habe, hat niemand ... nach Westen geguckt ... alle haben auf ihre Schwimmer und nach Hisingen geguckt.«

»Ich zitiere: ›Zum Teufel, ich hab keine Augen im Nacken, haben Sie nichts Besseres zu tun? Nieh hat man seine Ruhe.‹ Wer hat das gesagt?«

»Ein frustrierter Typ ... bisschen von der Rolle.«

»Nie schreibt man ohne h.«

»Jetzt weiß ...«

»Die Rechtschreibung! Ich will Berichte ohne Rechtschreibfehler auf dem Tisch haben! Ich verlange keine mitreißende Prosa, aber für schwierige Wörter gibt's Nachschlagewerke.«

»Ja, Sir.«

Ard sah hastig auf. Nahm Babington ihn auf den Arm? War er tatsächlich so smart? Nein, er war sich dessen nicht bewusst.

Sten Ard milderte seinen Tonfall.

»Hast du ihm gesagt, dass er wahrscheinlich Augen im Nacken kriegt, wenn er seine geangelten Fische aufisst?«

»Nein.«

»Gut.« Ard beugte sich vor und las den Namen ab. »Wir wünschen ih... Wir wünschen diesem Sven Jerry Pettersson Anglerglück. Auf dem Weg zurück geh in die Bibliothek und kopier ein Rezept für ihn.«

»Auf dem Weg zurück?«

»Du musst noch mal hin, Calle, zu den Anglern und zu Sven Jerry Pettersson, falls er heute da ist. Ich will, dass du eine neue Fragerunde drehst.«

»Eine neue Fragerunde?«

»In diesem Zimmer genügt es, wenn wir einen Satz nur einmal sagen.«

War das schon wieder zu hart, zu schulmeisterlich?

»Ich möchte, dass du auch mit den Leuten in der alten Zuckerfabrik redest. Dort ist jetzt ein Haufen Kleinindustrie untergebracht, außerdem Künstler, Maler, Fotografen. Einige Lokale, glaub ich. Und manche Menschen dort rufen vielleicht nicht gleich die Polizei.«

»Dann werden sie sich mir ganz sicher anvertrauen wollen.«

Babington lächelte. Hatte Ard ihn unterschätzt?

»Okay, fahr hin. Lagergren kommt auch mit. Die ist genauso enthusiastisch wie du.«

Mehr als vierundzwanzig Stunden. Und immer noch hatten sie Laurelius' Frau nicht gefunden ... Lea. Warum zum Teufel hatten sie sie noch nicht gefunden?

»Warum zum Teufel habt ihr sie noch nicht gefunden?«

Der Chef der Kripo sah ihn herausfordernd an. Häuptling der Abteilung. Nein, das war nicht herausfordernd. Er sah ihn an wie einen Hund, der einen Haufen auf den Teppich gemacht hatte. *Dog eat dog*. Immer gab es noch einen drüber.

Sven Holte war nie etwas anderes als »der Chef« gewesen, wahrscheinlich war er schon als kleines Kind von seinen Eltern so genannt worden. Hatte er bei seinem Vater eine Leibesvisitation vorgenommen, bevor er ihm erlaubte, morgens zur Arbeit zu gehen? Sven Holte hatte immer über alle bestimmt.

Ard sah den Schweiß auf Holtes Stirn. Wenn unser kurzes Beisammensein vorbei ist, wird er wahrscheinlich den Wetterdienst anrufen und als Erstes fragen, warum zum Teufel es so heiß ist, und dann verlangen, dass etwas dagegen unternommen wird. Vielleicht den Weltraum bombardieren? Haben die Chinesen nicht versucht, die Luftverschmutzung wegzubomben, als das Olympische Komitee in Peking zu Besuch war?

Gleichzeitig ... hatte er in der letzten Zeit nicht etwas anderes gesehen als den üblichen harten Holte? Privater Kummer? Erlaubte er sich dergleichen?

»Es hat offenbar cin Missverständnis gegeben, als wir ...«

»Missverständnis? Worin sollte das bestanden haben?«

»Die Richt...«

»Hat eure Mannschaft den Kompass falsch gehalten? Ist man in Hindås statt in Hovås gelandet?«

Sten Ard erkannte Zynismus, wenn er ihn hörte. Er hatte auch gelernt, ihn an sich abgleiten und mit einem leisen Knall an der Wand hinter sich explodieren zu lassen. Inzwischen hatte es so viele Explosionen gegeben, dass Holtes Zimmer eigentlich frisch tapeziert hätte werden müssen. *Eierkartons, genau das richtige Material für dieses Zimmer.*

»Wir haben einen Wagen nach Hovås geschickt, aber die Adresse ... ja, weder Boursé noch ich allein konnten ...«

»Nein, offenbar konntet ihr es nicht allein. Wer hält ihn denn beim Pinkeln fest?«

Ard erkannte auch eine rhetorische Frage, wenn er sie hörte.

»Wie war das nun mit der Adresse?«

»Es war die falsche, die Leute sind gerade umgezogen, und der Computer ... tja, die Jungs sind in Billdal gelandet, äh ... sie sind wieder nach Hause gefahren, weil sie uns grad nicht erreichen konnten, ich war in seinem Büro und ...«

Er merkte selber, dass er mit seinen fünfzig Jahren wie ein Schuljunge vor einem zweiundfünfzigjährigen Caligula stand und herumstammelte.

»Wenn ich es richtig verstanden habe, hast du dann ja doch noch hingefunden, Himmel, Hölle, Gott sei Dank!«

»Ja, am frühen Nachmittag, trotzdem zu spät. Das Haus war leer. Ich hab für ein paar Stunden einen Mann davor postiert, aber ... im Bericht ...«

»Diesen Bericht halte ich für null und nichtig. Ich rate dir, ihn irgendwo zu verstecken, wo nie die Sonne hinkommt.«

Holte wischte sich über die glänzende gebräunte Stirn.

»Wenn du mit der Aufgabe fertig bist, setzt du dich hin und denkst darüber nach, was jetzt geschehen soll, und dann erzählst du mir, was geschehen soll, und ich werde dafür sorgen, dass du bekommst, was du brauchst. Wen du brauchst.«

Ard spürte, dass er plötzlich mit dem Chef in Kontakt war. Das war ungewöhnlich. Die wenigen, die ihn unter Druck setzen konnten, hatten es probiert. Er brauchte die schweren Burschen im Nacken.

»Ich hab die schweren Burschen im Nacken«, sagte Holte und wischte sich noch einmal mit dem rechten Handrücken über die Stirn. »Dieser verdammte Laurelius war ein Drecksack, das wissen ja alle, aber offenbar war er ein feiner Drecksack, parfümiert mit sauteurem Parfüm, um seinen eigenen Gestank zu überdecken.«

Holte wischte sich wieder über die Stirn. *Nicht mal der Chef kommt mit der Hitze klar. Oder machen ihm die schweren Burschen zu schaffen?*

Ein Schweißtropfen blieb an Holtes Nasenspitze hängen. Das Sonnenlicht, das durchs Fenster hinter ihm fiel, erreichte den Tropfen, und einen Augenblick lang sah es aus, als hätte sich ein Edelstein an Holtes Nasenspitze gesetzt. Das gab ihm einen merkwürdig koketten Ausdruck. Wie ein Nashorn, das in »Schwanensee« mittanzt, dachte Ard.

»Wir müssen den Fall schnell lösen. Du und Boursé kümmert euch ausschließlich darum, such dir Leute aus. Ihr müsst die Alte so schnell wie möglich finden. Wenn es der Mob ist, dann packen wir sie sofort.«

Das klang nicht überzeugend.

Als Ard Holtes Büro verließ, musste er an einen Film denken. Wie hat dieser Film geheißen, von diesen jüdischen Brüdern ... *Miller's Crossing* ... einzigartig gut gemacht, er hätte Holte ins Bild stürzen sehen mögen, um den Mob zu packen.

Wo ist diese Lea?, dachte er mit dem letzten Rest kreativen Denkvermögens und ging in die Cafeteria hinunter, um die vierte Tasse des Tages zu trinken. Diesmal würde er Tee nehmen.

Holte sah Ard das Zimmer verlassen. Er rief nicht den Wetterdienst an. Er erhob sich, ging zur Tür, schloss sie ab und setzte sich wieder hinter den Schreibtisch. Er schloss das mittlere von drei Aktenschränkchen unter dem Schreibtisch auf und nahm eine dünne blaue Mappe heraus.

Holte dachte an Jonathan Wide. Er wollte es nicht, hatte den Gedanken lange beiseite geschoben, nach einem Ausweg gesucht. Das war jetzt unmöglich geworden, die Weggabelungen wurden weniger, und schließlich würde es keine mehr geben. Wide. War es Hass?

Einmal war er von einer … Besprechung zurückgekommen. Er nannte es so, eine Besprechung … Am Nachmittag hatte er ein Konferenzzimmer betreten, den Duft des Jungen noch auf der Haut, und Wide hatte dort gestanden, er hatte von Wides Augen abgelesen, dass er es *wusste*. In den Augen des verdammten Verräters gab es einen Ausdruck, dem Holte nicht entkam. Doch. Er hasste Wide. Er sollte zur Hölle fahren, dorthin waren sie alle unterwegs, aber Holte hatte nicht vor, im selben Wagen mit den anderen zu reisen. Er hatte seinen eigenen Weg dorthin.

»Sind Sie schon wieder da?«

So schnell bekam er dauerhafte Bekannte, ein zweiter Besuch und er hatte einen Freund. Sven Jerry Pettersson war kein Fremder mehr für Calle Babington.

»Haben Sie seit dem letzten Mal den Namen gewechselt? Hehehe ...« Sven Jerry hatte sich sehr amüsiert über den Namen des Assistenten, als er endlich eine Form gefunden hatte, ihn auszusprechen, *Baybingtn*, das hochbritische aaa des jungen Kripobeamten war an Sven Jerry Pettersson verschwendet.

»Was gefangen heute?«

Sven Jerry wurde misstrauisch.

»Landet das in irgendeinem Bericht?«

»Nein, zum Teu... es interessiert mich bloß.«

»Jeder Idiot sieht doch, dass die Fische nicht anbeißen. Ich steh nicht wegen der Fische hier. Ich steh hier, weil ich nichts anderes zu tun habe.«

Babington wühlte nach dem Zettel mit dem Rezept in seiner Tasche. Matjes in Kräutersoße, das, was dem vermuteten Artenreichtum des Flusses am nächsten kam. Hatte er Ard allzu wörtlich genommen? Hätte er Pettersson lieber mit in den staatlichen Schnapsladen nehmen und ihn zu einem warmen Würstchen einladen sollen, die ein trockener Alkoholiker, ständig geparkt vorm Schaufenster des Ladens, anbot?

Der Angler blinzelte in dem starken Licht und sah ihn an.

»Ich bin arbeitslos. Alle, die hier stehen, sind arbeitslos.«

»Der etwa achtjährige Junge dahinten, ist der auch arbeitslos?«

»Der wird mal arbeitslos und bereitet sich jetzt schon darauf vor.«

»Sind Sie nie draußen ... auf See?«

»Waren Sie in der letzten Zeit mal beim Seemannsmagazin gewesen?«

Sven Jerry Pettersson zeigte nach Osten. Babington folgte dem Finger mit dem Blick.

»Wie …?«

»Dort liegt der stolze Fischkutter ›Od‹, im Besitz der Stadt Göteborg, so verkommen, dass er kürzlich abgesoffen ist. Mitten im Hafen, an der Pier, wo er immer gelegen hat. Man kann sagen, er ist auf seinem Posten gefallen.«

Babington erinnerte sich an »Od«. Viele Jahre hatte er Touristen zum Fischfang hinausgefahren, ganze und halbe Tage, die Leute waren mit massenhaft Makrelen oder mit grünen Gesichtern und leerem Blick zurückgekommen. Einige waren unten in der kleinen Kajüte gelandet, sobald Vinga außer Sichtweite war. Draußen auf den Bänken griff der Wind hart an, und viele schworen um die Essenszeit kraftlos, dass sie niemals wieder den Fuß an Bord eines Schiffes setzen würden. Vorausgesetzt, sie überlebten diese Fahrt. Viele würden nie mehr den Geruch nach Hering ertragen.

»In der guten Zeit, als ich noch einen Job hatte, hab ich so manche Tour mit der ›Od‹ gemacht.«

Der Mann blinzelte in die Sonne.

»Dann wurde es zu teuer. Und dann ist der Pott gesunken, sehr bald nachdem ich arbeitslos geworden bin. Was meinen Sie, ist darin eine Symbolik enthalten?«

Sven Jerry war so braun, wie ein Mensch im nördlichen Teil der Welt überhaupt werden kann. Er trug geblümte kurze Hosen und sonst nichts. Babington hatte den Verdacht, es handelte sich um Unterhosen. Alle arbeitslosen Angler hier trugen nur Unterhosen. Wie eine Art Protest standen sie bis weit in den Vormittag in der sengenden Sonne. Er hatte sie schon früher gesehen, und er hatte sie gestern gesehen. Um die Mittagszeit hockten die meisten im Schatten eines verlassenen, abbruchreifen Gebäudes, das wie ein Monument, das den Krieg überlebt hatte, mitten auf dem steinharten Feld unter der Älvsborgsbrücke aufragte. Babington hatte auch dort gehockt, zwischen zerschlagenen Bier- und Schnapsflaschen, Dosen, Hundescheiße, vergammelten Essensresten, drei schmutzigen Kanülen. Er hatte auf einem glitschigen Teppich benutzter Kondome gestanden. Es gab immer noch Fixer, Huren und Freier, die Kondome benutzten ... oder hatten sie angefangen, sie zu benutzen. Es war ein naiver Gedanke, aber er wollte daran festhalten.

»Hat es einen Sinn, Sie noch einmal zu fragen, ob Sie gestern Morgen etwas gesehen haben?«

»Nein. Dann hätte ich es gesagt. Ich bin arbeitslos, aber ich fühle mich der Gesellschaft trotzdem verpflichtet.«

Wie alt war er? Vierzig? Fünfzig? Die Falten um seine Augen dicht gedrängt, war Petterssons Stirn mit Leberflecken oder Muttermalen bedeckt, und Babington fragte sich, ob der Mann so häufig hier in der Sonne stand, um unter den ultravioletten Strahlen zielstrebig Selbstmord zu begehen. Seine Haare waren lang im Nacken und über den Ohren, die kurze Hose ausgebleicht wie nach zahllosen Waschgängen. An den Füßen trug er braune Sandalen aus dicker Lederimitation. Die Füße waren so braun, dass schwer zu unterscheiden war, was Fuß und was Sandale war.

»Was haben Sie gemacht, bevor Sie Ihren Job loswurden?«

»Ist die Gesellschaft an der Aufklärung meines Falles interessiert?«

»Mich interessiert das.«

»Eine kleine Firma, Druckerei. Wie geschaffen für die guten Jahre.«

Sven Jerry Pettersson sah zu einem Kumpel, bei dem ein Fisch angebissen hatte, ein kleines Wesen, das verzweifelt an der Leine zappelte: ein silberglänzendes Etwas, das in den Fluss zurückgeworfen werden würde. Er wandte sich dem jungen Polizisten zu, der viel zu warm gekleidet war.

»Heute braucht niemand mehr Visitenkarten.«

»Doch, ich. Hier, nehmen Sie meine. Da steht auch meine Privatnummer drauf. Wenn Ihnen was einfällt oder wenn Sie was hören, rufen Sie mich an. *Day or night.*«

»Haben Sie mit den Leuten in der Fabrik gesprochen?«

Pettersson zeigte mit der Angel zu den rundlichen, palastähnlichen Gebäuden in einigen hundert Metern Entfernung, rotbrauner Stein und Kuppeln, die vergeblich nach dem Orient Ausschau hielten.

»Ich bin unterwegs dorthin.«

Babington sah, wie Lagergren sich zweihundert Meter entfernt durch die Anglergruppe arbeitete. Die Kollegin war gestern nicht dabei gewesen und konnte unbefangen Fragen stellen.

»Ich bin tatsächlich dorthin unterwegs«, wiederholte er mit optimistischer Stimme, der Optimismus galt gleichermaßen sich selbst und Pettersson.

»Nehmen Sie sich vor den Künstlerinnen in Acht.«

»Was?«

»Einige von denen sind vermutlich nicht so nett und entgegenkommend wie ich. Ich stehe oft hier und habe viele kommen und gehen sehen. Das sind Mädchen, die können für sich selber sorgen.«

»Sie haben meine Karte, Pettersson.«

Babington machte auf dem Absatz kehrt und ging auf die alten Fassaden zu.

»Seien Sie vorsichtig!«, rief Pettersson ihm nach. »Einige dieser Frauen haben noch nicht gefrühstückt.«

Er hatte angerufen, aber sie wollten keine Auskunft geben. »Freund« oder »ein Freund der Familie« reichte nicht.

Warum machte er sich Sorgen um sie? Weil sie ... hübsch war? Sie könnte hübsch sein ... oder war die Zeit hinterm Steuer abgelaufen, schaffte er den Taxijob nicht mehr? Der würde mit der Zeit jeden mürbe machen.

Er hatte die Sonne gemalt, aber sie wollte nicht seine werden, er hatte Kaffee getrunken, er konnte nicht schlafen, konnte sich aber auch nicht auf die Arbeit konzentrieren. Er kriegte das Mädchen nicht aus dem Kopf.

Was hatte sie genommen?

Er hatte ein Geräusch von draußen gehört. *Wer zum Teufel war das*? Ließ man ihn nicht einmal hier in Ruhe? Der Bursche sah aus, als wäre er in den Büros unterhalb des Hügels zu Hause. Manchmal verirrten sie sich hierher.

Babington sah den Mann am Fenster und klopfte gegen die Scheibe. Der Mann öffnete mit einem flanellbekleideten Arm, der mit Farbspritzern bedeckt war. Sein Gesicht zeigte die Spuren durchwachter Nächte.

»Auf dieser Seite gibt es keine Tür. Wenn Sie hereinwollen, müssen Sie durchs Fenster steigen.«

Babington krümmte seinen schlaksigen Körper und sah sich in dem riesigen Raum um. Er war noch nie im Atelier eines Künstlers gewesen. Es roch stark nach Farbe und Chemikalien, große Leinwände lehnten an den drei Wänden des Raumes, Sägen, Bretter, Eisenrohre, Plastikeimer und zerschnittene Zeitungen, ein tragbares Stereogerät, das klassische Musik spielte, der Künstler selber, der ihn ansah und doch nicht ansah ... als ob ihm sein plötzliches Auftauchen egal wäre.

Überall war Farbe. Rot, Blau, kräftiges Gelb. Babington erwartete nicht, dass er irgendetwas sehen würde, was er kennen oder verstehen würde …

»Ich hoffe, Sie kommen von einer Galerie.«

»Nein.«

»Suchen Sie Nina oder Beck? Ich kann Sie durch die Tür dort einlassen, ihre Ateliers sind auf der anderen Seite des Korridors.«

»Ich suche niemanden … Das da wird gut.«

Babington war etwas angespannt. Müsste man nicht etwas Kluges in Gegenwart von so vielen Gemälden sagen?

»Polizei.« Er hielt dem Mann seinen Ausweis hin, das musste reichen. »Darf ich Ihnen ein paar Fragen stellen?«

»Die Polizei.« Der Künstler legte seinen Pinsel weg. »Sie kommen gerade recht. Vielleicht bin ich Zeuge eines Mordes geworden.«

9

Babington wollte seinen Notizblock aus der Innentasche ziehen, hielt aber mitten in der Bewegung inne.

»Einen Mord? Haben Sie etwas gesehen?«

»Ich hab das Resultat gesehen.«

»Sind Sie dort gewesen?«

»Im Auto. Und neben dem Auto.«

»Das Auto? Konnten Sie mit dem Auto ganz heranfahren?«

»Wohin? Sind die Straßen nicht für Autos da?«

Babington schloss die Augen. Wie absurd konnte ein Gespräch eigentlich sein? Er musste von vorn anfangen, alles musste so klar wie möglich werden.

»Wir fangen noch mal von vorn an. Sie haben hier draußen geparkt?«

Der Künstler sah den jungen Polizisten lange an. War das die neueste Verhörtechnik?

»Natürlich hab ich hier draußen geparkt. Aber wovon ich rede, das hat am Redbergsplatsen angefangen, ging weiter zu einer Haustür in Hjällbo und endete – wahrscheinlich für immer – im Östra-Krankenhaus.«

»Redber... Dann sprechen Sie gar nicht von dem Mord, der da draußen passiert ist?«

»Ist hier ein Mord passiert?«

Babington schloss wieder die Augen.

»Ich bin hier, um Fragen nach einem Mord zu stellen, der gestern am frühen Morgen auf dem Spazierweg nach Nya Varvet passiert ist, in unmittelbarer Nähe des Roten Steins. Wir fragen die Leute, ob sie etwas gesehen oder gehört haben.«

»Ich nicht.«

»Von was für einem Mord reden Sie denn?«

»Ich hab gesagt, vielleicht geht es um Mord. Ich rede von einer jungen Frau, die jemand mit schlechtem Rauschgift oder zu viel Rauschgift voll gepumpt hat. Anschließend hat man sie sich selbst zum Sterben überlassen.«

»Haben Sie die Polizei benachrichtigt?«

»Ich bin mit ihr wie der Teufel in die Notaufnahme vom Östra gefahren. Reicht das nicht?«

»Wann war das?«

»Gestern am frühen Morgen, sehr früh. Dann bin ich direkt hierher gefahren und habe damit angefangen.«

Er zeigte auf eine große Leinwand, die auf einer kleinen Staffelei stand. Babington sah eine dünne rote Schicht über weißem Grund und ein kräftigeres Rot über der dünnen Schicht. An den Rändern eine blaue Kontur. Er sah einige kleine Figuren in der Bildmitte, aber er konnte nicht recht erkennen, was sie taten oder darstellten. Vielleicht sollte er das selbst entscheiden, er hatte mal gehört, dass wirkliche Kunst genauso sehr im Kopf des Betrachters geschaffen wurde.

»Gut.«

War es ihm gelungen, dass es so klang, als käme es von Herzen?

»Sie gucken auf das falsche Ding. Das da benutze ich, um meine Pinsel abzuwischen.«

»Ach …«

»Nein, ich hab bloß Spaß gemacht. Könnten Sie mir bei einer Sache behilflich sein?«

Die Initiative. Babington hatte die Initiative verloren. Ihm lag nicht daran, sie sich zurückzuholen, er wollte weg hier. Er bekam Kopfschmerzen vom Verdünnungsmittel oder was der Kerl benutzte. Sollten Künstler nicht lieber Schutzmasken tragen?

»Ihnen helfen?«

In diesem Zimmer genügt es, wenn wir einen Satz nur einmal sagen. Er musste etwas dagegen unternehmen.

»Dieses Mädchen, das ich aufgelesen habe. Die sagen mir nichts im Krankenhaus. Könnten Sie – als Polizist – nicht vielleicht dort anrufen und fragen, wie es ihr geht? Würden Sie das tun?«

Ard kam aus dem Amtsgericht in der alten Nordstan. Haftprüfungstermine waren Spiele vor leeren Bänken. Besonders wenn danach der Kerl wieder frei herumlief. Schon heute Abend würde der Bursche wieder unterwegs sein, in einer Schlange von Taxis, die schwarzfuhren, auf der Chalmersgatan oder in der Stadt, laut und lebensgefährlich.

Die Sonne knallte Sten Ard auf die Glatze, dann tauchte er in die Schatten. Er müsste sich vielleicht ein Taschentuch mit vier Knoten an den Ecken auf den Schädel legen, wie Bobby Charlton 1970 in Mexiko, bei dem Schicksalsspiel gegen die BRD. Charlton musste vom Spielfeld, als die Sonnenstrahlen ihm das Gehirn versengten, und das war der Anfang vom Ende für England.

Wenn die Hitze noch eine Weile anhielt, dann war es am besten, alles niederzulegen und hitzefrei zu machen.

Die Wärme veränderte einen. Den Kollegen bei der Schutzpolizei ging es schlechter denn je. Gewaltausbrüche in Familien, Schreie, die spätabends wie zerzauste Adler zwischen den Häusern hin und her flogen, wenn die Hitze in enge Wohnungen kroch. Die Hitze mischte sich mit Alkohol, Einsamkeit, Angst und gipfelte nicht selten in brutalen Übergriffen und in einem Hass, der sich gegen die Nächsten und Liebsten kehrte, gegen jeden, der gerade greifbar war.

Sten Ard bog in die Stille der Korsgatan ein und ging im kühlen Schatten zur Markthalle. Schafskäse, *der griechische, von Trakien*!, schwarze Oliven, gefüllte Weinblätter, Pistazien. Maja brauchte nichts mehr aufzuschreiben, er traf Alexandros jetzt öfter als sie. Schließlich hatte sie ihm sagen müssen, entweder er kaufte noch hundert Gramm Oliven extra oder er musste damit aufhören, sie während der Mittagspause auf dem Weg von der Markthalle zum Polizeipräsidium aufzuessen. Anfangs konnte er nicht kochen, aber er stand gern lange in der Küche und sah zu, wie Maja kleine Kunstwerke aus den ausgebreiteten Zutaten schaffte. Irgendwann hatte er selbst damit angefangen, kleine Happen mit unterschiedlichen Sachen zu belegen. Es hatte ihm Spaß gemacht.

Knoblaucholiven waren spät in sein Leben gekommen, vermutlich war das eine Frage der Reife, eines entwickelten Geschmacks. Wie Sardellen oder Austern vielleicht. Die getrocknete sizilianische Wurst. Ziegenkäse, abgelagert, ein wahrhaft reifer Duft. Einmal hatte er ein halbes Kilo in einem Schrankfach auf der Stena-Fähre eingeschlossen, und eine ältere Frau, die das Fach neben seinem hatte, war in Ohnmacht gefallen, als die Fähre das Amerikahaus passierte und die Leute anfingen, ihre Sachen aus den Fächern zu nehmen.

Er betrat die Markthalle von der Södra Larmgatan. Hier waren die Gerüche am deutlichsten, am stärksten. Die Brote, Käselaibe, das Eingelegte, der geräucherte, säuerliche Duft, der wie eine Dunstglocke über dem geschäftigen Treiben lag, die flüchtige Süße einer eben aufgeschnittenen Wassermelone, der leicht aggressive Geruch von rohem Fleisch – besonders streng am Stand, wo Wild verkauft wurde.

Im Café in der Mitte die Dauergäste, Menschen aus aller Herren Länder. Hier waren sie in der Majorität, die erste, zweite und dritte Generation der Einwanderer. Im letzten Jahr hatten sich mehr an weniger Plätzen versammelt. Er hatte keine Furcht in ihren Gesichtern entdecken können, aber eine Vorsicht, als komme es darauf an, sichere Orte aufzusuchen, sich seine Gesellschaft mit größerer Vorsicht zu wählen. *Ich bin ein Fremder in diesem Land* – es gab einen Ekelöf für alle Gelegenheiten, auch hier oder vielleicht gerade hier mit all den Sprachen und Waren aus der ganzen Welt.

Zwei Kinder liefen mit Äpfeln in der Hand vorbei. Ein kräftiger Mann in blau gestreiftem Pullover bückte sich über seinen Tresen und nahm eine knubblige Wurst, hielt sie vor einem Kunden hoch, der den Kopf schüttelte. Der Mann im Blaugestreiften sah enttäuscht aus.

»Einen doppelten Espresso.«

Ard zog es vor zu stehen. Er hatte noch nie gerne auf Barhockern gesessen. Vierzig Jahre hatte er gebraucht, um zu begreifen, dass er es auch nicht tun musste, wenn er nicht wollte.

»Heute frei?«

Das einzige Lokal, bei dem Sten Ard Stammgast war.

»Dienstreise in die Skånegatan.«

An der Wand hinter Yossef ein alter Zeitungsausschnitt

von Bibbi Langer, die einen ausgemergelten Kaffeepflücker in Kolumbien umarmte. Ard hatte nie gefragt, wer das aufgehängt hatte. Die zarte Ironie in der Wahl des Motivs reichte.

»Heiße Tage.«

Yossef sah den Schweiß in seinem Gesicht.

»Ich glaube, jetzt haben wir für immer ein tropisches Klima.«

Yossef lachte. »Wenn genügend Afrikaner und Asiaten hierher kommen, bringen sie vielleicht auch die Wärme mit.«

»Das glaub ich nun doch nicht.«

»Hier geht es um Glauben. Warum sonst haben wir Barbaren so viele herrliche Götter?«

Ard verlagerte das Körpergewicht auf das rechte Bein.

»Darüber hab ich auch schon nachgedacht ... Fühlen Sie sich hier mehr zu Hause, wenn ein Tag heißer ist als der andere?«

»Ich nicht. Ich bin schon zehn Jahre hier. Mir gefallen die Jahreszeiten. Es ist gut, wenn einem die Kälte in die Haut beißt.« Er sprach schon mit einer Andeutung von Göteborger Dialekt.

»Anfangs ist es schwer.« Der große schwarze Mann hinter der Theke servierte Ard eine kleine, runde Tasse Espresso und einen arabischen Honigkeks.

»Nehmen Sie den weg. Von einem einzigen Keks kriegt man lebenslang Diabetes.«

Ein Ritual. Er würde ihn essen und sich nach einem zweiten sehnen.

»Für den, der sein Land verlässt, ändert sich so viel.« Yossef hatte plötzlich eine Falte auf der Stirn. »Da ist das Wetter noch das geringste Problem.«

»Aber manche leiden bestimmt auch darunter.«

»Als ich hierher gekommen bin, hab ich in der Massenunterkunft eine Geschichte gehört. Zwei Jungen aus dem Sudan. Sie erzählten von einem Studenten von zu Hause, der als Austauschstudent nach Schweden gekommen war. Er sollte ein Jahr bleiben.«

Yossef füllte zwei große Tassen mit Kaffee und geschäumter Milch und servierte sie zwei Männern mit kurzen Haaren. Sie sahen aus, als hätten sie ihre Wurzeln in einem arabischen Land. Yossef teilte ein halbes Baguette der Länge nach, tröpfelte auf die eine Hälfte ein wenig Olivenöl und streute grobes Salz darüber, bedeckte sie mit Salami, grünem Salat, einer großen, in Scheiben geschnittenen Tomate, eingelegten Auberginenscheiben, großen grünen Oliven und zwei langen, dicken Scheiben Schafskäse, klappte die andere Brothälfte darüber, platzierte das Ganze auf einem großen blauen Teller und stellte ihn vor ein junges Mädchen hin, das mit glänzenden Augen zugesehen hatte.

Er wischte die Brotkrümel in einen Korb unter dem Tresen.

»Der Student ist ein Jahr lang von zu Hause weg. Er kommt zurück. Die Leute sind natürlich neugierig, wie es ihm ergangen ist. ›Wie war es?‹, fragen sie. ›Sähr gutt‹, sagt er, denn er hat ein wenig den Anschluss an seine Sprache verloren. ›Wie war das Wetter?‹, fragen sie. ›Gut‹, sagt er. ›War es kalt?‹, fragen sie. ›Na ja‹, sagt er, ›der grüne Winter war okay, aber der weiße ... der war beschissen.‹«

Lagergren arbeitete sich langsam ostwärts, von Angler zu Angler. Es war ... anstrengend, nicht gerade die Fragen und Antworten, aber die ... körperliche Gegenwart. Wie wenn man dick angezogen an einem FKK-Strand herumwandert. Hatte Ard gewusst, wie es sein würde? Warum hatte Calle nichts gesagt? Er war doch gestern schon hier gewesen, hatte Fragen gestellt. Jetzt war er zwischen den entsetzlich hässlichen Türmen dort hinten verschwunden.

Die Hitze wurde lästig. Sten Ard hatte gesagt, dass sie auch mit Leuten in der ehemaligen Fabrik reden sollten. Dort musste es schön kühl sein. Hier draußen war es nicht länger auszuhalten. Dieser Typ war ekelhaft – wie dick der mit seiner Arbeitslosigkeit auftrug! Natürlich war es tragisch, aber er übertrieb, umgab sein kleines Leben mit einer dicken Schicht Hoffnungslosigkeit.

Lagergren fasste einen Entschluss und ging rasch unter der Sonne über die trockene Erde in den hundertjährigen Schatten der Fabrikmauern. Die Anweisungen hatte sie auf dem Block. Um das Hauptgebäude herum, schräg links über den Hof dahinter, bei einem Caféschild ins Treppenhaus hinauf.

Im ersten Stock ein kleines Schild aus Pappe, der Name nachlässig mit Bleistift hingekritzelt. Bewusst gewählter Stil? Lagergren schätzte die Anspruchslosigkeit. Im Treppenhaus roch es nach Staub, es erinnerte sie an die Schulräume ihrer Kindheit in den sechziger Jahren. Das letzte Jahr mit einem aufklappbaren Pult, genau so ein Geruch war das. Lagergren sah die Bücher fast vor sich. Wie ein Tagtraum war es. Was hatte doch einmal ein Mann auf der Polizeihochschule gesagt … etwas über Nostalgie als Zuflucht für Lebensfeiglinge. Ha! Lagergren fühlte sich gestärkt durch Nostalgie. Vielleicht würde es später im Leben schlimmer werden, wenn das meiste hinter ihr lag. Von drinnen dröhnte Musik. Es klang wie die Stones, vor meiner Zeit, manche nannten die Stones Nostalgie, aber selbst Keith Richards war ja merkwürdigerweise noch am Leben.

Nachdem sie drei Minuten gegen die mächtige Tür gehämmert hatte, öffnete ihr eine Frau. Henna im Haar, Knubbelnase, blasse blaue Augen, dreißig und irgendwas, bequeme Schuhe, aber sehr eng sitzende Shorts, eine Art Kontrast zum Schuhwerk, eine kurze Bluse, die in der Taille geknotet war. Große Brüste. Sie war hübsch. Ringe an fast allen Fingern, nur kein Ehering. Sie sah Lagergren mit ruhiger Selbstsicherheit an wie jemand, der nicht immer das erste – oder letzte – Wort haben will.

So etwas bewunderte Lagergren.

»Sind Sie von der Galerie?«

»Polizei.« Lagergren hielt ihren Ausweis hoch. »Darf ich hereinkommen und Ihnen ein paar Fragen stellen?«

Die Frau machte eine einladende Handbewegung.

»Kerstin ... Johansson?« Die Polizeiassistentin warf noch einen Blick auf das Pappschild an der Tür und überschritt die grobe Schwelle.

»Ja, einen aufregenderen Namen hab ich nicht zu bieten. Aber mit dem ist es fast exotisch, in dieser Welt zu arbeiten.«

Der Raum duftete nach Wasser, Erde und Asche. Die Decke war hoch. Sie dachte an Werkräume in der Schule, Arbeitsbänke an zwei Wänden.

Lagergren sah weiße Körperteile und Teile von Körperteilen über den Boden verstreut, Gipsformen, drei Köpfe starrten vom Aussichtsplatz in der hohen Fensternische über den Raum.

»Vielleicht hat mich der langweilige Name dazu inspiriert, mich mit diesen Stückmorden zu beschäftigen. Wie sind Sie auf mich gekommen?«, fragte die Künstlerin verschmitzt.

Lagergren spielte mit.

»Die Angehörigen. Ihnen muss doch klar sein, dass die Leute sich Sorgen machen, wenn die Modelle nicht mehr heimkehren.«

»Ich dachte, das sei ein bewusstes Opfer für die Kunst. Aber manchmal tut es mir Leid. Dann setze ich sie wieder zusammen.«

Lagergren näherte sich einer fast vollständigen Skulptur von etwas, was einen Menschen darstellen könnte.

»Die ist gut. Sie ... sind gut.«

»Sagen Sie das den Galeristen. Und den Stipendienausschüssen. Oder geben Sie eine Verordnung heraus, die nur mir und meiner Kunst gilt.«

»Nicht mal ich habe solchen Einfluss.«

Kerstin Johansson zuckte mit den Schultern und zeigte auf eine kleine Bank aus Zink neben der Tür, einen Herd mit zwei Platten, einen Aluminiumtopf und eine Dose, die vielleicht Zwieback oder Kekse enthielt.

»Möchten Sie Kaffee? Ich habe gerade welchen gekocht.«

»Danke, gern.«

Kerstin Johansson holte eine Thermoskanne, die aus demselben Jahr zu stammen schien, in dem die Stones den Song aufgenommen hatten, der durch den Raum dröhnte, *Time is on my side*, eine lange Reise in die Vergangenheit. Wenn es Jahrgang 64 ist, dann sind wir gleich alt, Kajsa dachte an das Alter und schätzte die schöne Künstlerin auf höchstens fünf Jahre älter.

Zwei ungleiche Tassen, ein Liter Milch in der Verpackung.

»Wir ermitteln in einem Mord...«

»Fragen Sie mich nicht, ob ich etwas gehört oder gesehen habe oder etwas weiß. Ich hab hier drinnen gearbeitet, ich wohne hier seit drei Tagen, um der Galerie etwas bieten zu können. Sie kommen heute Nachmittag.« Sie lächelte ein schiefes Lächeln. »Meine große Chance.«

Kajsa Lagergren nahm das inzwischen abgegriffene Foto von Georg Laurelius hervor, ein Foto aus seiner Glanzzeit.

»Dann ist es wohl sinnlos, wenn Sie sich das hier anschauen.« Sie reichte das Bild Kerstin Johansson.

Eine Weile war es still, bevor die Musik wieder losdröhnte mit *The last time*. Kerstin Johansson betrachtete die Polizistin.

»Diesen Mann kenne ich. Hat er nicht eine Art Firma schräg über die Straße?«

10

Sie hatte den Telefonhörer in die unverletzte Hand genommen, er hatte sich ein Stück vorgebeugt, um mithören zu können. Sie hatte sich abgewandt, zur Wand hin, den Hörer gegen das Ohr gepresst.

Wide nahm nun doch einen Schluck von dem Kaffee mit Schuss. *Den brauchte er jetzt, oder*?

Zwanzig Sekunden später, länger konnte sie nicht zugehört haben, sie hatte kein Wort gesagt, lag der Hörer wieder auf seiner Gabel.

Sie sagte nichts.

»Jaaa?«

»Das war Georg.«

»Er hat sich mir vorgestellt.« Der Ton fiel härter aus, als er wollte. Sie war auch ein Opfer. »Konnte er uns Informationen liefern?«

»Im Gegenteil, würde ich sagen.«

Sie schwieg wieder.

»Nun?«

»Ich weiß wirklich nicht, ob grad dies hier Sie … äh … dich etwas angeht.«

»Mich angeht? Du hast mich doch angerufen.«

»Ja. Entschuldige. Georg schien sehr unter Druck zu stehen. Als Erstes hat er gesagt, dass ich ihn nicht unterbrechen soll. Er hatte kaum Zeit, zu sprechen. Dann sagte er, er komme nicht weg von seinem Job.«

»Wann kommt er nach Hause?«

»Davon hat er nichts gesagt.«

»Du hast ihn auch nicht danach gefragt.«

»Ich wollte es gerade tun, aber da hat er aufgelegt.«

Wide dachte nach. Was machen wir jetzt? Benötigte er einen tieferen Einblick in das Leben der Familie Laurelius? Sie hatte ja Recht – dies ging ihn nichts an.

»Er will mich treffen. Heute Abend.«

Sie sah Wide mit klarem Blick an und kam seiner nächsten Frage zuvor.

»Ja, ich weiß, aber ich konnte ihn nicht mehr fragen, warum ...«

»Hat er gesagt, wo? Wann?«

»Er hat so schnell gesprochen, aber die Adresse hat er wiederholt. Es ist ein Club ... oder eher eine Bar, dorthin geht er manchmal mit seinen Geschäftspartnern.«

Im Auto auf dem Weg in die Stadt sah sie gerade vor sich hin. Die Säröschnellstraße lag wie eine schlafende Schlange in der Sonne, es waren nur wenige Autos unterwegs. Sie klappte den Sonnenschutz nicht herunter. Ihre Augen schienen blicklos zu sein.

Nach traditionellen Schönheitsidealen war sie keine schöne Frau. Aber sie war anziehend, attraktiv. Er könnte sich vorstellen, dass sie eine gute Gesellschaft war. Sie hatte ein Gesicht, das lange unverändert bleiben würde. Er hielt sie nicht für den Typ, der sich liften ließ. Sie war groß, auf hochhackigen Schuhen würde sie ein wenig größer sein als er, aber wenn sie sich hinter ihn stellte, würde sie fast ganz verschwinden, nur ein Zentimeter ihres schwarzen Haares würde über seinem Kopf zu sehen sein.

Pagenschnitt, das gefiel ihm. Sie hatte ihren Kopf vom Verband befreit. Ihm gefiel das schmale Gesicht mit den weit auseinander stehenden Augen, dem langen Hals, der einige hübsche, vertikale Falten hatte, dem Make-up, so sorgfältig aufgetragen, dass es unsichtbar war.

Er hatte gewartet, und sie hatte geduscht und war nur einen kurzen Moment im Bad geblieben. Als sie wieder herunterkam, trug sie ein helles Kleid, das perfekt in dieser Hitze war.

War das angeboren? Gleich in welcher Situation, welchem Zustand ... Frauen fanden ihren Stil mit einer so selbstverständlichen Leichtigkeit. Das faszinierte ihn.

Wide würde sich nie in der Welt wohl fühlen, die ihn hier umgab. Zu schnell zu viel Geld, das Haus gefüllt mit neuen Sachen, die nicht von der Zeit abgeschliffen zu sein schienen. War das ihr Geschmack? Er meinte eine Strenge bemerkt zu haben, jetzt und früher, die nicht zu den pulsierenden Farben der Gardinen und Wände zu passen schien. Eine Bartheke in einem der Räume unten im Keller.

Er hatte die Tür gesehen, als er wartete, hatte zum hinteren Ende des Flurs geschaut. Das Zimmer eines Mädchens, wenn er die Zeichen auf dem Fußboden und an den Wänden richtig deutete, hellblaue und weiße Kuscheltiere, die ihn alle anguckten, als er den Kopf zur Tür hereinsteckte. Ein ordentlich gemachtes Bett. Das ganze Zimmer wirkte aufgeräumt, wie Ruhe nach einem Sturm. *Wird es bei Elsa so in drei, vier Jahren aussehen*? Ihm gefielen seine Gedanken nicht.

»Deine ... Tochter?«

Sie war zusammengezuckt. Etwas, was er nicht zu wissen brauchte?

»Wo ist sie?«

»Jeanette ist auf einer Sprachreise in England. Bournemouth.« Sie hatte zur offenen Tür des Mädchenzimmers geschaut.

»Und dafür danke ich Gott«, hatte sie hinzugefügt.

Sie fuhren in Richtung Stadt, die Per Dubbsgatan war leer. Wide spürte, wie der schwarze, fette Dampf vom Asphalt zu den Häusern hinaufstieg. Er bog nach rechts zur Notaufnahme ab. Sie wollte nicht hineingehen.

»Ich überlebe das schon.«

Er trommelte kurz mit den Fingern auf das Lenkrad, dann drehte er um, fuhr den Hügel hinunter und nach Hause.

Sven Holte blieb zu Hause; das war ungewöhnlich, aber es kam vor. Er dachte, wie gut es war, dass er allein lebte. Es müsste schwer sein, alles geheim zu halten, wenn ständig ein anderer Mensch um einen war.

Er wanderte drei Runden durch die Wohnung, setzte sich hinter den Schreibtisch und spürte die Hitze durch die Fenster. Er schwitzte, er wurde dieses verdammte Schwitzen nicht los, und er merkte, dass der Druck ein wenig nachließ, wenn er den Telefonhörer abhob. Er wartete, es klingelte viermal, fünfmal, er dachte, aber er wusste nicht, woran.

»Ja?«

»Wir müssen uns sehen, bald.«

Er hörte das Schweigen sehr deutlich. Die Telefonmuschel roch nach Tabak, Haarwasser und Schweiß.

»Nur im äußersten Notfall.«

»Findest du nicht, dass wir jetzt einen haben?«

»Der Fall? Zwei Prozent ist akute Lage, aber kein Notfall.«

»Es wäre gut ... wenn wir darüber sprechen könnten.«

»Manchmal ist es gut, sich zurückzulehnen und abzuwarten.«

»Wir brauchen ... eine Besprechung.«

»Nein.«

»Das ist unbedingt nötig.«

»Ich ruf dich wieder an.«

Sven Holte blieb mit dem plötzlichen Schweigen in seiner Hand sitzen. Draußen hörte er eine Gruppe vorbeigehen, die sich laut unterhielt, die Stimmen drangen durch das geschlossene Fenster, aber einzelne Wörter konnte er nicht unterscheiden.

Der Zettel hing mit Tesafilm festgeklebt an der Wohnungstür. Nicht noch eine Nachricht, hatte er gedacht, als sie die Treppe heraufkamen. *Da du nicht wie abgesprochen zu Hause warst, haben Melker und ich die Kinder bei Mama abgeliefert. Vielen Dank für die Hilfe.*

Sie schrieb mit derselben nonchalanten Kompetenz, wie sie alles andere erledigte. Die Botschaft war angekommen, sie verstand es meisterhaft, auch anderes zwischen den Zeilen unterzubringen.

Noch ein Argument. Er sah sie vor sich, gegen die Tür gelehnt, ein schnelles, energisches Schreiben, das der Farbe im Stift nicht erlaubte, in dieser steilen Haltung zu versagen. Wie der hirnrissige Melker ... allein der Name ... wie der daneben gestanden und zögernd das Gewicht vom einen auf den anderen Fuß verlagert hat, wie ein Mittelstreckenläufer vor dem Startschuss, der nie kommt. Wie sie dann mit den Kindern abmarschiert sind.

Er hatte kalten Schrecken empfunden, als es wahr wurde.

»Scheidung. Du willst unseren Kindern ja einen guten Start ins Leben geben.«

»Genau das will ich ihnen geben. Einen neuen Start. Hier werden sie nervös. Hast du Jons Gesicht gesehen?«

»Kannst du nicht ein bisschen leiser schreien? Wer ist denn schuld an seiner Nervosität?«

»Du. Während der wenigen Stunden, wenn du zu Hause bist.«

»Es geht also um den Job?! Davon hast du gar nichts gesagt, als wir im Urlaub waren. Oder die Lederjacke? Ist die nicht gut?«

Es war kindisch, er wusste selbst, wie hohl das klang, wie bei jemandem, dem alle Felle davongeschwommen sind. Verzweifelt, er verzweifelte leicht.

»Es geht um dich und mich – und um die da.«

Sie hatte auf fünf Flaschen gezeigt, die auf einer Kommode im Zimmer standen. Sie standen immer dort, soziales Trinken bei festlichen Gelegenheiten, hier wurde nicht heimlich Schnaps getrunken.

»Du hast dich schon lange entschieden, Jonathan.«

»Du weißt, dass ich aufgehört habe …«

»Dann war gestern der letzte Rückfall?«

Was antwortete man darauf? *Ein bisschen Wein, das ist doch normal*, in diesem Moment fand er nicht mal die dürftigsten Worte.

»Die Kinder sind jetzt alt genug, dass sie es merken.«

»Frag Elsa. Wir haben solchen Spaß geh…«

»*Du* hast gestern Abend Spaß gehabt, Jonathan. Für alle anderen war es schrecklich.«

»Vielen Dank.«

In seinem vergewaltigten früheren Heim servierte er Lea Laurelius eine Tasse Kaffee.

»Danke.«

»Tja, nun siehst du es selbst, ich hatte auch Besuch.«

Wide machte eine Handbewegung über das verwüstete Wohnzimmer.

»Ich sehe es. Was geht hier vor?«

»Einige Antworten finden sich bei dir, glaube ich. Oder bei deinem Mann.«

»Georg? Sollte das alles mit ihm zu tun haben?«

»Ist diese Frage nicht naiv?«

»Doch, ja.« Sie hatte die Kaffeetasse noch nicht angerührt. Jetzt kein Cognac.

»Vielleicht hat er damit zu tun.«

»Könnten wir nicht versuchen, etwas deutlicher zu werden? Du weißt, denke ich mal, mehr als ich.«

»Ich hatte plötzlich Angst, als Georg nicht mehr nach Hause kam …«

»Warum hast du deinen Mann nicht angerufen? Er muss doch ein Büro haben. Oder mehrere Büros.«

»Ich hab's versucht, aber da hat sich niemand gemeldet.«

»Ist das nicht merkwürdig? Es wird doch Sekretärinnen geben?«

»Wie gesagt, es hat sich niemand gemeldet.«

»Was hast du dann getan?«

»Ich hab dich angerufen.«

»Warum einen kleinen, unbedeutenden Privatdetektiv? Du hast doch wohl Freunde? Verwandte?«

»Ich hab gedacht, du bist geeigneter, weil du …«

»Weil ich mich in der Unterwelt bewege? Haben wir es damit zu tun? Abrechnungen in der Unterwelt?«

»Wie meinst du das? Willst du damit andeuten …«

»Das ist mehr als eine Andeutung. Ich glaube, dein Mann Georg gibt sich mit schmutzigen Geschäften ab.

Und jetzt geht's schief, ist vielleicht sogar schon schief gegangen, das glaube ich.«

Sie schien erst jetzt richtig Angst zu haben, und er glaubte nicht, dass es daran lag, dass er lauter geworden war. Sie wollte etwas sagen, aber aus ihrem halb offenen Mund kam nur ein röchelndes Krächzen.

Sie schluckte und machte einen neuen Versuch.

»Irg... irgendwas ist schief gegangen. Georg hat in der letzten Zeit mit einigen miesen Typen Kontakt gehabt. Die Geschäfte sind so ... still geworden.«

Es gab mindestens eine Ware, die stille Geschäfte verlangte. Sie verlangte auch spezielle Pirouetten auf einem sehr schlaffen Seil. Innerhalb kurzer Zeit war Göteborg zu einem wichtigen Umschlagplatz für Drogen geworden. Die richtig harten Drogen waren angekommen.

»Ich glaube, dein Mann ist vom Seil gefallen.«

»Was?«

»Ich glaube, er handelt mit Rauschgift. Vielleicht Kokain, vielleicht Marihuana, nein, nicht das, vielleicht mit dem neuen Renner in Göteborg, mit Heroin. Oder Crack oder so was.«

In ihren Augen sah er, dass er Recht hatte. Oder dass sie dasselbe gedacht hatte.

»Das kann nicht wahr sein. Georg handelt mit Immobilien.«

»Das macht ihn erst recht verdächtig.«

»Ist das dein Ernst?«

»Mit den Immobilien geht's bergab, das Geld reicht gerade noch, um neue Löcher zu bohren.«

»Und das Rauschgift ... soll das so ein Loch sein?«

»Man braucht gar nicht tief zu bohren, um für immer drin hängen zu bleiben.«

Ende der achtziger Jahre hatte es in der Stadt drei bekannte Heroinsüchtige gegeben. Mit denen waren sie leicht fertig geworden. 1990 wurden in Göteborg dreihundert Gramm Heroin beschlagnahmt. Im Jahr darauf fand die Polizei 1,2 Kilo. Das war schon ein kleiner Berg. Die Spitze eines Eisberges.

Im Stadtteil Västra Frölunda gab es jetzt Sonderangebote für das braune Heroin. Verglichen mit den Preisen im zentralen Göteborg, kostete es nur die Hälfte und sorgte bald für neue Heroinsüchtige zwischen den Hochhäusern des Millionenprojekts.

Wer wollte keine guten Geschäfte machen?

Das braune Pulver wurde auf Metallfolie gelegt, man musste sie nur von unten anwärmen. Das war einfach, der Drogenabhängige konnte die Dämpfe einatmen ... Drachen jagen ... so wurde das Inhalieren genannt.

Das Braune war eine Billigvariante, das weiße Erstklassige für die Adern kostete mehr als doppelt so viel. Aber anfangs war der Effekt derselbe: Leere, Ruhe, Stille, Wärme und endlich kein Gelaber mehr. Eine bessere Welt.

Während manche Abhängige ihre Drogen mit Waren bezahlen können, braucht der Heroinsüchtige Bargeld. Geld, das Drogenabhängige in der Regel nicht haben. Sie müssen es sich irgendwo beschaffen, mit mehr oder weniger Anwendung von Gewalt.

Im Lauf des letzten Jahres hatte die Göteborger Polizei über hundert Heroindealer gefasst. Gleichzeitig intensivierten die Dealer ihre Suche nach neuen Kunden. Wo es sich anfangs um wenige Gramm gehandelt hatte, wurde jetzt gleich hundertgrammweise verkauft.

Aber das Heroin hatte nicht etwa eine andere Droge verdrängt. Der Drogenmissbrauch in Göteborg stieg an allen Fronten und mit allen Präparaten. Es war ein

Wachstumsmarkt, eine Situation, in der sich der Starke und Schnelle Marktanteile verschaffen konnte.

In den Büschen neben dem Kulturhaus in Västra Frölunda gab es zahllose Beispiele für diese Entwicklung. Ein Junge mit Baseballkappe hatte eine Bierdose aufgeschnitten. Sie waren zu dritt, sie waren sechzehn Jahre alt. Das Mädchen in der Gruppe war die Einzige, die normalerweise rauchte, sie hielt die Streichhölzer vorsichtig unter das Heroin. Für sie war es das erste Mal, aber einer der Jungen hatte es schon mal ausprobiert. Es war gut gewesen.

Sie wechselten sich mit den Zügen ab, anfangs fühlten sie nicht viel, aber dann wurde es schön. Jetzt juckte und brannte die Hitze nicht mehr, man wurde gewissermaßen ein Teil der Hitze, es war ein angenehmes Gefühl, sich hinzusetzen und zum Frölunda Torg und den Straßenbahnen der Linie 2 zu schauen. Und es war ein schönes Gefühl, nicht ständig den Wunsch zu verspüren, aufzuspringen und in die Stadt fahren zu wollen.

Es war gut.

11

Sten Ard fuhr mit dem Zeigefinger über die Linoleumtischplatte. Einige Kaffeetropfen bildeten ein dekoratives Muster. Als er mit der Flüssigkeit »Laurelius« zu schreiben versuchte, reichte sie nicht. Er überlegte einen Moment, ob er den Rest in der Tasse auf den Tisch kippen sollte, widerstand aber der Versuchung, als er den Blick hob und die fragenden Gesichter der Kollegen sah. *Darf man sich nicht mal in Ruhe mit seinen Notizen beschäftigen?*

Oder sollte er die Brühe doch ausgießen?

In der vergangenen Stunde hatte er viel nachgedacht – und wieder verworfen. Andere hatten hoffentlich auch nachgedacht, aber der Fall war bereits abgekühlt, genau wie das Getränk, das vor ihm stand.

Sollte er die Frau suchen lassen ... würde er dann einen Schritt vorwärts kommen oder zwei zurückfallen?

Das Gespräch mit Direktor Johlin, Laurelius' Partner, war eine sanfte Quälerei gewesen. Er wusste immer noch nicht, was dabei herausgekommen war, vielleicht nur ein paar weitere Namen, die er von Johlin bekommen hatte.

Er war ein etwas hochnäsiger, neureicher Typ, komplexbeladen und außerdem während des ganzen Gesprächs ganz schön nervös. Jedenfalls konnte er nachweisen, was er getan und gesagt hatte. Nach einer Weile hatte Ard ihm gar nicht mehr zugehört.

Sten Ard war einer von vierunddreißig Kommissaren bei der Polizeibehörde in Göteborg. *Die Aufgabe der Kriminalabteilung besteht darin, Verbrechen aufzudecken und zu ermitteln, soweit sie unter öffentliche Anklagen fallen und diese nicht Aufgabe einer anderen Abteilung sind.* Die Aufdeckung war abgeschlossen, jetzt mussten sie nur noch mit dem Ermitteln anfangen. Der Fall Laurelius war nicht Sache der Schutzpolizei, auch nicht des Sekretariats des Polizeipräsidenten. Der Fall war *sein* Baby. Aber er war nicht allein im Haus.

Ard erhob sich, wanderte drei Minuten im Haus herum und klopfte schließlich an eine Tür. Von drinnen hörte er ein Grunzen. Er wurde erwartet.

»Ard! Willkommen! Was verschafft mir die Ehre, ein *mastermind* kommt mich besuchen.«

Gert Fylke war einer der drei Kommissare des Rauschgiftdezernats. Ard hatte Fylke immer für einen unangenehmen Typ gehalten. Er erzählte mit Vorliebe rassistische Witze, über die niemand lachen konnte, und war in seiner Zeit bei der Schutzpolizei als gewalttätig auffällig geworden. Er war ein Aufschneider, einer, der hart gegen die Harten und hart gegen die Weichen vorging, fünfundfünfzig, eisengrauer Militärschnitt. Sein Gesicht war schmal, fast weich. Ard musste mitunter an einen bestimmten Propagandaminister denken, wenn er ihn sah.

Aber Gert Fylke war ein sehr geschickter Ermittler.

»Du wolltest eine Lektion haben.«

»Ich brauche Hilfe.«

»Ja, ja, das hast du schon am Telefon gesagt. Aber in

diesem Fall wird es auch eine Lektion, selbst für einen, der schon alles kann.«

Ard setzte sich auf den harten Stuhl, hart gegen die Weichen, war er hart oder weich? In Fylkes Gegenwart waren die meisten weich, jedenfalls wurden sie es allmählich.

Der Kollege beugte sich über den Schreibtisch.

»Gestern sind sechs gut gekleidete Geschäftsleute aus der Edelsteinbranche in Landvetter gelandet. Wir haben beschlossen, die Ware der Männer zu bewundern. Rate mal, was das für Edelsteine waren.«

»Kokain.«

»Falsch. Heroin. Rate mal, woher das kommt.«

»Thailand.«

»Wieder falsch. Afrika, Tansania. Was in guten alten Zeiten Tanganyika hieß.«

»Und Sansibar.«

»Was?«

»Sansibar. Tansania wurde 1964 gegründet, als man Tanganyika und Sansibar vereinigte.«

»Na, wenn du es sagst.«

Fylke lächelte breit und stocherte mit einem Streichholz in seinem Ohr.

»Rate mal, wie all das Edle eingeschmuggelt worden ist.«

»Im Magen. Sie haben den Mist runtergeschluckt.«

»Richtig! Dabei hat die Lektion noch nicht mal angefangen.«

Sten Ard beschloss, nichts zu sagen. Vielleicht konnte er ja wirklich was lernen.

»Sie hatten fast drei Kilo dabei. Und einer der schwarzen Gentlemen hatte 91 große Kapseln in Magen und Darm. 91 Kapseln! Das muss eine Art Rekord sein. Bolander telefoniert gerade mit dem Vertreter von Guinness in Stockholm. Ich stelle mir in der Neuauflage des Buches ein Foto vor, wie der Polizeipräsident die Hand in den Arsch von einem Schwarzen steckt und eine Kapsel herausholt, und ich stehe neben einem Riesenhaufen und kontrolliere, dass alles mit rechten Dingen zugeht. *Caught in the act* nennt man das, eine gute Reklame für die Polizei von Göteborg und eine Warnung an alle, die krumme Dinger in Landvetter drehen wollen.«

»Glaubst du, Koskio gibt sich dafür her?«

»Warum nicht? Wie viele Male hat er nicht gesagt, dass Polizisten keine Scheiße an den Händen scheuen dürfen. Will der Mann ein Vorbild sein oder nicht?«

»Wie seid ihr ihnen auf die Spur gekommen?«

»Die Schwarzen füllten ihre Anzüge nicht aus. Sie waren so gut gekleidet, dass die Männer beim Zoll Verdacht schöpften. Das passt auf Rauschgiftkuriere. Wir haben sie unter diskrete Bewachung gestellt.«

Dann bist du wohl kaum dabei gewesen, dachte Ard. Ihm fiel auf, dass es Fylke schwer fiel, das Fremdwort »diskret« auszusprechen. Aber er wusste, dass der Kollege die Ermittlung geschickt vorbereitet hatte.

»Sie sind zu einer Absteige im Zentrum gefahren, in der Gegend von Kungshöjd, und wir haben angeklopft. Genauer gesagt, Bolinder und zwei andere haben angeklopft, und ich bin sehr froh, dass ich nicht dabei war.«

»Die Chance hast du dir entgehen lassen?«

»Das war nicht das Einzige, was ich mir entgehen lassen habe. Die Kerle haben vielleicht was geschluckt! Im Zimmer roch es zum Gotterbarmen nach Scheiße. Wenn das mit dem Schlucktrend so weitergeht, müssen wir was gegen das Essen bei den Fluggesellschaften unternehmen. Die müssen verpflichtet werden, eine Art Diät zu servieren, die es den Polizisten erträglicher macht, ihre Arbeit zu tun.«

»Wir sind also im Zimmer.«

»Was? Genau, im Zimmer sind wir. Und da in diesem einfachen Hotel die Zimmer nicht mit Bad und WC ausgestattet sind, wird das Ganze noch verdächtiger, oder?«

»Sozusagen ein direktes Indiz dafür, dass sie Rauschgift im Magen hatten.«

»Du sagst es. Der Natur entkommt niemand, vor allen Dingen diese Naturkinder nicht. Sie hatten die Leckerbissen wieder von sich gegeben, und ich kann mir vorstellen, dass sie schrien, wie ein Smålånder beim Scheißen schreit. Aber dann taten diese Kerle etwas, was nicht mal ein Smålånder macht.«

Fylke sah Ard erwartungsvoll an. Was für einen Kommentar sollte er dazu abgeben? Warum nicht den Enthusiasmus ein wenig dämpfen?

»Sie haben sich den Inhalt noch einmal einverleibt?«

Fylke sah enttäuscht aus.

»So kann man es ausdrücken. Sie haben die Päckchen, die in doppeltes Plastik eingewickelt waren, wieder aufgefressen. Wir reden hier von einer Größe, die Cocktailwürstchen entspricht.«

Ard merkte, wie ihm langsam schlecht wurde.

»Da es kein Wasser im Zimmer gab ...«

»Danke, Gert, aber ich kann mir die Folgen vorstellen.«

»Wir haben sie zum Röntgen gebracht. Die Sache war klar. Außerdem haben wir einiges in den Schuhen von einem der Jungs gefunden. Der wirkte schon fast anständig.«

»Ihr kriegt immer mehr zu tun.«

»Darauf kannst du Gift nehmen. Göteborg ist Europort für Rauschgift geworden, das ist jungfräulicher Boden für einschlägig Interessierte.«

Gert Fylke erhob sich und ging zum Fenster. Von seinem Stuhl aus konnte Ard die neureiche Fassade des Wasahauses sehen, das Dach der Post, dahinter den Bahnhof. Fylke drehte sich um.

»Da draußen ist vermutlich mehr Stoff im Umlauf, als es Drogenabhängige gibt. Jetzt scheint das Heroin angekommen zu sein. Aber wenn eine Sorte Stoff zunimmt, dann nehmen die anderen Sorten auch zu. Göteborg ist das Paradies für einen Businessman.«

»Aber wir schlagen doch zu …«

»*Wir* schlagen zu, nicht ihr. Wir stehen mit erhobenen Armen in HIV-infizierten Räuberhöhlen, während ihr ordentliche Morde ermittelt.«

Fylke reckte die Arme, als wollte er demonstrieren, wie das ist, so in infizierter Umgebung zu stehen.

»Deswegen bin ich hier.«

»Was?«

»Ich hab einen ordentlichen Mord und suche infizierte Ursachen.«

»Ja, die Sache mit Laurelius. Leider liegt bei uns im Rauschgiftdezernat nichts gegen ihn vor. Bei den Steuer- und Wirtschaftsdezernaten gibt's wohl einiges, aber …«

»Keine Geschäftskollegen in Göteborg, mit denen er zu tun hatte, Verdächtigte …«

»Ich weiß, dass du mich für einen Rassisten hältst, Ard, aber du musst verstehen, dass von den hundert Personen, die wir bisher beim Rauschgiftschmuggel erwischt haben, neunzig Ausländer sind. Das ist der Markt der Neger.«

»Aber dealen sie nicht, um ihre eigene Abhängigkeit zu finanzieren?«

»Schon, in den meisten Fällen.«

»Dahinter stecken doch ... Köpfe.«

»Weiße Köpfe, meinst du?«

»Es gibt reichlich gelbblaue Schweden, die das große Geld am Rauschgift verdienen.«

»Klar. Ich möchte sie ja auch schrecklich gern schnappen und einsperren und den Schlüssel wegschmeißen. Aber Schmuggel und Absatz haben das Muster geändert. Oft handelt es sich um kleine Gruppen oder Einzelne, die das Zeug reinschmuggeln und verkaufen. Nicht mehr so sehr um große Banden, die von einem zentralen Kopf gelenkt werden.«

»Bist du da ganz sicher?«

»So sieht das Muster aus, das wir deuten können. Aber es ist klar ... natürlich gibt es die Banden, wenn's ums richtig große Geld geht. Ich weiß nur nicht, wie das Muster hier in Göteborg aussieht, noch nicht.«

»Wäre es nicht vorstellbar, dass manche versuchen, auch ein Stück vom Kuchen abzubekommen?«

»Wie meinst du das?«

»Von einem Wirtschaftszweig zum anderen wechseln?«

»Und damit käme Laurelius ins Bild, was? Tja, vielleicht, aber verdammt schwer zu beweisen. Wir haben unser Auge ja auch auf so was, aber wir fangen meist nur ein paar kleine Fische.«

»Die schwarz sind.«

»Sieht so aus.«

Fylke zeigte mit einem langen, dünnen Finger auf ihn. Ard reckte den Arm und zeigte zurück.

»Hoffentlich ziehst du daraus keinen zu weit gehenden Schluss.«

»Ich schaffe es selten, weit gehende Schlüsse zu ziehen.

Aber wenn du damit meinst, ich glaube, dass alle Einwanderer kriminell sind, weil wir kriminelle Einwanderer haben, die die Dienste unseres kleinen Dezernats in Anspruch nehmen, dann täuschst du dich. Zwar ist keiner meiner besten Freunde Einwanderer, aber es könnte sehr gut einer darunter sein.«

Hast du denn überhaupt beste Freunde?, dachte Ard. Er stand auf, setzte sich wieder.

»Könnte es sich bei dieser Laurelius-Geschichte um eine Rauschgiftabrechnung handeln, glaubst du das?«

»Schon möglich. In dieser Branche liebt man ein wenig Show, auch spektakuläre Warnungen und so was.«

»Warnung an wen ... es muss doch einen Adressaten geben.«

Fylke breitete die Arme aus, als wollte er die ganze Rauschgiftwelt umarmen. Sten Ard erhob sich endgültig.

»Ich muss weiter. Die Spuren werden kalt. Vielen Dank.«

Fylke warf sich in seinen Drehstuhl. Er war noch nicht am Ende.

»Bevor du gehst ... noch ein Witz, den hab ich gestern gehört.«

»Rassistisch?«

»Im Gegenteil. Er zeigt die Unbarmherzigkeit der Weißen.«

»Ich hab keine Zeit.«

»Er ist kurz. Ein Kolosseum im amerikanischen Süden. Ein Neger ist eingegraben worden, sodass nur noch der Kopf herausragt. Ein Löwe wird ...«

»Leider, Gert. Ich hab's eilig.« Ard ging zur Tür. Fylke beschleunigte das Tempo seiner Erzählung und folgte ihm.

»Der Löwe stürzt sich auf den Neger, der neigt den Kopf zur Seite, und der Löwe rennt vorbei. Der Löwe kehrt um und kommt zurück, der Neger neigt den Kopf zur anderen Seite, und wieder rennt der Löwe vorbei.«

Jetzt waren sie draußen im Korridor. Ard ging auf die Fahrstühle zu. Fylke folgte ihm.

»Jetzt ist es der Löwe leid. Beim nächsten Mal springt er dem Neger also direkt auf den Kopf. Weißt du, was der macht? Er beugt den Kopf nach hinten und beißt dem Löwen in die Eier.«

Fylke war stehen geblieben, während Ard weiterging, jetzt schneller. Er hörte, wie sein Kollege hinter ihm seine Stimme erhob. Zwei vorbeigehende Sekretärinnen waren stehen geblieben und sahen Fylke mit großen Augen an.

»Da erhebt sich ein weißer Plantagenbesitzer auf der Tribüne und schreit ...«

Ard hatte den Fahrstuhl betreten. Die Türen schlossen sich.

»... PLAY FAIR, YOU BLOODY NIGGER!«

Sten Ard ging auf sein Zimmer zu. Wenn die Anforderungen zu groß wurden, wenn äußerste Schnelligkeit geboten war, wurden Ards Bewegungen langsam. Wer ihn kannte, wusste, dass er umso schneller dachte, je langsamer er sich bewegte.

Als er Ove Boursés Zimmer passiert hatte, bewegte er sich in ultrarapider Geschwindigkeit, wie Boursé das etwas altmodisch bezeichnete.

Noch bestand kein Risiko zur Überhitzung. In zehn Minuten würde Boursé an Ards Zimmer vorbeigehen und nachsehen, ob er sich auf das Sofa neben der Tür gelegt hatte. Wenn es erst mal so weit war, war es höchste Zeit, die Gedanken abzukühlen.

Sten Ard betrat sein Zimmer und setzte sich hinter den Schreibtisch.

Er dachte an Jonathan Wide. Es war jetzt ein Jahr her. Er vermisste den etwas verrückten Bummler. Wide hatte einen Schuss wahnsinniger Fantasie, der Ards Logik gut ergänzte. Manchmal war Wide sogar Ballwand und Ball zugleich, ein Kriminalinspektor, der einem Terrier glich, ein rasender Inspirator und ein Polizist, der es wagte, seiner Intuition zu folgen.

Es war eine Schande, dass Jonathan aufgehört hatte. Den Gedanken dachte Ard zum tausendsten Mal, oft dachte er ihn, während er eine spezielle Linie auf der Tapete an der Wand gegenüber betrachtete. Der Gedanke hing mit dieser Linie zusammen. Wenn er an Wide dachte, unabhängig davon, wo Ard gerade war, dachte er gleichzeitig an diese Linie auf der Tapete.

Manchmal trafen sie sich, auch mal in einer Kneipe, obwohl das keinen Spaß machte. Die Familien hatten keinen Umgang mehr miteinander, seit Elisabeth ihren eigenen Weg eingeschlagen hatte. Sie hatte diesen Melker kennen gelernt und war aus ihrem Leben verschwunden. *Seinem* Leben jedenfalls. Maja hatte Elisabeth ein paarmal getroffen.

Wide hatte mit kaltem Sarkasmus gesagt, wenn seine Exfrau bei der nächsten Scheidung Hilfe brauchte, dann würde er in seiner neuen Tätigkeit einspringen und würde *the dirty work* erledigen.

Eine Schande! Der beste Ermittler des Korps beschattete untreue Ehemänner.

Aber die Zusammenarbeit war nicht beendet. Schon zweimal, als er während der ersten vierundzwanzig Stunden eines Falles gespürt hatte, dass er auf der Stelle trat, hatte er Wide angerufen. Sie hatten sich getroffen und waren den Fall durchgegangen. Am nächsten Tag hatte Ard zwar einen prächtigen Kater gehabt, aber er war klug genug gewesen, sich genaue Notizen zu machen, solange der Promillegehalt noch nicht das Niveau in der Flasche überstieg. Er hatte die guten Ideen des Abends gerettet, viele stammten von Wide, und er hatte auf neuen Gedankenbahnen weiter arbeiten können.

Ard hatte Wert darauf gelegt, dass es ein berufsmäßiger Austausch von Informationen war, aber Wide hatte das Geld Schmiergeld genannt und sich geweigert, es anzunehmen. Ard hatte sich geweigert, es wieder mit zurückzunehmen.

Nach einer Weile hatte der Privatdetektiv erkannt, wie albern die Situation war, und Schnaps für das Geld gekauft.

Sollte er Jonathan jetzt anrufen? Das wäre vielleicht klug. Wenn es um Wirtschaftsverbrechen ging, war es gut, mit Wide zu reden. Nicht unbedingt deshalb, weil er vor vielen Jahren die Handelsschule abgebrochen hatte und Polizist geworden war, sondern weil er immer die Oberschicht im Auge behalten hatte ... als würde er in aller Stille die Revolution vorbereiten. Er wusste einiges. Als Privatdetektiv war er auch, gegen seinen Willen, wie er sagte, tiefer in den Sumpf zwischen Oberschicht und Unterwelt gezogen worden. Jetzt gefriert das Wasser zu Eis, hatte er einmal gesagt, und wir haben nichts geschafft, nur hilflos an der obersten Eisschicht herumgekratzt.

Bilder wie so viele andere.

Hallo! Hier ist Jonathan Wide. Ich bin nicht zu Hause, aber wenn Sie Ihren Namen ... Wides kratzige Stimme auf dem Anrufbeantworter.

Er gähnte, ein Zeichen von Anspannung, und beugte sich über die Papiere auf dem Schreibtisch. Als Boursé den Kopf zur Tür hereinsteckte und wieder zurückzog, schaute er auf. Was zum ...

»Ich wollte nur sehen, ob du dich hingelegt hast!«, rief Ove Boursé aus dem Korridor, wenige Sekunden, bevor Ard hörte, wie sich die Fahrstuhltür öffnete und wieder schloss. Boursé war irgendwohin unterwegs.

Im Fahrstuhl drehte Boursé sich um und stand Auge in Auge mit Sven Holte. Oder besser gesagt Auge in Kinn, Holte war größer, und er reckte sich noch extra, wenn er Männer traf, die kleiner waren als er.

Wie immer, wenn er Holte traf, unterdrückte Boursé einen Impuls, die rechte Hand zu recken und *»Heil Holte!«* zu brüllen. *Vielleicht würde ihm das schmeicheln.* Jetzt drückte er stattdessen auf den Knopf für ein Stockwerk tiefer, er wollte so wenig Zeit wie möglich mit dem Chef im Aufzug verbringen. Keiner von beiden sagte ein Wort.

Boursé stieg aus und Holte fuhr weiter zum Erdgeschoss hinunter. Er sah auf seine Armbanduhr, ging zu seinem Auto, stieg ein und saß zwei Minuten da, die Hände fest ums Lenkrad geklammert.

In einer Stunde würde er eine Person treffen.

Holte tat jetzt etwas, was ihn noch niemand außerhalb des Boxrings hatte tun sehen.

Er verbarg das Gesicht in den Händen, ganz kurz; als er sich wieder der Welt öffnete, war er bleich: das Gesicht Ton in Ton mit der Verkleidung an den Innenseiten der Autotüren.

Die Sonne war zu neuem Leben erwacht. Es musste möglich sein, die Linien zu entfernen, jedenfalls einige.

Sie lebte! Der Bulle mit dem seltsamen Namen … niemand machte Umstände, als er um Auskunft bat. *Sehr ernst, aber nicht lebensbedrohlich.* Keine Hirnschäden, der Sauerstoff hatte gereicht. Sie war rechtzeitig eingeliefert worden. Ha! Würde er jetzt eine Medaille bekommen?

Er würde hier bleiben und die Sonne noch einmal malen.

Könnte er zum Krankenhaus fahren? Was sollte er sagen?

12

Da ist noch manches unerledigt.«

»Was zum Beispiel?«

»Die Polizei. Jetzt ist es an der Zeit, die Polizei einzuschalten.«

Sah er Angst oder Resignation in ihrem Blick? Oder einen Funken Verantwortung für etwas, was kommen würde ... vielleicht war es genau das.

»Ich glaube ... das Ganze findet eine natürliche Erklärung.«

»Dein Mann ist im Augenblick am wichtigsten?«

»Willst du nicht auch eine Erklärung?«

Er wusste nicht, ob er das wollte. Vielleicht wollte er nur schlafen gehen und aus einem bösen Traum aufwachen.

»Ist es nicht ein wenig verdächtig, Einbruch und Misshandlung nicht anzuzeigen?«

»Können wir nicht bis heute Abend warten?«

»Und heute Abend Anzeige erstatten?«

»Warte, bis ich Georg getroffen habe.«

Er hatte sie auf dem gestreiften Sofa zurückgelassen. Wide wusste nicht, ob die Gelegenheit richtig war, aber er hatte den CD-Spieler angestellt, *warum hatten sie keine Musik gehört*, und hatte sich sehr schnell für »La Traviata« entschieden, direkt im zweiten Akt *Lunge da lei …* Pavarottis Alfredo, die Aufnahme von der Metropolitan im Oktober 1970 mit hustendem und Füße scharrendem Publikum. Es war, als säße man mitten unter ihnen, wenn man sich erst einmal an die Nebengeräusche gewöhnt hatte. Was hatte Wide selbst 1970 getan? Was machte ein Siebzehnjähriger an einem Oktobertag?

Sie hatte gelauscht.

»Das klingt wie ein Raubmitschnitt vom Stehplatz aus.«

»Das ist tatsächlich Nota Blu.«

»Gar nicht schlecht, aber in der Gegenw…«

»Du hast Traviata doch schon mal gehört.«

»Nicht diese Aufnahme.«

»Entschuldige mich bitte einen Moment.«

Er hatte sich zur Küche umgedreht.

»Ich mach uns jetzt was zu essen.«

Erst in der Küche kehrte die Erinnerung mit aller Wucht zurück. Was zum Teufel sollte er tun? Ihm ging es immerhin so gut, dass er es schaffte, die Spüle sauber zu machen. Er öffnete die Kühlschranktür, er musste sich nur noch entscheiden, ein Gefühl, wie wenn man mit angsterfülltem Kater zur Arbeit geht oder die letzten hundert Meter im Hindernisrennen vor sich hat.

Er stand eine Weile vor der ziemlich leeren Tiefkühltruhe. Was auch geschah und wie groß die Probleme auch waren, er würde immer versuchen weiter zu kochen. Das war mehr, als sich am Leben zu erhalten. Er hoffte, Elisabeth vermisste sie jetzt, seine Gerichte. Die Vorstellung war Teil seines Selbstmitleids geworden. Wie ging es ihr mit Melker? Musste sie ihm abends das Kaffeewasser vorwärmen, damit er am nächsten Morgen nicht ganz hilflos in der Küche herumstand?

Selbst gemachte Ravioli. Er nahm die Packung mit den Pastakissen hervor, Opera und Pasta waren ja keine schlechte Kombination, aber an diesem Tag bekam das Ganze eine bizarre Prägung. Er musste wohl etwas sagen, wenn er das Essen auftrug, *das Einzige, was im Haus war*, und das stimmte sogar.

Er brauchte es ja nicht gerade zu übersetzen, Casonsei von Brescia, *kleine Unterhosen*, gefüllt mit frischem Schinken, geriebenem Parmesan und Frischkäse zu gleichen Teilen, Petersilie, er hatte ein kleines Baguette ausgehöhlt, ein wenig Milch, Salz, darüber gemahlenen schwarzen Pfeffer.

Wide löste die Pastakissen vorsichtig voneinander, stellte sie für zwei Minuten zum Tauen in die Mikrowelle, legte die kleinen Pakete in siedendes Wasser, zwölf Minuten, ließ den Casonsei abtropfen und gab ein wenig geschmolzene Butter darüber.

»Das schmeckt gut.«

Er hatte die Musik abgeschaltet. Wein gab es nicht.

»Ich hab keinen Salbei.«

»Hast du das selbst gekocht?«

»Selbst aufgewärmt.«

»Aber ursprünglich? Der Teig und die Füllung und so.«

»Eine gelegentliche Beschäftigung, manchmal macht es ... Spaß. Man ist ja, was man isst. Und im Augenblick fühl ich mich ein bisschen wie ein Pastakissen, allerdings ohne Füllung.«

»Und ohne Salbei.«

»Auch ohne Wein. Ausgegangen.«

Sie hatte ihn angesehen. Keine Koketterie, er schien dergleichen täglich zu machen. Kochen wie ein richtiger Mann.

War es das, was man für den Moment leben nannte?

»Möchtest du Kaffee?«

Er sah ihren leeren Teller. Er war voll gewesen.

»Ja, bitte. Aber keinen Cognac.«

Sah er sie den Mund leicht verziehen?

»Der Cognac ist auch alle.«

War das ein Adrenalinstoß gewesen? Schon ein Fortschritt? Kajsa Lagergren hakte nach:

»Sie glauben, er hat eine Firma ... in diesem Gebäude?«

»Ich weiß es nicht, aber ich habe ihn gesehen, glaub ich ... er hat hier wohl irgendeine Firma.«

Hatte irgendeine Firma. Vollendete Vergangenheit für Georg Laurelius, aber das wusste die Frau vor ihr offenbar noch nicht. Ich bin eine gute Polizistin, dachte sie, Ausbildung und Training, jeder ist schuldig, bis er bewiesen hat, dass er unschuldig ist. Ein aufmunterndes Bild von der Welt, das man so mit sich herumträgt.

»Wo haben Sie ihn gesehen?«

»Einige Male, draußen auf dem Hof. Er ist mir aufgefallen, weil er so gut gekleidet war, immer im Doppelreiher, so laufen hier nicht gerade viele herum.«

»Draußen auf dem Hof. Ist er in einen bestimmten Eingang gegangen? Ich meine, in welchen?«

»Darauf habe ich nicht geachtet. Sie wissen schon, man sieht jemanden vorbeigehen, denkt nicht darüber nach, wohin er unterwegs ist und woher er kommt.«

Wenn ich doch auch nur diese Fähigkeit hätte, dachte Kajsa Lagergren, mindestens drei missglückte Verhältnisse, die nie zustande gekommen wären, wenn ich genauso unachtsam durch die Welt liefe.

»Es gibt ... Gibt es fünf Eingänge auf dem Hof?«

Das war keine gute Frage.

»Warten Sie, ich sehe nach.«

Lagergren lief die Treppen hinunter und machte einige Schritte auf den Hof hinaus. Puh, war das heiß! Die Hitze staute sich zwischen den eng stehenden Gebäuden. Lagergren schaute nach oben und sah ein Viereck am Himmel: weiß und zischend wie kochende Milch. *So nah sind wir der Sonne nie gewesen*, sie holte ein paarmal tief Luft und zählte die Eingänge, die halb im Schatten verborgen lagen. Sechs. Es könnte jeder sein, daneben kleine Schilder mit den Firmennamen, von hier aus konnte sie keine Namen erkennen, aber sie würde sie herausbekommen. Es würde eine schweißtreibende Aufgabe werden, von Tür zu Tür.

Wo war Babington?

Jetzt kam sie wieder heraus. Sie musste ein Bulle sein, gute Sicht in alle Richtungen von hier aus ... wie sie in dem Matsch da unten am Wasser herumgestiefelt ist, und der andere ... wo war der? Sie überprüft die Eingänge ...

»Sie überprüft die Eingänge.«

»Die Tussi, die wir bei den Anglern gesehen haben?«

»Sie ist erst zu der Künstlerin raufgegangen, und jetzt ist sie wieder rausgekommen.«

»Das ist doch natürlich, dass sie wieder rauskommt.«

»Nicht auf *die* Art. Guck selbst, es sieht aus, als würde sie die Eingänge zählen.«

»Wo ist ...«

»Nicht so nah, verdammt noch mal!«

»Scharf, diese Haare.«

»Sie geht wieder rein.«

»Ich bin doch nicht blind.«

»Sie geht wieder zu der Malerin. In dem Eingang ist sonst niemand.«

»Vielleicht hat sie was gesehen.«

»Die Malerin? Was sollte sie gesehen haben?«

»Du weißt schon.«

»Egal. Wir hauen jetzt ab. Wir haben gefegt und wir haben geputzt. Und das Schild haben wir auch abgenommen.«

»Wir haben mehr abgenommen als das Schild, jawohl.«

»Glaubst du, sie hat uns gesehen?«

»Wer?«

»Die Malerin, verdammt noch mal!«

»Wir haben sie gesehen, dann kann sie uns auch gesehen haben. Oder besser gesagt dich.«

»Mich? Warum ausgerechnet mich?«

»Du bist so Aufsehen erregend hässlich.«

»Das ist nur Maske, ich muss mich schließlich deiner Gesellschaft anpassen.«

»Wir sind bestimmt nicht zusammen gesehen worden.«

Was für ein Glück. Aber jeder für sich allein ... Die da unten hat was sehen können und könnte was sagen. Das war ein Risiko ... Aber ist nicht dauernd was passiert? Niemand wird die Zusammenhänge herstellen können.

»Was machen wir mit ihr?«

»Mit wem?«

»Der Mal...«

»Ja, ja, ich hab doch nur einen Witz gemacht. Hast du Angst vor eventuellen Zeugen?«

»Ich hab Angst vor Unvorsichtigkeit.«

»Vor unvorsichtigen Aussagen?«

»Ja.«

»Dagegen kann man was unternehmen.«

»Um solche Aussagen zu vermeiden?«

»Klar. Man muss dafür sorgen, dass sie gar nicht erst gemacht werden, aber nicht hier.«

»Was nicht hier?«

»Diese Malerin wird eventuell keine Aussagen machen über etwas, was sie eventuell gesehen hat. Aber sie wird das nicht selbst entscheiden.«

»Sie wohnt irgendwo.«

»Genau.«

»Zwischen hier und da kann viel passieren.«

»Genau.«

Es war die Frage, wie weit man gehen konnte, was nötig war. Über so etwas dachte man eigentlich nicht nach, die Dinge ergaben sich von selbst. Es gab immer einen Anlass, zu viel Gequatsche zur falschen Zeit, die Nase in der falschen Richtung. So was in der Art. Wenn etwas geschah, wussten die Opfer immer, warum – die, die noch ein wenig Zeit hatten, nachzudenken, bevor es dunkel wurde.

Als Jonathan Wide und Lea Laurelius das Haus verließen, hatte die aggressive Hitze ein wenig nachgelassen. Die Sonne sank über Hisingen und tauchte die einsamen Kräne der stillgelegten Werften in glühende Farben. Für wenige Minuten verlieh das Leuchten all dem Leben, was seit langem gestorben war.

Bald würde es Nacht werden, eine blasse Version der Nacht, eine nordische Sommernacht. Sicher würde einer von Göteborgs ausländischen Besuchern in die helle Dunkelheit spähen und sich über das dunkle Licht wundern, er würde dann in die Augen der Schwedin schauen, die er erst vor einer Stunde im Straßenlokal kennen gelernt hatte, das blaue Blitzen in ihren Augen sehen und sich einbilden, zu verstehen, woher es kam.

Jonathan Wide sah ein schwaches blaues Blitzen in Lea Laurelius' linkem Auge und wunderte sich darüber, wieso sie immer noch so gefasst sein konnte. Mit allerhöchster Wahrscheinlichkeit schwebte sie in Gefahr. Was für ein merkwürdiger Ausdruck. In Gefahr schweben.

Es war keinesfalls sicher, ob sie weniger in Gefahr schwebte, wenn sie sich in Jonathan Wides Nähe befand. Er hatte immer noch die Wahl. Er könnte sie zu diesem Club fahren, sich verabschieden und zu seinem ruhigen Leben in der Scheidungsbranche zurückkehren. Noch hatte er die Wahl.

»Ich ruf die Polizei.«

Sie drehte sich heftig zu ihm um.

»Warum fängst du wieder mit der Polizei an?«

»Nun hör mir mal zu. Wir könnten noch einmal überfallen werden, und dann könnte es uns schlimmer ergehen als beim ersten Mal.«

Wide drosselte das Tempo.

»Wenn du mir nicht auf der Stelle einen guten Grund nennst, nicht geradewegs ins Polizeipräsidium zu fahren, tue ich es jetzt!«

Nach all den Dienstjahren hätte er den Weg mit verbundenen Augen gefunden, auch in einem weit schlechteren Zustand als der, in dem er sich jetzt befand. Tatsache war, dass er am Ende seiner Dienstzeit das Gefühl hatte, mit geschlossenen Augen zu arbeiten.

Er vermisste nur bestimmte Kollegen. Die, die ihn dazu veranlasst hatten, aufzuhören.

»Ja, ja. JA! Halt an. HALT AN!«

Er bog von der Allee nach Haga ab. Die niedrige Bebauung vermittelte ein Gefühl von Frieden, das Kopfsteinpflaster glitzerte freundlich wie kleine Wellen im Sonnenschein. Er parkte in einer Straße, wo er nicht parken durfte, und hoffte, dass sie dort in Ruhe reden konnten.

»Es ist, wie du gesagt hast. Georg ist … in Rauschgifthandel verwickelt. Ich weiß nicht genau, um was es geht, aber ich glaube, er hat ein paarmal jemandem gegenüber Heroin erwähnt.«

Sie hielt den dunkeln Kopf gesenkt, und im selben Moment, als sie erneut zu sprechen begann, ging zwei Meter vom Auto entfernt eine Straßenlaterne an, und das Licht belebte ihre linke Gesichtshälfte. Er sah, dass sie weinte.

»Ich hatte einen Anruf von einem Mann, der behauptete, er sei ein Geschäftspartner von Georg. Er wollte mich treffen. Ich hab ihn auf Georg verwiesen, aber er beharrte auf einem Treffen mit mir. Zuerst war er angenehm … nein, eher höflich … Dann wurde seine Stimme hart. Es war unheimlich.«

»Du hast ihn getroffen?«

»In einem Café … in der Stadt. Dort sagte er, dass Georg seine Geschäfte nicht so erledigt hat, wie es abgesprochen war. Er wollte, dass ich mit ihm in Georgs Büro gehe und zuhöre, wenn er Georg erklärt, wie die Geschäfte zu erledigen seien.«

»Name?«

»Er hat sich nicht vorgestellt.«

»Seid ihr hingegangen?«

»Es war schrecklich. Er hat Georg angeschrien, ohne die Stimme zu erheben, nur zum Schluss, er hat gesagt, dass jemand, der das Spiel nicht mitspielt, Probleme kriegt.«

»Probleme? Was könnte das sein?«

»Georg schien zu verstehen, um was für Probleme es sich handelt.«

Sie saß weit vorgebeugt und hatte die Arme fest um den Oberkörper geschlungen. Die Straßenlaterne beleuchtete ihre nackten Schultern. Auf den Oberarmen schimmerte feiner Flaum.

»Was hat er noch gesagt?«

»Nichts weiter. Aber als er gerade gehen wollte, klingelte das Telefon, und dieser Mann hat den Hörer abgehoben, als ob es sein Büro wäre. Er hat nur einen Augenblick zugehört und aufgelegt.«

»Du weißt also nicht, wer angerufen hat? Um was es ging?«

»Nein, aber eine Stimme hab ich gehört, aus der Ferne klang es wie ...«

Sie schaute plötzlich auf und ihr Gesicht war nah.

»Es klang Dänisch.«

Die heißen Abende in diesem Sommer veränderten die Gewohnheiten der Menschen. Die Bar war voll. Es war nicht leicht, sich hier drinnen zu bewegen, niemand wollte sich von der Stelle rühren. Wie in einer Sauna, wo der Bewegungsradius ebenfalls klein ist. *Die Finnen gehen in die Sauna, wenn es draußen zu warm ist*, er hatte davon gehört und hatte es schließlich in Nicosia erlebt, wo die kleine finnische UNO-Delegation zu Saunabad und Branntwein einlud, als draußen 50 Grad Hitze herrschten. Hinterher hatte er sich angenehm abgekühlt gefühlt.

Wide sah sich um. Es war, als würde die Hitze bei gewissen Menschen die Instinkte freisetzen. Rauchen, trinken, sich gehen lassen, in Gegenwart von Fremden allmählich alle Kleidung ablegen. War er Moralist und demzufolge ein Heuchler?

Als sie den Club betraten, hatte Lea kurz einem Mann hinterm Tresen zugenickt, und der hatte seinerseits zu einem Tisch im dunklen Innern der Bar genickt. Es hatte abgesprochen ausgesehen, fast wie eine Wiederholung, hatte Wide gedacht. Dort drinnen sah er neben dem Tisch ein Bein herausragen, er sah den Teil eines Schuhs und das flackernde Licht über der Tanzfläche, das sich in dem gewienerten Leder spiegelte. Der Schuh wippte zum Takt der Musik, irgendwas von Whitney Houston, wie hieß dieser Film noch ... »Bodyguard«. Konnte er selber für so einen gehalten werden?

Dann ging alles sehr schnell. Als Wide und Lea sich dem Tisch näherten, bauten sich plötzlich zwei Männer vor Wide auf.

»Privat.«

»Ich bin mit dieser Dame hier.«

»Dies ist Privatgebiet.«

Einer der Männer stieß ihm leicht gegen die Brust, fast sanft, als wollte er Wide darauf aufmerksam machen, wo die Bar lag und dass dort eine kalte Corona und eine noch kältere Cuervo auf ihn warteten.

Beide Männer waren größer als Wide.

Er fühlte sich nicht in Form. Er träumte davon, den einen in eine Stelle zu treten, wo es sehr wehtun würde, und gleichzeitig seine Ellenbogen einzusetzen, aber er wollte es nicht tun und tat es nicht. Er wartete, plötzlich hatte er Schmerzen im Magen und musste sich krümmen. So was war ihm schon früher passiert, und er hatte gelernt, schnell wieder zu Luft zu kommen.

»Es wird schlimmer, wenn du nicht verschwindest.«

Er warf sich nach vorne, und einer der Männer, der größere von den beiden, verlor für einen Moment das Gleichgewicht und stolperte einen halben Schritt rückwärts. Als der Mann seinen Blick von Wide zu seinen Beinen gleiten ließ, packte Wide seinen gelbgrünen Schlips, *ist dies ein Paisley-Muster?*, und zog ihn mit einem Ruck nach unten. Es war ein Schlips von guter Qualität, er ging nicht kaputt, der Kopf des Mannes wurde nach unten gerissen und traf auf halbem Weg auf Wides Knie. Das Gesicht des Mannes war auch von guter Qualität; bevor es auf das Knie des Detektivs traf, war es sogar schön gewesen, aber das Geräusch des brechenden Nasenbeins und möglicherweise auch des Jochbeins machte jedem, der das hörte, klar, dass nichts ewig währte.

Es war das erste Mal, dass Wide sich in einer solchen Situation befand, seit er selbstständig geworden war.

Er ließ los und der Mann bewegte sich rückwärts, langsam, gekrümmt, sein Oberkörper pendelte hin und her wie bei einem exotischen Tanz. Wide hörte ein klackerndes Geräusch vom Fußboden, es könnten die Zähne sein, wie Kastagnetten. Der Mann führte einen makabren Stepptanz auf dem kleinen Tanzboden vor. Das war eine unangenehme Situation für die Gäste, die hier getanzt hatten.

Wo war sie? Wide schaute zu der Ecke, wo er eben noch das Bein und den Schuh gesehen hatte und Lea, die auf diese Ecke zuging, aber jetzt sah er nur noch Dunkelheit.

Aus dem Augenwinkel nahm Wide den anderen der beiden Männer wahr. Er schien zunächst wie paralysiert zu sein von dem, was geschehen war, er hatte ein Messer in der Hand. Schließlich bewegte er sich rückwärts auf den Ausgang zu, schnell, zielbewusst.

Die Bargäste hatten erkannt, dass es bei dem, was geschehen war, nicht um eine Showeinlage ging, sondern um eine handfeste Schlägerei.

Ein Mann und eine Frau an der Bar schrien jetzt laut. Der Mann mit dem ehemals hübschen Gesicht stand über die schreiende Frau gebeugt, eigentlich lag er halb, und das Blut aus seinen Wunden hatte dem sahnefarbenen Kleid der Frau eine Farbe verliehen, die ihr schlecht stand. Die Stimme ihres männlichen Begleiters hatte sich inzwischen um eine halbe Oktave gehoben, wie um zu beweisen, dass nicht nur Frauen in Momenten wie diesem die Fassung verlieren. Er hörte erst auf zu schreien, als der Verletzte zu Boden geglitten war und mit dem Kopf dumpf auf den Fliesen aufschlug.

Wide lief die fünf Meter bis zur Barecke und stürmte durch eine Hintertür, die in einem merkwürdigen Winkel an der Schmalseite des Raumes eingebaut war. Er gelangte in einen Korridor und sah zwei Türen vor sich. Die rechte stand offen. Er betrat rasch das Zimmer, wirbelte einmal herum, fast wie ein Karussell. Das Zimmer war leer und er lief weiter den kurzen Flur entlang und wusste, dass sich hinter der Tür auf der anderen Seite ein Hinterhof befand, der auch leer sein würde.

Dort sah er in fünf Metern Entfernung eine Brandmauer, einen Parkplatz für zwei Autos und eine Ausfahrt, die auf die Vasagatan führte. Keine Lea und kein Auto weit und breit, Wide merkte erst jetzt, dass er ungesund heftig atmete. Vielleicht war das Atmen an sich nicht gefährlich, doch die Ursache dafür war gefährlich. Er musste versuchen, noch eine Weile klar zu denken, und das im hyperventilierten Zustand.

Drinnen lag der Verletzte bei der Theke, die ihn nicht mehr stützte. Wide ging zu ihm, drehte den Mann um und sah den Bewusstlosen lange an. Wo hatte er ihn schon einmal gesehen? Er hatte ihn bereits bei einigen Gelegenheiten gesehen. Namen konnte er sich nicht gut merken, aber Gesichter … an Gesichter konnte er sich immer gut erinnern.

Von weit entfernt hörte er Sirenen, und es war, als ob er dadurch die richtige Assoziation bekam. Die Stena-Fähre, er hatte ihn auf der Fähre gesehen, hinter der Theke. Oder im Speisesaal? Zwei Gedanken griffen ineinander und Wide sah den Mann in Fredrikshavn eine Bar betreten. Hatte er das wirklich gesehen? Die Bar, die genau neben dem Büro der Zeitung von Fredrikshavn liegt, und als ein weiterer Gedanke in die beiden ersten griff, sah er auch den anderen Mann, den etwas kleineren, vielleicht hatte er sie beide an einem anderen Ort, in einer anderen Bar gesehen. War das auch in Dänemark gewesen?

Das Polizeiauto erreichte den Nachtclub, die Sirene war wie ein unsichtbares Band durch die Nacht.

Im selben Moment wandte sich ein Mann auf der anderen Straßenseite hastig ab. Er bewegte sich rasch in Richtung Avenyn. Sein Gesicht war ausdruckslos. Er ging rhythmisch, fast wie im Marschschritt. Er erinnerte an einen preußischen Offizier, der mit angehobenen Beinen durchs Leben stolziert, den Blick auf die Vergangenheit gerichtet.

Durch die Stadt zu wandern. Warum tat er das nicht öfter? Die weiche Luft, die den Körper umhüllt. Eine Straßenbahn fuhr vorbei und er lächelte: Ich bin ein Massenmörder, aber ich bin auch ein Mitmensch, Liebhaber, manchmal sogar der erste, ich weiß mich in den besseren Kreisen zu benehmen. Massenmörder. Was für ein seltsames Wort.

Fredrik Björcke war auf dem Weg zum »Palace«, an Abenden wie diesem konnte er vor der Kneipe stehen mit einem Glas in der Hand, zwölf schöne Frauen in unmittelbarer Sichtweite. Und nur dreißig Meter weiter entfernt befand sich das Gesindel.

Einmal waren zwei aggressive Kerle von der anderen Seite herübergekommen und hatten sich unter die Leinenanzüge und maßgeschneiderten Kostüme gemischt und eine Konversation improvisiert. Björcke war dabei gewesen. Er war gerade in einem intimen Plausch mit einer hübschen kleinen Frau gewesen, die bei einer Bank in den westlichen Vororten arbeitete und ihn mit ihren grünen Augen länger fixiert hatte, als sie dürfte. Als einer dieser Proleten allzu nah kam, war Björcke lächelnd einen Schritt zur Seite getreten, er hatte gar nichts gesagt wie viele der anderen schönen Männer. Björcke hatte nur seine gute Laune zur Schau gestellt, und er wusste, dass es dieser Frau imponieren würde. Sie hatte es später gezeigt, diese Offenheit für einen Fremden ... Er dachte oft darüber nach. Irgendwo hatte er einen Artikel über einsame Männer gelesen, die einer Frau noch nie richtig nah gewesen waren. Das verstand er nicht. Er selbst musste sich wehren. Manchmal fragte er sich, ob ihn ein spezieller Duft umgab ... ob ihm das – in den Augen der Gesellschaft – Entsetzliche seiner Tätigkeit eine erhöhte Anziehungskraft verlieh. Frauen wurden von Gewalt und Macht angezogen, von Aggressivität und Brutalität. Davon war Björcke überzeugt. Er wusste, dass das nicht alles war, aber der Gedanke gefiel ihm. Manchmal stimmte es. Das reichte ihm.

Er ging an der Garderobe vorbei und wartete in der Nähe der Bar. Zehn Minuten würde er sich noch zurückhalten. Er bekam Augenkontakt zu einer Frau. Sie stand sechs Meter entfernt. Klare Züge, stark geschminkte Lippen, was paradoxerweise den Eindruck von Frische unterstrich, hellblaue Augen. Ein geblümtes Kleid, als wäre sie von einer Sommerwiese hereingetanzt gekommen. Sie warf ihm einen Blick zu, den er ironisch auffasste, *auch eine Art, seine Zeit zu verbringen*, er hob als Antwort die Augenbrauen und zeigte zur Theke, dann auf sich selber, hielt zwei Finger hoch und zeigte dann zum Ausgang zum Brunnspark. Und sie verstand, sie nickte, löste sich aus dem Gedränge und wartete auf ihn, als er mit den beiden Biergläsern kam. Er begriff das nicht. Bald würde er sich wieder wehren müssen.

13

Sie hatten eine Menge zu besprechen. Nicht etwa über das Wetter. Es war Mitternacht geworden, und Ard hatte Wide endlich erwischt.

»Du siehst aus, als würde es dir nicht gut gehen.«

»Scharf beobachtet.«

Jonathan Wide ging es trotzdem etwas besser als in den vergangenen beiden Tagen. War es das Adrenalin, das durch seine Adern strömte? Es könnte der eigene Heilungsprozess des Körpers sein, der so untertänig arbeitete, loyal bis zum Letzten. Man konnte ihn schlagen, ihn vergiften, ihn wieder schlagen und wieder vergiften. Der Körper rückte aus zur eigenen Verteidigung, mobilisierte, reparierte. Wide wusste nicht, ob er den Einsatz wert war.

Er würde seinen Alkoholkonsum verringern. Vielleicht ein so genannter trockener Alkoholiker werden, wenn er überhaupt Alkoholiker war.

»Ich hab einige anstrengende Tage hinter mir.«

»Besonders zum Ende hin.«

»Du weißt, dass ich keinen Streit suche.«

»Nein. Der sucht immer dich. Was hast du bloß an dir, dass du ihn so anziehst?«

»Mein unschuldsvolles Aussehen. Typen wie ich geraten immer in unangenehme Situationen.«

Ard schwieg. Nach einer Weile hustete er verhalten und kratzte sich mitten auf der Brust. Juckte es ihn dort vom Husten?

»Es ist Preben Kragersen. Nicht gerade ein Gemütsmensch.«

»Ein Bekannter?«

»Tja, wir haben ihn mal wegen Körperverletzung vernommen.«

»Körperverletzung? Er?«

»Ich verstehe, dass du es nicht glauben kannst.«

»Er wirkt nicht so, als würde er mit so was fertig werden.«

»Für Kragersen ist es immer gut ausgegangen. Zeugen und Anklagen haben sich stets rechtzeitig in Luft aufgelöst.«

»Ich frage mich, was er hier macht ...« Wide massierte sich vorsichtig den Hinterkopf.

»Er bezahlt die Krankenpflege, nachdem er unglücklich gestürzt und gegen eine Theke geknallt ist.«

»Ich weiß schon.«

»Wie soll ich wissen, was er ausgerechnet jetzt hier macht? Vermutlich den Leuten eins aufs Maul geben, etwas oder jemanden schützen, kaufen oder verkaufen.«

»Rauschgift? Eine Rauschgiftgeschichte?«

»Soweit wir informiert sind, nicht. Aber genau darum geht es ... Ich hab heute versucht, dich zu erreichen ... nein, gestern.«

»Ich war ziemlich beschäftigt.«

»Das hab ich gemerkt. Was für ein Glück, dass du unserem dänischen Freund bei der Atmung geholfen hast und ihm auch sonst behilflich warst, bis unsere Jungs ankamen. Was hattest du übrigens in einem der eher anspruchsvolleren Aufreißerlokale der Stadt zu suchen?«

»Ich hab niemanden aufgerissen.«

»Du sitzt also zu Hause und schreibst das Tagebuch eines Geschiedenen?«

»Ich war ... ich habe eine Dame begleitet. Jetzt begleitet sie ein anderer.«

Ard sah Wide an. Diese kryptische Formulierung passte nicht zu Wide. Er gehörte nicht zu denen, die erzählten, wenn sie bei Frauen abblitzten, auf der anderen Seite setzte er sich diesem Risiko auch selten aus. Es war etwas anderes.

»Eine Dame? Ich bin auch auf der Jagd nach einer Dame. Sie ist gerade Witwe geworden, weiß es aber noch nicht.«

»Und du bist derjenige, der ihr diese Neuigkeit übermitteln soll?«

»Ja.«

»Wer?«

»Du kennst ihn vermutlich, stadtbekannter Drecksack, angesiedelt in den etwas höheren Regionen.«

»Klingt nach irgendeinem Geschäftsmann oder Politiker, der an Macht und unbegrenztem Einfluss Geschmack gefunden hat.«

»Dieser hier hat Göteborg ein neues Gesicht gegeben. Georg Laurelius.«

»Wa... zum Teu... Laurelius! Ist er tot? Seit wann?«

»Ge... vorgestern Morgen, gegen fünf oder sechs, *give or take 45 Minuten.*«

»Aber das ist doch unmöglich! Er hat zu Hause angerufen ... um ... er hat nachmittags zu Hause bei seiner Frau angerufen.«

Ard betrachtete Jonathan Wide sehr aufmerksam.

»Ich hab das Gefühl, dass du etwas weißt, was ich nicht weiß.«

Ein fahrbares Krankenbett rasselte vorbei, dahinter ein Pfleger in einem fröhlichen Gespräch mit dem Patienten. Der konnte nicht unterwegs sein zu etwas Ernstem, vielleicht war es nur eine kleine Rundtour durch das unterirdische Gängesystem. Jeder brauchte mal eine Abwechslung. Der Pfleger hatte einen elastischen Gang, es war vermutlich Dienstbeginn für ihn. *Fünfzehn Kilometer am Tag*, irgendwo hatte er gelesen, dass die Pfleger jeden Tag fast einen halben Marathon zurücklegen mussten.

Dieser hier schien seinen Job zu mögen.

Im Östra konnte es keine fünfzehn Kilometer Gänge geben, er hatte noch keinen einzigen gesehen.

Zimmer sieben, einen Beutel Bananen in der Hand. Irgendetwas musste man ja mitbringen, und Bananen waren neutral. Er hatte an Blumen gedacht, aber die wären … falsch gewesen. *Hallo, ich hab das Auto gefahren, du erinnerst dich nicht, aber offenbar habe ich dein Leben gerettet. Warum bin ich jetzt hier? Ich weiß es tatsächlich nicht.* Er hatte ein Gespräch mit ihren Antworten geübt, er wollte auf einige Varianten vorbereitet sein. Aber über seinen ersten Satz war er sich noch nicht im Klaren. Vielleicht sollte er abwarten. Und wenn sie Besuch hatte?

Dann konnte er immer noch umkehren.

Sie war wach und sah ihn an, aber im Zimmer gab es drei weitere Betten, und erst als er vor ihrem Bett stand, begriff sie, dass der Besuch ihr galt.

»Hallo.«

»Ha… halloo …«

»Wie geht es dir?«

»Gut, glaub ich.«

»Das ist schön.«

»Ja …«

»Das ist ein gutes Krankenhaus.«

»Ich weiß, wer du bist.«

»Wie?«

»Ich weiß, wer du bist.«

»Ja.«

»Warum bist du gekommen?«

»Tja ... ich weiß nicht. Wollte wohl wissen, wie es dir geht ...«

»Sie sagen, ich bin gerade noch rechtzeitig eingeliefert worden.«

»Ja.«

»Warum?«

»Warum was?«

»Warum hast du mich hierher gefahren? Wie hast du begriffen, was los war?«

»Das war nicht besonders schwer.«

»Ich bin kein Junkie.«

»Das hab ich auch nicht geglaubt.«

»Es war eine Party, da war einer ... Sie sagen, ich hätte was getrunken ...«

»Jemand hat dir das Zeug heimlich reingetan.«

»So muss es wohl gewesen sein.«

»Aber jetzt geht es dir besser?«

»Es war ziemlich knapp, sagen sie.«

»Aber es geht dir besser?«

»Essen ist anstrengend, aber sonst ...«

»Und du musst noch eine Weile hier bleiben?«

»Ja ... komisch ... im Augenblick möchte ich nirgendwo anders sein.«

»Ich leg die ... äh ... Bananen hierher.«

»Willst du schon gehen?«

»Nicht zu lange, haben sie gesagt. Du kriegst doch bestimmt noch mehr Besuch.«

»Meine Mutter ist hier gewesen, ein paar Freunde. Bleib ruhig, das geht schon.«

»Niemand sonst?«

»Freunde ...«

»Was ist dein Beruf ... Linn?«

»Du weißt, wie ich heiße.«

»Nur so konnte ich dein Zimmer finden.«

»Wie heißt du?«

»Manfred.«

»Wirklich wahr? Manfred!«

»Nach meinem Großvater. Na, den Namen hab ich wenigstens ganz für mich allein. Wäre ich ein bisschen taff, würde ich mich Man nennen.«

»Oder Fred.«

»*Peace, man.*«

»Machst du noch was anderes außer Taxi fahren?«

»Ich versuch zu malen. Letztes Jahr hab ich die Kunsthochschule abgeschlossen. Und was machst du?«

»Ich bin arbeitslos. Ich hab bei einer Computerfirma gearbeitet, aber ... tja, die hat dichtgemacht. Jetzt versuch ich, das Abi auf der Abendschule nachzuholen.«

»Wann darfst du nach Hau... ach, darüber haben wir ja schon gesprochen. Lass es ruhig angehen. Ich muss jetzt wohl gehen.«

»Du ...«

»Ja?«

»Kommst du mal wieder?«

»Tja, ich wollte sehen, wie's dir geht und so, aber ...«

»Ich möchte gern, dass du wiederkommst.«

»Äh ... klar komm ich wieder. Morgen?«

»Tu das. Komm morgen.«

Er ging rasch durch den Korridor, fast lief er die Treppen zur Rezeption im Erdgeschoss hinunter. Wie leicht es sich ging ohne eine Tüte voller Bananen! Er grüßte die Frau hinter dem Empfangstresen, hielt einem alten Mann die Tür auf und ging zu seinem Auto.

Die Luft war wie Samt. Was für ein schönes Wetter!

Wide hatte berichtet.

»Ich hab den Anrufbeantworter abgehört und dich gleich angerufen.«

»Das reicht nicht.«

»Ich hatte keine Mögl…«

»Unverzeihlich! Das ist wirklich unverzeihlich! Unsere Freundschaft ist auf der Stelle beendet!«

Das war nicht bloß Enttäuschung, das war bitterer Ernst. Dienstfehler, auch wenn Wide nicht mehr im Dienst war.

»Aber wie sollte ich einen Zusammenhang herst…«

»Du brauchst keine Zusammenhänge in deinem marinierten Hirn herzustellen. Du brauchst nur die Polizei zu benachrichtigen.«

»Ich wollte erst wissen, was passiert ist, vor allem, was *mir* passiert ist.«

»Hättest du sofort angerufen, dann hätten wir vielleicht einen Mordfall gelöst. Vielleicht sogar noch viel mehr.«

Wie lange würde er so wütend bleiben? Die Ursache lag in seinem eigenen Fehlverhalten, er wusste es. Wie lange würde die Polizei gezwungen sein, sich mit dem Faktor menschliches Versagen abzuplagen?

Sie saßen in Wides Wohnzimmer. Ard war ein intelligenter Mann, aber kein Genie. Man brauchte allerdings kein Genie zu sein, um zu begreifen, dass nicht Wide selbst verantwortlich war für den Zustand der Wohnung.

Nicht einmal im Delirium wäre er dazu in der Lage gewesen.

Ard war vom Fußboden, wo er gesessen hatte, aufgestanden. Er war steif, *ist es normal, dass man sich am Steiß so steif fühlt?*, er saß selten auf dem Fußboden, nur wenn er Fußbodenleisten annageln musste. Und das geschah höchst selten.

»Der einzige Ort, von dem Laurelius hätte anrufen können, war die Leichenhalle. Aber du hättest es wahrscheinlich gemerkt, wenn die Stimme aus der Kiste gekommen wäre, oder?«

»Siehst du, dass ich nicht lache? Über so was mache ich keine Witze. Er hat angerufen. Sie hat sich gemeldet. Sie hat zugehört. Wir sind zu dem Treffpunkt gefahren.«

»Du hast selbst mit ihm gesprochen?«

»Eigentlich nicht. Ich hab mich gemeldet und seine Stimme gehört.«

»Kennst du die denn?«

»Hab sie noch nie vorher gehört.«

»Bandaufnahme. Könnte eine Bandaufnahme sein.«

»Unter Drohung aufgenommen. Kriegt man das so glaubwürdig hin?«

»Klang er glaubwürdig?«

»Er klang ... na ja, gebieterisch, selbstsicher. Du weißt schon.«

»Vielleicht wurde er ja gar nicht bedroht, als er mit ihr sprach. Er hätte ja auch irgendeine Teufelei planen können.« Ard ballte die Fäuste, wie um dem Wort »Teufelei« Nachdruck zu verleihen.

»Während jemand anders gleichzeitig eine Teufelei mit ihm vorhatte?«

»Ja. Das nennt man Vorwärtsstrategie, wenn man etwas in mehreren Schritten vorbereitet. Das ist wichtig.«

»Gleichzeitig hat jemand eine Teufelei für die Frau, Lea, geplant.«

»Und für dich«, sagte Ard und sah sich im Zimmer um.

»Ja. Ich hab darüber nachgedacht in dem bisschen Freizeit, die ich in der letzten Zeit gehabt habe. *Why me?*«

»Hast du ein paar bedeutende Geschäfte gemacht in der letzten Zeit?«

»Sehr witzig.«

»Jemand will offenbar, dass du mitspielst. Oder dich raushältst. Nein, dich dabeihaben, glaub ich.«

Da klingelte wieder das verdammte Telefon.

14

»Ard? Ist da Sten Ard?«
Es war Ove Boursé.

»Hier ist Sten.«

»Unser dänischer Bruder ist wieder zu sich gekommen.«

»Mmhh.«

»Er sagt, er ist gefallen. Das Sprechen fällt ihm ein wenig schwer. Möchtest du ihn jetzt verhören?«

»Nein, wir warten noch einige Stunden. Später tut es weniger weh.«

Ard legte auf und drehte sich zu Wide um. Der Privatdetektiv sah aus, als wäre er durch eine Wüste gewandert, in den Spuren eines Entdeckungsreisenden, der sich verirrt hatte. Wides Gesicht war grau wie Sand im Regen. Seine Jacke hatte am linken Arm einen zehn Zentimeter langen Riss. Sein kompakter Körper wirkte dünn, als hätte ein verrückter Arzt eine Fettabsaugung vorgenommen und wäre dann zum Essen gegangen, ohne den Apparat abzustellen.

Wide schlief. Sein Kopf lehnte leicht gegen ein Kissen, das sich mit seinen Atemzügen leicht bewegte.

Es sieht friedlich aus, dachte Ard, Menschen sind so verletzlich im Schlaf, selbst die Verhärtesten bekommen weiche Züge, in denen man noch einen Rest Menschlichkeit entdeckt, selbst noch in der Sekunde, wenn sie erwachen und nach dem Revolver unterm Kopfkissen greifen.

Er hatte überraschende Hausbesuche gemacht bei Leuten, die noch den Schlaf im Gesicht hatten. Er hatte richtig gehandelt, sich aber wie ein Vergewaltiger gefühlt. Nirgendwo auf der Welt wurde er den Gedanken an die Hausbesuche los, in den Dämmerstunden, *wee wee hours*, im Buenos Aires der siebziger Jahre oder im Bukarest der achtziger Jahre, in China, die Bruderschaft klopfte an Türen oder trat Türen ein, und alle handelten richtig. Erst kam die Schutzpolizei, das Gesetz kam eventuell später.

Sten Ard erhob sich und ging in den Flur. Er sah sich selbst in dem gesprungenen Spiegel, und ihm wurde klar, dass er nicht geschlafen hatte ... seit wie vielen Stunden war er eigentlich auf den Beinen?

Er ließ die Tür mit einem vorsichtigen Klicken hinter sich ins Schloss gleiten.

Die Sommernacht näherte sich träge der Dämmerung. Einige Taxis fuhren die letzten Kneipengäste nach Hause.

Am Munkebäckstorg half ein Chauffeur einem jungen Mann die Balance zu halten, während der sich an einer kleinen Betonmauer übergab. Wie oft das passierte, Mägen, die das Maß nicht kannten.

Hundert Meter vom Radiotorget entfernt schrie ein Mann »Reingelegt, du Scheißkerl!« und rannte von einem Taxi weg, während der Chauffeur verwirrt abwechselnd auf den Fünfhunderter schaute, den er als Sicherheit vor der Fahrt gefordert hatte, und die Quittung über 372 Kronen, die er dem Mann übergeben wollte, der jetzt nach links aus dem Blickfeld verschwand.

Am Korsvägen stand eng umschlungen ein Paar mittleren Alters, während beide intensiv versuchten, sich zu erinnern, wie der andere hieß.

Am Stigbergstorget wich ein betrunkener Siebenundzwanzigjähriger einer Katze aus und schoss geradewegs über die Kreuzung in Bengans Schaufenster hinein, die Auslagen des Plattenladens wurden mit einem dissonanten Rückkoppelungsgeräusch über den Gehweg verstreut, das gut zu der Schaufensterdekoration, einer *Grungeband* aus dem Nordwesten der USA, passte.

»Hier ist es, oder?«

Ard wurde mit einem Ruck wach und riss eine Sekunde später die Augen auf wie jemand, der schnell und überraschend eingeschlafen ist und auf die gleiche Weise erwacht.

Er atmete den Duft des kleinen Gartens ein, näher konnte man dem Mittelmeer kaum kommen: die warme Luft, die Grillen.

Es gab wenige, die sich nicht nach Regen sehnten. In Schweden war es normal, dass die Leute anfingen, sich Sorgen zu machen, wenn die Sonne zwei Tage lang geschienen hatte, *der Boden ist so trocken.* Dies war ein Land, wo achtzig Prozent der Bevölkerung seit drei Generationen Bauern gewesen waren, und es dauerte noch ein bisschen, bis die Sorge um Ackerflecken und Felder ausgelöscht war. Aber jetzt gab es wenigstens Grund zur Sorge. Der Boden *war* trocken. Das Landesinnere sah aus wie die ausgedörrten Salzseen in Südeuropa. Die Bauern konnten einem Leid tun.

Zum ersten Mal hatte Ard Mitleid mit einer Berufsgruppe, die sich immer und in jeder Situation selbst Leid tat. Die Bauern weinten, aber die Tränen reichten nicht für die Bewässerung der Felder.

Ards Müdigkeit war verschwunden. Der kurze Schlaf hatte ihn erfrischt. Er ging in die Küche und schloss leise die Tür hinter sich. Er sah in den Kühlschrank. Butter, Wurst vom Lebensmittelladen am Kungstorget, er wusste nicht, ob sie serbisch, kroatisch oder bosnisch war, aber sie machte süchtig. Manchmal dachte er daran, was mit seiner Wurst passieren würde ... wurde sie im früheren Jugoslawien hergestellt? Wie funktionierte die Lieferung? Er hatte nicht gewagt zu fragen. Es wirkte ungerecht, nach dem Überleben der Wurst zu fragen, wenn die Umstände so schwierig waren.

Er bestrich drei weiche Scheiben Roggenbrot mit Butter. Eins belegte er mit Eierscheiben, drapierte drei Sardellen darüber und bestreute alles mit Kresse. Dann schnitt er die Wurst in Scheiben, mischte sie mit Tomatenscheiben und griechischem Schafskäse und verteilte alles auf den beiden anderen Scheiben Brot. Er legte sie auf einen großen Teller mit einem Häufchen Knoblaucholiven und einigen Stücken eingelegter Auberginen daneben. Lange betrachtete er ein Stück Brie im Kühlschrank – sollte er? Jetzt mach ich die Tur zu, dachte er.

Solche Mahlzeiten sollte er nicht zu sich nehmen, tagsüber nicht und nachts schon gar nicht. Er dachte darüber nach und goss rasch etwas Jever in ein hohes, schmales Glas. Er mochte die kräftige Schaumbildung, wartete ein Weilchen und goss nach. Als die Flasche leer war, stellte er sie in einen Träger im Schrank unter der Spüle.

Ard nahm Teller, Messer und Gabel in die linke Hand, das Bierglas in die rechte, und ging in die Bibliothek. Er setzte sich in einen der Ledersessel und stellte Teller und Glas auf den Tisch daneben. Bevor er zu essen anfing, warf er einen Blick aus den großen Fenstern. Die Nacht hatte sich davongeschlichen, das nordische Licht des frühen Morgens kam über die Stadt. Es war wie eine Erinnerung daran, dass dies unveränderlich ein anderer Teil der Welt war, die Wärme mochte aus dem Süden gekommen sein, neue Gewohnheiten, Düfte, die Trockenheit, aber das Licht ... niemand entging dem Licht im nördlichen Sommer.

Er aß die Butterbrote, trank in kleinen Schlucken vom Bier; er wusste, dass das Vorgefallene ihn in der nächsten Stunde daran hindern würde einzuschlafen. Würde es drei Stunden dauern? Das war vermutlich das Alter, er hatte in den letzten Jahren einiges ausprobiert, um einmal eine ganze Nacht durchzuschlafen, aber es gelang ihm einfach nicht. Ging er früh zu Bett, hatte das frühes Erwachen zur Folge. Ging er spät ins Bett, hatte er einen unruhigen Schlaf. Alkohol verursachte böse Träume und ein verschwitztes, angsterfülltes Erwachen aus etwas, was keine Erholung gebracht hatte. Fasten am Abend setzte die Fantasie in Bewegung. Wenn er einzuschlafen versuchte, schien sein überhitztes Gehirn auf Hochtouren zu laufen. Häufig hatte es so geendet, dass er wieder aufstehen und doch etwas essen musste.

Jetzt war es ihm egal.

Ard stand auf und ging zur Musikanlage. Er bückte sich und suchte in der CD-Sammlung. Er hatte es wie eine schöne Bereicherung empfunden, als er begriffen hatte, was die CD bedeutete. Jetzt konnte man Musik mit Künstlern kaufen, die in Vinylform schon längst verschwunden waren. Ard hatte LPs, die er gut pflegte, die aber trotzdem nicht mehr klangen. Jetzt hatte er die Möglichkeit, sich wieder anzuschaffen, was verschwunden war.

Er liebte Soul. Soul der sechziger, der siebziger Jahre. Dort war er stehen geblieben, es war schwer, sich zu lösen. Besonders von den späten Sechzigern, als das Jahrzehnt wechselte.

Ard legte eine Scheibe ein und setzte sich die Kopfhörer auf. Overton Vertis Wright. Einer der Großen und einer der Vergessenen. Es war unbegreiflich, aber Sten Ard hatte das Gefühl, O. V. Wright gehöre ihm allein, und das war ein gutes Gefühl. Er blieb bei dem Musikregal stehen, schloss die Augen und lauschte zum wohl tausendsten Mal *Don't Let My Baby Ride*, als ob es das erste Mal wäre. Als das prickelnde Gitarrensolo kam, spielten Ards Hände auf der eingebildeten Gitarre, er war überzeugt, dass es eine Gibson Super 400 war, er wiegte seinen Körper und öffnete die Augen erst, als das Solo vorbei war, er zu einem Barréakkord zurückgekehrt war und ein kratzendes Geräusch gehört hatte.

Seine neunzehnjährige Tochter war nach Hause gekommen. Sie stand mitten im Zimmer und sah ihn mit klarem Blick an.

»Spielst du *unplugged*, Papa?« Sie hielt die Zeitung in den Händen. Ard nahm sich die Hörer ab und schaltete den CD-Spieler aus. Er ging auf seine Tochter zu und umarmte sie. Sie roch nicht nach Alkohol.

»Es ist spät. Oder früh. Zu früh.«

»Spielst du die Musik deswegen so leise?«

»Wenn du die Gitarre nimmst und da hinten in die Ecke stellst, nehm ich die Zeitung.«

»Okay. Ich bin sowieso müde.« Mit einer übertriebenen Bewegung hob sie die eingebildete Gitarre an und trug sie ans andere Ende des Zimmers.

»Soll ich sie hier zu den anderen Luftgitarren stellen?«

»Ja, neben die Fender. Nein, nicht die, die Telecaster.«

»Gute Nacht, Papa. Du solltest jetzt auch schlafen gehen.« Sie sah auf den leeren Teller. »Falls du kannst.«

»Gute Nacht, Magda.«

Ard schlug die Zeitung auf und roch die frische Druckerschwärze. War ein Morgen ohne Zeitung vorstellbar? Er wusste nicht, was sie ersetzen könnte, befürchtete aber, dass es irgendwann kommen würde. Wie lange reichte das Papier? In Japan hatten sie offenbar angefangen, Zeitungen aus Plastik herzustellen.

Kokain im Wert von
75 Millionen Kronen beschlagnahmt
Göteborg Umschlagplatz für Rauschgifthandel

In einer Wohnung in Angered fand die Polizei am Dienstag 75 Kilo Kokain. Marktwert: 75 Millionen. Am selben Tag schlug die Polizei an fünf verschiedenen Adressen in Kungälv, Malmö und Göteborg zu und sprengte damit die peruanische Liga in Schweden, die des Rauschgifthandels verdächtigt ist. Das ist die zweitgrößte Beschlagnahmung, die in Schweden vorgenommen wurde. Die größte gelang im Mai dieses Jahres, als der Zoll in Göteborg 150 Kilo Kokain in einem Ölfass fand.

»Das beweist, dass Göteborg momentan der interessanteste Umschlagplatz für den internationalen Rauschgifthandel ist«, sagt der stellvertretende Polizeipräsident Sten Sjöberg, Chef des Fahndungsdezernats der Polizei von Göteborg. »Aber etwas von dem Rauschgift bleibt auch hier hängen.«

Die zwölf Gefassten – acht Peruaner und vier Schweden – werden auch wegen des Überfalls auf die Post in Göteborg am vergangenen Montag verhört, bei dem eine halbe Million Kronen gestohlen wurden.

Peruaner. Waren es sonst nicht Kolumbianer? Es hatte eine Zeit gegeben, da war die Presse sehr vorsichtig gewesen, die Nationalität der Verbrecher zu nennen. Heute hielt man es offenbar für relevant. Die Kriminalität hatte sich verändert, oder es war immer noch dieselbe, nur mit einem anderen Tempo. Wie beim Fußball. Dasselbe alte Spiel, aber verdammt schneller geworden. Ard pfiff durch die Zähne. Vielleicht war es nötig, die Abstammung zu nennen. Seine Kollegen wollten es ja. Ihm war klar, dass es die Ausländerfeindlichkeit unterstützte, die Angst vorm Fremden, *was hab ich gesagt, ein Somalier oder Kolumbianer oder Peruaner.* Der Hass war nicht farbenblind.

Er legte die Zeitung weg und ging ins Obergeschoss. Er versuchte, so leise wie möglich zu pinkeln, zielte auf die untere Kante des Toilettenrands. Er wusch sich oberflächlich das Gesicht und unter den Armen, putzte seine Zähne und ging ins Schlafzimmer, in dem es immer heller wurde. Ard hoffte, einschlafen zu können, bevor die Sonne durch die Jalousien kam.

Maja schlief.

Auf dem Götaälv lag die »Stena Jutlandica« wie ein Stein. Das wahnsinnige Gewicht der Fähre erforderte alle Oberflächenspannung, die der Fluss aufbringen konnte. Wie ein Stück geschliffener Granit lag sie auf dem Wasser.

Das obere Sonnendeck wurde vom schwindenden Mondlicht erleuchtet. Bald würden rote Sonnenstrahlen wie aus einer Taschenlampe mit zerbrochenem Glas über das Bootsdeck, Restaurantdeck, die obere Plattform, das obere und das untere Autodeck sowie das Zwischendeck fließen. Das Licht würde dann mit einem schwachen Zischen ins Wasser tauchen, brechen und seine Wanderung aufwärts fortsetzen.

Auf dem Restaurantdeck, neben dem Restaurant, brütete einsam und still die Konferenzabteilung. Das blasse Licht des Overheadapparates würde erst in mehreren Stunden Helligkeit unter den Konferenzteilnehmern von der Göteborger Universität, von Pååls, Limco AB, Volvo Lastwagen oder dem Landtag von Älvsborg verbreiten.

Der Gang lag im Halbdunkel, es war die Zeit, in der es am schwersten war, die Schilder an den verschiedenen Türen zu entziffern. Im hellen Tageslicht öffnete sich hier Frankreichs Küste. Ein Frankreichliebhaber hatte die Konferenz- und Besprechungsräume Nizza, Cannes, Bretagne, Dieppe und Brest getauft. Es gab auch ein Paris.

Am hinteren Ende des rechten Konferenzraumes, vom Rezeptionstresen aus gesehen, lag das Treppenhaus mit einer Tür zu Cannes 2. Eine Doppeltreppe führte nach unten zum Eingangs- und Bardeck. Im siebten Stock gab es eine fast immer geschlossene und abgesperrte Tür zur Lido Bar. Neben dieser Tür war eine weitere Tür. Darauf stand »705 – Privat«. Auch diese Tür war fast immer geschlossen und abgesperrt.

Das Zimmer war einfach möbliert, ein Tisch und zwei Stühle, ein kleines Regal. Ein zusammenklappbares Bett von der Art, wie man es auf längeren Autofahrten dabeihaben sollte.

Jetzt lag eine Person in diesem Bett. Als die zarte Dämmerung durch das Bullauge sickerte, bewegte sich die Person, rollte sich von der linken auf die rechte Seite, ohne die Haltung zu verändern oder aufzuwachen. In der einen Ecke des Raumes, hinter dem Kopfende des Bettes, lag ein schwarzer Abfallbeutel oder besser gesagt mehrere Abfallbeutel aufeinander geschichtet.

An der Wand dahinter hing ein Taucheranzug.

Sie gingen am Kanal entlang, auf den Hafen zu. Die helle Sommernacht lag wie ein dünnes Laken über der Stadt und sie blieben eine Weile am Wasser stehen, neben der Oper. Er fragte sie, ob sie schon mal drinnen gewesen war, hörte bei ihrer Antwort aber nicht zu. Ihm selbst gefielen Opern nicht. Zu viele Gefühle, zu große Gesten, zu viel Lärm, um einen Gedanken auszudrücken. Die Oper beinhaltete Bilder von Menschen, die vom Leben selbst erhöht wurden, das war nicht gerade nach seinem Geschmack. Jetzt fragte sie ihn etwas, und er nahm den Blick von dem verdammten Mausoleum.

»Wie bitte?«

»Und du selbst? Magst du Opern?«

»Kann ich nicht gerade behaupten.«

»Ich würde gern etwas darüber lernen.«

»Warum?«

»Ja ... ich hab das Gefühl, man sollte Opern mögen. Vielleicht lernt man das, wenn man sich damit beschäftigt.«

Was für ein dämliches Gerede. Er überlegte, ob sie zu denen gehörte, die auch im Bett quasselten, heulten und schrien oder die ganze Zeit Fragen stellten, auf die man nur mit Grunzen antworten konnte. Manche nahmen alles ernst. Fredrik Björcke überlegte, ob er sich die Nacht etwas kosten lassen und ihr etwas beibringen sollte, was ihr wirklich gefiel.

»Ich hab zu Hause Opernmusik.«

Jetzt warf sie ihm wieder so einen Blick zu. Er war nicht mehr sicher, ob er das mochte.

»Das glaub ich dir.«

»Höre ich Ironie in deiner Stimme?«

»Warum glaubst du das?«

Statt zu antworten, lenkte er sie wieder auf die Stadt zu. Die Nacht war noch ein Kind.

15

Es war ein Ritual geworden. Fünf Minuten nach zwölf vor dem südlichen Eingang, direkt vorm Schalter, eine schnelle Fahrt für Jon junior im Gratiskarussell auf dem Weg zum Märchenschloss. *Hej, hej, hej, ihr Kinder*, ein mechanischer Bariton, der munter und durchdringend über ganz Liseberg tönte und gleich weiter über die Wohnanlagen von Alexanderson auf der anderen Seite des Mölndalsvägen. Die Anwohner hatten sich wohl daran gewöhnt, an die Gesellschaft auf ihren Balkonen an den Sommernachmittagen. Es gab unangenehmere Nachbarn als den Vergnügungspark.

Sie waren immer früh hier gewesen. In einer Stunde würden die Schlangen vor den meisten Attraktionen lang sein, und es war anstrengend, in der sengenden Sonne zu warten.

Darum hatte Wide diesmal eine Ausnahme gemacht. Liseberg am späten Nachmittag würde ein Erlebnis für die Familie werden, den *Rest* der Familie, aber den vitalen Rest, hatte er gedacht.

Die Kinder zitterten vor Erregung, als er die Eintrittskarten an ihren Handgelenken befestigte. 195 Kronen für unbegrenzten Zugang zu allen Attraktionen. Das könnte zehnmal Schiffschaukel für Elsa bedeuten oder siebenmal hintereinander in der Kaffeetasse oder voller Todesverachtung fünfmal mit der Lisebergbahn. Wide tat sich schwer mit der Lisebergbahn und all den modernen Teufelsfahrzeugen. Ihm gefiel es nicht, über Kopf zu fahren, dreißig Meter über dem Boden, kopfüber still dazuhängen und die Menschen dort unten zu sehen, wie sie nach oben starrten, *passiert diesmal etwas?*, konnte man sich wirklich auf all die Jugendlichen verlassen, die sich mit selbstverständlicher Nonchalance um die Maschinen kümmerten?

Liseberg bedeutete auch für ihn die Zeit der Jugend, die Mädchen neben der Achterbahn, der alten, ächzenden, rasselnden, Schreck einflößenden Berg-und-Tal-Bahn. Der Platz reichte gerade für eine junge Frau und seinen starken Oberarm daneben. Was tat man nicht alles für die Liebe. Hinterher war ihm jedes Mal schlecht gewesen, aber er hatte gelacht und war mit geschwellter Brust zum Spiegelkabinett gewankt. Einmal hatte er vor lauter Nervosität die Eintrittskarte zerrissen, während er in der Schlange wartete, hielt, als er sein Ticket vorzeigen sollte, nur mehr eine Hand voll Fetzen in der Hand und musste dann zur Seite gehen, während Eva, Ulla, Karin oder wie das Mädchen auch immer hieß, auf Abenteuerreise gegangen war.

Zuckerwatte nach dem Märchenschloss war auch ein Ritual.

»Warum kommt Mama nicht mit?«

Die erwartete Frage, als er die Kinder vorm Haus abgeholt hatte. Sie hatten einander angeschaut, Elisabeth hatte zunächst den Blick abgewandt. Es gab kaum noch etwas zu erklären.

»Ich hab heute was anderes zu erledigen, Jon.«

»Wir haben bestimmt auch zu dritt viel Spaß.«

Er hatte seine Stimme gar nicht richtig wiedererkannt.

Elsa hatte nichts gesagt. Die Vermittlungsversuche des Bruders, die kleinen Keile, mit denen er das Gleichgewicht wiederherstellen wollte, hatte sie hinter sich. *Meine Eltern sind geschieden,* das hatte sie andere in der Schule sagen hören, leise und verlegen. Es war nicht schön gewesen, als sie an der Reihe war. Sie hatte ein Gefühl gehabt, als wäre ihr Hamster gestorben.

»Was haltet ihr von Flumride?«

Wolken wie Zuckerwatte waren vorbeigezogen. Jon rieb sich die Reste seiner Zuckerwatte von den Lippen.

»Dann werden wir ja auf der Stelle nass, Papa.«

»Das macht doch nichts, wo es so warm ist.«

»Ich will aber nicht nass werden.«

»Du wirst gleich wieder trocken.«

»Bald stehen da endlose Schlangen.«

Elsa stieß ihren Vater an.

»Okay.«

Sie gingen den kleinen Abhang zu den gekennzeichneten Warteplätzen hinunter. Die waren Wide immer wie Viehpferche vorgekommen. Wie in Wildwestfilmen, wo die Tiere in Gänge und Labyrinthe getrieben wurden.

Sie hatten viel Spaß hier gehabt. Das System war so angelegt, dass man sich immer wieder traf.

»Papa?«

»Mmm.«

»Kennst du diesen Schwedenwitz?«

Sie hatten noch drei parallele Gänge vor sich bis zu den großen Einbäumen in der wassergefüllten Berg-und-Tal-Bahn.

»Norwegerwitze heißt das«, sagte Jon.

Seine Schwester beharrte:

»Nein, dies ist ein Schwedenwitz.«

»Aber Norw...«

»Sei jetzt still, Jon, und lass Elsa erzählen.«

»Wir haben einen Norweger in der Parallelklasse. Er erzählt uns dauernd Witze von dämlichen Schweden.«

Das Mädchen holte Luft und sah ihn mit leuchtenden Augen an. Er hätte den Blick einfrieren und für ewig aufbewahren mögen.

»Weißt du, was der Schwede gesagt hat, als er einen Betonbrocken an den Kopf gekriegt hat?«

»Vielleicht aua?«

»Neee. Er hat gesagt: WIE WITZIG!«

Die Zeit bedeutete nichts, wenn Arbeit und Privatleben ineinander übergingen. Wann begann das eine, wann hörte das andere auf? Sie hatte von Evert Taube gehört – oder war es Picasso? ... es war Taube ... Er hatte bis zum Nabel regungslos im Mittelmeer gestanden. Jemand hatte ihn angesprochen, und er hatte die Augen geöffnet und gesagt: »Still, ich arbeite!«

Kerstin Johansson wusch sich langsam Hände und Unterarme in dem alten Waschbecken aus Zink, das in der Nähe der Tür angebracht war. Über dem Waschbecken hatte der frühere Besitzer des Ateliers die Fotokopie eines Bildes von Königin Silvia an die Wand gehängt. Sie lachte gerade über etwas, was Ceauşescu gesagt hatte. Es war bei einem Mittagessen aufgenommen. Daneben hing ein Bild in derselben Größe von Margaret Thatcher, die direkt aus einer Weinflasche trank, im Hintergrund lag jemand auf einer schmutzigen Matratze. Das zweite Bild war eine Fotomontage, eine sehr geschickte Manipulation. Das erste war keine Fotomontage.

Kerstin Johansson hob die Arme und ließ das Wasser in der Luft verdunsten. Im Zimmer herrschten bestimmt 25

Grad, vielleicht 28, sie hatte kein Thermometer, aber sie spürte ja, dass sie ständig schwitzte. Der Schweiß lag wie ein Film auf ihrem Körper. Sie spürte die Tropfen zwischen den Schulterblättern und am Steiß. Es juckte in den Leisten und am Hintern. Dabei hatte sie den ganzen Tag gestanden. Gegen eins hatte sie geduscht. Zum Glück hatte die Kommune eine gemeinsame Dusche einbauen lassen. Sie hatte den Schlüpfer gewechselt, das neue Kleid angezogen, das in ihrem Rucksack kaum Platz eingenommen hatte. Sie war hinaus in den Schatten des Hinterhofs getreten und hatte sich augenblicklich zurück zu ihrer Arbeit gesehnt. Alles ging ineinander über.

Sorgfältig verschloss Kerstin Johansson die Tür, ein gewöhnliches Schloss, zusätzlich ein Bolzenriegel. Es war eine mächtige Tür. Würde jemand das Resultat ihrer Arbeit stehlen wollen? Sie lächelte vor sich hin. Jedenfalls nicht vor der Vernissage, nicht bevor entschieden war, ob sie dort drinnen ein Vermögen hatte. Die Frau von der Galerie war ziemlich still gewesen, aber durchaus positiv. Sie hatte gesagt, sie wolle die Sachen haben, dasselbe hatte der Kollege vor einer Woche gesagt. Grate, Södra Vägen, kein größerer Laden, aber vornehm genug, dass mehr als ihre Freunde dort auftauchen würden, wenn etwas daraus wurde.

Draußen war es kühl und still. Sie hörte ihre Schritte auf dem kleinen Hof, eine Akustik wie in einem Amphitheater. Sie betrat die Straße, ging nach links in südlicher Richtung, bog wieder nach links ab und ging den Fahrradweg an den Carnegiegebäuden entlang. Rechts von ihr war die Oscarsschnellstraße. Hohe Büsche dämpften den Autolärm, fünfzehn Meter von ihrem Kopf entfernt glänzten, jetzt nach Sonnenuntergang, die Blätter dunkelgrün. Das, was beim Bau der Schnellstraße nicht abgerissen worden war, wurde allmählich von den Abgasen zerfressen. Die Oscarsschnellstraße zog sich wie eine lebensgefährliche Bahn zwischen Stadt und Fluss dahin.

Die Göteborger konnten ihr Wasser nicht mehr erreichen. Jetzt wurden glänzende Paläste am Fluss gebaut, für Hotels, Verwaltung und Kultur, aber das eigentliche Leben fand in Wohnungen und Parks statt und nicht am Wasser, das während der trockenen, warmen Abende träge dahinfloss. Beim Askimsbad versammelten sich abends die Einwandererfamilien, aber das passte nicht ins schwedische Kulturmuster. Die Luft zwischen dem großen Anleger und den Klippen war erfüllt vom Duft nach gegrilltem Fleisch und Paprika. Kinder spielten im lauwarmen Wasser, das sich in kleinen Lagunen zwischen den Dünen gesammelt hatte. Die alten Frauen schauten über das Meer, weit über die Felsnase an der bohusländischen Küste hinaus. An windstillen Abenden mussten die Surfer und Segelboote von acht Pferdestärken zurück an die Anleger gezogen werden.

Kerstin Johansson überquerte den Parkplatz und ging an dem Bunker des staatlichen Schnapsladens auf der Karl Johansgatan vorbei. Heute Abend wollte sie ein Glas Weißwein trinken, deutsch und kühl, sogar kalt, gegen Mitternacht in der Küche bei geöffneter Balkontür und leiser Untermalung aus dem Radio. Allein, aber sie war gern allein.

Der Laden brütete still vor sich hin. Sie sah in die mit Gittern versehenen Schaufenster. Hatte sie noch eine Flasche zu Hause?

Die Straßenbahn der Linie 3 kam vom Chapmans Torg heruntergerumpelt und sie lief rasch in Richtung Haltestelle am Jaegerdorffsplatsen. Sie kam gleichzeitig mit der Bahn an. Der Waggon war fast leer, sie sah zwei junge

Mädchen ganz hinten und ein älteres Paar mitten im Wagen. Sie setzte sich in die vierte Reihe von vorn, auf einen Fensterplatz.

Wie immer kam jemand noch später. Ein Mann stieg ein und ging an ihr vorbei, den Blick geradeaus gerichtet. Blond, kurze Haare, ziemlich kräftig. Das Gesicht kam ihr irgendwie bekannt vor. Und wie so oft dachte sie, wie sinnlos es war, sich erinnern zu wollen, wo sie sein Gesicht schon einmal gesehen hatte. Sie nahm ein Buch aus dem Rucksack.

Wahrscheinlich hatte sie ihn in der Straßenbahn bei irgendeiner Fahrt gesehen – so war es meistens.

Der Mann setzte sich drei Reihen hinter Kerstin Johansson.

Er sehnte sich nach einem kalten Bier. Er konnte das tulpenförmige Glas vor sich sehen, ohne die Augen zu schließen. Es war ein Wahnsinn, am heißesten Tag des Jahrhunderts in den Vergnügungspark zu gehen, selbst wenn es bald Abend wurde. Viel zu viele waren von diesem Wahnsinn erfasst. Der Park füllte sich rasch. Die Schlangen wurden immer länger.

Wide holte sein Portmonee aus der Brusttasche seines dünnen, rotblau karierten Baumwollhemdes und zählte sein Geld. Das dauerte nicht lange. Es reichte für einen kleinen Imbiss, vielleicht Würstchen. Er hatte sich an ein unregelmäßiges Einkommen gewöhnt. Letzte Woche hatte eine Klientin angerufen. Beweismaterial für eine Scheidung nach einer langen und quälenden Trennung. Sie *wusste* jetzt, dass der Mann eine andere hatte, und wollte es bestätigt haben. Morgen musste er mit dem Auftrag anfangen. Die Frau wollte nicht mehr warten.

»Habt ihr Durst? Ich fühl mich wie ein Kamel nach drei Wochen in der Wüste.«

»Ich will Limo.«

Jon zog eifrig an seinem rechten Arm. Elsa drehte den Kopf weg.

»Ich will nichts. Wir sind doch noch nicht in der Villa Raufundrunter gewesen.«

Sie ging auf eine Fußgängerbrücke zu, die zur Villa und zum Skatedance führte, diesem Wahnsinnskarussell. Er musste fast laufen, um mit ihr Schritt zu halten. Sie sah weg, und er musste sich vor sie hinkauern, um ihr in das kleine verschlossene Gesicht zu sehen. Er war ja nicht blöd, er wusste, worum es ging.

»Du möchtest auch eine Limo, Elsa ... und ich auch.«

Ein Teil ihres Gesichtes öffnete sich.

»*Du* möchtest eine Limo?«

»Das ist das Einzige, was gegen die Hitze hilft.«

Jon hatte sie eingeholt.

»Ich will eine Cola. Ich hab keinen Hunger. Ich will nur Eis.«

Jonathan Wide sah seine Tochter an.

»Und du, Elsa? Hast du nicht auch ein bisschen Durst?«

»Doooch ...«

Er richtete sich auf und nahm die Hände der Kinder in seine: »Eigentlich will ich zwei haben! Eine Fanta und noch eine Fanta!«

Elsa kicherte, und ihr Gesicht glättete sich, wie wenn jemand am Morgen das Kopfkissen glatt streicht.

Jon fiel ein:

»Ich will eine Cola und noch eine Cola! Und ein Eis und noch ein Eis!«

Sie gingen zu dem Café bei der Bühne und den Fontänen. Wide bestellte für den Anfang drei Limos, ein Krabbenbrot mit Ei und Majonäse, sehr wirksam gegen Abmagerung, zwei Wurstbrote ... Er wandte sich an Elsa.

»Weißt du, was der Norweger sagte, als er eine Flasche Fanta an den Kopf kriegte?«

»Nja-ein.«

»Er hat gesagt: WIE WITZIG!«

»Das konnte der doch wohl nicht sagen.«

»Klar. Er hat in Schweden gewohnt!«

Wo hatte sie ihn schon mal gesehen? Sie sah den Mann an der Haltestelle an, sie dachte darüber nach, während sie jetzt am Fußballplatz hinter der Flatåsschule entlangging. Zwei Mannschaften spielten auf dem steinharten Schotter, sie sah es rot, schwarz und blau in der dicken Staubwolke schimmern, hörte die Rufe. Sie musste an die Wüste und an Kamele denken, und da merkte sie, wie durstig sie war. Erst Wasser, dann Wein.

Sie bog hinter dem Laden nach rechts ab, ging über den Rasen zwischen den Häusern, überquerte die Svängrumsgatan und ging auf den westlichsten Eingang neben dem Gemeindehaus zu. Kurz bevor sie die Straße verließ, spürte sie den Salzduft vom Meer, ein Wind, der zufällig Meeresluft über die westlichen Stadtteile trug.

Kerstin Johansson stieß die Haustür auf und sah, wie die Bewegung zum Stillstand kam, als sie daran vorbeiging. Machte die Hitze die Türangeln so träge? Sonst schaffte sie zwei der drei Treppen zur Wohnung hinauf, ehe sie die Haustür da unten mit einem lauten widerhallenden *tschooong* zufallen hörte.

Jetzt war sie langsamer denn je. Sie hatte schon den Schlüssel ins Schloss gesteckt, und immer noch hatte sie nicht den vertrauten ... tja, fast gemütlichen Knall gehört. Sie öffnete die Tür und hörte eine Treppe tiefer rasche Schritte, die sich näherten. Sie drehte sich in der Tür um und sah zu ihrer Verwunderung den Mann aus der Straßenbahn, den blonden, der die Treppe heraufstürmte. Sie wollte gerade etwas sagen, *was ha...*, als der Mann mit erhobenen Händen auf sie zukam und sie in die Wohnung stieß. Sie verlor das Gleichgewicht und rutschte zwischen Regenmantel, Jacke und dem Duffelcoat herunter. Im Fallen riss sie drei Bügel mit sich und spürte den scharfen Rand eines Lederstiefels an der Wange, während sie ein Stück des Treppenhauses wahrnahm, eine Sekunde, bevor die Tür leise ins Schloss fiel.

Jon schlief mit dem Kopf an seiner Schulter. Er trug den Jungen auf dem Arm, während er Elsa zuschaute, die ein letztes Mal mit dem Kettenkarussell fuhr. Sie wirbelte herum, den Blick geradeaus gerichtet, und manchmal warf sie den beiden unten auf der Erde ein weiß blitzendes Lächeln zu.

16

Noch war es Zeit für Meereskrebse. Er war im Juni kurz in Stockholm gewesen und durch die Markthalle am Östermalmtorg spaziert. 285 Kronen für die Meereskrebse, *285* – die Stockholmer hatten ihm Leid getan. Wie konnten sie hier leben? Die Markthalle war eine desinfizierte Version der Feskekörka, er hatte sofort das Rohe, den Lärm und die salzigen, spitzen Gerüche vermisst, die zum Fisch und dem Umgang mit Fisch gehörten.

Sten Ard schälte vier Krebse und legte die Schwänze auf ein getoastetes, gebuttertes Baguette, ringelte zwei Achten Majonäse aus der Tube darüber, streute fein gehacktes Ei in die Ovale, ein grob geschnittener Zweig Dill, eine Zitronenscheibe, eine Messerspitze Cayennepfeffer. Das ist mein Tod, dachte er und biss in das eine Ende, kaute lange. »Der halbe O…« Wo hatte er den Ausdruck zum ersten Mal gehört? Der perfekte Ausdruck von etwas, was besser schmeckte als irgendetwas anderes.

Maja reckte sich nach einem weiteren Krebs.

»Weißt du, dass du eben ganz bekümmert ausgesehen hast?«

»Lhhhmmmn …«

»Im Augenblick bist du am verletzlichsten.«

Im Augenblick konnte er nicht antworten.

»Es kann nicht gut sein für einen Polizisten, so abhängig zu sein.«

Bald, bald würde er antworten.

»Gibt's denn heute keinen Charaktertest für Polizisten?«

Jetzt schluckte er.

»Du verlierst ja schon die Konzentration, wenn du an Meereskrebse *denkst.*«

Sehnsuchtsvoll sah er zu dem Rest des Baguettes.

»Du sagst es. Ich denke. Fisch stimuliert die Intelligenz. Und das Schalentier steht dabei noch über dem Fischtier.«

»Fischtier? Das ist ja ein ganz neues Wort.«

»Nur damit du es leichter verstehst.«

»So wie Krebse leicht verstehen, dass sie in die Käfige krabbeln sollen?«

»Die sind schon ganz erschöpft von all den negativen kosmischen Störungen, die durchs Wasser ziehen.«

»Gehen Krebse deswegen rückwärts?«

»Jetzt kann ich dir nicht ganz folgen.«

»Sie gehen rückwärts, weil sie erschöpft sind, aber sie sind gewieft genug, die Käfige zu vermeiden?«

Er sah seine Rettung.

»Genau. Genau so geht das zu.«

Maja nahm sich fünf Scheiben aus dem hellgrünen Eischneider. Nicht besonders hübsch, aber praktisch, er hatte darauf bestanden, dass der Eischneider auf dem Tisch blieb.

»Dann verstehe ich es genau.«

Sie hatte eine Scheißlaune gehabt, als er nach Hause gekommen war. Die Tüte, die er mitbrachte, konnte ihre

Laune nicht unmittelbar heben. Jetzt war sie besser, aber noch nicht richtig gut. Sie hatte das Bedürfnis, darüber zu reden, und er war bereit zuzuhören. Es war nichts Neues. Das war das Blöde daran.

»49 716 Kronen im Monat. Von 35 218. Allein das ist ja schon ein gutes Gehalt. Ich könnte heulen.«

Das hatte sie auch getan, richtige Tränen, die gleichermaßen vor Sorge und vor Zorn rannen.

»Dreißig Prozent Gehaltserhöhung oder mehr für die höheren Dienstgrade. Blingen kommt von 36 auf 48, Jansson von 35 auf 45, Collander von 27 auf 45. 27 auf 45! Das ist mehr als ein Schlag ins Gesicht.«

»So sind die Spielregeln ...«

»Was zum Teufel hast du gesagt?«

»... leider. Das sind leider die Spielregeln.«

»Die Angestellten in der Psychiatrie im Östra sollen Wahnsinnsgehälter beziehen, während 118 Pfleger und 12 niedrigere Verwaltungsangestellte entlassen werden sollen?«

Sie waren beide voller Unruhe. Maja zählte zu den niedrigeren Verwaltungsangestellten. Vor zwei Tagen hatte sie eine merkwürdige Anfrage aus der Kanzlei bekommen, locker bei einer Tasse Kaffee, ob sie mit ihrem Unternehmergeist keine eigenen Pläne für die Zukunft habe, ob sie vielleicht privat werden wolle. Sie sei privat, hatte sie geantwortet, aber das sei sie lieber zu Hause.

»Diese Gesellschaft hat wirklich eine spitzenmäßige Führung.«

Sie machte eine pyramidenartige Geste mit den Händen.

»Gibt es denn keine Gerechtigkeit mehr?«

Beide erkannten gleichzeitig, wie pathetisch das klang. Gerechtigkeit war ein relativer Begriff. Je weniger sie praktiziert wurde, umso öfter war das Wort zu hören. Wie der Ruf nach etwas, was sich längst verflüchtigt hat, dachte Sten Ard, und er überlegte, ob er es wagen konnte, noch einmal von dem Krebsbaguette abzubeißen.

Maja wagte es zuerst. Sie kaute, schluckte, sah ihn mit ihrem scharfen Blick an.

»Hier herrscht Gesetzlosigkeit wie in einer Gangstergesellschaft. Die Macht tut, was sie will, je schlimmer es wird, umso mehr tut die Macht, was sie will.«

»Mhhhmm.«

»Ich weiß, dass es Menschen gibt, die hungern und im Krieg umkommen, aber das kann doch kein Argument dafür sein, dass man den Mund hält über die soziale Ungerechtigkeit.«

»Mhh ... ja.«

»Findest du nicht?«

»Natürlich, ich wollte nur erst mal runterschlucken.«

»Wenn die so genannte Krise größer wird, müssen die Spitzen der Gesellschaft besseren Lohn bekommen, damit sie die Probleme lösen. Je größer die Krise, umso mehr teure Experten. Wenn alles richtig zum Teufel geht, dann werden richtig teure Experten gerufen.«

»Das sind die sp...«

»Wenn du noch einmal Spielregeln sagst, geh ich.«

»... speziellen Merkmale, jetzt, wo die Situation des Landes so ernst ist.«

Sie sah ihn zweifelnd an. Nahm er sie auf den Arm?

»Stell dir vor, man machte so was bei der Polizei. Sobald es irgendwo hängt, wirst du von einem Jungen beiseite gestoßen, der so viel für deinen Job kriegt wie du.«

»Tja, wir haben da ja so eine Situation, da kriegen welche doppelt so viel wie ich dafür, dass sie überhaupt nicht arbeiten.«

»Du weißt, was ich meine.«

»Manchmal hätte ich nichts gegen ein bisschen Hilfe. Wenn ich nur mein Gehalt behielte.«

»Scheiße, Sten, solche Leute wie du ebnen der Ungerechtigkeit im Land den Weg.«

»Jetzt gehst du ein wenig zu weit, meine Liebe.«

»Sich verneigen und bedanken und entgegennehmen, tüchtiges Fußvolk.«

»Na ja, ich bin immerhin Kommissar.«

»Ich rede hier nicht von Karriere. Es geht um die Einstellung.«

Sie hatte einen enttäuschten Ausdruck im Gesicht. Er wusste, dass sie eigentlich nicht an ihn dachte. Sie wollte einfach nicht an der Reise ins neue Schweden teilnehmen.

»Du hast ja Recht.«

Ard erhob sich mit dem Baguette in der Hand.

»Die Einstellung ist das Wichtigste. Soll ich noch eine Scheibe rösten?«

Sie lachte auf und streckte ihm die Zunge heraus, und er setzte sich und führte das Brot zum dritten Mal zum Mund, als das Telefon klingelte. Er legte das Brot auf den Teller und ging zum Telefon, das auf der Anrichte in der Küche stand.

»Hier ist Sten.«

Von ihrem Stuhl konnte Maja sehen, wie er Stück für Stück seines Körpers anspannte.

»Heute Abend?«

Er lauschte.

»In der Wohnung ...«

Er nahm einen Stift und schrieb etwas auf den Block neben dem Telefon.

»Du hast ... ja, ich hab den Bericht gelesen ... klar, drei Leute haben die Türen abgeklappert ...«

Sie hörte eine Frauenstimme, die wie eine eingeschlossene Hornisse im Telefonhörer klang.

»Ist der Nachbar da?«

Er notierte noch etwas.

»Svängrumsgatan. Ja, ich fahr los.«

Er sah seine Frau an, den Telefonhörer in seiner Hand.

»Das war Kajsa. Sie hat heute mit einer ... Zeugin gesprochen, einer Frau, die jetzt in ihrer Wohnung ... zusammengeschlagen wurde.«

»Ernst?«

»Ziemlich. Die Frau liegt auf der Intensivstation vom Sahlgrenska.«

Er sah auf den Block.

»Kerstin Johansson. Bildhauerin.«

Das Restaurant war ganz neu und Wide war angenehm beschwipst. Genau dieses Niveau wollte er heute Abend halten, das Glas Wein in seiner Hand war noch fast voll, vielleicht würde er sich den ganzen Abend nicht einmal nachschenken lassen? Die beiden Gläser, die er schon getrunken hatte, waren gegen den Durst gewesen, der leichte trockene Wein nach dem herben dunklen Bier, das er vorher in einem Straßenlokal getrunken hatte, schmeckte gut.

Er hatte Jon ins Haus getragen und Elsa war neben ihm hergetrabt, zerbrechlich und schläfrig. Sie hatte ihn lange umarmt und schließlich hatten sie »gute Nacht« gesagt und Elisabeth hatte »danke« und »tschüs« gesagt und er hatte Melker in der Küche rumoren hören. Er musste sich in der Villa verlaufen haben, so lange wohnte er doch noch nicht dort.

Vielleicht hielt er in diesem Augenblick ein Sieb in der

Hand und überlegte, was das war. Ein Hut für einen Mann mit Rastalocken?

Wim Shaeffer war ein alter Freund und einer von Göteborgs kreativsten Kneipiers. Jetzt hatte er ein neues Lokal eröffnet, in der Kungsgatan, »Colombo«, oben die Bar, unten das Restaurant. Hausmannskost mit »silver lining«, wie Shaeffer es ausdrückte. Rüben in neuen Kreationen. »Colombo«. Was für ein Name.

»Für das Ambiente des Lokals war der Name eines ausgedienten Kommissars genau das Richtige.«

Shaeffer hatte ihn auf seine Weise eingeladen.

»Soll ich einen Regenmantel mitbringen?«

»Es genügt, wenn du kommst, wie du bist. Die Leute erkennen einen abgedankten Kommissar, wenn sie ihn sehen.«

»Ich hoffe, ich muss nicht jeden Tag dort sein – wie ein Teil des Etablissements.«

»Das wäre eine Idee. Kochen kannst du ja …«

»… und das Ambiente stimmt auch.«

»Kommst du?«

»Ich bin nicht gerade ein Premierenlöwe.«

»Von denen werden genug da sein.«

Die Einrichtung war hellbraun, glänzendes Zink und … war es Chrom? Eine hufeisenförmige Theke mit der klassischen Batterie Flaschen, ein riesiger Spiegel dahinter für den, der es wagte, sich selbst in die roten Augen zu sehen. Wide schaute nie in den Spiegel, wenn er an einer Bar stand oder saß. Dann fühlte er sich so ausgeliefert.

Er war mittendrin. Shaeffer stand in einem Kreis von Kollegen, die sich gegenseitig auf den Rücken klopften, einige standen Schlange, um einen Blumenstrauß, Bücher oder Weinflaschen zu überreichen. Ein Teil der Theke und ein Tisch daneben waren mit einem Büfett gedeckt. Wide hatte sich hinter die fröhliche Gruppe geschlichen, einen schönen weißen Teller vom Stapel genommen und eine große Scheibe frisch geräucherten Lachs darauf gelegt. Dazu ein Häufchen lockeres Rührei, auf das er ein wenig gehackten Dill löffelte, zwei farcierte Tomaten, grünen Spargel, große Krabben, einen Klacks Knoblauchmajonäse, die Shaeffer besser machte als jeder andere. Ein warmes Mohnbrötchen, ein Stück Ziegenkäse.

Er stellte sich auf die andere Seite der Bar und begann zu essen. Er erkannte einige Kneipiers der Stadt, einige Journalisten, denen er im Lauf der Jahre begegnet war. Aber mehr kannte er nicht. In dem großen, hellen Raum, dessen riesige Fenster auf die Kungsgatan hinausgingen, hielten sich auffallend viele junge, schöne Menschen auf. Besuchten diese Leute immer solche Veranstaltungen? Hatte Shaeffer sie bei einer Modellagentur angeheuert?

»Ist das Aioli gut?«

Wide schaute von seinem Teller auf und sah den großen Shaeffer leicht über sich gebeugt.

»Wie immer. Du hast ja verdammt viele junge, schöne Menschen um dich geschart.«

»Ich hab Glück ... und Geschick. Siehst du die Frau dahinten?«

Er zeigte auf einen der Tische.

»Ich sehe viele Frauen.«

»Die mit den langen schwarzen Haaren und den sehr roten Lippen, im Kostüm.«

Wide sah eine Frau um die dreißig, klare Züge, ein breites Gesicht, ein helles Kostüm, das sie feminin und teuer wirken ließ.

»Noch nie gesehen.«

»Nicht in deinen Kreisen. Stockholm. Sie ist Redakteurin einer neuen Zeitschrift, ›Élysée‹. Mode, noch mehr Mode, bekannte Leute, aber nicht vulgär ... sondern eher sophisticated. Und Essen.«

Jetzt sah Wide auf dem Tisch die fächerartig ausgebreiteten Zeitschriften. Er sah die Frau über etwas lachen, was ein Mann gesagt hatte, der ein Hemd mit gestylten Hosenträgern trug. Dann sah sie neugierig in seine Richtung ... in Shaeffers Richtung.

»Jetzt schaut sie her. Sie denkt vermutlich, dass einer der Stadtclochards sich hierher verirrt hat und dass du ihn jetzt sanft zu entfernen versuchst.«

»Genau diese Art von Selbstironie macht die Frauen schwach, Wide. Und dieser *down-and-out-look*. Der ist unschlagbar.«

»Willst du mich auf den Arm nehmen?«

»Das würde ich nie wagen. Peter dahinten würde böse werden. Kennst du Peter?«

Wide kannte ihn nicht. Er sah einen kräftigen jungen Mann in weißem Hemd, der das Bufett im Auge behielt. Im Lauf der Jahre hatte Wide andere Freunde von Shaeffer getroffen. Der war immer ein Mann mit festen Beziehungen gewesen. Jetzt mehr denn je.

»Er ist Blutspender.«

»Das muss das Feinste sein, was ein Schwuler heutzutage machen kann.«

»Ihm glaubt das niemand, wenn er es sagt.«

»Aber du glaubst es.«

»Ich hab seinen Ausweis gesehen.«

»Die werden in der Nordstan verkauft.«

»Jetzt bist du aber garstig, Jonathan«, sagte Shaeffer und versetzte ihm mit einer unsichtbaren Handtasche einen leichten Schlag. Wide kaute auf einer Krabbe und sah Shaeffer an, der auf dem Sprung zu sein schien.

»All die Schönen hier sind also das Gefolge der Zeitung?«

»Eine Zeitschrift, ›Élysée‹.«

»Sind sie deswegen hier?«

»Nicht alle. Die drei schönen Menschen, die es in Göteborg gibt, kommen auch noch, glaube ich jedenfalls.«

Shaeffer lachte kurz und fröhlich, drückte rasch Wides Arm und verschwand rückwärts in der Menge. Wide legte den Ziegenkäse auf das Mohnbrötchen und gab dem Barkeeper dann ein Zeichen. Wo war der Wein geblieben? Er brauchte noch ein Glas. Er brauchte auch einen Stuhl. Als er an dem Tisch vorbeikam, an dem die Frau im Kostüm saß, schaute sie auf und lächelte ihn an. Er lächelte zurück. War es Shaeffers Gesellschaft, die ihr Lächeln hervorgerufen hatte?

Wide ging weiter mit dem Weinglas in der Hand und setzte sich an einen Tisch nah am Fenster. Fünf Männer um die fünfundzwanzig sahen ihn an, aber niemand sagte etwas. Sie saßen jeder mit einem Exemplar der funkelnagelneuen Zeitschrift vor sich auf dem Tisch. Wide fühlte sich nackt ohne ein Exemplar. Er sah einen kleinen Stapel in einer Fensternische, erhob sich und holte sich eins.

Er musste sich durch ziemlich viele Anzeigenseiten blättern, ehe er zu einer Reportage über die Riviera kam, der französischen. Er blätterte weiter und sah Gesichter, die er jetzt auch neben sich erkannte. Die Jungs am Tisch waren teuer und gut gekleidet auf einer Seite nach der anderen im »Élysée« abgebildet. Es musste ein besonderes Gefühl sein, sich so in seinem Job zu sehen, das Ergebnis der eigenen Arbeit. Wide gab einem der Kellner ein Zeichen und tauschte sein leeres Weinglas gegen ein volles aus. Jetzt Roten, aber was spielte das für eine Rolle? Er fühlte sich wohl. Es war ein feines Restaurant. Es war eine nette Zeitschrift. Es waren nette Jungs.

»Wie fühlt sich das an, auf so vielen Seiten abgebildet zu sein?«

Er bekam einige Blicke, aber keine Antwort. Einer der Fotomodelle blätterte eine Seite um und begann eine Reportage zu lesen.

»Was ist, wenn man mal einen schlechten Tag hat?«

Keine Antwort, und Wide spürte, dass sein Gesicht heiß wurde. Jetzt ganz ruhig, vielleicht merken die gar nicht, dass du mit ihnen redest. Sollte er den Mund halten? Passte er nicht hierher?

»Was passiert, wenn man einen Pickel auf der Nase kriegt? Muss dann die Krankenkasse zahlen?«

Einer der Jungs lächelte. Vielleicht wollte er was sagen. Wide sah seinen Nachbarn an, das dunkle Modell mit den kurz geschnittenen Haaren, die Nase hatte er noch tiefer in die Reportage über die Riviera gesteckt. Es war ein eng gesetzter Text, der sich unter einer leuchtend roten Überschrift weiter auf die nächste Seite zog.

»Donnerwetter, ihr könnt ja lesen!«

Das war ein blöder Spruch, und er wusste es natürlich. Er erhob sich und ging wieder an die Bar. Er merkte, dass er das Weinglas auf dem Tisch vergessen hatte, kehrte aber nicht noch einmal zurück, um es zu holen. Er brauchte mehr Wein und wusste doch, dass er jetzt aufhören sollte. In seinem Kopf hämmerte es, er sollte gehen.

»Hallo.«

Sie stand hinter ihm, er drehte sich um und sah, dass das weiße Kostüm hellgrau war. Sie trug ein schwarzes Hemd, womöglich aus Seide, einen lose gebundenen

Schlips in derselben Farbnuance wie das Kostüm. Sie hatte grüne Augen und schöne Zähne.

»Ha... hallo.«

»Ist Ihnen die Gesellschaft langweilig geworden?«

»Äh ... meinen Sie die süßen Jungs dahinten?«

Er warf einen Blick zu dem Tisch, an dem die Jungen aufzuatmen schienen.

»Nicht Ihr Stil?«

»Nicht wirklich.«

Er sah ihr fast leeres Glas, das sie mit angewinkeltem Arm in der Hand hielt wie eine Zigarette.

»Möchten Sie noch ein Glas Wein?«

»Ja, bitte.«

Wide drehte sich zur Bar um. Der Barkeeper war beschäftigt, aber eine von Shaeffers angeheuerten Kellnerinnen kam mit einem leeren Tablett vorbei und Wide bat sie, mit einem vollen zurückzukommen.

Die Frau reichte ihm eine Hand.

»Ich heiße Sara.«

»Jonathan.«

»Du kennst Wim ... Jonathan?«

»Wer kennt ihn nicht?«

Sie lächelte und zündete sich eine Zigarette an. Wie konnte sie rauchen und trotzdem so schöne Zähne haben? War es die erste heute?

Sie machte eine kleine Handbewegung über das Restaurant.

»Ich hoffe, das geht gut.«

»Mit deiner Hilfe geht es bestimmt gut.«

»Dann weißt du also, was ich tue.«

»Wim hat es mir erzählt. Ihr füllt hier heute Abend vermutlich ganz schön viel Fläche.«

»Es macht Spaß, mal ...«

»… in die Provinz zu kommen? Sag's ruhig, das stimmt uns nicht traurig.«

»Ich stamme aus Eskilstuna«, sagte sie und lachte ein schnelles, klingendes Lachen, das Wide einen Rauchkringel ins Gesicht blies.

»Was machst du selber?«

»Hier? Frage mich, wann der Wein endlich kommt.«

»Du bist nicht aus der Branche … aus der Restaurantbranche, oder?«

»*Nein.*«

Was sollte er sagen? Dass er mit ganz anderen Dingen beschäftigt war?

»Ich beschäftige mich … hm, ich mache etwas ganz anderes.«

»Lass mich raten … Jurist? Rechtsanwalt?«

»Ja.« Eine Lüge sollte man auf einem angemessen unbestimmten Niveau halten.

Der Wein kam und er reichte ihr ein Glas und prostete ihr leicht zu. Sie tranken. Er spürte, dass er den Wein nicht mehr brauchte. Was sollte er jetzt sagen? Während er überlegte, redete sie.

»Hier wird's langsam leerer.«

»Ja.«

»Gehst du noch woandershin?«

»Ich sollte nach Hause und ins Bett gehen. Der Tag war lang.«

»Meiner auch. Wollen wir ein Stück zusammen gehen?«

Sollte nicht er es sein, der das sagte? War es ihr Outfit, das im Gespräch den Ton angab? Er spürte ein Schaudern in den Nackenhaaren. Fühlte es sich so an, angebaggert zu werden? Hatte sie einen Blick auf seinen Eheringfinger geworfen?

»Jaaa ... Wo wohnst du?«

»Im Sheraton.«

»Das liegt in meiner Richtung.« Er war richtig gut darin, Lügen auf einem angemessen unbestimmten Niveau zu halten.

Als sie auf die Straße kamen, steckte sie ihre Hand unter seinen linken Arm, und sie gingen auf die Västra Hamngatan zu. Er spürte, dass sie ihren Körper leicht gegen seinen drückte. Es waren noch viele Leute unterwegs. Als sie die Straßenecke erreichten, sah er, wie ein älterer Mann eine Flöte aus einem verschlissenen Futteral nahm. Der Mann trug einen schwarzroten Poncho. Seine dicken grauen Haare hatte er zu einem Pferdeschwanz zusammengebunden. Als sie am Kino vorbeikamen, hörte Wide die ersten Töne. Die Musik stieg wie ein dünner, einsamer Ruf über den Straßen auf, und Wide sah vor seinem inneren Auge Menschen in kräftigen schönen Farben auf einer breiten Steintreppe in einer kleinen Stadt in Guatemala sitzen, die darauf warteten, dass sich der Nebel lichtete. Dieses Bild begleitete ihn, bis sie an McDonald's vorbeigingen und drei Jungen mit Baseballkappen herausgestürzt kamen, die Sommernacht im Blick und McFeast in halbsicherem Griff, einer von ihnen stieß Wide leicht an, nuschelte ein »'tschuldigung« und wirbelte davon.

17

Er nahm ihren Duft mit nach Hause. Jetzt schloss er die Tür auf, ging hinein, setzte sich, stand wieder auf und goss sich ein Glas von dem irischen Whiskey ein. Der Bernstein glitzerte bösartig, als er das dicke Glas in der Hand schwenkte.

Sie hatten noch in der Hotelbar gesessen und es waren nicht viele Worte nötig gewesen. Sie hatte sich erhoben, und er war ihr gefolgt, sie holte den Schlüssel und er ging die Treppe hinauf, sie trafen sich wieder vor einer Tür, deren Nummer er nicht vergessen hatte.

Sie war eine reife, selbstständige Frau, und er wusste, dass sie im Bett ebenbürtig war. Sie hatte eine besondere Art, sich auszuziehen, gleichermaßen sinnlich und direkt. Sie trug keinen BH, sie ließ Wide den weißen Spitzenslip ausziehen, und er spürte ein erneutes Beben im Zwerchfell, wie einen Krampf, als er an der weichen Innenseite ihrer Schenkel entlangstrich und mit den Fingern den Rand ihrer glänzenden Strümpfe berührte. Er küsste sie zum ersten Mal, sie schmeckte nach Wein und Lippenstift, und er drehte sie zur Seite, um ihre Brüste in seinen Händen zu spüren. Sie zog die Beine unter sich, und er registrierte wie aus weiter Ferne, dass einer ihrer spitzen

Absätze kitzelnd über seinen Schenkel fuhr. Sie drehte den Kopf, um seinen Mund besser erreichen zu können, und er ließ den Mittelfinger zwischen ihre Beine gleiten, sie war groß und feucht und bereit. Sie schob seine Hand weg und hielt ihn leicht fest, er schien in der Luft zu schweben, mit ihr nur durch ihren Unterleib verbunden.

Er spürte die Wärme und einen fast unerträglich intimen vorsichtigen Biss ihrer Zähne und dann die wirbelnden Bewegungen ihrer Zunge, er schob das Haar aus ihrem klaren, schönen Gesicht, und sie sah ihn mit großen Augen an, die von einem Schleier überzogen zu sein schienen, als würde sie nichts sehen, er sah den Abdruck ihres Lippenstifts an sich selbst und wollte sie bitten, gleichzeitig aufzuhören und nie aufzuhören. Als er sich selbst keine Signale mehr senden konnte, als er die einzigartige Erwartung nicht mehr zurückhalten konnte, schloss er die Augen und explodierte, eine lange Explosion, fast bis zur Bewusstlosigkeit, ihre Zunge, die das unbegreifliche Gefühl auf diesem Niveau hielt, wo er sonst nach drei Sekunden abstürzte.

Vorsichtig drückte sie ihre langen, schönen Finger in sein Fleisch, und er spürte, dass sie ihn immer noch trank, bis sie ihn verließ und ihren eigenen Körper öffnete und sich an ihn drückte, er streichelte sie langsam und fühlte sich müde und stark und jung.

Es war lange her, seit er mit einer Frau zusammen gewesen war. Er zwirbelte eine ihrer Haarsträhnen zwischen den Fingern.

»Du bist eine schöne Frau.«

»Du bist ein attraktiver Mann.«

»Ja, auch kleine Männer können attraktiv sein.«

»So klein bist du doch gar nicht. Außerdem kommt es nicht auf die Größe an.«

Sie glitt aus dem Bett und ging zur Minibar. Er sah sie von hinten, wie sie vor dem kleinen Kühlschrank in die Hocke ging, und er staunte erneut über das Mysterium des weiblichen Körpers, die breiten, wunderbaren Hüften, die nie ganz und gar zu sehen waren unter der Kleidung.

»Was möchtest du trinken?«

Es ging nicht darum, *ob* er was trinken wollte, sondern *was*. Er wollte Wein, sollte aber nur Wasser trinken.

»Vielleicht Weißwein?«

»Hier gibt's eine hübsche kleine Flasche.«

»Die ist für dich.«

»Sie reicht für uns beide.«

Sie kam mit der Piccoloflasche und zwei dünnen Seltersgläsern zurück. Jetzt sah er, dass sie ein rundes Muttermal auf der Innenseite des linken Schenkels hatte, groß wie eine Pflaume. Er hätte es mit der Zunge berühren mögen.

Er hatte eine Art Bedürfnis, eine Erklärung dafür zu bekommen, warum er hier gelandet war.

»Wie bin ich hier eigentlich gelandet?«

»Du hast mich von Shaeffers Restaurant hierher begleitet.«

»Es ist lange her, dass ich einer fremden Frau gefolgt bin.«

»Es ist lange her, dass ich einem fremden Mann erlaubt habe, mich zu begleiten.«

»Warum diesmal?«

»Zuerst fand ich nur, dass du interessant aussiehst. Dann wurde ich ... scharf.«

Innerlich zuckte er zusammen. Gehörte er etwa zu der Generation, die bei derartigen Ausdrücken zusammenzuckte?

»Nennt man das Emanzipation?«

»Ich weiß nicht, wie man das nennt. Ich weiß nur, dass es vorkommt.«

»Oft?«

»Selten genug, würde ich sagen. Sehr selten sogar. Das Problem ist, unverheiratet und gleichzeitig ein Mensch aus Fleisch und Blut zu sein.«

»Ich weiß, was du meinst.«

»Es ist schwer, diesen Gefühlen zu entkommen.«

»Wie werden die Nonnen damit fertig?«

»Wie die das machen, weiß ich nicht, aber in der Renaissance haben sie ihre Neugeborenen in den Kanälen von Venedig ertränkt. Die Mönche trauten sich nicht, dabei zu sein.«

Sie sah ihn mit offenen blauen Augen an. Er trank ein wenig Wein.

»Bist du verheiratet gewesen?«

Sie schaute weg, zu dem offenen Fenster und in die klare Sommernacht.

»Ja. Es war ein Irrtum. Darüber will ich lieber nicht reden.«

»Ich hab denselben Irrtum begangen. Aber es war nicht so, dass meine Frau mich nicht verstand. Sie hat es versucht, aber niemand kann auf Dauer verstehen.«

»Möchtest du darüber reden?«

Er hatte nicht darüber reden wollen. Sie hatten den Wein ausgetrunken, und er war wieder jung und stark geworden. Sie hatte sich auf den Rücken gelegt, und er hatte sich auf sie gelegt, die Hände unter ihr, und sie hatte ein Wort geflüstert, das er so lange, wie sie vereinigt waren, nicht verstand, während sie einen langen roten Fingernagel zwischen seinen Schulterblättern entlanggezogen hatte, herauf und herunter, und sie waren beide gleichzeitig wahnsinnig geworden, bewusstlos zur selben Sekunde. Er war noch eine Weile geblieben und hatte sich dann angezogen.

Sie würden sich nicht wiedersehen.

Jetzt fühlte er sich schwach und alt, aber der Whiskey würde es ihm unmöglich machen zu schlafen. Er schaute zu der Kommode, wo das Foto gestanden hatte, bis ihm klar geworden war, dass nichts mehr werden würde, wie es einmal war. Er hatte es in eine Schublade gesteckt. Trotzdem sah er das Bild, die Hochzeit in den anspruchslosen Siebzigern, sein brauner Cordanzug, Elisabeths braune Bluse und brauner Rock. Im Stillen, nur zwei Freunde waren dabei gewesen. Beide jung, mindestens zehn Jahre von auch nur einer Andeutung vom Mittelalter entfernt. Wide ließ das Glas auf dem Tisch stehen, es war noch ein Fingerbreit Whiskey darin, er ging unter die Dusche und wusch langsam den Duft der Frau ab.

Sten Ard hatte Verständnis dafür, dass manche Leute Konditor werden wollten, weil sie Interesse und eine Neigung für feines Backwerk hatten. Oder für Leute, die Journalisten wurden: Irgendwo gab es ein Interesse fürs Schreiben oder eine andere Form der Kommunikation. Oder Musiker – da musste eine Liebe zur Musik vorhanden sein. Alle Berufe ... die meisten jedenfalls, mussten doch von Leuten ausgeübt werden, die sich für ihre Arbeit interessierten.

Was war es bei ihm? Interessierte er sich besonders für Gewalt?

Sten Ard meinte alle Gewalt zu hassen, mehr als alles andere. Er hasste Gewalt so intensiv, dass er aggressiv wurde, wenn er ihr begegnete. Die Gewalt, die ihn umgab, gebar eine Gewalt in ihm, er war sich dessen bewusst und manchmal erschreckte es ihn. War er Polizist geworden, um dieses Gefühl ausleben zu können? Hatte er eine Legitimation für Gewalt gesucht, die ihm dieser Job ermöglichte? In fast allen anderen Zusammenhängen würden er und seine Kollegen als gestörte Menschen eingeordnet werden. Wie wenn Fußballspieler sich in unkontrollierter Freude heftig umarmten. Oder eher, wie wenn Hockeyspieler sich gegenseitig prügelten, grobe Misshandlung, die fast nie zur Anklage führte. Wie viele Borderliner-Persönlichkeiten fuhren mit Schläger und Helm übers Eis? Andererseits – wäre nicht vielleicht weitaus Schlimmeres passiert, wenn sie nicht Schlittschuhlaufen gelernt hätten?

An all das und noch einiges mehr dachte er, während er vor der verletzten Kerstin Johansson stand. Jemand hatte sie fast zu Tode geprügelt, und er konnte nur hoffen, dass sie rasch das Bewusstsein verloren hatte. Dass sie dem Entsetzen entkommen war, das sie wie eine dichte Plastiktüte eingehüllt hatte.

Ihr Gesicht hatte sie behalten, und das machte es ihm leichter, hier zu stehen. Er war nicht verpflichtet, unter die Decke zu schauen, auf den Rest ihres Körpers, und es stimmte ihn dankbar, nicht Arzt geworden zu sein.

Gerichtsmediziner. Dort waren die geistigen Verwandten der Polizei zu finden. Manche Menschen entschieden sich für die Gerichtsmedizin. Er fragte sich, warum.

Es war warm in dem kleinen Raum. Der Sommer schien keine Rücksicht darauf zu nehmen, wie es den Menschen hier drinnen ging. Einmal hatte Ard einen Freund besucht, der im Sterben lag, Krebs, in genau so einem Zimmer. Es war auch ein Sommerabend gewesen, Ard hatte den Sommer mit ins Zimmer gebracht, und er hatte ihn wieder mit hinausgenommen, als er ging.

So ein Gefühl hatte er in diesem Moment. Der Sommer würde ihm nach draußen folgen, der Duft in seiner Kleidung, das kalte blaue Licht würde bleiben und die schwachen Schatten, die er jetzt über Kajsa Lagergrens Gesicht huschen sah.

Sie stand blass und still an der Wand, und Ard ging zu ihr und legte einen Arm um ihre mageren Schultern.

»Wie geht es dir?«

Es war keine Frage, und sie antwortete auch nicht. Sie zuckte nur schweigend mit den Schultern und sah Ard mit ihren dunklen Augen an.

»Ich hab es noch nicht oft genug erlebt, mir geht es ziemlich mies.«

»Sag Bescheid, wenn es dir mal nicht mehr schlecht geht. Dann will ich dich nicht mehr in meiner Nähe haben.«

»Aber wir ... äh, die Polizei muss doch mit so was fertig werden.«

»Wir sollten möglichst nicht in Ohnmacht fallen. Alles andere ist ein notwendiges menschliches Verhalten.«

Sie schauderte. Er spürte die Gänsehaut auf ihren Schultern unter seinen Fingern und nahm die Hand weg.

»Wie hast du ... die Nachricht bekommen?«, fragte er vorsichtig.

»Ich hab angerufen. Ich wollte noch eine Aussage nach unserem Gespräch überprüfen, das wir am Nachmittag gehabt hatten ... schließlich hat sie sich gemeldet.«

Ard ergriff ihren Arm.

»Komm, wir gehen runter ins Café.«

Sie verließen das Zimmer und gingen durch den Korridor, in dem das Personal in Weiß und Eisgrün zielstrebig hin und her lief. Ard stieß fast mit einem jungen Arzt zusammen, als er einen Schritt beiseite trat, um einem Krankenbett Platz zu machen, das vorbeigerollt wurde. Der Arzt hatte ein fleischiges, breites Gesicht und Augen wie Kohle. Er sah besorgt aus wie jemand, der nicht einfach abhauen kann, obwohl er es möchte.

Die Cafeteria war in den Korridor integriert; wer dort saß, saß mitten in den ständigen Bewegungen des Krankenhauses, wie ein Teil dieser Welt und der Welt draußen.

Eine ältere Frau in grauem Kostüm lachte ein klares, kurzes Lachen, während sie schnell und geübt einen Rollstuhl vor sich herschob. Das junge Mädchen im Rollstuhl lächelte und versteckte aus Spaß das Gesicht hinter der Illustrierten, die es in der Hand hielt.

Ard stellte sich hinter eine alte Frau, die unendlich langsam einen Zimtwecken nahm und mit zitternder Hand eine kleine Tasse Kaffee einschenkte. Sie legte ein Stück Zucker auf die Untertasse und sagte mit erstaunlich kräftiger Stimme »danke«, wie ein Spatz, der plötzlich im Stimmbruch war. Ard sah ihr einen Augenblick nach, als sie langsam mit kleinen, schwebenden Schritten auf einen Tisch zuging, wo ein kleiner Herr in einem Zweireiher nervös auf sie wartete, die Hände auf einem Stuhl, um zu signalisieren, dass es der Platz der Frau war.

Sten Ard goss Kaffee in zwei Becher und beschloss, dass sie beide ein Stück Kuchen mit Himbeercreme brauchten.

Kajsa Lagergren sah ihn bezahlen und dachte an ihre Arbeit. Manchmal hatte sie den Eindruck, als sei ihr Chef geradewegs einem amerikanischen Polizeifilm entstiegen, der Schweigsame, Verlässliche, der selten Fehler machte, und wenn er einmal doch welche machte, sie sofort zugab. Es war vermutlich Ards mangelndes Prestigebedürfnis, das sie am meisten schätzte. Kam das mit dem

Alter? Die ewigen Hahnenkämpfe bei den jüngeren Männern fand sie furchtbar ermüdend ... nicht einmal ihre Körper waren sonderlich interessant. Spulförmig, wie Robben.

Wie gockelhaft war Sten Ard einmal gewesen? Er ging eher wie eine Ente, wie er da mit den Bechern auf den Tisch zukam. Und ... Himmel, hatte er auch noch Kuchen gekauft? Sie hatte schon immer eine Ähnlichkeit mit Gene Hackman bei ihm gesehen, und dieser Kuchen hätte zu Gene Hackman gepasst, wenn er Schwede und ein richtiger Polizist gewesen wäre. Wie hieß noch dieser Film, wo er in den amerikanischen Süden kommt, in den sechziger Jahren, um den Mord an Antirassisten aufzuklären?

»Glaubst du etwa, ich werde das essen?«

»Wenn nicht, dann ess ich es.«

»Bitte sehr.«

Er ließ den Kuchen vor ihr stehen.

»Was weiß Kerstin Johansson, das ihr so gefährlich geworden ist?«

»Muss es so sein?«

»Dass es mit eurem Gespräch zusammenhängt? Ich weiß es natürlich nicht, aber da ist etwas ...«

»Es könnte doch ein Zufall sein.«

»Könnte schon sein. Aber Flatås ist nicht gerade ein Stadtteil, wo die Leute nach Hause verfolgt und zusammengeschlagen werden.«

»Vor einigen Jahren hat es eine Vergewaltigung gegeben«, sagte Kajsa und nagte vorsichtig am Kuchen.

»Das erste und hoffentlich einzige Mal.«

Ards Kuchen war aufgegessen.

»Ich möchte wissen, ob sie jemanden mit nach Hause genommen hat.«

»Das hab ich auch schon überlegt. Aber sie war kein Typ, der … na ja, wildfremde Personen mit nach Hause nimmt.«

»Vielleicht war es kein Fremder.«

»Sie wirkte aber auch nicht so, als habe sie gewalttätige Bekannte.«

»Wissen wir, wie unsere Bekannten im tiefsten Innern veranlagt sind?«

Kajsa Lagergren überlegte, wie viele von ihren eigenen Bekannten sie wirklich bis in die tiefste Tiefe kannte.

»Ich hab mich versucht zu erinnern, worüber wir geredet haben. Sie hat Laurelius ja erkannt, meinte ihn zu erkennen.«

»Ich hab deinen Bericht gelesen. Aber die Befragung der Kleinunternehmer hat nichts gebracht.«

»Nein. Ein Unternehmen hatte gerade vor ein paar Tagen dichtgemacht, wir versuchen jetzt, die Besitzer zu ermitteln. Keiner der anderen hatte ein richtiges Schild gesehen, einen Namen.«

»Da können wir uns ja gegenseitig Glück für die Arbeit wünschen.«

»Glaubst du, diese Sache hängt mit dem Mord an Laurelius zusammen?«

»Ich weiß nicht, wie glaubwürdig das scheint. Aber jemand könnte dich oder Babington da unten gesehen haben, bei den Anglern oder in der Zuckerfabrik … du hast dich ja wohl nicht gerade ins Atelier geschlichen.«

»Das ist unheimlich.«

»Was ist unheimlich?«

»Diese wunderbare Frau könnte verletzt worden sein, weil ich sie besucht habe, weil ich mit ihr geredet habe.«

»So darf man das nicht sehen.«

Ard nahm einen Schluck Kaffee.

»Ich weiß, dass es nicht sehr überzeugend klingt, aber was soll ich sagen? Ich kann auch sagen, dass sie wieder gesund wird ... wiederhergestellt wird, heißt das wohl.«

Sie streckte plötzlich die Hand aus und legte sie auf seinen Arm, bevor er den Becher absetzte.

»Was geht hier eigentlich vor, Sten?«

»Ich weiß auch nicht. Wenn Kerstin Johanssons Sache mit Laurelius zusammenhängt, handelt es sich um ein sehr deutliches Signal.«

»Signal?«

»Halt dich raus, haltet *euch* raus, der Mensch ist ein zerbrechliches Ding und so weiter.«

»Was machen wir jetzt?«

»Ermitteln weiter, suchen nach Laurelius' Frau, reden mit einem dänischen Freund. Und essen den Kuchen auf.«

Ard reckte sich und nahm ihr Stück.

»Wie lange hält man das aus?«

»Diese Überlegungen gehören zum Job.«

»Wie soll da noch das Schöne und Reine im Leben Platz finden?«

»Vielleicht funktioniert es auf diese Weise erst recht.«

»Du meinst, dass man auf diese Weise die Kontraste erst richtig zu schätzen lernt?«

»Wenn es denn immer so große Kontraste sind. Aber okay, vielleicht ist es gelegentlich leichter, gute Momente besser wahrzunehmen.«

»In der Freizeit?«

»Manchmal auch bei der Arbeit.«

Sie verstand, was er meinte. Sie erlebte gerade genau so einen Moment.

Ard erhob sich, Kajsa Lagergren erhob sich, sie nahm das Tablett und stellte es neben einen großen Farn. Sie gingen rechts hinaus und bogen dann im Korridor nach links zum Haupteingang ab.

»*Mississippi burning!*«

Er sah sie mit einer Falte zwischen den Augenbrauen an.

»Ist das ein Anhaltspunkt?«

»*Mississippi burning.* So hieß der Film mit Gene Hackman. Mir ist der Name vorhin nicht eingefallen, aus irgendeinem Grund musste ich die ganze Zeit daran denken.«

18

Jonathan Wide war vor der langen, schweren Zeit bei der Fahndung kurzfristig Assistent im Jugenddezernat gewesen. Es hatte Momente gegeben, da hatte er mit Bedauern auf die Zeit dort zurückgeblickt. Die grobe Ausdrucksweise der jungen Straftäter hatte manchmal einen naiven Charme gehabt, der später auf der Verbrecherlaufbahn verschwand.

Später waren ihm frühere Bekannte wiederbegegnet. Karrieren, die zögernd in Gang gekommen und dann für kurze Zeit auf ihrem Höhepunkt waren.

Meist stammten sie aus kaputten Familien, in Misshandlungen, Alkohol und chaotische Verhältnisse hineingeboren, ständig wechselnde Bezugspersonen und bald gar nichts mehr. Dann kam das Übliche, Schule schwänzen, kleine Vergehen und der Wunsch, so schnell wie möglich groß zu werden, um den Schlägen zu Hause zu entkommen. Alle hatten eins gemeinsam: Sie hassten ihre Kindheit. Manche wollten nicht mehr leben.

Das war nichts Neues. Frustrierend war, dass es immer so weiterging. Generationen von Polizisten würden in fremden Wohnungen fassungslos vor verwahrlosten Kindern stehen, während die Eltern weit weg oder anwesend und trotzdem weit, weit weg waren. Meistens lief ein

Fernseher. Wide dachte daran, wie oft er hingegangen war und Apparate abgeschaltet hatte. Fernseher verband er seitdem immer mit kaputtem Zuhause, hilflosen Kinderschreien. Im Großen und Ganzen hielt er Fernsehen für eine Beleidigung seiner Intelligenz. Er war davon überzeugt, dass Schweden ein Land werden würde, in dem es sich besser leben ließe, wenn weniger Leute fernsehen würden. Fernsehen war Opium fürs Volk.

Wide brauchte Geld. Wer nicht arbeitet, braucht auch nicht zu essen. Er hatte zwei Aufträge und musste anfangen.

Der Name des Auftraggebers war Erik Nihlén. Er konnte jederzeit anrufen. Jetzt – nach dem späten Frühstück und der dritten Tasse Kaffee.

»Sörmarkers, guten Morgen!«

»Ich möchte Erik Nihlén sprechen.«

»Nihlén – einen Moment bitte.«

»Erik Nihlén.«

»Jonathan Wide hier.«

»Wide! Ich hatte erwartet, eher von Ihnen zu hören.«

»Mir ist was dazwischengekommen. Das bringt der Job manchmal so mit sich.«

»Hm. Hoffentlich haben Sie über das nachgedacht, worüber wir sprachen.«

»Hab ich«, log Wide, »aber ich kann nichts sagen, bevor ich ihn getroffen habe.«

»Ich verstehe. Ich gehe davon aus, dass das so bald wie möglich passiert.«

»Erst einmal muss ich ihn ja haben. Sie haben keine Adresse?«

»Ich hab es noch einmal versucht, aber nichts ... Die Leute, die ich getroffen habe, wollen mir nichts erzählen.«

»Keine neuen … Zwischenfälle?«

»Ob er noch mehr Einwanderern aufs Maul geschlagen hat? Keine Anzeige jedenfalls. Da ist nur noch die Sache mit der Misshandlung, wie nennen die das?«

»Ihr Sohn wird der rechtswidrigen Bedrohung und der Misshandlung verdächtigt.«

»Genau. Er hat einen Somalier geschlagen. Wie viele Milliarden Somalier gibt es auf der Welt?«

»Spielt es eine Rolle, woher das Opfer stammt?«

»Nein, nein, ich hab bloß gedacht …«

»Ich versuche ihn zu finden. Mehr kann ich jetzt nicht sagen.«

»Mehr verlange ich im Augenblick auch gar nicht. Wir müssen Schritt für Schritt vorgehen.«

Der zweite Auftrag musste warten, vielleicht bis zum nächsten Abend. Er würde alles tun, um die Beobachtung eines untreuen Ehemannes aufzuschieben.

Wide zog ein frisch gewasches weißes T-Shirt und dünne Khakihosen an. Das Thermometer am Küchenfenster zeigte bereits 32 Grad. Es war zehn Uhr. Er schwitzte schon jetzt. Er zog dünne Turnschuhe an und steckte die Brieftasche in die Gesäßtasche.

Die Såggatan war leer und still. Er hatte das Bedürfnis, seinen steifen Körper zu bewegen, und beschloss, zu Fuß zu gehen. Vor Bengans Plattenladen blieb er stehen und betrachtete ein Plakat zu der Tournee von Aerosmith und die Werbung für eine neue Platte mit einer Band, von der er noch nie gehört hatte. Er fragte sich, wie das aussehen würde, wenn sie Puccini oder Rossini mit derselben Selbstverständlichkeit anpreisen würden wie den letzten Tom Collins. Oder hieß er Phil Collins?

Der Stigbergsliden hinunter war eine angenehme Wanderung im Schatten eines australischen Pubs, an dem elf gelbgrüne Schilder aufgehängt waren. Australisches Bier schmeckt nicht, dachte er. Es war schwer und oberflächlich und mit schnaubender Prahlerei auf dem Markt eingeführt worden – insofern ein würdiger Repräsentant seiner Nation.

Am Järntorget kaufte er sich Eis, zwei Kugeln. Eis wie in guten alten Zeiten. Vanille mit ...? Er hatte so lange gezögert, dass eine Frau hinter ihm geseufzt hatte und er sich genötigt sah, sich endlich zu entscheiden. Apfel mit Zimt; aber schon als er bezahlte, wusste er, dass er sich falsch entschieden hatte. Vanille mit Apfel und Zimt passte nicht gut zusammen, das war zu fett, und keine dieser Sorten passte eigentlich zu 32 Grad im Schatten. Er hatte ein unbehagliches Gefühl, als er langsam die Allén entlangschlenderte, das Eis tropfte zwischen seinen Fingern. Er hatte eine Eiswaffel erwischt, obwohl er einen Becher wollte, und die ungeduldige Frau hinter ihm war an allem schuld.

Nicht einmal eine Serviette hatte er bekommen.

Als Wide den Kungstorget überquerte, spürte er die Anziehungskraft der Markthalle. Er könnte hineingehen und bei Yossef eine Tasse Kaffee trinken, aber dann bestand die Gefahr, dass er sitzen blieb. Er könnte später zurückkehren, vielleicht, und mittags etwas aus Alexondros' griechischen Töpfen essen, Suppen aus Alexandroupolis in den nordtrakischen Bergen, nach Mutters Rezept, Tourlou, der Gemüseeintopf, oder Pasta Juvetzi. Faki, Fasolada oder Jouverlakia wären auch noch eine Möglichkeit – oder gerade heute in der Hitze einen griechischen Salat. Alexandros, »Alex«, war immer enttäuscht, wenn man keinen Nachschlag wollte.

Er ging zum Brunnspark hinunter und ließ sich von

dem Menschenstrom mit ins Nordstan tragen. Das Einkaufszentrum war sein Ziel.

Im Nordstan traf sich alles: Straßenmusikanten und Obdachlose, Menschen aus der Arbeiterklasse wie aus der bürgerlichen Schicht. Es war voll, und es war entsetzlich heiß. Rechts, neben dem großen Schuhgeschäft, stand ein junger Mann mit brennendem Blick und sang religiöse Lieder. Ihm gegenüber, auf der anderen Seite des Promenierweges, war eine Frau und spielte Cello. Weiter unten links saß ein Mann mit latinischem Aussehen und spielte spanische klassische Musik auf einer Gitarre mit akustischem Verstärker. Einige Leute standen in lockerem Halbkreis um ihn herum und hörten aufmerksam zu. Fünf Meter davon entfernt drängte sich ein anderer Kreis: sechs junge Männer mit rasierten Schädeln, die ihre Gesichtszüge grob und gleichzeitig blass und verschwommen erscheinen ließen, als ob sie sich Feinstrumpfhosen über den Kopf gezogen hätten.

Wide erkannte Pontus Nihlén sofort. Er wirkte jünger und magerer als die fünf anderen, vielleicht weil er eine Bomberjacke trug, die ihm drei Nummern zu groß zu sein schien. Selbst seine Springerstiefel wirkten zu groß, als wäre er einen Monat nach den anderen eingerückt und hätte sie noch nicht eingeholt.

Wide atmete tief durch und ging auf die Gruppe zu, ein Verhalten, das die Skinheads im Allgemeinen nicht gewohnt waren. Ihre Aufmachung sollte hervorrufen, dass Fremde Abstand hielten.

Die Gruppe gegen den Rest der Gesellschaft. Im Augenblick war es die Gruppe gegen Jonathan Wide.

»Was willst du?«

Er schien um die zwanzig zu sein, hatte eine Gesichtshaut wie Pergament und am Hals die Buchstaben A.F.C.

tätowiert. Er baute sich vor Wide auf und sah erst seine Kumpel und dann Wide an, schmale, unruhige Augen, der Blick des Gehetzten.

»Ich möchte mich ein bisschen mit Pontus unterhalten.«

Wide wusste nicht, ob das besonders klug war, aber er war häufig der ersten Eingebung gefolgt, und er war gut damit gefahren.

»Es gibt Leute, die dich vermissen, Pontus.«

Erik Nihléns Sohn zuckte zusammen, drehte sich zu dem Mann im weißen T-Shirt um und spuckte auf seine Turnschuhe.

»Hat mein Alter dich geschickt, du Kindergartenschwuchtel?«

»Wenn's so wäre, wäre es ein Glück für dich.«

Der Junge neben Pontus Nihlén strich sich mit der Hand über eine verschorfte Wunde an seinem frisch rasierten Schädel. Das erinnerte Wide an ein Ei, das man gekocht und dann gerollt hatte, damit die Schale zerbröselte, das aber trotzdem zusammenhielt. Der Junge hatte ein Gesicht wie eine geschälte Tomate. So ein Gesicht, dachte Wide, ist sicher sehr hilfreich, um die ganze Welt auf Abstand zu halten.

»Glück für dich, dass du noch lebst, Bullenschwuler.«

»Ich bin kein Bulle und auch nicht schwul.«

»Aber du wärst es gerne. Oder Neger!«

Sie lachten. Aber richtige Barbaren waren sie nicht. Wide dachte darüber nach, ab wann Haare nicht länger als ein Beweis von Stärke gesehen wurden. Steckte der Vietnamkrieg dahinter? Manche hatten sich in den sechziger Jahren die Köpfe kahl geschoren, um den Marinesoldaten ähnlich zu sehen und den Kriegseinsatz zu ehren. Hippies hatten das Gegenteil getan.

Hier würde es keine Prügelei geben. Wide nahm Pontus am Arm und zeigte in Richtung Hauptbahnhof.

»Nur einen Augenblick, eine kleine Unterhaltung. Dann kannst du wieder zu deinen Kumpels gehen.«

»Wer bist du?«

»Ein Freund deines Vaters.«

Der Junge schien etwas sagen zu wollen, schwieg aber.

»Sollen wir ihn totschlagen, Pon?« Das Pergamentgesicht ließ seinen Blick unaufhörlich zwischen Wide und Pontus hin und her wandern.

»War... warte ...«

Wide nahm einen neuen Anlauf.

»Es ist die Frage, wer in Zukunft wen erschlägt. Pontus droht Gefängnis, da ist es schon sinnvoll, miteinander zu reden.«

»Gefängnis? Weißt du, was ein schwedisches Gefängnis ist, Bullenschwuler?«

Das Tomatengesicht sah ihn an.

»Das ist dasselbe, wie von einem Neger in den Arsch gefickt zu werden! So geht das heutzutage zu in Schweden. Das ist schon im Urteil festgelegt.«

»Dann ist es umso wichtiger, dass Pontus nicht im Gefängnis landet.«

Pontus Nihlén stand plötzlich Angst im Gesicht geschrieben.

»Wenn ich ins Gefängnis muss, wird alles nur noch schlimmer. Da geht's zu wie in der Hölle.«

Wide ging auf den Hauptbahnhof zu und stellte zu seiner Verwunderung fest, dass Pontus ihm folgte, die Clique blieb stehen und warf ihnen Blicke wie unter einer Haartolle nach, die sie nicht hatten.

Wide hielt auf Pizza Hut zu, das Kellergeschoss.

»Möchtest du was essen?«

»Tja, ein Stück Pizza, wenn wir schon mal hier sind ...«

Ein Mädchen in weißer Bluse und schwarzem Rock kam zögernd auf die kleine Nische zu, in der sie saßen. Sie sah erschrocken und gleichzeitig erstaunt aus. Was war das denn für ein merkwürdiges Paar?

Bevor Wide etwas bestellen konnte, kam ein Mann um die fünfundzwanzig an den Tisch. Weißes Hemd, Schlips, der sich bei der Hitze wie eine Schlinge um den Hals anfühlen musste, breite amerikanische Hosenträger und eine herrische Miene, die etwas aufgesetzt wirkte und, so vermutete Wide, leicht heruntergerissen werden konnte.

»Wir dulden keine Skinheads in unserem Lokal.«

»Das ist in Ordnung, aber dies ist mein Klient, und wir müssen was essen.«

Wide wedelte kurz mit seiner Brieftasche und seinem Ausweis.

»Entschuldigung.«

Der Mann legte die herrische Miene ab und wandte sich erleichtert dem Mädchen zu.

»Bedien sie, Lisa.«

Pontus Nihlén sah Wide wütend an.

»Du bist doch ein Bulle, du Schwuler.«

»Du scheinst einen Komplex zu haben, was Schwule angeht. Und Bullen. Gibt's nicht noch andere Bezeichnungen für Leute?«

»Du bist ein Bulle.«

»Nein. Jetzt bin ich ... wir können es Berater nennen. Ich helfe Leuten, wenn sie in Schwierigkeiten sind.«

»Eine Scheißmethode, Geld zu verdienen. Rebellen fangen.«

»Hältst du dich für einen Rebellen?«

»Wir gegen die. So ist das nun mal.«

»Welche die?«

»Das kapierst du ja doch nicht, Bullenschw...«

»Wusstest du, dass viele Nazis im Krieg Schwule verehrt haben?«

Lisa kam mit dicken Pizzastücken, als er gerade von den Nazis erzählte, und servierte sie ihnen mit verkniffener Miene.

»Wusstest du das?«

Pontus hatte angefangen zu essen, hastig, gierig und misstrauisch. Wide wollte keinen Vergleich mit einem Raubtier ziehen, aber das Bild drängte sich auf.

»Da scheiß ich doch drauf. Ich bin kein Nazi. Ich gehör zum WAW. Aber eigentlich weiß ich nicht, was WAW ist.«

»Hat dir jemand gesagt, dass du zum WAW gehörst?«

Sah Wide etwas Farbe in dem blassen Gesicht?

»Alle sagen das. Es hat in der Zeitung gestanden, als ich ... äh ... mit den Negern zusammengerasselt bin. Sobald man eine Glatze hat und die Jacke und Stiefel trägt, ist man beim WAW und ein Nazi. So ist das aber nicht.«

Noch nicht vielleicht, dachte Wide. Aber er wusste, dass nazistische und rassistische Gruppen wie der »Weiße arische Widerstand« sehr daran interessiert waren, Skinheads anzuwerben. Er hatte einiges darüber gelesen. »Punker und Skinheads – Sozialisierung in der Clique«, »*Among the thugs*« und »Die extreme Rechte«. Er hatte auch den Film »Romper Stomper« gesehen, der Gipfel aller Ekelhaftigkeiten.

»Warum bist du dann Skinhead geworden? Wo spielte die Musik?«

Der junge Mann zuckte zusammen. Blitzte in seinen Augen ein Interesse auf?

»Verda... was weißt du von Musik?«

»Einiges. Aber ich sag dir besser gleich, dass sie mir nicht gefällt.«

»Nenn mir einen Namen.«

»Ich hab im letzten Herbst No Remorse live in London gesehen.«

Das war keine Lüge. Er war durch Islington gewandert und hatte das Tourneeauto vorbeifahren sehen. Er hatte seine englische Freundin gefragt und sie hatte von der englischen Entsprechung zu Ultima Thule erzählt.

»Du lügst.«

»Es ist wahr. Woher sollte ich das sonst haben?«

»Ja, ja. Aber es stimmt ... es war die Musik. No Remorse, Ultima Thule ... wegen der Texte. Der Hardrock ist ... was für kleine Kinder. Der tut bloß so als ob. Dann hab ich Screwdriver gehört, das war was Neues.«

Pontus Nihlén hatte eine Hand erhoben und Wide sah die Tätowierung an der Innenseite zwischen den Fingern. *HATE* und *NO SURRENDER*, es war auch noch Platz für ein *White power* und einige auf dem Kopf stehende Hörner, die wie ein Wikingerhelm aussahen.

»Du bist kein Nazi, aber du hasst Ausländer.«

»Dieser Streit ... die haben angefangen.«

»Du bist zum vierten Mal angezeigt worden.«

Der Achtzehnjährige strich sich über den blanken Schädel. Als er den Arm hob, sah Wide, dass die dunkelgrüne Bomberjacke in den Armhöhlen zerrissen war.

»Einwanderer haben hier nichts zu suchen. Die sollen nach Hause gehen.«

»Was hast du gegen sie?«

»Sie sind einfach zu viele, finde ich. Und daran ist die Regierung schuld.«

»Magst du die Liberalen auch nicht?«

»Was weiß ich, wer an der Macht ist. Aber die Regierung ist schuld. Ich hab selbst gehört, wie Leute ... Politiker ... gesagt haben, dass die Einwanderer nach Hause fahren sollen. Die Neuen Demokraten waren ja hier, wir sind hingegangen und haben hinter der Statue gestanden ... eine von denen hat gesagt, wem es hier nicht passt, der soll nach Hause fahren. Genau das finde ich auch. Aber die nennt keiner Skinhead oder Bertil Karlsson oder wie der nun heißt.«

Das war eine lange Argumentation. Gewisse politische Parteien gehen auch an den gesellschaftlichen Rändern auf Stimmenfang, dachte Wide. Pontus Nihlén fand durch sie langsam eine eigene Sprache. Hatte es so in den späten zwanziger Jahren angefangen?

»Schließlich geht es um unsere Jobs, es gibt ja sowieso keine.«

Was sollte man darauf antworten? Wie sollte man jemandem, der so tief in seinem eigenen inneren Aufruhr befangen war, erklären, was Solidarität und Menschenwürde bedeuten?

»Ich möchte dich um etwas bitten.«

»Und was?«

»Dass du dich zu Hause meldest. Dass du ihnen sagst, wo du wohnst.«

»Wo ich wohne? Ha! Das weiß ich selber nicht.«

»Du könntest bald eine sehr eindeutige Adresse bekommen. Bist du schon mal eingesperrt gewesen?«

»Wenn ich in den Knast komme, geht alles zum Teufel. Das halt ich nicht aus.«

»Du machst alles noch schlimmer, wenn du dich versteckst.«

Er sah Wide zweifelnd an. Oder war Hoffnung in seinem Blick?

»Du lügst.«

»Ich geb dir mein Wort, ich weiß, wie es ist. Ich bin mal Bulle gewesen.«

Er sah, dass der Zweifel wuchs.

»Es ist wahr. Ich bin abgesprungen.«

»Was soll ich denn machen?«

»Zu Hause anrufen. Den Rest erledigt dein Vater.«

19

Sie trafen sich in Ards Zimmer. Fahndung nach einem unbekannten Gewalttäter.

»Sie haben keinen Stein auf dem anderen gelassen«, sagte Boursé, »aber nichts gefunden.«

»Was macht die Rauschgiftspur?«

»Wir arbeiten weiter mit Fylke und seinen Jungs.«

»Hast du ihn getroffen?«

»Fylke? Ja, leider. Wir hatten heute Vormittag eine Besprechung.«

Ard spürte den Schweiß unter den Armen und unter dem Haar im Nacken. Immer wenn die Temperatur über 30 Grad stieg, schwitzte er im Nacken. Oder wenn er ein gutes Curry aß. Wie sehr würde er schwitzen, wenn er im heißen Indien Curry äße? Niemand brauchte mehr über die Grenzen des Landes zu reisen, um Wärme zu suchen. Er spürte eine Art Melancholie, seit die Hitze Tag für Tag anhielt. Das hatte er nach einer Weile auch auf Zypern empfunden, wie ein Blues, der im Gemüt der nördlichen Menschen stärker wirkt, wenn die Hitze lange anhält.

Er schloss das Fenster. So wurde es kühler.

»Da ist ein Brief gekommen.«

Für mehrere in der Gruppe war das eine Neuigkeit. In dieser Situation war jede Neuigkeit eine gute.

»Der Fahndungsleitung ist ein Brief zugegangen, in dem jemand den Verdacht in eine andere Richtung lenkt.«

»Das ist ja nicht das erste Mal.«

Calle Babington wurde langsam heimisch in der Gruppe. Wie lange hatte es gedauert, bis er sich traute, vor den Kollegen überhaupt den Mund aufzumachen? Ard konnte sich nicht daran erinnern.

»Es kann nicht der einzige Brief sein.«

Babington beugte sich vor.

»Natürlich nicht. Aber hier geht es um Details, die ein Außenstehender schwerlich kennen kann.«

»Wieder Internes.«

Ove Boursé sehnte sich nach einem kalten Bier, einem kalten Essen.

»Wer ist es? Einer von uns?«

Kajsa Lagergren war müde. Es war ein deprimierender Tag. Als sie aufgewacht war, fühlte sie sich wie gerädert. Sie hatte schlecht geschlafen.

»Wir überprüfen das jetzt.«

Ard sah auf die Uhr.

»Alle hier im Zimmer Versammelten sind wohl vom Verdacht ausgeschlossen.«

Er war gar nicht so sicher. Aber er hatte eine gewisse Ahnung, welcher Exbulle es sein könnte *mit dem sauberen Mehl in der Tüte*. Im Brief hatten Details gestanden, die nur Wide wissen konnte ... und jemand, der bei ihm zu Hause gewesen war.

Sauberes Mehl in der Tüte? Rauschgift? Das war eine unsinnige Anklage. Die Frage war, warum sie erhoben wurde. Vermutlich Ablenkung ... aber wovon?

»Hast du die Ergebnisse von der Spurensuche, Ove?«

»Der Tote war sauber. Kein Blut, keine Haare von jemand anders. Nicht einmal Schuppen. Jetzt untersuchen die Jungs die Kippen, die auf der Erde gelegen haben, und saugen Speichel.«

»Igitt. Das wär kein Job für mich.« Kajsa Lagergren verzog das Gesicht.

Ove Boursé warf ihr einen belustigten Blick zu.

»Tatsache ist, dass die Technik ganz schön weit fortgeschritten ist. Sie brauchen nicht mehr selbst zu saugen. Nur ein mikroskopisch kleiner Speichelpartikel kann den Verbrecher entlarven.«

Calle Babington ergriff noch einmal das Wort:

»Eine DNA-Analyse?«

»Richtig, Calle. Ein Durchbruch in der Gerichtsmedizin, halleluja! Jetzt brauchen wir nicht mehr nur nach Sperma oder Haaren zu suchen. Oder Blutflecken.«

Babington ergänzte:

»Seiner Erbmasse entgeht niemand.«

»Da ist was dran. Jetzt können wir die DNA nicht nur im Speichel an der Kippe entschlüsseln, sondern auch an Briefmarken. Und das ist ganz neu. Außerdem in Schweden herausgefunden worden!«

»Das bedeutet, dass man den Absender eindeutig ermitteln kann«, sagte Kajsa Lagergren.

Sten Ard schaute von seinem Blatt Papier auf.

»Soweit ich es sehe, gibt es nur eins, was das gute Resultat dank der Methode, die Inspektor Boursé eben beschrieben hat, wieder zunichte machen kann.«

»Was?«

Ove Boursé betrachtete seinen Kommissar skeptisch.

»Dass derjenige, der die Briefmarke aufgeklebt hat, dazu Wasser benutzt hat.«

Sten Ard wusste nicht, ob Preben Kragersen seine Briefmarken anleckte oder ob er Wasser benutzte. Vermutlich tat er weder das eine noch das andere. Vermutlich schrieb er nie Briefe. Diesen hatte er jedenfalls nicht geschrieben. Die Gerichtsmediziner in Göteborg hatten konstatiert, dass Preben Kragersens Erbmasse nicht hinter dem Bild des schwedischen Königs klebte. Eigentlich war es ja beruhigend zu wissen, dass Kragersens Erbmasse nicht mit dem Bild von Carl Gustaf in Verbindung gebracht werden konnte, aber das Gegenteil hätte die Fahndungsarbeit erleichtert.

Kragersen war das Sprechen nach der Schlägerei mit Wide schwer gefallen. Diese Tatsache hatte er maximal ausgenutzt. Anfangs hatte er sich auch geweigert, Antworten aufzuschreiben.

Die Krankenschwester hatte Mitleid mit Kragersen gehabt. Sie hatte auch noch ein paar andere Gefühle für ihn, und sie konnte sich vorstellen, eins davon bei anderer Gelegenheit weiterzuentwickeln. Sie hatte einiges unternommen, Kragersen dazu zu bringen, sie um ihre Telefonnummer zu bitten. Schließlich war sie selbst aktiv geworden, hatte sie auf eine kleine weiße Karte geschrieben und ihm in die Tasche gesteckt. In dem Moment wusste sie nicht, dass er sie in ein paar Monaten zwar hätte anrufen können, sie aber die nächsten sieben Jahre keine Möglichkeit haben würde, dieses gewisse Gefühl gerade mit Kragersen weiterzuentwickeln.

Jetzt sah sie die Polizisten mit dem großen blonden Mann davongehen, der vielleicht mit den richtigen chirurgischen Eingriffen eines Tages wieder schön sein würde.

Dafür interessierte Sten Ard sich jedoch weniger.

»Sie werden polizeilich gesucht.«

Keine Antwort.

»Ihnen werden ein paar Dinge zulasten gelegt – Körperverletzung, Überfälle ...«

Der Däne wusste, dass es dumm von ihm gewesen war, nach Göteborg zurückzukehren. Warum hatte er das getan?

Kragersen wandte den bandagierten Kopf ab. Das war, dachte Ard, als versuchte man mit einer Mumie zu sprechen. Ard fiel die Geschichte von den französischen Archäologen ein, die in den siebziger Jahren ein neues Königsgrab in Ägypten gefunden hatten. Die Mumie war perfekt gewesen.

Sollte er Kragersen die Geschichte erzählen? Die Franzosen hatten die Codes nicht entschlüsseln können. Die Schrift stammte aus einer anderen Zeit. Eine englische Gruppe, die sich in der Nähe befand, wurde hinzugezogen, aber auch sie scheiterte. Schließlich erschien eine sowjetische Expedition mit dem berühmtesten Experten der Welt vor Ort. Er ging zusammen mit seinen beiden Männern vom KGB ins Grab. Nach zwei Tagen kamen sie wieder heraus, erschöpft. In der Hand hielt der Professor einen Zettel, der die Entschlüsselung enthielt, Jahreszahl, Name, alles. Der König hieß Kham. Bei der Feier, die hinterher stattfand, wurde einer der Russen betrunken und plauderte die Forschungsmethode aus: »Dieser Kham war ein harter Teufel, aber schließlich hat er gesprochen.«

Sollte er Kragersen diese Geschichte erzählen?

»Was haben Sie im ›Yokohama‹ gemacht?«

Keine Antwort.

»Wir wissen, dass Sie Prügel bezogen haben, von einem ziemlich kleinen Kerl.«

In Kragersens Blick hinter der Bandage blitzte es auf.

»Wir würden es gern sehen, wenn Sie Anzeige erstatten. Kleine Kerle dürfen nicht frei rumlaufen und Leute wie Sie verprügeln.«

»Aaaiiioooeiuuu ...«

»Wie bitte?«

»Aaa...«

»Schreiben Sie's auf, mein Freund, schreiben Sie. Der Block liegt vor Ihnen.«

Kragersen schrieb. »Das wird ihm noch Leid tun«, schrieb er.

»Glauben Sie? Vielleicht war es ein Unbekannter. Vielleicht finden wir ihn nie.«

Ard sah, wie sich die Bandage um den unteren Teil des Gesichts zusammenzog. Ard nahm an, dass er lächelte.

»Wir wissen, dass Sie als Rauswerfer bei dem Club arbeiten.«

»Wir wissen – und Sie wissen es auch –, dass Sie in Göteborg nicht erwünscht sind. Warum sind Sie dann hier?«

Kragersen schrieb »Geschäfte«, mit einer erstaunlich kleinen Handschrift.

»Welcher Art Geschäfte sind das?«

Kragersen schrieb auf Dänisch »*Dameunderklaeder*«, und Ard sah wieder, wie sich die Bandage zusammenzog. Sollte er beweisen, dass er einmal als Krankenpfleger gearbeitet hatte und eine Bandage neu anlegen konnte?

»Wir wissen aber, dass Sie in anderen Geschäftskreisen gesehen wurden. Jetzt haben Sie die Chance, davon zu erzählen.«

Kragersen hielt den Stift aufs Papier, schrieb aber nicht.

»Ich meine, Sie könnten aus der ganzen Sache auch herauskommen, ohne für viele Jahre ins Gefängnis zu gehen.«

Ard sah den Stift in der Hand des Dänen leicht zittern.

»Hier in Göteborg ist ein Mord passiert. Wir sind jedem dankbar, der uns dabei hilft, ihn aufzuklären.«

»Ich weiß nichts von Mord«, schrieb Kragersen.

»Jetzt lügen Sie. Wir glauben, nein, wir wissen, dass Sie einiges mit dem Mord zu tun haben.«

Kragersen schrieb »Bluff!« und legte den Stift weg.

Ard begriff, dass er später weitermachen musste. Der Mann war erschöpft, von seinen Haarwurzeln floss ihm Schweiß auf die Stirn. Die ehemals weiße Bandage wurde langsam grau. Dort, wo die Nase war, hatte es angefangen zu bluten.

»Das ist kein Bluff, und Sie wissen das. Denken Sie darüber nach.«

Ard schrieb einige Worte auf den Block und sah dann auf.

»Was haben Sie am dritten Juli getan? Letzten Donnerstag?«

Wie gut konnte Kragersen denken?

»Was haben Sie von Mitternacht zum dritten Juli getan?«

Kragersen schrieb »geschlafen« auf den Block und wünschte, er dürfte wieder schlafen.

»Allein?«

»*En pige.*« Scinc Handschrift wurdc schlcchtcr.

»Wer? Können Sie mir einen Namen geben?«

»Bitt.«

»Bitt? Damit kommc ich nicht wcit. Wo wohnt sic?«

»Weiß nicht.«

»Wo haben Sie geschlafen?«

»Goteborg.«

»Wo finde ich Bitt?«

Kragersen zögerte mit dem Stift in der Hand.

»Es geht um Sie!«

»*Prove* Fitness«, schrieb er und verlor das Bewusstsein.

Sie standen in seinem Atelier, und sie betrachtete lange seine Gemälde.

»An dieser Sonne male ich, seit wir ... äh ... uns getroffen haben, das heißt, ich hab schon vorher damit angefangen.«

»Die ist schön.«

»Sie gehört dir.«

»Wirklich? Danke.«

Eine Weile sagten sie nichts.

»Wie stellst du es an, wenn du Düfte malen willst?«

»Hmm ...«

»Hast du schon mal versucht, Düfte zu malen, Manfred?«

Er sah das Lächeln in ihrem schmalen Gesicht. Sie wirkte jetzt stark.

»Jeden Tag.«

»Ich mach keinen Spaß. Ein Bild kann nicht perfekt sein ohne Düfte. Als ich jünger war, wollte ich am liebsten Maniküre werden oder in einem Parfümladen arbeiten ... es interessiert mich immer noch.«

»Was für ein Glück!« Er lachte und griff leicht nach ihrer Nase. »Sonst würdest du nicht so gut riechen.«

Sie kam einen Schritt näher und griff nach seiner Nase.

»Aber *du* könntest besser riechen! Dieses Aftershave ... warum hast du Lagerfeld gewählt?«

»Heißt das so? Ich hab es vor zwei Jahren von meiner Mutter bekommen.«

»Es ist zu schwer für dich. Zu süß. Du brauchst etwas Leichteres, was besser zu deiner Persönlichkeit passt.«

»Ich bin also kein schwerer Junge? Und nicht süß genug?«

»Du brauchst etwas … tja, Frischeres.«

»Was hältst du von Terpentin?«

»Hast du's schon mal mit Leinöl probiert?«

Er machte eine Armbewegung über den großen, hellen Raum.

»Es gibt vermutlich kein Parfüm, das den Geruch in einem Atelier überdeckt.«

»Ich hab das mit den Düften manchmal überprüft. Es scheint so, als wäre ich in der Beziehung begabt. Ich erkenne Düfte von früher. Wenn du zum Beispiel Besuch gehabt hättest, würde ich es riechen, das Parfüm oder das Rasierwasser.«

»Man kann dich also nicht reinlegen.«

»Das würde ich nicht mal versuchen, wenn ich du wäre.«

»Möchtest du etwas trinken?«

»Gern.«

Er ging in die kleine Pentry.

»Ach, du Scheiße, die Getränke sind alle. Lass uns runter ins Café gehen.«

Sie nahmen den alten, rasselnden Fahrstuhl an der Rückseite der kollektiven Künstlerwerkstatt und gingen die wenigen Meter zum Künstlercafé, das in einem alten gelbweißen Lagergebäude untergebracht war. Die abblätternde Fassade illustrierte Göteborgs frühere Rolle als Seefahrtstadt.

»Was ist das da eigentlich?«

Sie war vorm Café stehen geblieben und zeigte nach Westen, zu dem zwanzig Meter hohen Ziegelsteinskelett, das unter der Älvsborgsbrücke schwankte. Die zerbrochenen Glasscheiben wirkten wie ein Grinsen.

»Das ist das alte Dampfkesselhaus der Fabrik und gleichzeitig das Herzstück des Kulturprojekts Roter Stein.«

»Lass uns mal dorthin gehen.«

Sie gingen auf das Haus zu, an den aufgereihten Hobbyanglern vorbei, und betraten das Erdgeschoss, dessen Deckenhöhe vier Meter betrug.

»In dem Stockwerk drüber gibt es einen riesigen Saal mit einer Deckenhöhe von zwölf Metern. Es gibt Pläne, das Ganze in ein Kunstmuseum zu verwandeln. Manche Künstler arbeiten schon daran.«

»Gibt es denn Geldmittel für so was?«

»Nein. Außerdem gibt es noch einen Vorschlag, Büros darin unterzubringen, mit neuen Gebäuden und unterirdischen Parkplätzen.«

»Gibt es Geldmittel für so was?«

»Klar. So ist das doch immer. Das Volk und die Kunst kommen nicht ran. In diesem Fall nicht in die Nähe des Wassers.«

»Muss ein schöner Ausblick von dort oben sein.«

Das war es. Sie stiegen die Treppen hinauf und wurden belohnt: Man konnte bis Angered im Norden sehen und das Leuchtfeuer von Vinga, dort, wo das Meer begann.

»Und wenn man vom Meer kommt, trifft man hier auf die Stadt«, sagte Manfred Bergman und küsste Linn Svanberg mitten auf den Mund.

Er sah die »Stena Danica« die Brücke passieren und er hörte schwach die entzückten Rufe und das Lachen der Passagiere an Deck. Die Laute, die der Wind herantrug, klangen sie nicht wie das Krächzen von Krähen?

Die Rolltreppe zur Abfahrtshalle hinauf war voller Menschen. Große Teile der schwedischen Bevölkerung schienen beschlossen zu haben, ausgerechnet an diesem Morgen nach Fredrikshavn zu fahren, ausgerechnet mit der 9.30-Uhr-Fähre. Menschen, die die halbe Nacht von Karlskrona, Hagfors, Eksjö und Borensberg hierher gefahren waren.

Wide ging aufs oberste Sonnendeck. Drei Jagdflugzeuge zeichneten weiße Linien in den blauen Himmel, wie geheime Zeichen für eine ganze Welt. Er ließ den Blick weiter nach Osten gleiten. Dort ragte die erst kürzlich fertig gestellte Oper auf, hoch, aber nicht hoch genug für die Partituren, die die Jets dort oben in den Himmel schrieben. Wide freute sich auf die neue große Oper – je mehr und größere Heiligtümer für die Opernmusik, umso besser. Aber seine Freude wurde geschmälert durch die flüchtigen Diskussionen profilierungssüchtiger Männer der feinen Kultur. Die neue Oper sollte eine Kathedrale werden, aber Wide befürchtete, es würde eine Kathedrale ohne Seele.

Er hatte Hunger. Als er in der Schlange im Restaurant der »Stena Jutlandica« stand, konnte er kaum an etwas anderes denken als an das zu erwartende Frühstück. Ihm war nicht ganz klar, warum er eigentlich nach Dänemark fuhr. Er musste bei der Überfahrt darüber nachdenken.

Wide bekam einen Tisch in einer Nische, etwas abgelegen rechts vom Eingang. Er wartete, bis sich die Schlange ein wenig aufgelöst hatte, und ging dann zu dem kleineren Tisch in der Nähe, nahm sich einen Teller und bediente sich. Er aß lange und bedächtig und nickte zwei Frauen in den Sechzigern zu, die sich an den Nachbartisch setzten. Die eine holte etwas zu essen, während die andere nach einem raschen Blick auf Wide die Taschen bewachte.

Nach dem Essen trank er zunächst eine Tasse Kaffee, dann noch eine. Er zögerte einen Moment vor den Kopenhagenern, spürte jedoch eine leichte Übelkeit und ließ es bleiben.

Das Restaurant leerte sich. Eine Gruppe von fünf geistig Behinderten und drei jungen Pflegerinnen blieben. Die fünf aßen langsam und mit angestrengter Konzentration. Ein kleiner Herr erhob sich von seinem Stuhl, ging herum und schien alle zu bedienen ... Der kleine Mann lächelte und führte seine Bewegungen mit verhaltener Selbstironie aus.

Vorher auf der Rolltreppe hatte Wide hinter zwei Männern gestanden, die offenbar wahnsinnig waren. Sie hatten den Kopf immer wieder hin und her geworfen. Bei ihnen war niemand gewesen, der sich um sie kümmerte.

Im letzten Jahr hatten die psychiatrischen Kliniken sich immer mehr geleert. Die Patienten wurden in eine schmerzhafte Integration in die schwedische Gesellschaft gezwungen. In den zentralen und westlichen Stadtteilen liefen Menschen herum und schrien um Hilfe. Jeden Abend konnte er in seinem eigenen Stadtteil angstvolle Schreie aus Wohnungen hören.

»Wie soll das mit dem Mord zusammenhängen?«

Boursé spürte ein Bedürfnis, die Führung des Gesprächs zu übernehmen. Er war nicht sicher, ob ihm das gelingen würde.

»Wir kennen das Muster aus dem Ausland. Eine Weile hat nervöse Spannung geherrscht, wie an der Börse. Neue Waren, neue Einsätze. Wir haben Laurelius ein bisschen genauer überprüft, er hat ein paar Immobiliengeschäfte mit Kerlen gemacht, die auch in unserem Revier gesichtet wurden.«

»Wie meinst du das?«

»Es gibt keine handfesten Beweise oder so, aber es könnte ein Muster geben …«

Boursé sah die drei Punkte hinter Fylkes Satz deutlich vor sich. Zweifel aus Fylkes Richtung war ungewöhnlich.

»Es erweckt immer Verdacht, wenn neues Geld auf dem Markt auftaucht, besonders in der augenblicklichen Rezession. Woher kommt das Geld? Wie kommt es hierher? Wie wickelt sich der Tauschhandel ab und vor allem: Womit wird getauscht?«

Mehr Fragen von Fylke.

»Es schadet nichts, wenn sich ein paar mehr Männer diskret im Hafen umschauen. Wir hatten ganz gute Spuren, aber die haben sich wie ein Furz im Wind aufgelöst. Man könnte fast meinen, dass es eine undichte Stelle bei uns gibt. Vielleicht bist *du* das!«, schrie Fylke plötzlich und zeigte mit der flachen Hand auf Calle Babington, der zusammenzuckte und fast vom Stuhl fiel. Gert Fylke lachte laut und öffnete noch einen Hemdknopf.

»Schade, dass wir keine dreizehnjährigen Polizisten haben. Es wäre eine gute Möglichkeit, sich unauffällig dort umzusehen.«

»Auf den Ravepartys?«

»Die Bullen werden durch die verdammten Ravepartys doch lächerlich gemacht. In der Presse erwecken wir den Eindruck, als würden wir den Teufel an die Wand malen, wo die Kids doch nur tanzen und Spaß haben wollen. Aber welcher Idiot glaubt denn, dass jemand mit nur einer Unze Gehirn acht Stunden ohne Unterbrechung zu diesen Betonmischmaschinengeräuschen tanzen kann, ohne von irgendwas high zu sein? Nicht mal Jugendliche halten das ohne Hilfsmittel aus.«

»Techno«, sagte Babington, der sich einigermaßen erholt hatte.

»Was?«

»Technomusik, die tanzen zu Technomusik ... glaub ich.«

»Crack«, sagte Boursé und zerbrach gleichzeitig einen Keks, um den Effekt zu verstärken.

Fylke winkte genervt ab.

»Große Geschäfte, große Einsätze, um neue Abnehmer zu werben. Gleichzeitig viele kleine Firmen. Crack, klar. Jetzt ist auch LSD wieder da, Hare Krishna. Es wird in Form von Tabletten oder Briefmarken mit lustigen Figuren drauf verkauft. Ein Trip kostet nicht mehr als einen Hunderter. Bald haben wir auch die psychodelische Musik hier.«

»Das heißt psychedelische.«

»Was?«

»Psychedelische, nicht psychodelische Musik.«

»Bist du Experte?«

»Nein, aber ich hatte vor langer, langer Zeit auch mal solche Platten.«

»Verbrenn sie oder rauch sie auf.«

Boursé befand sich in einer Phase des Abschieds vom Rock. Wenn er Kraft hatte, würde er heute Abend ein paar Platten auflegen nach fünfundzwanzig Jahren oder so. *Electric Music for the Mind and Body*. Hatte er nicht auch noch was von Peanut Butter Conspiracy? Er erinnerte sich an etwas einzigartig Zeittypisches von Quicksilver Messenger Service. Hieß der Song *The Fool*? Achtzehn Minuten lang … vielleicht eine gute Therapie. Durfte man dazu ein Bier trinken?

Sten Ard betrat den Fitnessclub Gym & Health, und sofort überfiel ihn das schlechte Gewissen, was er alles nicht mit seinem Körper getan hatte. Er musste fragen, wenn er schon mal hier war. Was konnte man tun gegen die Steifheit des Körpers?

Eine junge Frau mit harten, gebräunten Gesichtszügen stand hinter einem Tresen, der wie eine Bartheke geformt war. Sie sah ihn mit hellblauen Augen an, die frisch gewaschen wirkten, wie ein blaues Baumwollhemd, das man so lange gerubbelt hatte, bis es mehr weiß als blau war. Sie war schwarz gekleidet, so eng anliegend, dass Ard die Bizepse und Trizepse und die kleinen festen Brüste unter dem dünnen Shirt sehen konnte. Sie blätterte Kaugummi kauend in einem Stapel Formulare. Ard kam sie zu taff vor, er fühlte sich plump in seinen Jeans, dem weißen Hemd und Jackett.

Er konnte mitten in die Bewegungen des Raumes sehen, merkwürdige Apparate, die wie Ölplattformen in Miniatur aussahen, Hebearme, wie eine Mischung aus Lego und Mekano, alles eingebettet in tiefes Rot.

Wo war Onkel Ard die letzten Jahre gewesen? Er hatte Hanteln und Stangen und Gewichtsscheiben erwartet, die aufgestapelt darauf warteten, frei in der Luft zu schweben. Er sah nicht eine einzige Scheibe und keine einzige Scheibenhantel.

Das Einzige, was er aus seiner Vorstellungswelt wiedererkannte, war das Stöhnen, Grunzen und das tiefe, fast obszöne Keuchen.

»Einmalkarte oder Jahreskarte?«

»Tja ... was ist nötig, um die Steifheit im Körper wegzukriegen?«

»In welchem Teil des Körpers?«

Sie lächelte anzüglich. Sollte er Moberg zitieren? *Als ich jung war, waren alle meine Glieder weich, nur eins war steif*, das wäre witzig, würde hier aber vielleicht nicht so gut ankommen.

»Rücken, Arme, Beine ... morgens ...«

»Wir haben gerade ein Angebot. Versuchen Sie es fünfmal für zweihundert Kronen. Sie bekommen einen Lehrer, der es Ihnen zeigt.«

»Reicht das?«

»Um die Steifheit loszuwerden? Oder um zu lernen, wie man es macht? In Ihrem Fall kann ich das leider nicht voraussagen.«

Was sollte das bedeuten? War das eine Beleidigung?

»Ich muss ein wenig darüber nachdenken. Da war noch etwas ... ist ... äh ... Bitt hier?«

Sie legte die Formulare hin und warf ihm einen langen Blick zu. Die Munterkeit war verschwunden.

»Wer will das wissen?«

Er holte seine Brieftasche hervor und zeigte ihr seinen Ausweis.

»Nur ein paar Fragen« sagte er und überlegte, warum er meinte, seinen Job rechtfertigen zu müssen.

»Bitt kann niemals etwas ... Illegales getan haben.«

»Das glaubt auch niemand. Arbeitet sie hier?«

»Ja, sie ist eine unserer Lehrerinnen. Sie finden sie drinnen.«

Sten Ard bedankte sich, ohne recht zu wissen, wofür, und betrat den großen hellen Raum, sie rief ihm »rote Haare« nach.

Er hatte hundert Prozent der Fünfundzwanzigjährigen hier anzutreffen erwartet, obwohl sie es eigentlich nicht nötig hatten, aber hier gab's alle Altersklassen. Er wäre nicht der Älteste gewesen, wenn er auf eines dieser Dinger geklettert wäre ...

Ein Mann in seinem Alter stieg gerade von einem Gerät, das aussah wie eine Guillotine, und ging erschöpft, aber mit zufriedener Miene in Richtung Umkleideraum. Die Frau um die fünfundzwanzig war rothaarig, sommersprossig, ausgesprochen sympathisch. Was zum Teufel hatte sie im selben Bett mit dem schleimigen Kragersen getan? Dachten Frauen manchmal auch nur an den Unterleib?

»Haben Sie einen Augenblick Zeit? Mein Name ist Sten Ard.«

Sie wirkte ängstlich. Das taten alle, Schuldige wie Unschuldige. Das hatte wohl was mit dem Blutdruck zu tun.

»Um was geht es?«

»Können wir uns irgendwo ungestört unterhalten?«

Sie sah sich etwas verwirrt um und zeigte zu den Umkleideräumen.

»Darüber ist ein Büro, das ist jetzt wahrscheinlich leer.«

Es war leer und karg möbliert, Schreibtisch und Stühle, ein Archivschrank und einige gerahmte Fotos von Bodybuildern. Zwei waren Frauen. Keine sah aus wie Bitt. Er hoffte ihretwegen, dass sie nicht so unter ihrem erstaunlich weit sitzenden Shirt aussah wie die.

Ard nahm ein Foto von Kragersen vor.

»Kennen Sie diesen Mann?«

»Um was geht es?«, fragte sie wieder.

»Es geht um einen Mord. Kennen Sie ihn?«

Ard fühlte sich müde und rücksichtslos.

»Er sieht aus wie Jens ...«

»Jens? Heißt er so?«

»Ja ... Jens Kaspersen oder so ähnlich ... er ist einige Male hier gewesen.«

»Wann haben Sie ihn zuletzt getroffen?«

»Was hat er getan?«

»Darf ich die Fragen stellen?«

»Natürlich.«

»Wann haben Sie ihn zuletzt getroffen?«

»Letzte Woche, glaub ich ... Mittwoch ...«

»Wo?«

»Hier.«

»Mittwoch. Hier.«

»Ja.«

»Nicht woanders?«

»Nein ... wo sollte ...«

»Sie sind hinterher nicht noch irgendwo hingegangen?«

»Nein ...«

»Sind Sie ganz sicher? Es ist nicht gut, wenn Sie lügen.«

»Okay, später am Abend haben wir noch ein Bier getrunken.«

»Wo?«

»Dubliners in Kungshöjd.«

Ard sagte nichts.

»Und dann sind wir eine Weile zu mir gegangen.«

»Wie lang war die Weile?«

»Tja ... ziemlich lange ...«

»Wie lange?«

»Er ist ... über Nacht geblieben.«

Sie sah schüchtern aus. War das heute so, bei dem Thema? Sie schien aus Bohuslän zu stammen, die spitzen i, wie eine kleine Wespe.

»Sind Sie sicher, dass er die ganze Nacht geblieben ist, bis zum Morgen?«

»Ja, wir haben zusammen gefrühstückt.«

War es möglich, mit Preben Kragersen am selben Tisch zu sitzen? Worüber konnten sie sich unterhalten? Anabole Steroide?

»An welchem Abend war das, haben Sie gesagt?«

»Mittwochabend ... also die Nacht zum Donnerstag ... und Donnerstagmorgen.«

»Hat er Ihnen erzählt, was er macht?«

»Nein, ja ... er arbeitet in einem Club und ... hat was mit Fischerei auf Jütland zu tun.«

»Er ist wegen Körperverletzung und Überfall verdächtigt. Vielleicht auch wegen schlimmerer Sachen.«

»Er hat nichts ...«

»Wie oft haben Sie sich getroffen?«

Ard überlegte, wie lange er Fragen stellen konnte. Der Schock ließ langsam nach bei dieser Bitt.

»Nur einige Male. Es war das erste Mal, dass er bei mir zu Hause war.«

Sie rang plötzlich ihre Hände. Der Schleier, der über ihren Augen gewesen war, schien sich aufzulösen. Sie sah Sten Ard lange an und dann hinaus in den Raum. Er hörte jemanden leise fluchen, wie ein Flüstern unter großem Druck.

»Er muss die Uhr geklaut haben. Ich hatte sie zu Hause ... dachte ich erst ... aber dann hab ich gedacht, ich hätte sie verloren.«

Sie sah Ard intensiv an. Ihr Blick war jetzt ganz klar.

»Könnte er die Uhr geklaut haben?«

»Er hat weitaus schlimmere Dinge getan.«

»Wo ist er jetzt?«

»In Gewahrsam.«

»Ist es so schlimm?«

Ard erhob sich und ging zur Bürotür. Von dort, wo er stand, konnte er einen Teil des Trainingsraumes überblicken. Ein Stück von der Tür entfernt trainierten einige Jugendliche. Sie waren sehr muskulös. Die Oberarme waren so kräftig wie die Schenkel eines erwachsenen Mannes.

Ard drehte sich zu der Frau um.

»Es *ist* schlimm. Hier hat kein ... Handel stattgefunden ... vielleicht seit der dänische Freund aufgetaucht ist ...«

»Soviel ich weiß, schaffen sie es, den Laden sauber zu halten.«

»Woran merkt man das?«

»Tja, anfangs sieht man einem Menschen ja nicht an, ob er Anabolika benutzt. Aber nach einer Weile merkt man es. Wir hatten ein paar aggressive Jungs hier, aber die haben aufgehört. Ich glaub, der Chef hat mit ihnen geredet.«

»Wissen Sie etwas von dem Handel?«

»Hören Sie mal, wenn Sie glauben ...«

»Nein, nein, ich meine, ob Sie gehört haben, wie das mit den Geschäften abläuft.«

»Bodybuilder nehmen Steroide, das ist vollkommen klar. Aber hier im Fitnesscenter ... Sie haben es ja selbst gesehen ... bei uns sind nicht gerade die schweren Jungs.«

»Und die Jungs da draußen?«

Ard nickte zu den Jugendlichen von seinem Platz an der Tür. Er wusste, dass sie verstand, wen er meinte.

»Die vielleicht. Die sind lange nicht hier gewesen. Aber dicke Muskeln sagen nicht alles. Manchmal kann es genau das Gegenteil bedeuten: Die mit den dicken Muskeln können sauber sein. Für manche sind nicht die Muskeln wichtig, sondern der Kick der Droge. Die gibt einem das Gefühl von ... Größenwahn.«

»Wie irgendein Rauschmittel.«

»Unter den Gewichthebern ohne andere Ambition, als Kicks zu kriegen, ist etwas üblich, das heißt B52, das ist eine Mischung aus Amphetamin und Steroiden.«

»Das klingt ja grässlich.«

»Früher oder später kommt es zu lebensgefährlichen Bauchlandungen.«

»Haben Sie darüber mal mit einem der jungen Gewichtheber gesprochen?«

»Na klar. Wir versuchen sie über die Gefahren aufzuklären, so gut es geht. Unsere Tätigkeit verträgt keinen schlechten Ruf. Wir leben ja davon ... von richtigem Training, meine ich.«

Ard sah einen der Jugendlichen zwei merkwürdige Schilde von einem vertikalen Rahmen abheben. Es sah schwer aus.

»Gibt es etwas, womit man sie kriegen kann?«

»Das ist schwierig, aber etwas macht ihnen vielleicht doch Muffensausen.«

Ard kehrte an den Schreibtisch zurück.

»Dass sie das Risiko eingehen, verrückt zu werden? Oder einen Herzinfarkt zu bekommen?«

»Glauben Sie, so was kratzt Jugendliche? Wie viele junge Mädchen rauchen?«

»Okay. Was also?«

»Ein Fünfzehnjähriger hört tatsächlich zu, wenn man ihm erklärt, dass er vielleicht nie Vater werden kann.«

Bitt lächelte ein blasses Lächeln.

»Steroide sind eine perfekte und dauerhafte Antibabypille für Männer. Steril *for ever.*«

21

Um zehn Uhr gab es nur noch Meer und Himmel. Er saß auf dem Sonnendeck, ein kaltes Bier in der Hand, er hatte die Flasche schon halb ausgetrunken. In einer einzigen Flasche Bier lauerte schon ein Rausch, jedenfalls eine Vorahnung davon. Wide merkte das immer, wenn er vormittags Alkohol trank.

Die Menschen suchten Schutz vor der Sonne bei der Bar am Achterdeck und setzten sich auf am Boden befestigte Stühle. Es sah aus, als wären sie alle von Genickstarre befallen, man konnte sich mit dem Stuhl nicht umdrehen, die Leute wurden zu Profilen. Er beobachtete ein Paar im Pensionsalter, das sich aus dem Mundwinkel miteinander unterhielt, Bier und dänischen Aquavit auf dem Tisch und Zigaretten, die sich langsam in der dünnen Luft auflösten.

Das Schiffsdeck leuchtete weiß und rot im blendenden Sonnenschein draußen über dem offenen Schutzraum. Sie begegneten einer Fähre, die auf dem Weg zurück nach Göteborg war. Das Wasser war ganz still, umso stärker schäumte die Bugwelle um das vorbeifahrende Schiff. Die Bewegung gefiel ihm. Zwei Knirpse hingen über der Reling. Eine junge Frau kam mit schnellen Schritten heran und hob sie herunter, er konnte ihr die ernste Ermahnung von den Lippen ablesen und den energischen Griff um kleine Arme sehen. Die Frau und die Jungen setzten sich auf eine Bank mitten an Deck. Nach zwei Minuten erhoben sie sich und gingen die Treppe hinunter.

Wide ließ das restliche Bier von der Sonne erwärmen. Er ging zur Reling und sah, wie sich die dänische Küstenlinie im diesigen Vormittagslicht herausschälte, als ob sich die Felsen langsam und unmerklich vom Himmel herabsenkten.

Vor fünfundvierzig Jahren hatte sein Vater diese Küsten verlassen und geschworen, nie mehr zurückzukehren. Er hatte den Schwur sein Leben lang gehalten, hatte aber eine letzte Reise zehn Jahre später gemacht, im Sarg, auf dem der fünfjährige Jonathan fast die ganze drei Stunden und zwanzig Minuten währende Reise über schwedisches und dänisches Gewässer gesessen hatte. Das Kind hatte zum ersten Mal die dänische Küstenlinie gesehen, und später, an schwarz gekleidete Menschen gedrückt, war es zum ersten Mal auf einem dänischen Friedhof gewesen.

Die »Stena Jutlandica« schlich in die südliche Einfahrt nach Valutaslangen. Den Namen hatte die kilometerlange Einfahrt in die Stadt Fredrikshavn lange gehabt. Hier strömten die Schweden durch, um Bier, Schweinefleisch und Rinderfilet zu kaufen.

Er ließ sich vom Strom zum Brotorveet treiben und ging dann weiter zur Fußgängerzone Danmarksgade. Wegen der Hitze hielten sich die Besucher von der Sonne fern, drückten sich an den Häusern entlang und suchten Kühle unter den Sonnenschirmen der Straßenlokale. Es gab auch keine Cliquen betrunkener junger Leute. Ein paar Jugendliche bespritzten sich kraftlos aus grotesk überdimensionalen Wasserpistolen.

Am nördlichen Ende der Danmarksgade betrat Wide sein erstes Ziel. »Munken«, gute Lage, wurde aber selten von Touristen aufgesucht. Man musste nur eine halbe Minute da drinnen verbringen, um zu begreifen, dass man hier nicht erwünscht war. Wide warf einen Blick zu den beiden Billardtischen im dunklen Innern der Bodega und ging dann zur Theke. Glänzendes Mahagoni, fünf Männer, die ihren Blick auf ihn gerichtet hatten. *Der ist in einer halben Minute wieder draußen*, dachte Kim Hansen und trank den Rest aus seiner Tuborgflasche.

Hier hatte Wide ihn gesehen ... wie hieß er noch? Kaspersen? Hatte ihn vor einem halben Jahr herauskommen sehen. Er hatte ihn auch hineingehen sehen, in derselben Woche, etwa einen Tag später. War das sein Stammlokal? Kragersen. Er hieß Kragersen, Preben.

»Kommt Preben heute?«

Der Barkeeper warf ihm einen bösen Blick zu.

»Ich heiße Berggren, bin ein Geschäftsfreund aus Schweden. Wir wollten uns heute hier treffen.«

Der Barkeeper warf ihm noch einen bösen Blick zu, wischte die Theke ab, nahm ein sauberes Glas aus dem Regal hinter sich.

»Preben Kragersen. Der von der ›Stena‹.«

Ein kleiner Mann mit schütterem Haar und tiefrotem Gesicht schien etwas sagen zu wollen, hielt aber den Mund nach einem Blick des Mannes hinter dem Tresen.

»Was soll es sein?«, fragte der kurz.

Wide bestellte sich ein Bier und einen Kurzen.

»Es gibt viele Preben.«

Plötzlich lächelte der Barkeeper ihn an. Musste er das in diesem Moment?

»Dieser ist groß und blond und hat häufig in Göteborg gearbeitet.«

»Das trifft auf ungefähr die Hälfte der männlichen Bevölkerung dieser Stadt zu.«

»Ein richtiger Filmstar.«

»Hübsch?«

»Sehr hübsch.«

»Dann glaub ich, ich weiß, wen Sie meinen. Aber er ist schon lange nicht mehr hier gewesen. Haben Sie gesagt, Sie sind heute verabredet?«

»Vor zwölf, hier im ›Munken‹.«

Der Kleine mit dem roten Gesicht wollte wieder etwas sagen, es rasselte ein bisschen in seiner Kehle, aber es kam kein Wort heraus. Links von ihm saß ein Mann, den Wide nur im Profil schräg von hinten sah.

Er hatte keine Ohrläppchen. Das hatte Wide früher schon bei anderen Leuten gesehen, aber hier war es besonders auffallend, Ohren wie Blätter ohne Stängel.

»Da kann ich nicht helfen.«

Wide ließ den Schnaps mit den exotischen Kräutern Zunge und Gaumen umspielen. Kühle Wärme breitete sich in ihm aus. Er nahm einen tiefen Schluck aus dem Bierglas und spürte plötzlich heftige Sehnsucht, lange hier in Kühle und Dunkelheit sitzen zu bleiben, sich zu betrinken und die Welt weiterrollen zu lassen ohne ihn.

Er nahm noch einen Schluck Bier, stieg vom Barhocker und ging hinaus in den Sonnenschein. Das Licht war intensiv und er bekam Kopfschmerzen oberhalb des rechten Auges.

Als Wide auf der Straße verschwunden war, drehte sich der Barkeeper zu einem Vorhang um, der die kleine Küche verbarg. Ein kräftiger Mann mit dickem grauem Haar und dünnem Baumwollanzug kam heraus.

»War er das?«

»Ja.«

»Wie kommt der hierher?«

»Scheißfrage.«

Der Grabstein war weiß wie die anderen vierundsechzig Steine auf dem britischen Kriegsfriedhof im nördlichen Teil von Fladstrands Friedhof.

Pilot Officer C. Robotham, Sergeant. Ruhe für ewig in dänischer Erde ...

Drei britische Seeleute und zweiundsechzig Flieger des britischen Commonwealth: sechsundvierzig Briten, neun Kanadier, ein Australier, fünf Neuseeländer. Und einer, der Englisch gesprochen hatte, hinterher aber nicht identifiziert werden konnte.

Über den kleinen, quadratischen Friedhof strich ein schwacher Wind. Blumen auf einigen Gräbern.

Die Familie? Bezahlten die dänischen Mitbürger Blumen für die Gräber?

Geliebte? Es gab Menschen, die nicht vergaßen.

Robothan. Einige Flugzeugflügellängen vom Fragthamnen entfernt abgeschossen, in der Nähe des Zentrums. November 1942, er lebte noch, als ihn dänische Hafenarbeiter aus dem Wasser fischten und in Sicherheit brachten. Es war ein Wunder und konnte nur passieren, weil die Deutschen noch nicht zu diesem Anlegeplatz gekommen waren.

Einer der dänischen Hafenarbeiter war sein Großvater gewesen. Johannes Wide, im Widerstand. Clive Robotham wurde im Keller des Hauses von Familie Wide im Enghavevej mitten in der Stadt versteckt. Ole Wide, Jonathans Vater, war damals siebzehn Jahre alt.

In der Nacht zu Silvester 1942 ist irgendetwas furchtbar schief gegangen. Als Robotham und drei andere britische Flieger zum Hafen und weiter nach England und Brighton gebracht werden sollten, wartete am Andelskai eine deutsche Patrouille. Clive Robotham wurde erschossen, als er versuchte, zurück in die Stadt zu laufen. Ein Engländer wurde getötet, *air gunner* R. H. Dyson. Ein dänischer Widerständler wurde getötet. Die beiden anderen Engländer wurden festgenommen und verschwanden.

Großvater Johannes überlebte es. Es war ein Wunder. Eigentlich war es ein doppeltes Wunder. Eine ähnliche Tragödie hatte sich bereits zwei Monate zuvor ereignet. Die Deutschen hatten gewartet. Johannes Wide hatte überlebt.

Sein Enkel berührte jetzt den anspruchslosen Grabstein. Wie heiß er war! Kam manchmal jemand von England herüber und berührte Clives Grabstein? Er war einundzwanzig Jahre alt *and a long way from home* ... Wide sah die Bilder in seinem Kopf, das Kriegsende und die winkenden Menschen, als die Schiffe vom europäischen Festland kamen. Was hatte Familie Robotham getan in jenen Tagen, als es zu spät war für *we'll meet again* ...? Das war ein Lied gewesen, an dem sich viele während der schrecklichen Jahre festgehalten hatten. Vielleicht hielten sich Mama und Papa Robotham die Jahre danach noch fester daran.

Die Wahrheit kam bei Kriegsende ans Licht. Der Widerständler, der kräftige Hafenarbeiter, Sozialist und Gewerkschaftler, war in deutschem Dienst gewesen, ein Verräter. Er hatte sein Maul nicht halten können, sein Bruder war getötet worden, während er im Verhör saß. Es war eine Hinrichtung gewesen, das machten ihm die Deutschen deutlich klar, und der nächste Name auf der Liste war der seines Sohnes.

Johannes Wide hatte Pech mit seinem Nachruf gehabt. Der Verwaltungsangestellte Ernst Stehle hatte es nicht geschafft, das Dokument zu verbrennen, das Johannes Wides Dienste für die Deutschen nachwies, als die Tür zum deutschen Hauptquartier aufgerissen wurde und alles zu spät war.

Johannes Wide war zu dem Zeitpunkt schon tot, an einem frühen Frühlingstag 1943 im Hafen ertrunken. Es war Selbstmord gewesen. Alle hatten es für ein Unglück gehalten, bis das Dokument unter eine helle Schreibtischlampe gehalten wurde.

Mathilde, Jonathans Großmutter, schwor, dass sie nichts vom Doppelspiel ihres Mannes gewusst hatte.

Im Herbst 1945 hatte Ole Wide jeden Tag Prügel bekommen in verschiedenen Stadtteilen, und wenn er zurückschlug, wurde er noch mehr verprügelt. Als er etwas älter wurde, war er nicht mehr verprügelt worden, aber er war einsam. Er war ganz erstaunt, als er schließlich ein Mädchen traf, das ihn mochte. Sie stammte aus Ålborg.

Die Gedankenkette seines Sohnes wurde vom Geschrei einer Elster unterbrochen. Wide schaute von Robothams Grabstein auf und wandte sich dann langsam nach Süden. Er ging über den größeren deutschen Kriegsfriedhof, Hunderte von jungen Männern, die nie weiter als bis südlich von Tondern gekommen waren. Vielleicht hätte er eine Art Groll empfinden können, aber er spürte nur Trauer und Ohnmacht, als er an den kleinen grauen Kreuzen vorbeiging: Karl Rettenbacher 3. 4. 20–18. 12. 42, Anton Sistermann 15. 8. 21–16. 3. 42, Hans-Günther Demski 22. 7. 23–24. 12. 41. Heiligabend. Achtzehn Jahre alt.

Er setzte sich eine Weile vor die leere Bühne, als ob er darauf wartete, dass jemand die Treppe heraufkam, vortrat, das Mikrofon einschaltete und ihm erklärte, warum zum Teufel er eigentlich in die Stadt gekommen war.

Eine Weile später fuhr er drei Runden in dem Karussell, und als er zum dritten Mal Nörregade zwischen den Bäumen sah, wusste er, was er tun würde.

22

War er ein Mörder? Warum war er von dem kleinen dunklen Mann in dem dunklen Zimmer vor gar nicht so langer Zeit »*the killer*« genannt worden? Björcke dachte manchmal daran, wie an ein Stückchen konkrete Moral. Es tat ihm gut. Er könnte wieder eine lange Reise unternehmen, den Vorrat von Moral auffüllen und sich gleichzeitig den Quellen nähern.

»Das Einfache macht es aus.«

»Was haben Sie gesagt?«

»Nichts. Ich hab bloß grad an was gedacht.«

»Denken Sie lieber an dies hier.«

Björcke sah den kräftigen Mann auf der anderen Seite des Tisches an.

»Hören Sie zu, wir hätten nie ... hm ... Kontakt zu Ihnen aufgenommen, wenn wir nicht an Ihre Verschwiegenheit geglaubt hätten.«

»Ich dachte, Sie waren hinter meiner Rücksichtslosigkeit her.«

»Das auch.«

»Jetzt haben Sie beides bekommen.«

»Aber Sie werden von noch etwas anderem gelenkt.«

»Hass? Das können Sie nicht verstehen.«

»Gut, dass Sie ... das andere nicht erwähnt haben.«

»Spielt es eine Rolle?«

»Nein.«

Der Besucher atmete schwer. Björcke sah, wie er die Rechte ballte, bevor er sprach.

»Ich möchte die Negative.«

»Sie haben kein Vertrauen zu uns.«

»Sie haben vielleicht noch nicht begriffen, wie hoch Sie gespielt haben, als Sie mich in die Sache hineinzogen.«

»So eine Beleidigung!«

»Ich meine etwas anderes und das wissen Sie.«

Björcke beugte sich vor und knipste die Schreibtischlampe an.

»Wir sind ganz gelassen. Ich verspreche es Ihnen. Sie kriegen ihn, am Ende.«

»Ich muss gehen.«

»Eine ... Verabredung?«

»Scheißkerl.«

Der Besucher erhob sich. Ihm war heiß. In Gedanken war er bereits woanders.

Jonathan Wide schwitzte in der Nachmittagssonne. Wenn es weiter so heiß blieb, musste er sich einen Hut anschaffen.

Das Haus im Enghavevej schien geschrumpft zu sein, seit er vor langer Zeit hier gewesen war. Es kauerte neben Odd Fellows geschlossenem Ziegelsteingebäude und war von Wein überwuchert. Es sah aus wie in einem Märchen.

Es war seit Generationen im Besitz der Familie Wide gewesen, so weit konnte kein jetzt lebendes Familienmitglied zurückrechnen.

Wide klingelte an der Tür. Er klingelte noch einmal.

Als er genauer hinschaute, sah er, dass die Tür nur angelehnt war.

Mit einem unheimlichen Déjà-vu-Gefühl betrat er den Vorraum. Er sah sich um, konnte jedoch nichts Ungewöhnliches entdecken. Rechts stand ein kleiner Tisch mit einem Telefon, links hingen drei Mäntel und auf dem Fußboden darunter standen zwei Paar flache Damenschuhe. Es waren die Schuhe einer älteren Frau. Wide konnte bis in die Küche sehen, in der es dunkel war. Hatte Tante Grethe es nicht immer sehr hell um sich herum gemocht?

Er rief ihren Namen, bekam jedoch keine Antwort.

Er wanderte durch die zwei Zimmer und die Küche im Erdgeschoss. Alle Vorhänge waren zugezogen. Wide zog einen auf, ließ Licht herein. Der Staub tanzte in den Sonnenstrahlen. Hatte seine Tante jemanden, der ihr half?

Er stieg die Treppe zum Obergeschoss hinauf. Links war ein kräftiges Geländer aus braunem Holz. Es war glänzend und weich unter seiner Hand, und er merkte, dass die alte Treppe keinen Laut von sich gab.

Er fand sie in dem Zimmer in der linken Ecke des oberen Vorraums. Sie saß in einer eigentümlichen Haltung in dem alten Sessel neben dem Bett, vor sich eine umgefallene Tasse, dünner Tee war hellbraun auf den dicken weißen Teppich getropft. Das Gebiss der Frau hatte sich gelöst und hing halb aus dem Mund. Es sah aus, als könnte sie nicht aufhören, über etwas zu lachen, was im Fernseher gezeigt worden war, der jetzt aber grau und stumm vor ihr stand.

»Grethe!«

Er stürzte zu ihr, *nein, nein, nein, das durfte nicht sein,* Grethe war Jonathan Wides einzige Verwandte, die er noch auf der Welt hatte.

Sie fuhr zusammen.

»Himmel, hast du mich erschreckt, Junge!«

Er umarmte die Frau. Wie dünn sie sich anfühlte, wie ein Kind ohne Lebenskraft im Körper ... Es war ein Gefühl, als hielte er ein Bündel Knochen im Arm.

»Jonathan, seltsam, dass du gerade jetzt kommst ...«

»Ich weiß, ich war lange nicht zu Besuch, Tante Grethe.«

»Es ist lange her, dass ich etwas von dir gehört habe, aber das meine ich nicht ...«

Sie schaute zu Boden.

»Jetzt bin ich wieder eingeschlafen! Es ist nicht das erste Mal. Oje, und der Tee ist wieder auf den Teppich gelaufen ...«

Er sah ihren besorgten Blick.

»Du wolltest etwas sagen, Tante ...«

»Ja, es ist lange her, dass ich etwas von dir gehört habe, und dann ... vor ein paar Tagen waren einige Herren hier, *svensker*, sie haben nach dir gefragt, wo du jetzt bist ... Freunde von dir.«

»Freunde?«

»Das haben sie gesagt.«

»Sie haben nicht gesagt, wie sie heißen?«

»Doch, vielleicht ... aber weißt du ... mein Gedächtnis. Aber sie waren freundlich, vielleicht ein wenig ... na ja, sie wirkten etwas hart. Vielleicht Polizisten?«

»Vielleicht. Was wollten diese Herren sonst noch?«

»Nichts ... eigentlich komisch ... aber vielleicht bin ich auch nur ...«

»Jetzt hör m...«

»Ich erinnere mich! Der eine, der Größere, hat gesagt, sie wollten dich zu Hause besuchen.«

»Ja.«

»Hast du sie getroffen?«

»Ja, äh ... ich glaub, ich hab sie letzte Woche getroffen.«

»Und dann ... dann hat der andere gesagt, der war ein bisschen kleiner, dass sie mich wahrscheinlich noch mal besuchen würden.«

»Wie bitte?«

»Sie haben gesagt, sie wollten dich besuchen, und dann wollten sie wiederkommen.«

Er sah sie an. Sah sie ängstlich aus?

»In dieses Haus?«

»Ja, hierher. Und zu mir. Sie haben gesagt, sie wollten mich noch einmal treffen.«

Als der Mann gegangen war, erhob sich Björcke, stellte sich ans Fenster und sah auf den ruhigen Verkehr auf dem Fluss.

Er stand lange da und sah nach Westen, folgte einem kleinen Schiff aus Osteuropa mit dem Blick, das auf dem Weg zum offenen Meer war. Er sehnte sich nach Osten, weit nach Osten. Gute Kontakte nach Südostasien hatten ihm den Schlüssel zu den neuen Wirtschaftsquellen der Zeit gegeben. China White, Südostasiens Antwort auf das Kokain, erreichte Europa in größeren Mengen denn je. Das reinste Heroin, das je hergestellt wurde.

Vor vier Jahren lief fast aller Schmuggel über das so genannte goldene Dreieck Thailand. Aber der Schmuggel hatte sich jetzt auf viele Routen über sechs, sieben Länder verteilt.

Indien war eins dieser Länder. Madras war eine dieser Städte. Die Burmesen hatten Madras entdeckt und setzten jetzt ganz auf die Stadt. Madras lag eigentlich günstiger als Bangkok. Die thailändische Hauptstadt war zum einen voller Rauschgiftpolizei aus aller Welt, zum anderen gab es dort immer weniger Rauschgift. Björcke gefiel Indien, das bisschen, was er davon gesehen hatte. Er mochte den kleinen dunklen Mann. Mit ihm konnte man gut Geschäfte machen.

Allerdings mochte er diesen kleinen ehemaligen Polizisten nicht, der jetzt im Privatleben anderer Leute herumschnüffelte. Vielleicht war es ein Fehler gewesen, in seine Wohnung zu gehen. Aber in dem Augenblick hatten sie kaum eine andere Wahl gehabt. Es schien auch kein größeres Risiko gewesen zu sein. Je mehr Informationen der Kerl zusammentrug, desto mehr Feinde schaffte er sich. Wen würde er zuerst hochgehen lassen?

Fredrik Björcke massierte seine linke Schläfe und fixierte die Tür auf der anderen Seite des Zimmers. Die Kopfschmerzen hatten im letzten Jahr zugenommen, zusammen mit dem Erfolg. Vielleicht wäre es besser, auf diesem Niveau zu bleiben.

Was hatte die Frau gesagt? Warum war der Schnüffler dort erschienen? Zwei Fragen nacheinander, das war mehr, als er gewohnt war.

Er hob den Telefonhörer ab. Eine Warnung, eine verwirrende Warnung. Das rechte Maß von Plumpheit, so was war schwer.

Jonathan Wide kochte Tee. Sie tranken ihn in der Küche.

Irgendjemand machte sich die Mühe, ihn darüber aufzuklären, dass er nicht anonym auf dieser Erde lebte. Der Versuch war auf einem gewissen anspruchsvollen Niveau unternommen worden und er spürte eine Bedrohung, gleichsam zielbewusst, sie schwebte über ihm und allem, was er tat, und das könnte ... tja, wie könnte es enden? Er wusste es.

Jemand hatte die Möglichkeit gehabt, Tante Grethe zu schaden, ihn damit aber nur vorgewarnt. Er war nicht sicher, ob er den Sinn des Grußes der Fremden verstand.

Wide überquerte den Enghavevej und ging in den Kennedypark. Der kleine See darin war ganz still, draußen lag wie ein Floß eine kleine Insel. Die Trauerweide ließ ihre dichten blassgrünen Zweige übers Wasser hängen. In der Dämmerung hockten drei Dänen am hinteren Ende des Parks, Bierflaschen in den Händen. Worüber sie redeten, konnte er am Ufer, wo er stand, nicht verstehen. Er warf den Stein und zählte von eins bis vier, ehe der Stein im Wasser versank.

Der Stein hatte vier Millionen Jahre gebraucht, um das Ufer zu erreichen, und er hatte ihn innerhalb von vier Sekunden zurückgeworfen.

Als er den Park verließ und zur Rimmens Allé hinaufging, winkten ihm Schulmädchen aus einem Bus zu.

Die Sonne war untergegangen, aber die Wärme war geblieben. In Wides Hinterkopf hämmerte es, als würde die Wunde aufbrechen. Er hatte das Gefühl, als wäre nichts jemals vorbei. Die Wanderung über das Nagelbrett des Lebens ging weiter. Er sehnte sich nach Ruhe und Frieden. Das dachte er mit einem Lächeln.

War es die ewige Hitze, die einen an die letzten Fragen denken ließ? Wide hatte in den letzten Jahren häufig über die Existenz nachgedacht – oder war er nur mit jedem Jahr zynischer und desillusionierter geworden? Eine Zeit lang, als er so um die Mitte dreißig war, hatte er gemeint, sich nun endlich selbst zu kennen, zum ersten Mal. Und ein paar Dinge, die ihm begegnet waren, hatten ihm tatsächlich gefallen. Jetzt war er nicht mehr so sicher.

Plötzlich dachte er an seine Kindheit in der kleinen Stadt in Småland, wo er aufgewachsen war. Die Züge waren hindurchgedonnert und hatten selten angehalten. Er erinnerte sich, wie er und die anderen Kinder zu den Gleisen gestürmt waren, wenn sie den Pfeifton aus weiter Ferne hörten, und wie sie gewinkt und gewinkt hatten, während die Wagen vorbeifuhren. Sie hatten so lange gewinkt, solange sie etwas sehen konnten. Schließlich hatte sich alles in Luft aufgelöst und sie waren weggegangen und hatten auf das nächste Signal gewartet.

Wie sehr hatte er sich gewünscht, in einem dieser Zugwaggons zu sitzen. Am Ende war er eingestiegen und abgereist zu dem anderen Leben, von dem er geträumt hatte. Dort war er nun. Er sehnte sich nach neuen Zügen, aber am meisten sehnte er sich nach diesem Gefühl, das er einmal gehabt hatte. Der Glaube daran, dass es da draußen etwas gab, der Glaube an das herrliche Unbekannte.

Auf dem Parkplatz von Damsgaard war ein Bus aus Schweden angekommen. Er stand in einem Kreis umgeworfener Einkaufswagen.

Wide stand auf dem Brotorvet und lauschte in die Nacht, als er ein Auto in großer Geschwindigkeit die Havnegade heraufkommen hörte. Jetzt sah er es. Er sah die Scheinwerfer. Sie strahlten ihn voll an, kamen immer näher, und er sah, dass sie mit wahnsinniger Geschwindigkeit genau auf ihn zukamen. Wenn er nichts tat, würde er auf der Betontreppe, die hinter ihm war, zerschmettert werden. Plötzlich sah er drinnen im Auto ein Gesicht vom Licht einer Neonreklame aufleuchten. Er sah es deutlich für den Bruchteil einer Sekunde.

Wide warf sich mit einer Drehung nach oben zur Seite, er spürte Halt unter den Füßen, und es gelang ihm mit der

Kraft, die der Schreck freisetzt, seinen schweren Körper über die abgetretenen Treppenstufen zu heben.

Als er den oberen Teil der Treppe erreichte, hatte das Auto da unten längst vorm Touristenbüro gebremst. Wide hörte, wie eine Autotür geöffnet wurde, dann Stimmen … Er wartete. Dann hörte er, wie die Autotür wieder zugeschlagen wurde, ein kurzes, hartes Lachen und im selben Moment startete der Motor und das Auto schoss mit einem Blitzstart davon.

Es wurde wieder still. Wide sehnte sich intensiv nach einem Schnaps.

23

Er versuchte sich zu wehren, aber das Zittern hörte nicht auf. Schließlich öffnete er die Augen und sah ganz nah das Gesicht der alten Frau, Grethe. In einem dunklen Morgenmantel saß sie auf der Sofakante und hielt ihn in den Armen. Hatte sie ihn hochgehoben ... war das möglich?

Er lag im Wohnzimmer im Erdgeschoss, auf der Schlafcouch, die sie vorbereitet hatte ... war es derselbe Abend?

»Tante ... wie spät ist es?«

»Es ist mitten in der Nacht, Jonathan. Eigentlich fast Morgen.«

Er sah Licht durch das Rollo hereinsickern. Hatte er es selbst heruntergezogen?

»Du hast so schrecklich geschrien. Ich musste herunterkommen und dich wecken.«

»Ich ... ich hab so merkwürdig geträumt.«

»Das versteh ich. Möchtest du etwas trinken?«

Er merkte, wie durstig er war. Er schwitzte.

»Wann bin ich nach Hause gekommen?«

»Erinnerst du dich nicht?«

»Gleich ...«

»Ich hab dich gegen eins gehört«, sagte sie und sah ihn mit grünen Augen an, die in dem immer helleren Zimmer fast wie die Augen einer Katze leuchteten. »Hast du getrunken?«

Hatte er das? Er hatte ein Taxi genommen zu Möllehusets Kneipe: das, was in Fredrikshavn einer Kneipe am nächsten kam. Er hatte zwei Bier und vier Schnaps getrunken. Danach hatte er etwas gegessen ... oder hatte er nur getrunken ...? Die Branntweinflasche war auf dem Tisch stehen geblieben und er hatte mehr Bier bestellt. Er hatte mit jemandem gesprochen. Sie hatten sich an die kleine Bar hinterm Eingang und der großen Kasse gesetzt. Hatte er Whisky getrunken? Sie hatten über Fredrikshavn gesprochen und über Schweden ... Sie hatten gelacht, und jetzt erinnerte er sich, dass er gedacht hatte, er sei nicht besonders betrunken, er könne seinen Konsum kontrollieren, und das hatte er bewiesen, indem er noch zwei Whisky bestellt hatte. Es stimmte sogar fast. Er war hierher zurückgekommen, nicht wahr? Ein Auto, vielleicht hatte ihn ein Auto gebracht. Er meinte, die Frau an der Kasse gebeten zu haben, ihm ein Taxi zu bestellen.

Wide richtete sich auf. Es ging ihm nicht gut, es war der beginnende Kater oder der Rausch, der sich in seinen Körper zurückzog, wie Wasser sich bei Ebbe vom Strand zurückzieht. Sein Körper war der Strand an einem Meer voll Alkohol. Das war ein Vergleich, der sich sehen lassen konnte. Er musste aufhören zu trinken. Er hatte es nicht mehr unter Kontrolle. Das war in jeder Hinsicht gefährlich.

Jonathan stellte die Füße auf die kühlen, geschliffenen Holzdielen und nahm Grethes Hand in seine.

»Wir trinken jetzt eine Tasse Kaffee.«

Ihm fiel keine andere Form ein, den Tag zu beginnen.

24

Sie konnten Jeanette Forsell nicht finden, Lea Laurelius' Tochter aus erster Ehe. Die Sprachreise schien in etwas anderes übergegangen zu sein. Sie hatte die Gastgeberfamilie offenbar schon verlassen, bevor die örtliche Polizei anklopfte.

Jemand musste der Polizei zuvorgekommen sein. Warum hatte sie sich nicht gemeldet?

Sie war nicht nach Hause geflogen. Sie hätte eine Fähre nehmen können, aber Scandinavian Seaways führte niemanden ihres Namens auf der Passagierliste. Dover? Das war eine Möglichkeit. Ein Verbrechen? Darüber musste er auch nachdenken.

An diesem Morgen suchte er Schutz im Schatten des Hauptquartiers vom Vierten Wachrevier. Dort war es kühler als im Auto.

Die Tredje Långgatan sah noch genauso aus wie damals. Hier hatte es begonnen, der junge Polizist … Er sah sich selbst durch die Straßen gehen, damals: Majorna, Schlosswald, Annedal und Haga, die kleinsten Reviere der Stadt. Es war einiges passiert.

Er fuhr durch das immer leerere Zentrum. Für die meisten Leute hatte der Urlaub begonnen, die Menschen verließen die Stadt und fuhren hinaus zu den Inseln. Die

Autoschlangen nach Saltholmen waren lang. Die Fähren in die südlichen Schären hatten Extratouren eingeschoben. Er hätte gern bei dem Alten draußen auf Vrångö gesessen, sein Schwiegervater war klug genug gewesen, sich dort ein Häuschen zuzulegen, als das noch erschwinglich war.

Auf der Avenyn, genau gegenüber vom Großen Theater, sah er, wie sich die Straßenverkäufer für den Tag vorbereiteten. Langsam, fast widerwillig, abgesehen von einem, der es sich im selben Augenblick, als Ard Grün bekam, in einer Hängematte, einem seiner Verkaufsartikel, bequem machte. Ein guter Job.

Ard fuhr den Linksbogen um halb Heden und parkte vorm Polizeipräsidium. Ove Boursé bestieg den Fahrstuhl, ehe Ard drücken konnte.

»Achtunddreißig Grad!«

»Ove Boursé. Überbringer guter Neuigkeiten.«

»Freu dich über den Sommer. Bald jammerst du über den Dauerregen im Oktober.«

»Im Moment würde ich glatt drei Sommer für den Oktoberregen geben.«

Boursé sah ihn genauer an. Sie stiegen aus dem Fahrstuhl und gingen in Ards Zimmer. Es roch ungelüftet.

Boursé sah ihn wieder an.

»Schlecht geschlafen?«

»Überhaupt nicht geschlafen. Und das kommt nicht nur von der Hitze.«

Drei Fliegen surrten an der Fensterscheibe. Waren die die ganze Nacht hier drinnen gewesen? War es möglich, eine heiße Nacht im Polizeipräsidium zu überleben?

»Diese Frau, Lea Laurelius. Sie ist aus dem Club verschwunden, Yokohama, wenn sie denn überhaupt verschwunden ist …«

Boursé ließ das Ende des Satzes in der Luft hängen, damit Ard ihn aufgriff.

»Du meinst, sie hat sich einfach davongemacht? Nach der Riesenshow von Wide?«

»Show hin, Show her, manchmal verschwinden Leute auf sehr bewusste Art.«

»Kein Streit, meinst du?«

»So was Ähnliches.«

»Nichts da draußen in Hovås ... Und die Sache mit der Tochter ...?«

»Es ist quasi unmöglich, jemanden während der Urlaubszeit in Europa zu suchen.«

Ard seufzte und stand auf. Er hatte keine Kraft mehr, weiter Nachdenken zu simulieren. Er hatte den Beginn des Tages mit dem, was er für sein Gehirn hielt, jedenfalls der linken Hälfte, verbracht, aber nach einigen Stunden eingesehen, dass es verschwunden war. Womöglich für immer. Taugte der Kopf im Augenblick überhaupt für etwas anderes, als Kaffee hineinzuschütten ...? In den letzten Tagen hatte er so viel hineingeschüttet, als hoffte er, das Koffein könne zusammen mit dem, was noch zwischen seinen Augen übrig war, einen chemischen Prozess in Gang bringen und ihm seine Gedankentätigkeit zurückgeben.

»Entweder es ist aus oder es ist die Hitze. Wir gehen jetzt in die Sauna.«

Boursé sah auf. Über sein Gesicht breitete sich ein mitleidiger Ausdruck. Ard war am Ende.

»Guck nicht so mitleidig. Sauna ist gut in der Hitze. Ich verspreche es dir.«

So war es. Diese Kunst hatte er als ziviler Polizist vor fünfzehn Jahren bei der UNO gelernt, während der höllischen Sommerhitze auf Zypern. Das finnische Kontingent in Nicosia setzte sich aus Männern zusammen, mitten im toten roten Herzen der Insel. Die vier verbrachten die meiste Zeit in der Sauna. Ards Körper war leicht und kühl geworden, der Tag, der ihn umgab, war abgekühlt, und es war möglich, das Leben weiterzuleben. Das Denken fiel leichter. Derartige Saunaerlebnisse teilte er mit Jonathan Wide.

Als die beiden Männer gerade den Raum verlassen wollten, leuchtete das Lämpchen für ein internes Gespräch auf Ards Tisch.

»Britta? Ja …«

Er hörte aufmerksam zu.

»Wann? Ist er jetzt da?«

Er warf Boursé seinen Autoschlüssel zu.

»Zweimal? Hat er das gesagt?«

Boursé wartete. Ard ging rasch auf die Tür zu.

»Jemand aus der Schrebergartenkolonie bei Klippan hat angerufen. Einige Male, hat er gesagt. Er sagt, er hat … Scheeeiße!, wie kann jemand, der in einer Mordermittlung einen Tipp hat, aus der Leitung geschmissen werden?«

Sie fuhren los. Vor dem Hauptbahnhof schwankten Menschen über die Straße, auf dem Weg zu Straßenbahnen und Bussen, Reisende, die nach stundenlanger Zugfahrt bei einer Innentemperatur von über vierzig Grad fast bewusstlos waren.

Boursé fuhr geschickt im Zickzack zwischen den Leuten hindurch. Fünf Minuten später bog er nach Klippan ab und fuhr beim Jaegerdorffsplatsen nach rechts. Vor dem staatlichen Schnapsladen musste er anhalten, als zwei betrunkene Männer die Karl Johansgatan überquerten. Boursé bog nach rechts ab und parkte vor der Krawattenfabrik, die der Umgebung wenigstens etwas Eleganz verlieh.

Die Schrebergartenkolonie von Sjöbergen war eine Idylle, die weiterleben durfte. Verborgen auf dem Plateau des Berges, schenkten die Hütten und Gärten den Menschen Ruhe. Schmale Pfade schlängelten sich wie Würmer um die Häuser, am Rand waren das Gras höher und die Hütten kleiner und weniger: Manche sahen aus, als würden sie im nächsten Augenblick abstürzen, als hätte die Erosion des Berges schon begonnen. Der Kontrast war groß zwischen dem Verkehr der Umgehung im Süden und dem Fluss im Norden.

Auf einem Schotterweg spielten drei Kinder mit Murmeln.

Hier lebte Adam Kieowsky mehr als die Hälfte des Jahres – mit seinen Kaninchen und Mohrrüben auf einem Stück Land. Er ruhte nicht gern, er schlief schlecht. Adam Kieowsky unternahm frühe Morgenspaziergänge. Er war nicht sehr redselig.

»Ich hab einen frühen Morgenspaziergang zum Wasser runter gemacht«, sagte er jetzt zu den beiden Kriminalbeamten.

Sie saßen in seinem kleinen Garten unter einem Sonnenschirm zum Schutz gegen die Sonne, die noch gar nicht bis hierher reichte. Die Hütte war klein, Furnier, Hartfaserplatten und Dachpappe bedurften der Erneuerung, über der Tür hing eine schwedische Flagge.

Ard sagte nichts. Er sah Boursé an, der auch Verstand genug hatte, den Mund zu halten.

»Um die Zeit ist die Strandpromenade leer, so gegen halb vier ... aber diesmal hab ich einige Leute da unten gesehen.«

Ard sagte immer noch nichts.

Es war bequem in der Bar »Broadway«, verräuchert, aber bequem. Eine Flasche Mineralwasser auf Wides Tisch, ein Glas, ein Schälchen Erdnüsse. Der Gesang von der Bühne erreichte ihn wie ein milder, dünner Regen. Carli Tornehave, live auf der »Stena Danica«. Nicht gerade Wides Favorit, Tornehave war etwa eine Generation vor ihm, aber Wide schätzte die entspannte Distanz des alternden Carli – wie ein sympathischer, ärmlicher Sinatra. *Don't talk about me when I'm gone.*

Die Fähre passierte Vinga und näherte sich der Brücke. Rundherum lag Göteborg, halb bewusstlos unter dem mörderischen Hoch.

Göteborg. Bürger- und Arbeiterstadt, die Stadt der falschen Entscheidungen. Stadt der Gutsbesitzer. Stadt des Fußballs. Plötzlich verspürte Jonathan Wide eine unbändige Lust, einen Fußball mit einem sauberen Spanntreffer zu treten. Irgendwann in diesem Sommer würde er seinen Kumpel, den Nachtredakteur, anrufen, und sie würden zu einem weichen, schönen Fußballplatz ziehen. Sie würden sich gegenseitig den Ball zuschießen, und sie würden den siebzehnjährigen Sohn des Nachtredakteurs zwingen mitzumachen, damit es wenigstens für eine Weile so etwas wie ein Spiel auf ein Tor geben würde. Dann würden sie sich zu Hause mit Bier und einem Fußbad pflegen.

Die Fähre hatte das Terminal erreicht und drehte jetzt langsam auf dem Fluss, wie ein steifer Wal. Wide wartete, so lange er konnte. Dann betrat er den hellen Tunnel, der wie eine Galerie war, er ging die Rampe hinunter und durch den Zoll, ohne etwas zu verzollen, und ging die Treppen hinab zu dem dampfenden Asphalt dort unten.

Adam Kieowsky erzählte. Er war zu dem kleinen Hügel oberhalb von dem, was die Leute den Roten Stein nannten, gewandert.

»Obwohl der eine Weile vorher blau gewesen ist.«

»Blau?«

»Das passiert manchmal, mehrere Male im Jahr. Jemand streicht ihn grün oder blau an. Einmal ist er orange gewesen.«

Er hatte drei Leute in der bald dampfenden Dämmerung von Nya Varvet kommen sehen.

»Sind Sie sicher, dass sie aus der Richtung kamen?«

Ard warf Boursé einen Blick zu, der ihn zum Schweigen bringen sollte, und zwar so, dass es der Zeuge auch sah.

»Lassen wir Herrn ... äh ... Kislowsky doch erst einmal erzählen, was er gesehen hat.«

»Kieowsky.«

»Bitte, Herr Kieowsky.«

Ja, sie waren von Nya Varvet gekommen. Drei Personen und dann noch eine ... vielleicht im Abstand von hundert Metern. Für die Tageszeit waren das viele Leute ... sie trugen keine Jogginganzüge, sonst wäre es vielleicht nicht so ungewöhnlich gewesen. Die in den Jogginganzügen tauchten zu jeder Tages- und Nachtzeit auf. Das waren feine Herren, trugen sehr schicke Anzüge. Sie unterhielten sich, er konnte es an ihren Mündern sehen. Sie sprachen leise, die schwache Brise trug nur Wortfetzen zu ihm hinauf, wo er neben einem wilden Birnbaum stand. Aber er konnte sie nicht verstehen.

Plötzlich flatterte neben ihnen mit einem Schrei eine Elster auf und unterbrach die Stille. Der alte Mann kratzte sich an seinem unrasierten Kinn und fuhr fort zu erzählen.

Die Männer hatten sich auf eine Bank gesetzt. Kieowsky konnte sehen, dass zwei von ihnen sehr jung waren. Der Ältere saß in der Mitte, er war so um die fünfzig. Als Kieowsky gerade weitergehen wollte, sah er, wie einer der Männer sich erhob. Er lachte über etwas und machte eine Bewegung, als höbe er ein Glas. Er öffnete seinen Hosenschlitz, ging hinter die Bank und urinierte auf die Margeriten am Grabenrand. Als er fertig war, trat er einen Schritt zurück auf die Promenade, stand jedoch immer noch hinter der Bank. Er schaute rasch in beide Richtungen, und Kieowsky sah, wie einer der Männer auf der Bank, der andere junge, sich umdrehte, und wie der Mann dahinter ihm zuzunicken schien und etwas aus dem Jackett nahm, und wie der Mann auf der Bank, der nach hinten schaute, plötzlich den Mann auf der Bank umarmte, und wie der dahinter, der etwas in der Hand hatte, eine Armbewegung nach hinten machte und dann nach vorn, auf den zu, der auf der Bank saß, also nicht der, der nach hinten schaute... und wie der Umarmte zusammenzuckte, als der von hinten zustieß. Kieowsky konnte sehen, wie dieser Mann heftig zitterte, das schien sehr lange zu dauern, und die beiden hielten ihn fest, einer von den beiden ließ nur ganz kurz los, um sich ein Stück zu entfernen und in beide Richtungen zu spähen. Dann wurde der, der gezittert hatte, ganz still, und die anderen beiden gingen weg.

Kieowsky war in seine Hütte zurückgekehrt und hatte sich in das sehr kleine Schlafzimmer gesetzt. Dort hatte er lange gesessen. Er war nur rausgegangen, um die Kaninchen zu füttern; er hatte dagesessen, und schließlich war er zur Telefonzelle gegangen und hatte die Polizei angerufen.

»Warum haben Sie nicht eher angerufen?«

»Ich weiß nicht ... oder doch ... das Gefühl war so stark, die Erinnerungen ...«

»Haben Sie verstanden, dass Sie gesehen haben, wie ein Mord begangen wurde?«

»Ja.«

Er wollte noch etwas sagen.

»Ich habe viele Male gesehen, wie Morde begangen wurden.«

»Wie bitte?«

»Ich habe viele Male gesehen, wie Morde begangen wurden. Ich bin polnischer Jude. Ich habe auf einem Speicher gesessen und mit angehört, wie mein Vater und meine beiden kleinen Schwestern erschossen wurden.«

Sten Ard und Ove Boursé schwiegen eine Weile.

»Können Sie uns etwas über diese beiden Männer sagen?«

»Nur das, was ich schon gesagt habe. Sie waren gut gekleidet ... der, der umgebracht wurde, war etwas kleiner als die beiden anderen.«

»Sie haben nichts von dem verstanden, was geredet wurde?«

»Das war unmöglich. Dann hätten sie mich gesehen.«

»Vorhin haben Sie gesagt, dahinter ging noch eine weitere Person?«

Boursé hatte auf diese Frage von Ard gewartet.

»Diese Person hab ich erst gesehen ... als alles vorbei war. Da ist sie von den Klippen da unten gekommen, aus der Kurve.«

»Sie?!«

»Hab ich das nicht gesagt? Ich hab es ganz deutlich gesehen. Es war inzwischen auch heller geworden. Es war eine Frau. In Hose und Pullover, aber es war eine Frau.«

Es gab Leute, die behaupteten, die Arbeit der Polizei bestehe aus zwei Prozent Inspiration und achtundneunzig Prozent Perspiration.

Sten Ard hatte seine eigene Rechnung: Die Arbeit der Polizei bestand aus neunzig Prozent Routine und schwerer Ermittlungsarbeit, darüber hinaus drei Prozent kreativer Gedankenarbeit, fünf Prozent sinnloser Gedankenarbeit, vergeudet an einen immer schlechteren Magen, einundeinhalb Prozent Diplomatie und einem halben Prozent Idiotie.

Manchmal war Idiotie erforderlich, um den Job überhaupt auszuhalten.

Aber heute bestand er aus Perspiration. Hundert Prozent Perspiration. Ard und Boursé saßen in Ruddalens Sauna und begutachteten die Zukunft.

»Hast du noch einmal mit deinem Kumpel gesprochen, diesem Wide?«

Boursé veränderte die Lage, als ob er den Strom der Schweißtropfen besser über die Bank verteilen wollte.

»Ich glaube nicht, dass Wide uns bei dieser Ermittlung weiterhelfen kann.«

Sten Ard überlegte, wie lange er es noch so aushalten konnte. Was war sein Rekord?

»Du hast dir freigenommen.«

»Was?«

»Du hast dir gestern freigenommen. Ich hab dich angerufen.«

War Boursé nach Hause gegangen und hatte sich ins Bett gelegt?

»Die Hitze. Ich musste mal abschalten und nachdenken.«

»Dasselbe bei mir … hab's jedenfalls versucht.«

»Dieser Wide, der war früher wohl inspirierend?«

»Perspirierend? ’tschuldigung, aber in dieser Umgebung … Wide? Ich glaub, der steckt im Augenblick ziemlich in Schwierigkeiten. Dieser Einbruch bei ihm. Dabei wurde er auch niedergeschlagen.«

Sten Ard goss eine Schöpfkeller Wasser auf den Stein, vorsichtig, dann setzte er sich auf die Bank und spürte, wie die intensive Hitze durch die Poren kroch. Wie ein unmittelbarer, fester Griff, manchmal war es ein Gefühl, als sollte er abheben.

Jetzt sollte man mal den Blutdruck messen.

»Davon hast du ja noch gar nichts erzählt.«

Ard antwortete nicht.

»Ich hab über einen Zusammenhang nachgedacht«, sagte er dann.

»Die Sache in Hovås.«

»Ja, und Laurelius.«

»Hat der Pole Laurelius’ Frau bei Varvet gesehen?«

»Tja, alle sind unschuldig, bis das Gegenteil bewiesen wird. Aber sie könnte bestimmt einige Fragen beantworten.«

»Wenn sie überhaupt auf Fragen antworten kann.«

»Dasselbe Schicksal wie der Gatte?«

»Wenn es sich hier um eine Rauschgiftabrechnung handelt, dann wird kurzer Prozess gemacht.«

Boursé stand auf und ging in die Dusche. Ard sah durch die verglaste Saunaklappe, wie er seinen kräftigen Körper einseifte. Die Angewohnheiten der Menschen beim Saunabaden waren lustig, manche wuschen sich vorher, manche gingen direkt hinein, ohne den Körper überhaupt anzufeuchten. Viele setzten die Seife erst ein, wenn der Saunaaufenthalt beendet war.

Boursé wusch sich in der Halbzeit. Das wurde Ard klar, als der Kollege wieder hereinkam.

»So was hab ich noch nie gesehen.«

»Was?«

»Dass sich jemand mittendrin einseift.«

»Alles Gewohnheit. Ich hatte einen Onkel, der hat sich überhaupt nicht gewaschen. Er behauptete, seine Poren sollten sich nicht wieder schließen, nachdem sie sich erst mal geöffnet hatten.«

»Eingefleischter Saunabader?«

»Dreimal im Jahr.«

»Klingt wie eine fixe Idee. So oft?«

»Ja.«

»Muss gut gerochen haben.«

»Er wurde in ganz Redbergslid nur ›Das Parfüm‹ genannt.«

Sten Ard lächelte. Wie gut kannte er Ove Boursé eigentlich? Boursé war noch gar nicht lange in der Abteilung. Anfangs hatte er nicht viel Humor bei dem Mann entdecken können, der Kontakt zwischen ihnen war rein berufsmäßig gewesen. Das könnte sich ändern. Immer öfter blitzte bei Boursé Humor auf.

»Ich glaube, wir müssen uns auf den Gipfel vorarbeiten.«

Boursé drehte sich zu Ard um.

»Laurelius' Frau kann den Spuren ihres Mannes gefolgt sein, vielleicht ist sie tot. Aber ihr Körper kann noch nicht in der endlichen Verwahrung angekommen sein.«

»Und wenn sie noch lebt?«

»Umso mehr Anlass, zu Hochtouren aufzulaufen.«

Boursé wischte sich mit dem Oberarm den Schweiß aus dem Gesicht.

»Fylke hat etwas Interessantes gesagt ...«

Er sah den gequälten Ausdruck in Ards Gesicht.

»Nein, wirklich. Er sprach von missglückten Zugriffen, von unerklärlichen Zufällen und von Flops, die nicht hätten sein dürfen.«

»Und ...«

»Können wir uns wirklich auf alle Kollegen verlassen?«

»Zum Teufel, nein! Aber hast du dir mal klar gemacht, worum es hier eigentlich geht und welche Größenordnung das ist?«

»Rauschgiftgeschäfte?«

»Ja, sicher. Bullen können sich von einer Hure auf dem Rücksitz einen blasen lassen, und es ist ja auch schon vorgekommen, dass Kollegen weggucken, wenn jemand eine persönliche Rechnung begleicht. Aber das hier ist etwas anderes ...«

»Die Jungs von der Internen sind unterwegs.«

»Die sind doch immer irgendwo unterwegs.«

Ard stand auf und sah aufs Thermometer. Neunundachtzig Grad, es wurde zu anstrengend, wenn die Temperatur in einer Sauna über neunzig stieg. Eigentlich war es jetzt schon sieben, acht Grad zu warm. Boursé kratzte sich am Fuß.

»Wir können ja mal nachdenken.«

Sven Holte nahm die »Silvertärnan« nach Vrångö. Der Dampfer war voller junger, braun gebrannter Familien. Holte musste lange in der Schlange warten, bis alle Kinderwagen von Bord gerollt waren, dann ging er rasch zum westlichen Strand.

Er fand eine abgelegene Stelle bei einem Rosenbusch, zog sich um und wanderte dann weit hinaus in das klare, flache Wasser. Nach fünfzig Metern tauchte er und blieb so lange unter Wasser, wie seine Lungen es erlaubten. Noch ein bisschen ...

Einmal, als Jonathan Wide frisch gebackener Polizeiassistent gewesen war, waren sie hierher gefahren, Wide, Holte und Ard und noch ein paar Männer. Es war ein langes Arbeitsessen in der Sonne, und er hatte gedacht, dass es gut werden würde. Das war lange her. Damals war er ein anderer Mensch gewesen. Auch Wide war ein anderer gewesen. Es war nicht gut geworden.

Holte schloss die Augen. Er hörte entfernt Geräusche von spielenden Kindern am Strand. Das gefiel ihm nicht. Er schloss die Ohren.

25

Für ihre siebzehn Jahre wirkte sie jung, er hätte sie eher für fünfzehn gehalten. Oder war es die Mode? Ihre Haaren waren kurz, auf eine Art zur Seite gekämmt, wie die Mädchen in den sechziger Jahren sie sich gekämmt hatten. Auch ihre Kleider erinnerten an die Sechziger: eng anliegendes, geripptes T-Shirt in mattem Grün, enge schwarze Hose mit angedeutet ausgestellten Hosenbeinen. Schuhe mit hohen Absätzen, fast Plateauschuhe. Eine Silberkette um den schmalen Hals. Drei Ringe im rechten Ohr. Sie war schmal, dünn. Der Körper könnte der eines Jungen sein. Sie sah aus, als hätte sie eine Woche lang nichts gegessen: dunkle Ringe unter den Augen, Krähenfüße, die es in einem so jungen Gesicht nicht geben sollte. Sie roch gut, besonders ... Er nahm ihren Duft über den Tisch wahr. Nach einer Art Frucht, tropisch vielleicht.

»Darf ich rauchen?«

»Ja.«

Sie nahm eine zerknüllte Schachtel Commerce hervor und zog eine Zigarette heraus. Mit dem ersten Streichholz gelang es ihr nicht, sie anzuzünden. Das Streichholz brach mittendurch. Sie riss das nächste an und verbrannte die Zigarette fast bis zum Filter. Commerce – dass es die noch gab ... Er hatte geglaubt, die Marke sei im Rauch und Staub der Mairevolutionen aufgegangen.

Jeanette Forsell war in das Polizeipräsidium spaziert und hatte nach jemandem gefragt, »der mit dem Mord an Georg Laurelius zu tun hat«. Jetzt saß die Stieftochter des Ermordeten vor ihm.

Ein Fragezeichen war geklärt.

»Wir haben nach dir gesucht.«

»Das ist nichts gegen das, was ich getan habe.«

»Wie meinst du das?«

Sie blies den Rauch aus und wedelte leicht mit der Hand vor ihrem Gesicht, es wirkte wie eine Imitation vom Rauchverhalten Erwachsener. Ihm fiel es schwer, vor Kindern zu sitzen, die rauchten. Die Stadt war voller Jugendlicher, meistens Mädchen, mit angezündeten Zigaretten in den Händen. Als seine eigene Tochter fünfzehn wurde, hatte er ihr gesagt, dass er kein Öre zum Führerschein dazuzahlen würde, wenn sie anfing zu rauchen. Am besten, sie lernte frühzeitig, dass es teuer war, seine Gesundheit allmählich zugrunde zu richten. Er war sich ein wenig blöd vorgekommen, als er das gesagt hatte, aber er hatte es so gemeint.

»Ich meine, dass ich auch nach mir gesucht habe.«

Sie nahm noch einen Zug und fing plötzlich an, leise zu weinen. Sie legte die Zigarette in den Aschenbecher, den Ard aus dem Archivschrank neben der Tür geholt hatte.

»Wenn ich gewusst hätte ...«

Sie konnte es nicht wissen, weil sie nach Frankreich gefahren war, um nach sich selbst zu suchen. Vor zwei Wochen hatte sie den Zug nach London genommen und auf einer Bank in Covent Garden mit einer Tasche gesessen. Sie war zu Shelley's gegangen, hatte sich ein Paar Schuhe gekauft und war dann die Neal Street hinuntergewandert. An der Ecke von Neal und Shaftesbury hatte sie sich in ein Straßenlokal gesetzt und nach einer Weile angefangen, sich mit einem jungen Paar zu unterhalten.

»Der Sprachkurs war sinnlos, wir haben nichts gelernt, und die Lehrer schienen auch gar nicht zu erwarten, dass wir etwas lernten.«

Den Unterricht hatte sie mit müden Tagträumen verbracht und auf das Bad am Nachmittag und die Partys abends gewartet.

»Und dann die Familie, bei der ich gewohnt habe. Die wollten kaum mit mir reden. Denen ging es nur ums Geld, ganz klar.«

Sie hatte gepackt und war gefahren. Das Sonderbare war, dass die englische Familie es nicht geschafft hatte, sie als vermisst zu melden, bevor Bobbys aus Bournemouth anklopften. Waren die Engländer daran gewöhnt, dass Jugendliche ganze Nächte wegblieben?

»Deine Gastfamilie hat sich keine Sorgen gemacht?«

»Die! Ich glaub, die waren froh, dass ich nicht zum Frühstück runterkam.«

»Bist du früher schon mal in England gewesen?«

»Einige Male, aber nur in London.«

In diesem Straßenlokal auf der Neal Street hatte sie einen Entschluss gefasst. Das Paar, mit dem sie sich unterhalten hatte, wollte am Nachmittag nach Paris fahren. Sie fuhr mit.

»Vom Victoria-Bahnhof?«

»Vic... nein, die hatten ein Auto.«

»Engländer?«

»Hab ich das nicht gesagt?«

Es war eine Reise ohne Wiederkehr gewesen. Jeanettes Entschluss stand fest, der Teufel sollte alle Sprachkurse holen, sie würde per Anhalter nach Hause fahren und es ruhig angehen. Und nach sich selber suchen.

»Das war ein drastischer Entschluss.«

»Ich hatte das Gefühl, es ist richtig.«

»Warum hast du dich nicht zu Hause gemeldet?«

Was sollte sie sagen? Was war das für ein Zuhause, wo sie sich hätte melden sollen?

»Ich hab angerufen, aber es hat sich niemand gemeldet«, sagte sie, und er sah die Tränen in ihren Augen. »Ich hab mehrere Male angerufen.«

»Dann bist du also per Anhalter gefahren? Allein?«

»Ja, aber unterwegs ist man nie allein.«

»Es kann gefährlich sein.«

»Viele Mädchen sind allein per Anhalter unterwegs. Wie viele Male passiert etwas?«

Er wollte ihr die Statistik nicht zeigen: allzu viele Male; die Straßen der Welt sind voll von tödlichen Soziopathen auf der Suche nach einer krankhaften Form von Liebe und Nähe.

Langsam blätterte er in ihrem Pass.

»Du hast keine Stempel von dieser Anhalterreise.«

»Stempel? In welchem Jahrzehnt leben Sie denn? Europa ist jetzt ein offener Teil der Welt.«

So war es wohl. Er kam nicht mehr mit. Wann war Sten Ard zuletzt im Ausland gewesen? Vor einigen Jahren war er auf einer Konferenz in Amsterdam gewesen. Drei Tage, und das Einzige, woran er sich erinnerte, war das indonesische Büfett, dass er viel zu spät verlassen hatte.

»Aber du musstest doch wohl deinen Pass vorzeigen?«

»Machen Sie Witze? Die Autos werden einfach durchgewinkt, wenn überhaupt einer da steht, der winkt.«

»Und du hast in Autos gesessen.«

»Die ganze Zeit. Ich bin doch per Anhalter gefahren.«

Schließlich war sie zu Hause angekommen, in der leeren Villa in Hovås. Sie hatte die Versiegelung der Polizei gesehen. Sie hatte einen Freund angerufen. Danach hatte sie in die Zeitung gesehen.

Jetzt saß sie hier.

»Wo ist meine Mutter?«

Jeanettes Hand zitterte heftig, als sie sich eine weitere Zigarette anzündete.

»Das wissen wir nicht. Vielleicht kannst du uns helfen.«

»Sie ist also ... verschwunden?«

»Jedenfalls hat sie sich nicht bei uns gemeldet. Vielleicht steht sie unter Schock und ruht sich bei Freunden aus. Wir haben die aufgesucht, die wir ermitteln konnten, aber vielleicht kannst du uns weiterhelfen.«

»Klar ... wenn ich es kann.«

»Wann habt ihr zuletzt miteinander gesprochen?«

»Es muss der Tag gewesen sein, an dem ich weggefahren bin.«

»Nach England? Wann war das?«

»Frei... nein, Samstag. Samstag vor zwei Wochen.«

»Ihr habt euch auf dem Flughafen verabschiedet?«

»Nein, wir haben uns zu Hause verabschiedet. Meine Mutter fühlte sich nicht gut. Aber ich komm auch allein zurecht. Ich bin mit dem Taxi zum Scandiahafen gefahren, also ich bin mit dem Schiff nach England gefahren.«

Ard probierte es mit einer Pause. Er erwartete, dass die Pause ihm etwas sagen würde.

»Möchtest du etwas trinken?«

»Nein, danke.«

»Kannst du irgendwo wohnen, schlafen?«

Sie streckte sich und sah ihn mit müden Augen an.

»Zu Hause kann ich nicht wohnen?«

»Nein, im Augenblick nicht.«

»Ich kann eine Freundin fragen.«

»Sonst helfen wir dir.«

»Nein, ich frag eine Freundin.«

Sie schwiegen zehn Sekunden. Ard hörte das schwache Surren der Klimaanlage – oder war es der Computer auf dem Tisch? Es klang, als ob die Festplatte lauter dächte als er selber. Manchmal fragte er sich, ob sie nicht auch besser denken konnte.

»Wie ist es passiert?«

Vor der Frage hatte Sten Ard sich gefürchtet. Dann erzählte er es.

Auf Kajsa Lagergren wartete ein Brief, als sie nach Hause kam. Sie legte ihn auf den Küchentisch und dachte an ihn, während sie duschte.

Briefe waren etwas Ungewöhnliches in diesen Zeiten. Sie hüllte sich in einen großen, weichen Frotteemantel und ging in die Küche. Es roch ungelüftet. Sie öffnete das Fenster, roch aber nichts anderes als die Abgase von der Smålandsgatan. Die Nähe zur Arbeit war ein Vorteil. Der Verkehr war ein Nachteil, wenn man im Zentrum wohnte.

Kajsa Lagergren war stolz auf sich, als sie den Tiefkühlschrank öffnete und die zehn kleinen Lasagneformen, die für die Mikrowelle geeignet waren, in ordentlichen Stapeln sah. Die Form war perfekt und die Portion gerade richtig für sie.

Sie schob eine in die Mikrowelle, stellte auf »Auftauen« und schloss die Klappe. Sie würde gerade Zeit haben, sich ein Glas Rotwein einzuschenken, die Zehen zu spreizen, die Füße auf einem Küchenstuhl. Freitagabend, ganz allein auf der Welt. Sie konnte damit leben. Als sie gesehen hatte, was mit Kerstin Johansson passiert war, hatte sie die Kraft gehasst, die der Allmächtige den Männern verliehen hatte. Sollte das kompensieren, was ihnen im Kopf fehlte?

Die Uhr der Mikrowelle gab ein Zeichen, sie stellte auf »Aufwärmen«, zwei Minuten, und öffnete den Brief.

Nach drei Wochen Schweigen hatte er also einen Brief geschrieben. Es tat ihm Leid, dass alles so gekommen war.

Kajsa Lagergren tat es nicht Leid.

Er hatte viel über sie und ihre Beziehung nachgedacht, und er glaubte, sie hätten einen Fehler gemacht. Diesen Brief hatte er geschrieben zum Zeichen, dass er noch einmal von vorn anfangen wollte, auf eine persönlichere Art. Einen Brief zu schreiben, das war persönlich.

Sie hörte die Uhr, holte die Lasagne und schnitt eine Tomate in dicke und eine halbe Zwiebel in dünne Scheiben. Sie trank ein wenig Wein und begann zu essen.

Persönlich. Der Stift, den er beim Briefschreiben in der Hand gehalten hatte, enthielt mehr Persönlichkeit. Sie hatte einen Fehler gemacht, als sie das Leben mit einem Mann angefangen hatte, der gut allein leben konnte. Ein hübsches Gesicht war nicht alles. Musikwissenschaftler, das klang aufregend, aber das Zusammensein mit ihm war fast auf der Stelle unerträglich geworden.

»Ein gutes Beispiel für den amerikanischen weißen Authentizitätsrock«, hatte er lächelnd gesagt, als sie zum ersten Mal John Mellencamp auflegte.

»Hör dir die heisere Stimme an. Ein absolutes Kennzeichen«, hatte er mitten in *Love and Happiness* gesagt. Seitdem konnte sie weder John Mellencamp noch anderen amerikanischen weißen Authentizitätsrock hören. Es musste noch etwas Zeit vergehen.

Sie las den kurzen Brief zu Ende und ließ ihn auf dem Tisch liegen. Der Brief würde später mit der Lasagneform entsorgt werden. Sie goss sich noch ein halbes Glas Wein ein. Es war ja Freitag. In einer halben Stunde würde sie Kerstin Johansson anrufen. Sie brachten gern das Telefon zu ihr hinein.

26

Ihre Stimme auf dem Anrufbeantworter war ein Schock. Wide war in die Wohnung gekommen und hatte in der Küche ein Glas Wasser getrunken, hatte sich die Schuhe von den Füßen geschleudert und überlegt, ob er sich ein Fahrrad kaufen sollte.

»Hallo, Jonathan. Ich bin's, Lea Laurelius ... Die Schlägerei in der Bar hat mich erschreckt und ich bin einfach abgehauen. Hinter der Domkirche gibt es ein kleines Café, bei Buttericks. Da sitze ich Freitagabend, von sechs bis sieben. Tschüs.«

Heute war ja Freitag. Wie spät war es?

Er schlüpfte wieder in die Schuhe und ging rasch die Treppe hinunter. Im Auto durch die Allén nahm er die Düfte des Sommers wahr. Eine kleine weiß gekleidete Gesellschaft wanderte langsam den Fahrradweg entlang, wie die Reste einer Karawane, die den Weg zur Oase gefunden hatte. Als er die Autotür aufschloss, hatte er die Hitze auf dem Autodach gespürt. Sonne Schicht auf Schicht.

Eine Straßenbahn fuhr vorbei, aus dem Straßenbahnfenster schaute ein Mann mit Stirnband auf ihn hinunter. Wide sah den Griff eines Tennisschlägers über den Fensterrand ragen. Tennis war ein Spiel für den Abend geworden, weiche, dumpfe Schläge in der sinkenden Dämmerung.

Die Schweden sind ein Volk, das an Kontraste gewöhnt ist, dachte er und parkte in der Nähe vom »Downtown«. Kalt und warm, nass und trocken. Meistens kalt und nass, vor allem in Göteborg, aber dieser Sommer stellte alles auf den Kopf, von 1959 bis heute.

Auf den Bänken vorm »Downtown« saßen Menschen und genossen den Abend, auf den sie seit Stunden gewartet hatten. Wer sich erhob, bewegte sich langsam.

Einige hundert Meter weiter stand ein Indio und blies seine Töne vorm »Indiska«. Hier war er vor ein paar Tagen unterwegs gewesen zu einem Abenteuer und die Musik war wie eine lange Schleppe aus Tönen hinter ihm hergeglitten. Die Musik war das Leben, in den letzten Tagen hatte er zu selten zugehört, und das hatte ihn nervös gemacht. Musik dämpfte die Depression, von der Wide sich immer schwerer befreien konnte, die Depression, die wie ein Kleidungsstück war, das er zwar nicht wollte, aber nicht ablegen konnte.

Wide überquerte den Platz vor der Kirche, die Kyrkogatan und öffnete die Tür zum Café. Sie saß rechts, teilweise verborgen hinter einem Kroton mit kräftigen Blättern. Die Wände hier drinnen waren braun und glänzend, eine angedeutete Stuckatur, die nicht noch eine weitere Saison überleben würde. Ein Verkaufstresen aus Glas und imitiertem Teak, Kekse und einige Holländer Schnitten, die anfingen, in sich zusammenzufallen. Der Fußboden war rot und weiß gewürfelt, abgenutzt von Tausenden von Schuhen, die aus allen Wetterlagen hereingekommen waren. Er sah den Sand der Saison, der wie ein schmaler Pfad von der Tür zum Tresen führte, von Sandalen, die an Stränden entlanggewandert waren.

Lea Laurelius hob vorsichtig eine Hand zum Gruß. Sie trug eine Bluse, die hellblau changierte, und er sah eine braune lange Hose, die wie eine Reithose geschnitten war, mit scharfen Bügelfalten.

Er hob einen Finger und ging auf ihren Tisch zu.

Die dunklen Haare hatte sie in einer weichen Welle zurückgestrichen. Sie hatte dunkle Ringe unter den Augen.

»Du hast dich einer Mordermittlung entzogen. Das sieht nicht gut aus für dich.«

Eine brutale Einleitung für ein Gespräch. Dann wurde ihm bewusst, dass sie vorher noch nie von Mord gesprochen hatten.

»Ich weiß … ich hab es in der Zeitung …«

Eine Frau mittleren Alters in der klassischen schwarzweißen Kellnerinnentracht stand plötzlich an ihrem Tisch. Augen, die schon zu lange wach waren und ihre Farbe verloren hatten, oder war es nur die Dämmerung draußen? Sie hatte die Haare zu einem strengen Knoten im Nacken hochgesteckt. Eine Strähne hatte sich gelöst und lag wie ein Pinsel über dem Halsausschnitt.

Wide bestellte eine Flasche Mineralwasser. Er sah Lea Laurelius an, die den Kopf schüttelte. Als die Kellnerin gegangen war, lehnte er sich leicht über den Tisch.

»Bist du bei der Polizei gewesen?«

Sie hatte die weißgrüne Tasse angehoben, und ihre Hand fing an zu zittern. Sie stellte die Tasse wieder ab und faltete die Hände.

»Ich bin auf dem Lande gewesen, dort mieten wir manchmal eine Hütte. Ich brauchte die Zeit da draußen.«

»Wann hast du von dem Mord erfahren?«

»Ich weiß es nicht genau, vor einigen Tagen.«

»Das klingt nicht sehr glaubwürdig.«

»Wieso?«

»Vor einigen Tagen hast du erfahren, dass dein Mann ermordet wurde, und du zögerst immer noch, dich bei der Polizei zu melden.«

Das Letzte sagte er schnell, die Kellnerin kam mit einer Flasche Vichy Nouveau und einem runden Seltersglas, das Wide in die Hand nahm, während die Kellnerin servierte. »Bitte sehr«, sagte sie und kehrte zum Tresen zurück.

»Du weißt nicht, unter was für einem Druck ich in der letzten Zeit gelebt habe. Ich dachte, ich würde durchdrehen.«

Wide sah drei Personen hereinkommen und sich an einen fünf Meter entfernten Tisch setzen. Die beiden Männer trugen kurze Hosen, die rot und grün auf schwarzem Grund bedruckt waren, wie Zwillinge, ferner T-Shirts und Sandalen ohne Strümpfe, kurze Haare und Übergewicht. Die Frau hatte einen kurzen Rock und ein langärmeliges T-Shirt an.

Wide beugte sich vor.

»Ich hab darüber nachgedacht, wann wir ... über uns reden sollten.«

Sie sah ihn lange an.

»Irgendwo hat es dich immer gegeben«, sagte sie.

»Dabei war es so eine kurze Zeit.«

»Die Erinnerung macht, was sie will.«

Er näherte sich ihrem Gesicht.

»Warum hast du nicht gleich zu Anfang etwas gesagt? Als du angerufen hast – oder später, im Haus?«

»Das war in dem Augenblick nicht das Wichtigste. Du hast ja selbst gesehen, dass ich einen Grund hatte anzurufen ...«

»Du verstehst wohl, dass ich nicht schlau daraus werde, ob und wie du darin verwickelt bist.«

»Es ist, wie ich es dir erzählt habe.«

»Kein Ausnutzen eines alten Freundes ...«

»So mies bin ich nicht.«

»Vielleicht hattest du keine andere Wahl.«

Sie antwortete nicht.

»Keine weiteren ... Bedrohungen?«

»Nein, aber das liegt vielleicht daran, dass ich nicht da war.«

Die drei neuen Gäste redeten laut mit der Kellnerin. Lea Laurelius strich sich mit der rechten Hand über die Stirn. Er sah den dünnen Schweißfilm.

»Meine Tochter ist nach Hause gekommen.«

»Deine Toch...« Er suchte in der Erinnerung – das Haus in Hovås und das Mädchenzimmer.

»Ich hab versucht sie zu erreichen, gleich nachdem Georg verschwunden war. Nach dem Einbruch oder wie man das nun nennen soll. Nachdem ich niedergeschlagen worden war.«

»Du wusstest doch, wo sie war.«

»Ja, Jeanette hatte einige Male angerufen. Sie wollte nicht, dass ich anrief. Das Telefon bei der englischen Familie stand in der Küche, und da hörte immer jemand zu.«

»Brighton?«

»Bournemouth. Aber Tatsache ist, dass sie abgehauen war, bevor ich anrief.«

»Abgehauen?«

»Sie hat es mir heute Morgen erzählt. Sie wusste, nein, sie hat erraten, wo ich war.«

»Wie abgehauen?«

»Sie sagt, ihr war das alles zu blöd.«

»Und was sagt sie jetzt?«

»Wie meinst du das?«

Sie trank aus ihrer Tasse, die leer war.

»Zu dem, was passiert ist.«

»Jeanette ist stark, sie bewältigt alles viel besser als ich. Sie ist schon bei der Polizei gewesen, gestern.«

»Und was hält sie davon, dass du dich versteckst?«

»Sie ist deiner Meinung: dass ich zur Polizei gehen soll. Und das ist ja eigentlich selbstverständlich.«

Wide wartete, dass sie weiterredete.

»Wie entsetzlich, vielleicht war er das ...«

»Was? Wer?«

»Der, mit dem ich geredet habe ... mit dem ich in Georgs Büro war.«

»Wenn er das war, hast du noch mehr Grund, der Fahndung zu erzählen, was du weißt. Du hast denen wichtige Informationen vorenthalten.«

Wide sah die Frau am Nebentisch ihre Schultertasche öffnen, beige mit braunen Lederriemen, sie holte eine kleine Branntweinflasche hervor und gab einen Schuss in die drei Kaffeetassen auf dem Tisch.

Er sah, dass es auch die Kellnerin hinter dem Tresen gesehen hatte. Sie warf der Gesellschaft einen scharfen Blick zu, sagte aber nichts. Einer der Männer lachte und hob die Tasse zu einem Prost. In der linken Hand hielt er einen nicht angezündeten Zigarillo. *Bald fangen sie an zu singen.* Wide sehnte sich nach draußen und weg von hier und gab der Frau hinter dem Tresen ein Zeichen.

Das Getümmel auf den Straßen hatte zugenommen, die Västra Hamngatan war eine Flanierstraße zum Hafenkanal und nach links zu den Schärendampfern. Von hier konnte er die Autos sehen, die eine Runde nach der nächsten drehten, eine Karawane von Freiern. Die Huren standen unter den Arkaden des Finanzamtes und boten ihre Körper an. *Scham*, das Wort mochte altmodisch klingen, aber diese Scham war ein Gefühl, das die Freier in ihren Autos offenbar nicht kannten.

Sten Ard hatte erzählt, wie seine Tochter einmal bei Billhälls auf eine Freundin gewartet hatte, an die zehn Autofahrer hatten angehalten, um ihr Angebote zu machen. Ards Tochter war gegangen, und ein Auto war hinter ihr hergefahren, bis sie schließlich ihre Handtasche gegen die Windschutzscheibe gedonnert hatte.

Ard sah wütend aus. Er saß im Licht von Wides Stehlampe im Design der zwanziger Jahre. Die Schatten gaben ihm ein hartes Gesicht.

»Ihr habt uns wichtige Informationen vorenthalten.«

Sie hatten im Auto auf dem Weg nach Majorna diskutiert, es war nicht das erste Mal, dass sie in diesem Auto diskutierten. Er schlug vor, zu ihm nach Hause zu fahren, dann würde er den Leiter der Fahndung anrufen. Ard war nicht zu Hause gewesen. Er hatte über dem Fall gebeugt gesessen, in der Skånegatan. Details über Details, die nicht zueinander passen wollten.

Er war sofort gekommen.

Sie saß in dem einzigen guten Sessel im Zimmer.

»Ich weiß nicht, ob ich viel beitragen kann.«

Ard sah, wie ausgeliefert sie war, aber er sah auch eine Andeutung von Entschlossenheit. Was wusste sie? Wie stark war sie? Würde sie den Rollenwechsel vom Opfer zur Zeugin und zur Angeklagten verkraften? Man würde den Zeugen aus Sjöbergen zur Gegenüberstellung einbestellen. Vermutlich würde er nicht sicher sein. Ard war misstrauisch geworden gegen die Sicheren.

»Es ist ein sehr verdächtiges Verhalten, sich auf diese Weise zu entziehen.«

»Jetzt bin ich ja da.«

»Sind Sie sich bewusst, dass wir unser Gespräch in einer anderen Umgebung fortführen müssen?«

»Woanders erzähle ich auch nichts anderes.«

Jedenfalls sagte sie jetzt nichts anderes als das, was sie Wide vorher erzählt hatte. Wide hörte aufmerksam zu, hörte jedoch keine entscheidenden Veränderungen in ihrem Bericht. Ganz kurz dachte er an Essen. Dann hörte er den Namen der Tochter.

»Wir müssen uns jetzt umeinander kümmern.«

Der entschlossene Ausdruck in ihrem Gesicht. Leas Haare waren wie eine Kaskade nach vorn gefallen und ließen ihr Gesicht runder wirken. Wide fand, sie sah jünger aus, weicher. Das konnte auch von der schlechten Beleuchtung herrühren.

»Kannte Jeanette die Geschäfte Ihres Mannes?«

»Was meinen Sie?«

»Ich spreche von den Gesprächen über Rauschgift, von denen Sie gerade berichtet haben.«

»Ich weiß es wirklich nicht. Wir haben nie darüber gesprochen ... vielleicht hätten wir es getan, wenn ich früher davon erfahren hätte.«

Sie strich sich die Haare aus der Stirn und steckte es wieder hinter die Ohren.

»Aber Jeanette ist kein kleines Kind mehr«, fuhr sie fort und warf Wide einen kurzen Blick zu. »Jugendliche kriegen oft mehr mit, als wir denken. Ich glaube, dass es nur schwer möglich ist, derartige Geschäfte in einer Familie gänzlich geheim zu halten.«

»Wo ist sie jetzt?«

Ard erhob sich und die harten Linien in seinem Gesicht verschwanden. Wide sah die dunklen Flecken auf seinem kahlen Kopf. Der Mann musste in einem Sommer wie diesem vorsichtig sein.

»Jeanette ist bei einer Freundin. Aber sie möchte gern wieder nach Hause kommen. Das geht doch?«

»Niemand wird sie daran hindern.«

»Das Haus ist also nicht mehr versiegelt?«

»Die Untersuchungen sind abgeschlossen. Sie können ruhig dorthin fahren. Aber morgen müssen Sie im Polizeipräsidium erscheinen. Passt Ihnen zehn Uhr?«

Es war ein Befehl, aber er wollte ihn so weich wie möglich ausdrücken.

»Ja«, sagte sie leise – und dann, an Wide gewandt: »Darf ich mal telefonieren?«

Sie rief ihre Tochter an, Wide rief ein Taxi, nachdem sie das Angebot, etwas zu essen, abgelehnt hatte. Bevor sie ins Treppenhaus und die Treppen hinunterging, drückte sie kurz seinen Oberarm. Jetzt nahm er den Schatten einer Bewegung wahr, während er mit Ard am Fenster stand und Lea ins Taxi steigen sah. Es verschwand die Såggatan hinunter. Der Himmel war intensiv blau, *indigo*, das Wort gefiel ihm.

»Sie könnte es getan haben.«

Ard blieb stehen, den Blick auf das Blau des Himmels gerichtet.

»Sie könnte ihren Mann umgebracht haben. Es schält sich mehr und mehr heraus, dass sie allen Grund hatte.«

Wide betrachtete die Konturen der Häuser auf der anderen Seite. So hatte er noch nie dagestanden, nicht so lange.

»Das kann nicht dein Ernst sein.«

Ard drehte sich zu ihm um, die Augen vierzig Zentimeter von ihm entfernt und zehn Zentimeter über ihm.

»Warum nicht?«

»Ich war dort.«

»Dort? Am Tatort?«

»Du bist müde, Sten. Du weißt doch, dass ich bei ihr war, weil Laurelius verschwunden war. Sie kann es nicht getan haben.«

»Vielleicht denkst du jetzt mit einem anderen Teil deines Kopfes, Jonathan.«

»So ist es nicht.«

»Du bist gerade verlassen worden und ...«

»So ist es nicht, hab ich gesagt.«

Sie wandten sich gleichzeitig vom Fenster ab und kehrten ins Zimmer zurück.

»Wir setzen uns in die Küche. Ich fühl mich im Augenblick nicht wohl in diesem Zimmer.«

Wide ging voran und nahm eine Flasche aus dem Kühlschrank. Er musterte das Etikett und drehte sich zu Ard um.

»Möchtest du einen Kurzen haben? Ich hab dänisches Bier und dänische Pastete, dänisches Roggenbrot und dänischen Bacon. Es ist ja Freitag.«

»Was für ein Aufwand für einen Schnaps«, sagte Ard.

»Ich hab einen Ausflug nach Fredrikshavn gemacht. Darüber müssen wir reden.«

Wide legte den Aquavit ins Tiefkühlfach und holte Pastete, Butter und Bacon aus dem Kühlschrank. Er schnitt den geräucherten Speck in Scheiben und briet sie in ihrem eigenen Fett knusprig. Während er das Fett auf doppeltem Haushaltspapier abtropfen ließ, bestrich er dünne Scheiben Roggenbrot mit reichlich Butter, legte ein Salatblatt und kräftige Scheiben Leberpastete darauf. Er streute die Speckstückchen darüber und öffnete zwei Flaschen Bier. Die Aquavitflasche dampfte, als er sie aus dem Tiefkühlfach nahm, dick und sämig floss der Schnaps in die Gläser. Er wollte nur einen einzigen trinken und den Rest bis Weihnachten aufheben. Schweigend aßen sie einen ersten Happen und nippten am Schnaps. Ard goss mehr Bier ein und erzählte von Adam Kieowsky.

»Es ist wahrlich nicht das erste Mal, dass Frauen dabei sind, wenn ein Mord begangen wird«, sagte Wide. *Klang das, als würde er in die Verteidigung gehen*?

»Ich finde, das ist mehr als ein Zufall.«

»Seid ihr die Verbrecherkartei durchgegangen?«

»Wir haben es von allen Seiten überprüft«, sagte Ard müde, »und wir haben an jede Tür in der Stadt geklopft, die in Frage kommt. Es gibt hier einige Frauen, die an so was beteiligt sein könnten, aber die, die wir kennen, haben an dem Morgen etwas anderes gemacht.«

»Das einzige Alibi, das sie haben, kann ja wohl nur ein Torweg oder der Asphalt da draußen sein, oder? Oder der Wind?«

»Ich muss mich weiter mit Frau Laurelius beschäftigen. Sie ist im Augenblick unsere heißeste Spur.«

Sie leerten die Gläser bis zum Grund, und Wide hielt die Flasche zwei Zentimeter über den Tisch und sah Ard fragend an. Der Kommissar schüttelte den Kopf.

»Freitag hin oder her, morgen ist ein Arbeitstag.«

Wide stellte die Flasche ab und pickte ein letztes Stückchen Speck vom Teller.

»Willst du nicht noch ein Glas trinken?«, fragte Ard mit einer Andeutung von Verwunderung in der Stimme.

»Nein, der Rest ist für Weihnachten.« Wide pflückte zwei Brotkrumen von der Tischdecke.

»Ich setz auch auf den morgigen Tag. Ich werd mir ein Fahrrad kaufen.«

27

Sten Ard blieb noch ein Weilchen, in dem guten Sessel, wegen der Musik: Violettas Lied in *Addio, del passato bei sogni ridenti*, fast vier Minuten, die das ärmliche Zimmer in etwas anderes und Größeres verwandelten.

»Das lern ich nie, Jonathan. Welcher Akt ist das?«

»Ein Stück aus dem dritten.«

»Es ist schön.«

»Schön? Mehr fällt dir nicht zu Traviata ein?«

»Tja, das schafft einen besonderen Kontrast zur Umgebung, wenn man so sagen kann.«

»Ich weiß, dass ich ein Ersatzheim habe. Die Musik.«

»Denk doch bei Gelegenheit über beides nach.«

Wide schloss die Augen und lauschte. Wie konnte jemand so wie Joan Sutherland singen? War das angeboren, wie viel war knochenharte Arbeit, wie viel war Routine? Es dauerte lange, ehe man die Einfachheit erreichte …

»Ist das angeboren, was meinst du, so ein Talent?«

»Ganz allgemein? Oder das Singen im Besonderen?«

»Du weißt, was ich meine, Sten.«

»Ich glaube, man kriegt von Anfang an eine gute Dosis mit. Aber genau weiß man das nicht. Man muss es richtig nutzen. Den meisten misslingt das.«

Sten Ard sah auf die Uhr.

»Hast du noch ein Bier?«

Wide ging in die Küche, öffnete den Kühlschrank und rief ins Zimmer:

»Wird man ein glücklicherer Mensch, wenn es einem gelingt?«

Er hörte Ard etwas murmeln, aber die Worte schafften es nicht bis in die Küche, sie blieben an der Schwelle hängen. Wide kehrte ins Wohnzimmer zurück, diesmal mit einer Flasche Tuborg. Zwei Gläser.

»Was hast du gesagt?«

»Na ja, es ist sicher eine Form des Glücks, wenn man seinen Sinn und sein Ziel gefunden hat … jedenfalls müsste es irgendwie zufrieden stellend sein. Aber die Tatsache, ob man ein glücklicher Mensch ist oder nicht, hat wohl nichts damit zu tun. Das ist eher von Anfang an da, glaube ich, Teile des Glücks, Geborgenheit, und vieles kann im ersten Jahr zum Teufel gehen. Dann verbringst du den Rest deines Lebens auf der Suche nach dieser Geborgenheit.«

»Auch als irgendein Weltberühmter?«

»Ja, du kannst auch ein weltberühmter Massenmörder sein.«

»Oder Opernsänger.«

Ard zeigte auf den CD-Player.

»Hör mal hin, da hörst du viel Schmerz.«

»Deswegen hab ich die Musik doch. Nach der Scheidung … seitdem hör ich häufig Opern. Der Schmerz tut gut.«

»Das tut er. In der Schummerstunde hol ich Overton Vertis Wright vor und leide zusammen mit ihm.«

Wide lächelte und streckte sich nach dem Glas. Ein Teil von Ard war für immer in einer Zeit, als die Zukunft noch unkompliziert und hell war.

»Wright? Dieser Souljunge, den du als Einziger auf der ganzen Welt kennst?«

Draußen ertönte die Sirene eines Krankenwagens, der mit großer Geschwindigkeit fuhr, es klang wie ein Hilferuf in der Nacht. Wide konnte das Auto vor sich sehen, wie es durch den nächtlichen Verkehr kreuzte, den Tod im Schlepptau.

»So ist es. Wright hat so ein Leben geführt, seine ganze Karriere schien darauf hinauszulaufen, dass er vergessen werden würde. Als ob das sein Ziel war.«

Ard hatte einen besonderen Glanz in die Augen bekommen.

»Darüber haben wir neulich geredet. Nimm diesen O. V. Wright, als Kind ein gottbegnadeter Sänger ... er wurde entdeckt, machte Karriere mit Gospel und dann Soul. Massenhaft Platten. Auslandstourneen. Der Junge durfte machen, was er wollte, also hätte er glücklich sein müssen, oder?«

»Vergiss nicht den Hang, sich selbst zu verbrennen.«

»Ich hab kürzlich einen guten Ausdruck darüber gehört, einen *demanding lifestyle* zu führen, das fordert seinen Preis.«

Ard sah Wide an.

»Das könnte auf dich zutreffen.«

»Ich hab gedacht, wir reden über Wright.«

»*Right*. Er hatte also alles. Weißt du, wie er sein Leben beendet hat?«

Wide wusste es nicht. Die Sirene war verstummt, jetzt war nur noch das unbestimmte schwache Brausen der Stadt zu hören.

»Er ist 1980 in einem Krankenhaus in Mobile gestorben, Alabama. Er war einundvierzig. Sein Herz hat sich nach den vielen Jahren Heroinmissbrauch verabschiedet.«

»Der große Held in deinem Leben war also ein Drogensüchtiger.«

»Das hat er mit vielen geteilt, leider. Fast bizarr daran ist auch, dass er auf allen Ebenen des Lebens den Bodensatz gesucht hat. Dieser fantastische Sänger ist wegen Diebstahl und Überfällen angeklagt gewesen und endete als Handtaschendieb. Kannst du dir das vorstellen ... Handtaschen!«

»Dein Held ist also nicht nur ein Drogensüchtiger, sondern auch ein Handtaschendieb gewesen. Hast du das schon einmal mit deinem Arbeitgeber diskutiert?«

Sten Ard überhörte Jonathan Wides Einwürfe geflissentlich.

»Und dann so eine Musik, solche Texte, *my life is so confused, but I don't wanna die, I wanna go to heaven, but I'm scared to fly*. Von so einer Strophe können sie bei der Scala nur träumen.«

Wide war eine Weile still und sagte dann:

»Das ist gut. Darf man die mal ausleihen?«

28

Von hier aus war die Stadt schön. Die Älvsborgsbrücke war eine festlich erleuchtete Fußgängerbrücke, hinüber zu einem wartenden Palast. Die Schärendampfer waren unterwegs hinaus aufs Meer, die Laternen waren wie eine Perlenkette auf dunkelblauem Samt.

Die Ware war in hübsche, fünfhundert Gramm schwere, doppelte Plastiktüten verpackt. Die Oberfläche war fest und angenehm, vielleicht wie der Bauch einer Frau, wenn man mit der Hand darüber streicht.

Im Raum befanden sich dreiundvierzig doppelt gefüllte Plastiktüten. Es war etwas leichtsinnig, sich hier aufzuhalten, aber er musste selber auch einmal Genuss empfinden. Was er besaß, sollte die Menschen innerhalb kürzester Zeit erreichen, die Nachfrage war da. Die Geschäfte gingen gut. Der Mann lächelte und dachte kurz daran, wie hart er früher gekämpft hatte, um die normalen Schwarzgeschäfte zu tätigen. Es war oft eine Arbeit im Grenzgebiet gewesen, bis er die Grenze überschritten und angefangen hatte, die richtig weißen Geschäfte zu machen.

Der Kundenkreis nahm zu, wie Ringe im Wasser. Das Kokain hatte den Erfolg gebracht … den richtigen, wirklichen, bei dem die Kunden nicht nur drinnen in den Kneipen glücklich wurden oder in den hübschen Villen im Westen und Osten hinterm St Sigfrids Plan oder in den hohen Patrizierwohnungen über dem Götaplatsen. Eine vernünftige Preispolitik, ein kalkuliertes Risiko und ein neues, erweitertes Sortiment ...

Kokain war nicht mehr nur das Genussmittel der Oberschicht und Heroin war nicht mehr ganz und ungeteilt für die niedrigere Gesellschaftsschicht. Er war jetzt auf seine besondere Art dabei, einen kleinen Teil all dessen durchzusetzen, wofür er während seiner Studentenjahre in Lund gekämpft hatte.

Er war ein engagierter Student gewesen, hatte Pläne gehabt. Aber er hatte sich gleichzeitig, schon zu der Zeit, gehütet, ins allzu helle Licht zu treten.

Jetzt hatten sie begonnen, an Schulen zu arbeiten. Das war ein notwendiger Schritt, deswegen brauchte er ihm trotzdem nicht zu gefallen. Vielleicht hatte er geglaubt, es sei möglich, sich auf die Branche einzulassen und doch ein gewisses Maß an Ethik und Moral zu behalten, bestimmt hatte er das geglaubt. Die Wirklichkeit war anders.

Schüler waren gute Kunden, es war erstaunlich, wie viel Geld Jugendliche heutzutage zur Verfügung hatten. Einige waren tüchtige Verkäufer. Diese Anlage zur Rebellion, es kam darauf an, diese Anlage zu nutzen. Die Jugendkultur der neunziger Jahre war zum Teil auch eine Drogenkultur, er konnte sich als einen Teil davon sehen. Die Blumenkinder in San Francisco 1967 hatten ihren Owsley gehabt, den verrückten Chemiker – wie viele hatten Owsley für ein Monster gehalten?

Er sah, wie sich die Dunkelheit verdichtete, flüsterte »Scheiße« und betonte dabei jede Silbe. Warum hatte dieser Idiot plötzlich versucht, auf eigene Rechnung zu arbeiten? Warum hatte er schließlich den Markt ganz verlassen?

Laurelius war immer eine doppelt aufgeblasene Null gewesen, aber er hatte die Kunst beherrscht, Leute zu düpieren, und deshalb konnte man ihn gut einsetzen. In seiner Rolle war er brauchbar gewesen, mit dem Geld im Hintergrund hatte das Unternehmen eine Fassade aufgebaut, und vor der Fassade hatte Laurelius gestanden. Der Kerl war aus eigener Kraft und Arbeit für einflussreich gehalten worden.

Das war ihm zu Kopf gestiegen. Freelance! Dafür hatte er jetzt Zeit genug. Eigentlich war er noch zu leicht davongekommen, es hatte vermutlich nicht einmal wehgetan. Aber er sah einen Sinn darin ... ihn an dieser Bank festzunageln. Es war ein kleiner Gruß an alle Glückssucher gewesen.

Er war gestört worden, das musste man eigentlich einkalkulieren. Aber er war so blöd gewesen zu glauben, dass Laurelius sich mit der Schauspielerrolle zufrieden geben würde.

Die Betäubung ließ langsam nach. Samstagmorgen und sie las langsam den Text auf dem Milchpaket, ohne etwas zu lesen, Worte, die sie im Augenblick nicht verstand. Warum war sie Polizistin geworden ... war sie etwa für diesen Job geeignet?

Kajsa Lagergren hatte nicht viel gemeinsam mit den anderen Frauen bei der Polizei, auch unter Frauen gab es Masochismus ...

Die Stimmung war häufig leicht mit Angst besetzt. Prestige bedeutete so viel. An manchen Tage sprudelte das Adrenalin nur so, wie in einem Umkleideraum vor einem Match.

Sie trank eine Tasse Tee mit Milch und Zucker, stellte die Tasse in die Spüle, ging ins Bad und betrachtete sich in dem Spiegel über der Toilette. Sie hatte vergessen, Putzmittel zu kaufen – das galt nicht nur für den Badezimmerspiegel, auch für ihr Gesicht. Bisher hatte es keinen aufwendigen Putz gebraucht, aber jetzt traten Linien hervor, morgens, bevor sich das Gesicht glättete. Waren ihre Nächte etwa interessanter als ihre Tage? In zwei Monaten wurde sie dreißig, und das markierte das erste Drittel. In diesem Alter begannen Frauen ihre Erstgeborenen mit zitternden Händen zum ersten Schultag zu bringen. Stimmte mit ihr irgendetwas nicht? Keine Kinder, kein Mann, die Liebe verging innerhalb von achtundvierzig Stunden und wurde nie durch Wärme und Geborgenheit ersetzt. Es wurde immer schwerer, sonntags mittags nach Hause nach Björkekärr zu fahren, aus jedem Sonntag war jeder zweite geworden. Und dann Verhinderungen, Überstunden.

»Musst du denn dauernd arbeiten, Kajsa?«

Frage und Vorwurf in einem, wie es immer bei ihrer Mutter gewesen war. Bei ihr zu Hause würde sie nie älter als elf sein.

»Es sind so viele Wochenenden geworden.«

»Dann komm doch an einem Wochentag raus. Ich bin hier Tag für Tag allein.«

»Du hast doch Papa.«

»Du weißt, dass ich ihn nicht häufig zu sehen kriege. Seit seiner Pensionierung hat er sich in Skatås niedergelassen, er könnte sich wirklich ganz am Härlanda-See niederlassen.«

»Und Tina?«

»Sie kommt, sooft sie kann. Aber die Fahrt ist nicht leicht mit kleinen Kindern.«

Das Letzte wurde mit hochgezogenen Augenbrauen ausgesprochen, die milde Anklage in der Luft: *Warum hast du keine Kinder wie deine Schwester?*, was man gleichbedeutend mit *Warum hab ich nicht mehr Enkel?* auslegen konnte.

Kajsa trat immer einen Schritt zurück, wenn sie bei dem Thema ankamen, warum zum Teufel ließ man sie nicht mit ihrer Einsamkeit in Frieden – sie wollte sie nicht mit ihrer Mutter teilen. Gab es keine Frist, konnte sie nicht bis dreiunddreißig denken? Irgendwo würde es auch Platz für einen Mann geben, selbst später noch … Sie war nicht bereit, eine Verzweiflungstat zu begehen, sie wollte warten, *until the real thing comes along*, hatte sie damals gedacht, und im selben Moment war ihr Vater hereingekommen und hatte sie leicht am Ohrläppchen gezogen.

Kajsa Lagergren ging ins Schlafzimmer, öffnete eine Schranktür und nahm eine leichte kurze Hose heraus, ein leichtes Shirt vom selben Material, ein Paar Socken mit verstärkten Fersen. Sie zog das Nachthemd aus und die Trainingskleidung an, ging in den Flur und nahm die Schuhe aus dem niedrigen Regal – kräftige Schuhe für den Asphalt der Großstadt. Für dieses Nike-Modell wog sie ein paar Kilo zu wenig, aber sie hatte die ersten Wochen mit Schmerzen in der Knochenhaut überlebt und lief jetzt mit den richtig federnden Schritten.

Es war noch keine acht, als sie aus der Haustür trat. Eine Katze sah sie mit scharfem Blick an und lief dann auf den Innenhof. Sie lehnte sich gegen die Wand und presste den Körper nach hinten und nach unten, die Waden und Fersensehnen spannten sich und sie zählte bis zehn. Sie hockte sich hin und streckte erst das rechte Bein, dann das linke. Sie spürte es in den Leisten wie ein fest angezogenes Band, ein Zeichen, dass sie diese Übungen vor dem Laufen machen musste. Jetzt war es nicht mehr möglich, einfach ohne Stretching loszulaufen, sie hatte es gemacht, aber einen Preis dafür bezahlt. Ein Körper, der auf dem Weg ins mittlere Alter war, brauchte einen weichen Start.

Sie schwitzte bereits. Das Thermometer hatte siebenundzwanzig Grad gezeigt, sie war spät dran. Heden lag verlassen da, die Fußballplätze und Tore lagen still im morgendlichen Sonnenlicht. Vor ein paar Tagen hatten abends zwei Mannschaften auf dem A-Platz gespielt, sie hatte die Rufe gehört und den Staub vor ihrem Fenster gesehen. Es muss fast unmöglich gewesen sein, sich auf dem Platz zu orientieren. Sand und Staub hatten die ganze Nacht gebraucht, um sich wieder zu legen.

Jetzt lief sie leicht und mit ausholenden Schritten quer über Heden zum Södra Vägen, bog nach links ab und lief weiter zum Korsvägen. In Höhe vom Mölndalsvägen würde sie ihren Rhythmus gefunden haben, Gedanken, Herz und Beine im Einklang: Früher ist sie mit Musik in den Ohren gelaufen, besonders Strecken über zehn Kilometer – das ging leichter. Mit Tom Petry konnte man gut laufen, Mellencamp, Springsteen, Fogerty. Dem weißen Authentizitätsrock.

Bei ihren ersten Schritten versuchte sie die Gedanken abzuschalten, aber es gelang ihr nicht. Kerstin Johansson war fast totgeschlagen worden. Kajsa Lagergren fühlte sich schuldig, sie war daran beteiligt gewesen. Sie hatte die Frau aufgesucht und vielleicht … vielleicht war das der Grund. Hatte die Fahndung eigentlich die ausgezogenen Mieter überprüft?

Sie lief bei Rot über die Straße, bemerkte das Auto zu

spät, das aus einer Toreinfahrt schoss, plötzlich nach links schwenkte und nach einer Vollbremsung auf blanken Reifen auf sie zugerutscht kam. Sie warf sich gleichzeitig zur Seite und nach vorn, hörte das grässliche Zischen ganz nah und einen schwachen Stoß an der rechten Ferse. Das war alles, sie verlor das Gleichgewicht und fiel, die Knie schrammten über den Asphalt. Eine Tür wurde geöffnet, schnelle Schritte, dann eine Stimme, voller Panik:

»Ist Ihnen etwas passiert?«

»Ich glaub nicht.«

Sie schaute immer noch auf den Asphalt hinunter. Die Stimme klang jetzt nicht mehr ganz so erschrocken.

»Sie sind bei Rot über die Straße gelaufen.«

»Ich hab's nicht gesehen, war in Gedanken ...«

Jetzt gab es eine Spur von Aggressivität in der Stimme, sie konnte es hören.

»Sie können doch nicht einfach auf die Straße laufen. Ohne zu schauen. Das ist lebensgefährlich. Eigentlich müsste ich die Polizei rufen.«

Das Problem war die letzte Sendung. Der Mann drehte sich vom Fenster weg, ging fünf Schritte ins Zimmer und sah die Person an, die in dem Ledersessel vorm Schreibtisch saß.

»Ich habe ein Recht darauf, zu erfahren, was mit meiner Ware los ist.«

»Du brauchst dir keine Sorgen zu machen.«

»Also ...?«

»Mach dir keine Sorgen.«

»Ich hab's gehört, aber ich möchte eine Erklärung.«

»Erklärung für was?«

»Die Erklärung, warum die Waren an einem anderen Ort sind als an dem üblichen.«

Er strich sich über den Fleck an der Schläfe.

»Ja, es gibt einen Grund ...«

»Genau diesen Grund möchte ich auf der Stelle wissen.«

»Wenn es so weit ist, erfährst du ihn.«

»Ich hab das Gefühl, dass wir nicht weiterkommen in diesem Gespräch.«

»Was hast du denn erwartet?«

»Wie kann ich dich dazu ermuntern, etwas kooperativer zu sein? Gibt es Sachen, die ich dir sagen muss?«

»Soll das eine Drohung sein?«

»Eher eine Erinnerung.«

»Ich will dir einen Grund nennen. Es gibt Leckstellen in der Organisation, es können deine Helfer sein oder ein Kunde, der zu viel weiß.«

»Willst du behaupten, dass ...«

»Ich behaupte, dass es sich nicht so entwickelt hat, wie wir es erwartet haben. Xerxes sieht auf dem Papier gut aus, aber die Mitarbeiter halten nicht das Maß, nicht in allen Situationen.«

»Du denkst an den Club.«

»Ich denke an den Club, unter anderem. Es entsprach nicht dem Plan, dass Wide sich erhob, bevor wir beschlossen, dass er sich erheben sollte.«

»Ich wusste doch nicht, dass der Kerl so zuschlagen würde.«

»Ich hab dich gewarnt. Er ist Polizist gewesen, er hat schon öfter große Jungs in den Fingern gehabt.«

»Wir machen ihn schon fertig. Vielleicht genau in diesem Au...«

»Und wenn wieder das Gleiche passiert?«

»Das kann sich nicht wiederholen. Und den Grundplan haben wir bis jetzt eingehalten. Außerdem ist es deiner.«

Der große blonde Mann dachte einen Augenblick nach und sah auf die Trommel, die über dem Schreibtisch an der Wand hing. Dann schaute er wieder seinen Besucher an.

»Persönliche Vendetta hat im Zusammenhang mit Geschäften selten Erfolg.«

»Dies ist eine Vendetta, die ausgezeichnet zum Ziel unserer Geschäfte passt.«

»Wenn du es sagst.«

»Ich weiß es.«

»Vielleicht hat er schon alles durchschaut?«

»Bis jetzt? Kaum. Später? Spielt das eine Rolle?«

»Wir müssen diesmal etwas gründlicher arbeiten.«

Der Besucher erhob sich und ging zum Fenster. Er sah nur stille Dunkelheit und Lichter, nichts bewegte sich.

»Am Rande ist ein bisschen zu viel passiert ... Laurelius und dann ... Wenn mich etwas wirklich beunruhigt hat, dann war es sein ... Hinscheiden.«

»Alle machen sich deswegen Sorgen.«

»Du hast noch nichts in Erfahrung gebracht?«

»Wir haben es so weit untersucht, wie es geht, das weißt du. Nur wenige Stunden später, da sind wir schnell.«

»Und ...?«

»Bis jetzt nichts.«

»Dann war das wohl keine gute Idee mit der Tussi in Flatås.«

»Nicht jeder versteht den tieferen Sinn, einen Zeugen zu erschrecken ... einen eventuellen Zeugen.«

»Ihr sollte also Schreck eingejagt werden?«

»Was dann passiert ist, kann man tatsächlich als Unfall bezeichnen. Sie muss sehr zerbrechlich gewesen sein.«

Der Mann sah seinen Besucher an.

»Du wirkst nervös.«

»Ich werde nervös, wenn es den Anschein hat, als würden wir die Kontrolle verlieren ... wenn andere mitspielen, deren Namen ich nicht kenne.«

»Du befindest dich in einem unbekannten Gebirge, da kommt es drauf an, nicht abzustürzen.«

»Das gilt für uns alle.«

»Für mich ist das kein unbekanntes Gebirge.«

Er war es gewohnt, Entscheidungen zu treffen. Er wurde respektiert. Viele hingen von seinen klugen Entscheidungen ab, seiner Führung. Die Verantwortung war groß.

Jetzt war er auf dem Weg, einer der Mächtigen einer Branche zu werden, wo der Respekt keine Rolle mehr spielte. Geld spielte eine Rolle. Auch hier waren viele von seinen klugen Entscheidungen abhängig, seiner Führung. Die Verantwortung war groß.

Ihm war Zusammenarbeit immer leicht gefallen. Diese Fähigkeit würde nun auf die Probe gestellt werden. Drastische, rasche Entscheidungen ... das war etwas anderes.

Gewalt hatte er noch nie gemocht.

29

Es war Holtes Show. Der Polizeidirektor war vom Thron gestiegen und füllte jetzt den Raum mit seiner Person aus. Ard stand daneben, bereit zu assistieren, was kaum nötig werden würde. Wie Schüler in einer Reihe saßen Boursé, Lagergren und Babington da. Gert Fylke hatte sie und zwei Männer vom Rauschgiftdezernat zu später Stunde gerufen. Holte hatte weitere Beamte aus anderen Kommissariaten dazubefohlen: Am traurigsten sah ein Mann in mittleren Jahren mit Bartstoppeln aus. Ulf Berggren war mit seiner Familie auf dem Weg ans Meer gewesen. Würde sich dieser Einsatz in die Länge ziehen, dann würde er sich kaum trauen, nach Hause zu gehen, die Erklärungen reichten nicht aus.

Sven Holte hob die Hand, um Schweigen zu gebieten, was allerdings nicht nötig war.

»Es gilt, aus einer festgefahrenen Situation auszubrechen, unbedingt auszubrechen.«

Holte sah sich um und nickte Sten Ard zu.

»Kommissar Ard und ich haben gemeinsam beschlossen, wie wir vorgehen ... Wir müssen diesen Fall noch einmal neu durchleuchten.«

Das war eine Lüge, aber Ard schenkte sie ihm.

»Ich gehe davon aus, dass wir uns die Lokalitäten in

Klippan noch mal gründlich vornehmen, nach dem letzten … Attentat auf die junge Künstlerin. Dort muss es etwas geben, was wir übersehen haben.«

»Denken Sie an etwas Bestimmtes?«

Kajsa Lagergren sah Holte mit einer Miene an, die man verbissen nennen könnte.

Holte warf ihr einen Blick zu. Was war mit dem Mädchen los? Woher kamen die Schürfwunden in ihrem Gesicht? Er hatte keinen Bericht bekommen, dass ihr etwas passiert war … hielt sie den Druck nicht aus?

»Die Kollegen, die anderen Künstler da unten, an die denke ich«, sagte Sven Holte und nahm ein Blatt Papier auf, »und ich denke an all die Kleinunternehmer. Die, die es jetzt gibt, und die, die verschwunden sind. Es ist zu ärgerlich, dass wir nicht alle gefunden haben, dass sich welche verdrücken konnten. Besonders in der letzten Zeit. Wir nehmen mal einen von diesem Stapel … Camra. Was zum Teufel ist mit Camra passiert?«

Sten Ard räusperte sich und wandte sich direkt an Holte.

»Die Firma hat es wohl nie gegeben. Wir glauben das jedenfalls.«

»Nie gegeben?«

Sven Holte sah ihn zweifelnd an.

»Wir hatten geglaubt, dass Camra ein Ableger von einer der großen Banken mit hohen Verlustkrediten war.«

Holte unterbrach ihn:

»Untergebracht in den ausgedienten Räumen der alten Zuckerfabrik?«

»An und für sich ist das nicht ungewöhnlich, Finanzierungsgesellschaften findet man überall. Aber was ich sagen wollte … Der Sinn dieser Ableger liegt darin, dass die Gesellschaft versucht, sich so viel wie möglich von dem

Geld zurückzuholen, das die Bank in Form von Sicherheiten für ihre faulen Kredite gewährt hat.«

»Was hat das nun mit diesem Fall zu tun?«

»Jaaa ... diese Gesellschaft, Camra, ist in verschiedene Unternehmen und Tochtergesellschaften aufgeteilt worden, um die Arbeit regional und lokal zu verteilen. Es handelt sich um eine Grundstücksverwaltung, die nach Quadratmetern gerechnet mit Abstand die Größte in Schweden ist. Es geht um 5000 Grundstücke, die meisten im westlichen Schweden. Es geht auch um 40 000 Angestellte, wovon viele inzwischen ihre Entlassung gekriegt haben oder gerade kriegen.«

»Und?«

Holte wartete auf eine Art Schlusspunkt.

»Die meisten der enormen Verluste, die das so genannte finanzielle System getroffen haben, sind auf dem Grundstücksmarkt zu suchen. Der hat in den fröhlichen achtziger Jahren einen Dschungel von Gesellschaften hervorgebracht, mit Verbindungen kreuz und quer, viele sind mit vielen verheiratet gewesen. Zusammen mit Fylkes Männern haben wir angefangen, diese verwickelten Verhältnisse zu entwirren, um eventuelle Verbindungen zu den späteren Rauschgiftgeschäften zu finden ... die Gesellschaft Camra ist bis zu diesem Zeitpunkt noch ganz sauber. Vor zwei Jahren haben sie dichtgemacht.«

»Was hatte Camra dann in Klippan zu suchen?«

»Nur das Schild war noch da. Danach haben andere vorübergehend die Räume gemietet, mit mehr oder weniger lockerer Verbindung zu Mutter Camra. An diesem Punkt sind wir jetzt.«

»Auf der Jagd nach den letzten Mietern?«

»Ja. Eine kleine Unternehmensberaterfirma ... ich hab sie hier ... Linedate.«

»Klingt wie die Telefonvermittlung von Huren«, grölte Gert Fylke von seinem Platz.

Ard ließ sich nicht aus der Fassung bringen, er sah Sven Holte an, der fast unmerklich den Kopf schüttelte.

»Da war was mit Computern ... Der Vertrag wurde von jemandem unterschrieben, den es nicht gibt.«

»Wunderbar.«

»Das Einzige, woran sich der Junge in der Stadtverwaltung erinnerte, war, dass der Mieter für zwei Monate im Voraus bezahlt hat und dänischen Akzent sprach.«

»Schon wieder Dänisch! Was soll das bedeuten – eine neue dänische Invasion?«

»Die Geschäfte wurden per Telefon und Post abgeschlossen – leider. So soll es laut Gesetz eigentlich nicht laufen, aber heutzutage wird ja leicht ein Auge zugedrückt. Allerdings haben wir Stimmproben. Der Mann von der Stadtverwaltung hat sich alles angehört, ist aber nicht sicher.«

Es begann sehr heiß im Raum zu werden. Einer von Fylkes Leuten öffnete die Tür, um eine Art von Luftzufuhr zu erreichen. Die Absicht war lobenswert, aber vergeblich. Nur Luftgeld gab es noch, Milliarden um Milliarden, die auf Sten Ards Papieren notiert waren. 117 Milliarden, eine Ziffer, mit der die neunziger Jahre bisher nicht aufwarten konnten.

Ove Boursé dachte an etwas anderes. Warum war Holte ausgerechnet in diesem Moment zu ihnen herabgestiegen? Es kam äußerst selten vor, dass er sich in eine Ermittlung einmischte. Anfangs vielleicht ... aber das gehörte vergangenen Zeiten an. Holte hatte von Druck von oben gesprochen, wirtschaftliche Interessen, die bedroht waren ... mit Dreck beworfen von einer Ermittlung, die sich Schicht um Schicht nach unten wühlen musste.

Holte hatte den Blick über die zweite Reihe erhoben.

»Gert! Ich setze voraus, dass alle Vereinbarungen, die du im Lauf der Jahre getroffen hast, jetzt zum Tragen kommen.«

»Sven! Nicht eine Kehle ist jetzt trocken!«

»Was soll das denn bedeuten?«

»Die Münder der Informanten sind gut geschmiert.«

»Was sagen sie denn?«

»Neue Leute in der Stadt, aber das passiert ja immer wieder. Diese dänische ... *the danish connection* ... tja, mit dem dänischen Gesindel sind wir geschlagen, solange die Fähre verkehrt.«

»Dänen haben doch wohl eigene Schiffe?«

»Wir haben die Küstenwache und eine Wasserschutzpolizei.«

»Haben wir das? Ich hab gedacht, die wäre zu Verwaltern in der Kommune von Härlunda umfunktioniert worden.«

»Nicht alle.«

Calle Babington kicherte. Holte warf ihm einen scharfen Blick zu.

»Also noch eine Fragerunde. Der Mord hingegen scheint mir klar, jedenfalls teilweise.«

Er sah Ard an.

»Die Alte hat's getan, Sten. Kein Alibi. Zeugen am Tatort. Das liegt doch auf der Hand. Ist sie schon in Untersuchungshaft?«

Ard sah einen Schweißtropfen an Holtes Nasenspitze. War das ein Schmuck?

»Es passiert in diesem Augenblick.«

Als er vom Einkaufen nach Hause kam, hatte Erik Nihlén auf seinen Anrufbeantworter gesprochen. Erik Nihlén? Er suchte in seiner Erinnerung, zwei Sekunden, und sah eine tätowierte Hand, eine Bomberjacke und einen rasierten Schädel. Pontus ... der Sohn.

Bei Sörmarkers meldete sich niemand. Jonathan Wide hatte die Privatnummer, am besten, er rief gleich an. Er hatte eine Rechnung geschickt.

»Bei Nihlén.«

Ihre Stimme trocken, kühl und beherrscht. Wide sah glatte blonde Haare vor sich und ein diskretes Make-up bis auf den Lippenstift: rot und leuchtend, Kennzeichen der Frau in mittleren Jahren. Eine lange Hand, schmale Finger.

»Mein Name ist Jonathan Wide. Ihr Mann hat im Lauf des Vormittags mit mir sprechen wollen.«

Die Nüchternheit verschwand aus ihrer Stimme.

»Herr Wide! Wir müssen Sie unbedingt treffen!«

»Was ist passiert?«

»Nichts und alles. Pontus ist wieder zu Hause!«

War das wahr? Es konnte unmöglich nur auf sein Gespräch mit dem fehlgeleiteten Rebellen zurückzuführen sein.

»Sie haben etwas Fantastisches bewirkt, Herr Wide.«

Wollte sie ihn auf den Arm nehmen?

»Dann ist er ... äh ... also wieder zu Hause ...«

»Er ist wiedergekommen und hat gesagt, er hat es satt.«

Wide schwieg.

»Hallo ...«

»Ja, ich bin noch da. Aber ich hätte nicht geglaubt, dass das Gespräch ...«

»Mein Mann ist mit Pontus unterwegs, sie haben etwas zu erledigen ...«

Eine schnelle Hauttransplantation? Kauf eines Toupés? Vielleicht war es noch zu früh, sich zu freuen und zu jubeln.

»... aber er möchte Sie unbedingt treffen. Er ... *wir* wollen uns persönlich bedanken. Und uns einen Rat holen ... wir glauben, den werden wir brauchen.«

»Ich weiß nicht ...«

»Wir möchten uns persönlich bedanken, aber es soll außerdem auch um eine geschäftliche Absprache gehen. Wir schätzen Ihren Einsatz so sehr ... das gilt auch für die Zukunft.«

Jemand schätzte seinen Einsatz sehr. Sollte er Familie Nihlén um schriftliche Referenzen bitten? Er hatte es nötig, geschätzt zu werden, jetzt – und in Zukunft.

»Das klingt wunderbar. Ich bin im Augenblick allerdings sehr beschäftigt ... ich melde mich bei Ihnen, damit wir eine Verabredung treffen können.«

»Versprechen Sie mir, dass Sie bald von sich hören lassen.«

Das klang schon auf eine beunruhigende Weise familiär. Was sollte werden, wenn die Clique versuchte, den kleinen Pontus auf ihre Seite hinter den Krawallzaun zurückzuholen? Würden Mutter und Vater Nihlén noch eine Tätowierung verkraften oder noch eine Körperverletzung mit vielleicht ernstem Ausgang?

Würde es Mutter und Vater Nihlén gut tun, einen Zyniker wie Jonathan Wide zu treffen? Gleichzeitig besaß er manchmal einen ... Funken Enthusiasmus, wenn es um seine Kinder ging. Heute sollten sie zum Essen kommen.

Wide holte einen Beutel Tomaten hervor, spülte sie und schnitt einen Deckel ab. Er kratzte die Kerne heraus und einen Teil des Fleisches, salzte sie innen und stellte die Tomaten auf ein Holzbrett.

Dann hackte er eine Zwiebel fein und ließ sie in einem Zehntelliter Olivenöl weich dünsten. Es hatte einige Jahre gedauert, ehe er begriff, dass Olivenöl die beste Zutat bei der Zubereitung guten Essens war. Er gab Reis in die weich gewordenen Zwiebeln, dazu das zerschnittene Tomatenfleisch und eine helle Brühe auf der Basis von Wurzelgemüse. Der Reis kochte zwanzig Minuten und nahm die Bouillon auf. Er rührte mit einer Gabel um, gab Pistazien und Estragon hinzu, füllte die ausgehöhlten Tomaten mit der Masse und legte sie in eine eingefettete feuerfeste Form. Wenn die Kinder kamen, würde er noch ein wenig Öl darüber gießen und die Tomaten knapp zwanzig Minuten im nicht zu heißen Backofen gratinieren.

Dann würde er auch den Grill aus dem Regal im Flur holen, ihn auf die Küchenanrichte neben den Herd stellen und die Cevapcici auf den Spieß stecken: Lammhackfleisch, zwei kleine Eier, frischer Thymian, drei fein gehackte Knoblauchzehen, gehackte Schalotten, grob gemahlener Pfeffer, der Saft einer großen Zitrone. Er würde sie mit Olivenöl einpinseln und mit großen frischen Lauchringen und einem Gurkensalat servieren.

Seine Kinder mochten seine Gerichte, die ihre Inspiration aus dem südlichen Europa bezogen. Es war auch das richtige Essen für diesen Sommer, aufgetischt auf dem Balkon in der Dämmerung.

»Die Deutlichkeit. Diesmal hat es uns an Deutlichkeit gefehlt, und zwar von Anfang an.«

Sten Ard stand vor dem Anleger von Långedrag und sah über den großen Bootshafen und das Wasser dahinter. Die Sonne ging langsam unter, bald würde der Horizont in Orange und Rot brennen und die Segel färben, *blutrote*

Segel zwischen den Schären auf dem Weg zu ihrem Liegeplatz.

Das Wasser glänzte wie tausend Silberschalen, das Licht hüpfte förmlich um ihn herum. Es traf die großen, runden Ohrringe seiner Frau und wurde wie Blitze übers Meer zurückgeworfen. Als sie sich am Kopf berührte, war es, als würde sich ein Kreis aus Licht mit ihr zusammen bewegen. Es war ein Schauspiel.

»Ihr habt doch eine Festnahme.«

»Wir haben eine Verdächtigte. Das ist nicht dasselbe, wie wenn wir einen Schuldigen hätten.«

»Das werden die Verhöre ja zeigen ...«

»Auch wenn diese Frau des Mordes an ihrem Mann schuldig ist ... es hätte nichts mit der eigentlichen Sache zu tun.«

»Sie kann doch ein Teil ... hm ... der Geschichte sein?«

»Beteiligt am Rauschgifthandel? Lea Laurelius? Solche Spuren haben wir bisher nicht gefunden, aber eine Möglichkeit wäre es natürlich.«

Maja Ard sah einen einsamen Segler sein Boot elegant um die Pier und in den Hafen hineinsteuern. Er legte an einem Kaiplatz an und reffte gleichzeitig das Segel. Der Mann trug einen Schal um den Kopf und hatte ein rotes Gesicht. Er sah glücklich aus, sie konnte es von der Stelle aus sehen, wo sie stand.

»Du denkst an die andere Frau, die zusammengeschlagen wurde. Hab ich Recht?«

»Scheiße, Maja, da muss ein Zusammenhang bestehen, aber wir sehen ihn nicht.«

»Derselbe Täter?«

»Oder Befehle aus derselben Richtung. Lea Laurelius kann ja nicht an der Misshandlung von Kerstin Johansson schuld sein.«

»Bist du so sicher?«

»Wenn es um die rohe Gewaltanwendung geht, bin ich mir sicher. Aber um den Befehl zu geben, dafür ist natürlich keine physische Kraft nötig.«

»Oder anzuhören, wie dieser Befehl erteilt wird.«

»Ja.«

Eine Gruppe Kinder, die um die zehn sein mochten, schleppte leichte Optimistjollen über ihrem Köpfen vorbei. Sie konnten das Lachen von dort drinnen hören, gedämpft, manchmal etwas kräftiger, wenn ein Kind den Kopf vorstreckte, um die Richtung zu kontrollieren.

Sten Ard besaß kein Segelschiff, hatte jedoch in den letzten fünfzehn Jahren oft bereut, nie eins gekauft zu haben. Ein kleines hätte gereicht, mit Platz für zwei oder drei Personen. An Abenden wie diesem standen sie häufig hier draußen und schauten hinaus – es war zu beschwerlich, mit dem Dampfer nach Asperö oder Brännö zu fahren und dann einige Stunden zu warten, um im Gedränge wieder nach Hause zu fahren. Aber ein eigenes Schiff ... wäre er glücklich mit einem eigenen Boot? Hinauszufahren, dorthin, wo kein Land mehr zu sehen war. War das Freiheit?

Einen Namen hatte er auch schon, *Langer Abschied*, nach einem der wenigen Krimis, den er für wert befunden hatte, zu Ende zu lesen. *Langer Abschied* ... es wäre eine Schande, wenn kein Boot so getauft würde.

»Was kostet wohl so ein Segelboot?«

»Ein Se... – fängst du wieder an zu träumen, Sten?«

»Nein, jetzt ist es mir verflixt ernst. Was meinst du, was man hinblättern muss für ein Boot, das gerade groß genug für uns beide ist?«

»Tja, sechzig, siebzig ... kriegt man was dafür? Oder hundert?«

Ard zeigte zum Bootsanleger.

»Komm, wir gehen mal ein bisschen gucken.«

»Meinst du, die Leute haben die Preisschilder an ihren Booten gelassen?«

»Haha. Schaun wir uns doch erst mal die Modelle an.«

Sie gingen über eine kleine Klippe und dann auf den langen Steg hinaus. Links davon waren die Bootsanleger mit ihren Liegeplätzen, Reihe um Reihe. Viele Schiffe waren draußen auf dem Meer. Es war Urlaubszeit. Sten Ard spürte die salzige Luft in der Nase. Er sehnte sich hinaus.

»Wenn Wide sich ein Fahrrad kaufen kann, kann ich mir ja wohl ein Segelboot kaufen.«

Maja lachte.

»Soll man eure jeweiligen Vermögen so sehen?«

»Er will sich ein Rad kaufen, ein neues Leben anfangen.«

Sie wurde plötzlich ernst.

»Wie hält Jonathan es jetzt mit dem Alkohol?«

»Manchmal bin ich überzeugt, dass er Alkoholiker ist ... und das ist er wohl auch. Aber dann ... schafft er es, Grenzen einzuhalten. Er muss nicht jedes Mal jede verdammte Flasche bis zum Grund austrinken.«

»Er muss ganz aufhören, glaube ich.«

»Ich bin da nicht so sicher. Aber so, wie es ihm jetzt geht, ist es unmöglich.«

»Die Scheidung hat ihn sehr mitgenommen.«

»Ja, aber seiner Meinung nach ist es nicht der Schnaps, der die Ehe kaputtgemacht hat. Das Problem war schon vorher da.«

Maja Ard sah ihren Mann an.

»Es gibt ein größeres Problem. Mit einem Bullen verheiratet zu sein.«

»Was für trostreiche Worte, danke.«

Sie gingen ein Stück den Anleger entlang, bogen dann auf einen kleineren ab und blieben vor einem schlanken weißen und hellblauen Segelboot stehen. Es war etwa sieben Meter lang und der Mast ragte weit hinauf in die zunehmende Dämmerung. Ard konnte zwei Kojen unter dem diskreten Deckaufbau ahnen. Er trat ein paar Schritte vor und bückte sich, um zu sehen, wie der glückliche Besitzer sein Schiff getauft hatte.

Seine Frau sah ihn plötzlich zusammenzucken. Dann fing er an zu lachen, ein leises Lachen, das wuchs und zum königlichen Segelgesellschafts-Clubhaus davonrollte.

»Was ist los?«

»Nichts Besonderes ... nur eine belesene Person, die ihr Schiff *Lady In The Lake* getauft hat.«

30

Organisierte Bande schmuggelte Heroin im Wert von 80 Millionen ins Land

Stockholm (TT): Zoll und Polizei haben eine große Menge Heroin an der Grenze nach Schweden beschlagnahmt. Neun Männer sitzen in Untersuchungshaft wegen des Verdachts, 14 Kilo Heroin im Gegenwert von 80 Millionen Kronen ins Land geschmuggelt und verkauft zu haben.

Im Juni gelang es der Polizei, vier Männer zu fassen, die im Verdacht stehen, in Rauschgifthandel verwickelt zu sein. Zwei von ihnen haben die Drogen in ihrer Wohnung in Handen bei Stockholm in Empfang genommen und sie von dort weiterverkauft.

Ein fünfter Verdächtigter, ein 35-jähriger Mann, hat das Rauschgift von Kalkutta in Indien per Post an die Empfänger in Handen geschickt.

Die anderen Festgenommenen sind entweder Kuriere oder Weiterverkäufer gewesen.

Gegen den Fünfunddreißigjährigen erging in seiner Abwesenheit Haftbefehl. Er wurde kürzlich von der Polizei in Kalkutta festgenommen. Seine Auslieferung an Schweden ist beantragt.

»Die Männer stehen im Verdacht, Rauschgifthandel in großem Stil betrieben zu haben«, sagt Oberstaatsanwalt Peter Harméus. »Wir glauben, dass noch mehr Personen in die Sache verwickelt sind und weitere Festnahmen in Schweden erfolgen könnten.«

Beschlagnahmung von Heroin nimmt stark zu

Stockholm (TT): Der Zoll hat im ersten Halbjahr, verglichen mit dem gleichen Zeitraum des letzten Jahres, 700 % mehr Heroin beschlagnahmt.
Eine Telefonumfrage bei den vier Zollregionen des Landes hat ergeben, dass hauptsächlich die Beschlagnahmung von Heroin zugenommen hat. Aber auch Amphetamine und Opium wurden häufiger sichergestellt.
Ein großer Teil der eingeschmuggelten Waren kommen aus Osteuropa und Asien ins Land.
»Es ist beunruhigend, dass die Versuche, harte Drogen einzuschmuggeln, so stark zugenommen haben. Das bestätigt, dass Schweden ein wichtiger Umschlagplatz für Drogen geworden ist«, sagt Magnus Lundqvist von der westlichen Zollunion.

Der Zoll hat eine große Menge Heroin beschlagnahmt

Göteborg (P): Dem schwedischen Grenzzoll in Bohuslän ist in Zusammenarbeit mit dem norwegischen Zoll die Beschlagnahmung einer großen Menge Heroin gelungen.
Montag gab die Zollleitung in Fredrikstad bekannt,

dass am vergangenen Freitag bei einer Röntgenkontrolle eine Französin gefasst wurde, die 25 Päckchen Heroin, insgesamt 240 Gramm, geschluckt hatte. Der Wert des beschlagnahmten Heroins beträgt beim Straßenverkauf ca. 2,4 Millionen Schwedenkronen.
Der Zoll von Östfold und die Polizei in Fredrikstad führten am Bahnhof von Sarpborg eine umfassende Kontrolle von Zügen aus Schweden durch. Die Französin befand sich in einem der Züge und konnte keine überzeugende Erklärung dafür abgeben, warum sie von Schweden nach Norwegen reiste.
Sie wurde wegen des Verdachts von Heroinschmuggel festgenommen und wird ca. drei Wochen in Untersuchungshaft bleiben, bevor Anklage erhoben wird.
Der Zoll in Östfold in Norwegen hat im Jahr 1993 Rauschgift im Wert von ca. 18 Millionen norwegischer Kronen beschlagnahmt. Bereits früher wurden Beschlagnahmungen nach Kontrollen von Zügen auf dem Weg von Schweden nach Norwegen vorgenommen.

Er hatte sich die Zeitungsausschnitte bestellt und mit nach Hause genommen, dicke braune Kuverts, prall gefüllt mit Artikeln und Notizen über Beschlagnahmungen, Zugriffen und der einen oder anderen Zerschlagung von Verteilerringen. Er wollte nicht weiterlesen, aber er konnte nicht aufhören.

Hier gab es Beweise für Aktivitäten, aber an die Hintermänner war man bisher noch nicht herangekommen. Er war nicht sicher, ob die Akteure überhaupt die Zeitungen lasen. Es war eher eine Bestätigung für die Steuerzahler: Die Polizei versucht alles im Kampf für eine drogenfreie Gesellschaft.

Ein Ding der Unmöglichkeit.

Sven Holte riss ein Streichholz an und zündete einen Zigarillo an. Der Raum wurde von dem plötzlichen Lichtschein erhellt – er hatte im Halbdämmer der Sommernacht gesessen. Die Schatten um sich herum kannte er gut. Er sah sie immer von hier aus, hinter dem schweren Schreibtisch und dem Fenster schräg links dahinter.

Lange Zeit hatte er sich dem gewidmet ... dem Schweigen und der Errichtung einer Fassade nach außen ... nein, in alle Richtungen. Mit Respekt behandelt zu werden ... so hatte er immer gelebt. Jetzt galten teilweise andere Regeln. Jetzt kam es nicht mehr darauf an, dass er persönlich sich Zwang anlegte.

Die Folgen zu überblicken, etwas ganz und gar auf sich gestellt durchzuführen. So etwas beherrschte er gut, er führte ein einsames Leben, und er hatte es selbst gewählt. War er so konsequent gewesen, dass er unsichtbar geworden war? Unbesiegbar?

Er war nicht erfasst worden – in der großen Zeit – von dem, was andere Größenwahn nannten. Warum sollte er? Es kam doch nur auf Zielstrebigkeit an und darauf, sich in die richtige Richtung zu bewegen. Gezielte Bewegung. Die Gewinne ... was sollte er mit den Gewinnen anfangen ...?

Konnte er sich auf die Versprechen verlassen? Er war ohnehin nicht auf das Geld aus.

Er erhob sich und ging zum Fenster. Wenn dort draußen jemand stand ... man konnte im Hagapark stehen und seine Haustür im Auge behalten: wann er ging, wann er kam. Ihm folgen. Anfangs hatten sie sich gezeigt, kurz bei einigen Gelegenheiten, bewusst, wie er vermutete. Zwei Briefe; er hatte sich die Bilder im ersten angesehen, sie in den Safe gelegt und auf den zweiten gewartet.

Dann nichts, während der ganzen langen Zeit nichts. Das hatte ihn vorsichtiger werden lassen, als er jemals im Leben gewesen war. Er wusste alles über Vorsicht. Er war ihr frühzeitig begegnet, zu der Zeit, wenn der Mensch sich selbst kennen lernt.

Hatte er gestern die Fassade gewahrt? Ihm fiel es leichter, nach außen hin standzuhalten, wenn er inneren Druck spürte, die Aggressivität war nicht gespielt, war aber kein Teil von ihm. Sie gehörte zur Situation.

Hatte er seinen Hass richtig eingesetzt? Sie hatten ihn akzeptiert und ausgenutzt, es zugelassen, dass er ihn in Szene setzte, und er hatte nicht allzu viele Fragen zu beantworten brauchen. In dieser Branche wurden nicht viele Fragen gestellt und noch weniger beantwortet. Diese Dynamik wusste er zu schätzen.

Es war ein merkwürdiges Gefühl gewesen, als Wide, noch ein junger Polizist, zu ihnen kam. Wide ... das war ein Name, den er nicht vergessen hatte. Wie lange war er in der Familie ausgespuckt worden? Hatte Wide es gewusst? Er schien kein ausgeprägtes historisches Gepäck mit sich herumzuschleppen. Außerdem deutete bei Holte nichts mehr auf seine Muttersprache hin. Sie hatten dieselbe Reise gemacht.

Er hätte sein Wissen ausnutzen können. Keiner von *denen* hatte viel für Verräter übrig. Es wäre möglich gewesen, Wide hineinzuziehen. Die Entwicklung war denkbar. Aber dann war etwas Unerwartetes passiert. Es war erschütternd gewesen.

Jetzt war es nicht mehr möglich, ihn auf die Insel zu locken. Das hatte er rasch verhindert, bevor sie ihre Pläne, den verdammten Privatdetektiv in einem Paket über die See zu verfrachten, in die Tat umsetzen konnten. Unter vielen Augen. Dann war die Frau verschwunden gewesen. Sie würde ihre Strafe bekommen, aber es hatte Probleme mit sich gebracht.

In Sven Holtes Schläfen hämmerte es.

Der Künstler muss seinem Werk eine Seele einhauchen, wenn es auf Dauer Bestand haben soll.

Wide fuhr mit dem Fahrrad nach Amundön und hörte *Rigoletto*, ein derartiges Werk war nötig, damit er den Trip bewältigte. Davon war er überzeugt. In Höhe des Radiotorget musste er die Musik abschalten, jetzt brauchte er seine ganze Konzentration für die einzelnen Gänge der Schaltung. Das lenkte von der Müdigkeit ab.

Der Junge vom Mariaplan hatte ihn überredet, eine Probefahrt im Schlosswald auf dem schwarzen *Citybike* zu unternehmen, schmalere Reifen und leichterer Rahmen. *Ich hab selbst so eins und so oft fährt man ja nicht bergauf*, hatte er gesagt, die Arme bis zu den Ellenbogen voller Öl und mit einem Fleck mitten auf der Nase.

Wide fuhr am Askimsbad vorbei und erreichte Hovås. Lea Laurelius war in Untersuchungshaft, und er hatte ein paar unsichere Sätze mit der Tochter am Telefon gewechselt. Wie sollte er seine Rolle in dem Ganzen erklären?

Sie wartete bei der Brücke, die zur Insel hinüberführte. Wide stellte sein Rad in einem Fahrradständer ab, in dem nur wenige andere Räder standen: heute kein Verkehr.

Sie gaben sich die Hand. Jeanette war groß und dünn, sie trug ein verwaschenes Baumwollhemd, das die Sonnenstrahlen auffing und das Licht matt machte. Ihre abgeschnittenen Jeans endeten dreißig Zentimeter über den Knien. Sie ging weich in ihren Joggingschuhen, und ihre Haut war gleichmäßig braun, als ob sie sich den ganzen langen Sommer gesonnt hätte.

Ihre Augen waren woanders.

Sie gingen geradewegs über das Feld. Ein Pferd trottete heran und schnupperte an Wide, *wie hieß diese nordschwedische Rasse noch*, trottete dann weiter zum Wasser, und einen Augenblick glaubte er, es würde mit einem freudigen Wiehern hineinspringen und aufs offene Meer hinausschwimmen.

Am Hügel zum Waldrand hinauf drehte er sich um und schaute über das Wasser zu den Häusern auf dem Festland.

»Bist du oft hier gewesen?«

Sie drehte sich zu ihm um mit einem Blick, der im Ort auf der anderen Seite geblieben war.

»Solange ich mich erinnern kann. Mama und ich sind oft hier gewesen.«

»Und ... dein Stiefvater?«

Jetzt erreichten ihn ihre Augen.

»Er ist nie mitgekommen.«

Sie gingen weiter den Hügel hinauf und in den Laubwald, rechts war die Felswand. Sie wanderten durch das wechselnde Grün der Natur. Wide schloss die Augen und nahm die warmen Düfte wahr. Er vermisste den Nadelduft ... nie war er so stark gewesen wie an warmen Sommertagen in seiner Kindheit, als er im Wald Indianer gespielt hatte.

»Ihr hattet gutes Wetter in England.«

Sie zuckte zusammen, als ob sie in den vergangenen Minuten eingeschlafen wäre.

»Wwaa... jjaa ...«

»Du bist braun. Die Südküste kühlt dich mit Palmen, während das übrige England unter Regenschirmen hockt.«

Sie nickte.

»Trotzdem wolltest du da weg.«

»Es war so ... so kindisch. Eingesperrt. Die Familie wollte mich dauernd unter Kontrolle haben. Im Hotel hätte ich mich wohler gefühlt ... selbst wenn Mama im Nebenzimmer gewesen wäre.«

Sie wandte das Gesicht ab, aber Wide wusste, dass sie weinte. Sollte er den Arm um ihre Schultern legen?

Er berührte sie leicht am Oberarm.

»Deine Mutter ist ein Opfer des Zufalls. Ich glaube, die Polizei weiß das auch.«

»Warum sitzt sie dann im Gefängnis?«

Sie sah ihn an mit Augen, die in dem grünen Licht glänzten.

»Nicht im Gefängnis, sondern in Untersuchungshaft.«

»Ist da ein Unterschied?«

»Im Augenblick nicht, aber sie ist nicht verurteilt. Die Polizei musste jetzt handeln, irgendwie. Manchmal kann eine derartige Verhaftung dazu führen, dass etwas passiert. Dass die wirklich Schuldigen unter ihrem Stein hervorgekrochen kommen, um unter einen anderen Stein zu kriechen.«

Sie hatten die Lichtung verlassen und schauten über das offene Wasser. An der Felswand rechts war eine schmale Brücke befestigt, sie führte zum Schilf und weiter zum Badestrand auf der anderen Seite. Jonathan Wide entschied sich, nach links zu gehen, die Steine hinauf zu einer gewölbten Klippe, die wie ein runder Tisch ins Wasser hinausragte. Er setzte sich. Sie blieb stehen. In einiger Entfernung badeten eine Frau und ein Mann, Kaskaden von Wasser spritzten auf, als sie von der Klippe ins Wasser tauchten. Das erinnerte ihn daran, dass er in diesem Rekordsommer noch kein einziges Mal im Meer gebadet hatte.

»Hast du in diesem Jahr schon hier gebadet?«

Sie sah ihn an ohne zu antworten. Er zeigte zu dem Paar im Wasser.

»Ich nicht, eigentlich verrückt.«

»Ich hab ... auf der Reise viel gebadet.«

»Klar. Das war bestimmt das Vernünftigste, was du tun konntest.«

Eine ganze Weile war es still.

Er stand auf und ging auf sie zu.

»Jeanette ...«

»Ja ...«

»Weißt du, ob dein ... Stiefvater in Rauschgiftgeschäfte verwickelt war?«

»Wie sollte ich das wissen?«

»Deine Mutter war der Meinung.«

»Ich habe der Polizei alles erzählt, was ich weiß ... oder besser gesagt, was ich nicht weiß. Sie haben verdammt noch mal kein Recht, mir solche Fragen zu stellen.«

Schließlich sah er doch ein Interesse in diesen Augen.

»Es geht darum, deiner Mutter zu helfen.«

Sie begann zu weinen, genauso schnell und leise wie vorhin. Dann wandte sie sich ab und ging zurück über die heißen Steine und er folgte ihr. Er spürte die Hitze durch die Gummisohlen.

Sie drehte sich heftig um.

»Wenn sie das verdammte Schwein umgebracht hat, dann sollte sie EINEN POKAL dafür kriegen!«, schrie sie. Die Wörter prallten in der kleinen Bucht gegen die

Klippen und kamen wieder zurück, *kal, kal, kal*, hörte er. Wie ein schwacher Hilferuf klang es, als der Laut sich mit Salz und Luft mischte und überm Wasser verschwand.

31

Die Liste war lang. Sten Ard wusste nicht, ob es die richtige Liste war. Sie hatten sich durch die Namen gearbeitet, die noch übrig waren. Sie glitzerten schwach wie abgenutzte Messingschilder in den Ruinen nach dem Zusammenbruch des Finanzlebens, nicht *Wirtschaftsleben*, jemand hatte Wirtschaftsleben gesagt und Ard war wütend geworden.

»Das hat nichts mit Wirtschaftsleben zu tun.«

Er hatte nicht den Rauschgifthandel gemeint.

Diese Welt erforderte neue Sinne, um den Dschungel zu durchdringen ... *gib mir Gift zu sterben oder Träume zu leben*, er musste die Gedankendichtung mit sich herumtragen, um die Inspiration anzuheizen.

Sie waren durch die Stadt gegangen und am Wasser gelandet. Der alte Palast der Seefahrt, der sich mit schwerer Schlagseite über die Straße beugte. Als Junge war Sten Ard manchmal mit dem Fahrrad hierher gefahren, um die Schiffe in den Fischereihafen einlaufen zu sehen. Er war geblieben, bis der Geruch zu streng wurde. Dann war er langsam den ganzen Weg entlang den schmalen Straßen der Lagerhallen nach Lilla Bommen ostwärts gefahren. Er hatte den Geruch von schwarzem Pfeffer und Teer wahrgenommen, Lauge, Maschinenöl,

Früchten und Bier. Damals hatte er beschlossen, über die Meere zu segeln, dorthin zu ziehen, wo der Pfeffer wächst, und selten zurückzukehren. Eine Serie langer Abschiede. Jetzt war er vielleicht so weit, dass er sich ein Boot kaufen würde.

Fredrik Björcke hatte Georg Laurelius zweifellos gut gekannt, hatte sich eine Zeit lang in denselben Kreisen bewegt. Immobiliengeschäfte in Grenzbereichen, die sie ohne Brandschäden durchquert hatten, Import von Waren der Containerklasse. Björcke war aufgestiegen. Ard hatte sich umgehört. Die neuesten Textilien, vom Feinsten, die »Indiska« blass aussehen ließen, und dennoch zu Preisen, die sich auch die untersten Einkommensschichten leisten konnten. Laurelius hatte im Vorstand gesessen.

Der Aufzug war wie eine Straßenbahn in die Vertikale gebaut – er konnte hinaussehen. Der Verkehr war ein immer schwächeres Brausen von der Straße. Der Norra Älvstranden wandte sein Sonntagsgesicht der anderen Seite zu, er sah die glänzenden Hausfassaden und dachte an Filmkulissen. Wie lange würden sie noch stehen ... niemand zog dorthin, solange Mieten und Kautionen mit Betrug gleichzusetzen waren. Würde er dort wohnen, er würde sich gekidnappt fühlen.

Für einige Tage hatten sie einen Jungen hier draußen postiert. Ein Blick auf die, die kamen und gingen. Es erschien immer ratsamer, und er hatte die pädagogische Aufgabe übernommen, die Polizeiführung zu überzeugen, dass es einen Zusammenhang gab. Zehn Namen und die Leute, die kamen und gingen, unter Kontrolle. Björcke war so ein Name.

Er stand auf einem kleinen diskreten Schild an der Tür: *Björcke, Finanzen.* Kein großes Aufheben.

Sten Ard hatte die obligatorische Sekretärin erwartet und zog ein wenig den Bauch ein, aber der Mann öffnete ihm selbst die Tür. Groß, fast genauso groß wie Ard, entschieden mehr Haare, lässig gekleidet in blauem Halbpolo und grauem Anzug, der, wie Ard riet, aus Seide sein konnte. Er wirkte kühl.

»Kommissar Ard? Treten Sie ein.«

Mann aus Schonen, von der edlen Sorte, mit kultiviertem rollendem R. Er duftete schwach nach Parfüm, Ard roch es, als er ihm in ein kreisförmiges Büro folgte, das sich großzügig zum Wasser dort unten öffnete.

Björcke bemerkte Sten Ards anerkennenden Blick.

»Wenn der Gedanke frei schweben kann«, sagte er und breitete beide Hände in einer gespielt theatralischen Geste aus.

»Hier hat er Raum«, sagte Ard und fühlte einen schwachen Schmerz hinter den Augen. Das Licht war stark.

»Ich steh gern mitten im Zimmer und sehe die Schiffe einlaufen.«

»Heutzutage laufen nicht mehr so viele Schiffe ein.«

»Solange meine Schiffe kommen, bin ich zufrieden«, sagte Fredrik Björcke lächelnd.

Ard nahm seinen Notizblock hervor. Er schrieb selten etwas Sinnvolles auf, aber das Vorhandensein von Block und Stift veranlasste die Leute dazu, konzentriert zu antworten. Er zweifelte jedoch daran, dass sie damit auch eher die Wahrheit sagten.

»Wie ich schon am Telefon sagte, ermitteln wir in dem Mord an Georg Laurelius«, sagte Ard und sah den großen blonden Mann an.

Ard brachte jetzt nichts in Verbindung mit Kerstin Johansson. Diese Verbindungen durfte die Presse verbreiten, nach draußen und offiziell.

»Ja?«

»Sie waren ... äh ... Kompagnons?«

»Kompagnons? Dieser Ausdruck lenkt die Gedanken in die Zeit der Grossisten, Herr Kommissar.«

Dann vielleicht *Kumpane*, Herr Björcke? Nein. Das wäre kein guter Start gewesen.

»Wie würden Sie Ihre Geschäftsbeziehungen denn bezeichnen?«

»Georg Laurelius war vor allem ein Berater, Herr Kommissar.«

»Und was bedeutete das konkret?«

»Was ein Berater macht?«

»Ich habe nur eine ungenaue Vorstellung davon. Worin bestanden Laurelius' Berateraufgaben?«

»Er sah sich in erster Linie als *troubleshooter*, also als Problemlöser.«

»Ach, *das* bedeutet das.«

»Wie bitte?«

»Nichts. Sie haben gesagt, er sah sich als ›Problemlöser‹.«

Der Mann betrachtete die großartige Aussicht und schien einen Augenblick nachzudenken.

Vielleicht hält er nur Ausschau nach einem seiner Schiffe.

»Ich will es mal so ausdrücken: Die meiste Zeit verbrachte Laurelius damit, seine eigenen Probleme zu lösen.«

»Wie meinen Sie das?«

»Er war in Zahlungsschwierigkeiten ... wie so viele andere. Er befand sich gerade in einer tief greifenden Umstrukturierung seiner Geschäfte, als er starb.«

»Hatte er viele Feinde?«

»Sie setzen voraus, *dass* er Feinde hatte, Herr Kommissar?«

Ard sah ein Lächeln in den Augen des anderen. Es erreichte nicht den Mund.

»Ein Geschäftsmann auf Ihrem Niveau ohne Feinde? Das ist kaum vorstellbar.«

»Wer hat gesagt, dass wir auf demselben Niveau waren?«

Ard ging nicht weiter auf die Frage ein, er ließ sie weich auf den hübschen orientalischen Teppich fallen. Von dort, wo er stand, konnte er unmöglich ein Muster erkennen, nur kräftige, klare Farben.

»Dies wird ein langes Gespräch, wenn Sie auf meine Fragen mit einer Gegenfrage antworten.«

»Vielleicht sollten Sie Ihre Fragen umformulieren, Kommissar Ask.«

»Mein Name ist Ard, wie Sie wissen. Hat Laurelius Geschäfte gemacht, die ihm Feinde hätten schaffen können?«

»Wenn Sie das Wort ›Feinde‹ in diesem Zusammenhang definieren, kann ich vielleicht auf die Frage antworten.«

Jetzt wurde Ards Erfahrung als Verbrechenermittler, Fahnder und Verhörleiter auf die Probe gestellt. Er seufzte lautlos und unsichtbar.

»Hat er Geschäfte gemacht, die anderen schwer geschadet haben?«

»Nicht soweit ich weiß.«

»Wie oft haben Sie ihn getroffen?«

»Fast nie.«

»Er saß im Vorstand Ihres Unternehmens.«

»Das stimmt nur teilweise.«

Wagte es Fredrik Björcke, in einer Sache zu lügen, die so leicht nachprüfbar war? Er war überzeugt, dass ihre Angaben auf dem neuesten Stand waren.

»Er saß nicht im Vorstand?«

»Er hat dort eine Weile gesessen, aber nur kurz.«

»Warum?«

»Darüber muss ich Sie nicht informieren. Ist das wichtig? Dann müsste ich ein wenig nachdenken, vielleicht ein paar Telefonate führen.«

»Wir ermitteln in einem Mordfall.«

»Die Rolle des Opfers in meinem Vorstand hat nichts mit seinem Dahinscheiden zu tun.«

Lassen Sie uns das entscheiden, Ard war drauf und dran, es auszusprechen, hielt es aber zurück.

Ihm fiel auf, dass Björcke ihn nicht gebeten hatte, sich zu setzen. Er überlegte, warum. Oder hatte er es getan? Er überlegte auch, warum sich der Finanzmann so feindselig verhielt. Die guten Jahre waren doch vorüber.

»Ihnen ist nicht bekannt, ob Laurelius irgendeiner Bedrohung ausgesetzt war?«

»Natürlich nicht.«

»Das kommt nie vor?«

»Nicht soweit ich weiß. Meinen Sie Bedrohung wegen eingestellter Kredite, Konkurs ... Steuerrückstand?«

»Er hat mit Ihnen nie über physische Bedrohung, Bedrohung seiner Person oder Familie gesprochen?«

»Wie ich schon sagte, wir haben uns nie getroffen. Wenn das jemand anders gehört hat ...« Björcke breitete die Arme wie zur Fortsetzung der Antwort aus.

Ard musste einen anderen Weg versuchen. Er ging zum Fenster und sah auf den dünnen Verkehr auf dem Fluss. Die »Stena Nordica« glitt vorbei auf dem Weg hinaus, er sah die Menschen auf dem Sonnendeck wie Silhouetten aus Pappe vor dem milchigen, heißen Himmel. Niemand schien sich zu bewegen. Es war, als ob sie jemand dort für die Parade durch die Stadt aufgestellt hätte.

Er drehte sich um.

»Laurelius ist die Umstrukturierung nicht gelungen.«

»Nach allem, was ich hörte, war er auf einem guten Weg. Aber der Patient ist während der Operation gestorben, leider.«

»Wie ist es Ihnen selber gelungen?«

»Gut, wie es jetzt aussieht. Aber man kann nie ganz sicher sein.«

»Verkaufte Immobilien?«

»Die wenigen, die ich hatte.«

»Und jetzt sind es Textilien? Kleider?«

»Sie haben sich gut vorbereitet, Kommissar Ard.«

»Geht das Geschäft gut in den Zeiten der Technokrise?«

»Die Technokrise ist vorbei. Und meine Lieferanten haben nie eine Technokrise gehabt.«

»Und wer sind Ihre Lieferanten?«

Fredrik Björcke sah aus, als wollte er die Frage zunächst ignorieren. Nach ein paar Sekunden zeigte er auf eine dickbäuchige, pralle Trommel, die an der Wand hing. Ard hatte schon ähnliche gesehen. Afrika?

»Die ist ein Geschenk von einem von ihnen, einem Fabrikanten in Madras. Die Trommel kommt eigentlich aus Bangalore aus dem Landesinnern. Ein klassisches Instrument.«

Ard ging näher heran und betrachtete das Schlaginstrument interessiert. Björcke stellte sich neben ihn.

»Manchmal in der Schummerstunde nehme ich sie herunter und spiele ein bisschen.«

Ard sah ihn an.

»Sind Sie gut in Ragas?«

»Nein, Blues. Ich bin gut in Bangaloreblues.«

Ard schwitzte im Fahrstuhl nach unten, die Sonne brannte wie eine Lötlampe durch das dünne Glas. In Björckes Büro war es kühl gewesen, der Kontrast traf Ard stark und unmittelbar, als er es verließ.

Da war etwas, was Björcke gesagt hatte ... Mit einem unausgereiften Gedanken, wie einer verwischten Kontur in seinem Kopf ging Ard zum Parkplatz bei der Första Långgatan. Das Thermometer über Masthugget blinkte 39, Sten Ard blieb stehen und betrachtete die Zahl, gelb auf schwarz, sie sprang um auf 3:44 und dann zurück auf 39.

Nach allem, was ich gehört habe, war er auf einem guten Weg... Das hatte Björcke gesagt, nachdem er verneint hatte, Näheres über Laurelius zu wissen. War es üblich, dass man sich über die Entwicklung der anderen auf dem Laufenden hielt? Welcher Art war der gute Weg, auf dem Laurelius sich angeblich befunden hatte? Sten Ard hatte die Gegensätze in einer Akte nach der anderen studiert. Georg Laurelius hatte sich auf verstrüppten Wegen bewegt, Abkürzungen, die auf Kahlschlägen endeten. Ein Konkurs nach dem anderen, und Ard hatte es merkwürdig gefunden, dass es jemand wagte, diesen Berater zu beauftragen, der mit seinen Geschäften in einem fort scheiterte. Er war auf einem guten Weg ... diesen Weg hatte er nicht gesehen. Sollte er umkehren und Björcke noch einmal fragen? Aber er würde nicht mehr erreichen, als dass der Mann schweigen und auf seinen Rechtsanwalt verweisen würde. Sie mussten es auf dem formellen Weg angehen.

Er verbrannte sich fast am Schloss, als er die Autotür öffnete.

Er drehte sich auf dem Sitz um und wollte rückwärts fahren, musste jedoch warten, weil Menschen mit schweren Tüten aus Göteborgs Grönsakshus im Zentrum des Parkplatzes kamen. Ard hatte Durst. Er stellte den Motor ab, stieg wieder aus und ging in dieses Grönsakshus, das von außen aussah wie ein getarnter Hangar. Er kaufte frisch gepressten kalten Mohrrübensaft und trank ihn. Er fühlte sich wie jemand, der seinem Körper etwas Gutes getan hatte. Waren Mohrrüben nicht das Gesündeste, was es gab?

Vor der roten Ampel am Järntorget fiel es ihm plötzlich ein. Sten Ard fuhr einen Meter rückwärts und zwang das Auto hinter sich, dasselbe zu tun. Er hob die Hand, um sich zu entschuldigen, und bog nach rechts in die Linnégatan ein. Der Verkehr floss träge, als wäre das Benzin unter dem glühenden Blech zu Öl gebacken worden und fände jetzt nur mühselig den Weg durch die Adern zum Herzen, das unregelmäßig unter der Motorhaube klopfte.

Ard fuhr am Schlosswald, der großen Lunge der Stadt, vorbei, die jetzt offen und grün in der gläsernen Luft lag. Er konnte weit entfernt Kinder sehen, die unter Duschen standen. Einige Frauen waren bis zu den Waden im Wasser in den Teich gestiegen. So würden sie stundenlang stehen können.

Er fuhr durch die stille Kungsladugårdsgatan weiter in Richtung Norden, die breite Allee, die die Antwort der westlichen Stadtteile auf die Avenyn war. Die schönen Holzhäuser auf Steinfundamenten säumten die Allee, sie waren das Besondere an diesem Stadtteil. Japanische und amerikanische Touristen fuhren langsam mit Bussen hindurch und schauten mit großen Augen. Manchmal erhob sich einer der Männer und salutierte mit der Flasche.

Sten Ard parkte unterhalb der Krawattenfabrik und ging den Hügel hinauf. Oben auf der Hügelkuppe war das Gras gelb und trocken. Zwischen den Schrebergartenlauben bot der Schatten Kühle und ein wenig Feuchtigkeit. *Es wäre möglich, einen ganzen Sommer wie diesen hier zu verbringen*, näher konnte man der Natur in der Stadt kaum kommen.

Adam Kieowsky arbeitete bei den Kaninchenställen. Er hatte sie ausgemistet, die Spreu erneuert und frisches Wasser hineingestellt. Um ihn herum lagen Kohlstrünke und das Grüne von Mohrrüben im Kreis. Kieowsky schaute auf, als der kräftige Mann im hellen Anzug durch die lose in den Angeln hängende Pforte trat. *Wann würde sie herunterfallen? Er musste etwas dagegen unternehmen.*

Da kam kein Fremder. Warum der Anzug?

»Herr Kieowsky ...«

»Guten Tag, Herr Kommissar.«

»Sie erkennen mich wieder?«

Adam Kieowsky streckte den Rücken und zog eine Schmerzgrimasse. Er stellte die Gießkanne auf einen dreibeinigen eisernen Tisch.

»Wo ist der andere?«

»Wo...anders.«

»Ich hab gedacht, Sie unterhalten sich immer nur zu zweit mit den Leuten. Der Böse und der Gute.«

»Nur im Film.«

»Ich seh mir selten Filme an.«

»Vielleicht auch in Büchern.«

»Ja.«

Ard trat ein paar Schritte näher und schaute in einen der Ställe. Ein großes schwarzes Kaninchen sah ihn vorwurfsvoll an und fraß dann weiter.

»Entschuldigen Sie bitte, Herr Kieowsky, dass ich hier einfach so hereinplatze. Aber ich wollte Sie noch etwas fragen nach unserem letzten Gespräch.«

»Ja …?«

»Ich hoffe, es ist okay, wenn ich noch ein paar Fragen stelle.«

»Das ist schon in Ordnung.«

»Diese Frau, die Sie gesehen haben … Sie meinten, sie sei etwas älter gewesen … sind Sie da ganz sicher?«

»Wie ich schon sagte … es schien eine reife Frau zu sein.«

»Warum glauben Sie das?«

»Eigentlich nur so ein Eindruck, eine Ahnung … aber ich täusche mich selten. Sie trug einen Schal …«

Ard suchte wieder Augenkontakt mit dem Kaninchen, es gelang ihm aber nicht.

»Könnte die Person auch ein Mann gewesen sein …?«

»Man kann sich natürlich verkleiden. Aber aus welchem Grund so früh am Morgen?«

»Zeugen. Sie sind ja selber so ein Exemplar.«

»Nein. Ich glaube nicht, dass es ein Mann war. Aber ganz sicher kann ich natürlich nicht sein. Vielleicht war es der Gang …«

»Der Gang?«

»Hab ich das nicht schon erzählt? Wohl nicht …«

»Was war mit dem Gang?«

»Sie ging ein wenig vornübergebeugt, das konnte ich gut erkennen, weil sie vor den anderen herging.«

»Beim letzten Mal waren Sie sich wegen der Größe nicht ganz sicher.«

»Das ist es doch, ich konnte es nicht sehen, weil sie leicht vornübergebeugt ging. Aber ich glaube, sie war recht groß.«

32

Adam Kieowsky ließ sich bei der Gegenüberstellung Zeit. Hinterher war er sich nicht sicher. Wie viele waren sofort sicher? Sten Ard erinnerte sich an die zunächst Unsicheren; wenn sie schließlich jemanden identifizierten, war es häufig die richtige, die schuldige Person gewesen.

Der Zeuge betrachtete die Frauen lange.

»Kann man sie auch im Profil sehen?«

»Gleich.«

Kieowsky bekam sie im Profil zu sehen. Die Polizistinnen hatten eine besondere Art, schuldig zu wirken. Kajsa Lagergren sah aus, als hätte sie mit Genuss die Katze ertränkt. Der Schorf in ihrem Gesicht gab ihr einen *down-and-out-look*, der den Polen nicht hereinlegen konnte, was der Veranstaltung aber etwas Kolorit gab.

»Die Frauen sind heutzutage groß.«

Das sagte der Zeuge mehr zu sich selber. Ard schaute auf den kleinen Mann hinunter: Jeans und rotweiß kariertes Hemd, derbe Schuhe, weiße Haare und ein scharfer Blick. Dreiundsechzig Jahre alt, sein Leben in zwei Teile geteilt: vor und nach den zehn Jahren. Er ging mit vorsichtigen Schritten, als ob im Untergeschoss immer noch Gefahr lauerte, Stiefel, die heraufkommen könnten, nachdem die Schritte da unten wie durch einen Schaltknopf am Radio abgestellt worden waren. *Ein ganzes Leben danach zu leben.* Hätte er das ausgehalten?

»Nein, es geht nicht.«

»Sie haben Zeit.«

»Ich werde mir trotzdem nicht sicher sein.«

»Sie haben sie ja vornübergebeugt gehen sehen.«

»Das hat nichts geholfen. Stellen Sie sich vor, ich identifiziere eine Unschuldige.«

»Das macht nichts. Wer unschuldig ist, ist unschuldig.«

»Das hat nicht immer geholfen.«

Adam Kieowsky drehte sich zu Ard um.

»Eine ist da ... aber es ist was mit der Haltung ... das Haar vielleicht, das nicht stimmt. Trotzdem.«

»Nehmen Sie sich die Zeit, die Sie brauchen. Sollen wir die Frauen bitten, noch eine Runde zu gehen?«

»Nein, das genügt. Könnte ich etwas zu trinken haben?«

Auf dem Tisch vor ihnen stand ein Tablett mit Mineralwasser. Ard goss ein Glas ein und reichte es dem Mann.

»Diese Frau kommt mir bekannt vor ... Nummer vier. Aber ich könnte sie ja auch oben in der Kolonie oder sonst wo gesehen haben. Ich kann unmöglich sagen, dass sie es war.«

Lea Laurelius sah auf, als ob sie durch den Spiegel schauen könnte. Als ob sie gehört hätte, was der Mann gesagt hatte.

Die Andra Långgatan ist die Straße der Sünde in Göteborg. Fünf Pornoclubs, Antiquitätenläden, libanesische, chinesische, indische und thailändische Restaurants, eine

Kneipe mit Gerichten aus dem früheren Jugoslawien, spezialisierte Buch- und Schallplattenläden, Behandlungsräume für Rauschgiftsüchtige, Cafés für alternative Jugendliche. Ein Hotel, das viele hat kommen und gehen sehen.

Kajsa Lagergren wartete vor dem Club »Crazy« mit einem Duft nach Koriander in der Nase, sie stand direkt unter dem offenen Küchenfenster von »Mogul« und sah eine junge Inderin aus dem »Red Fort Takeaway« gegenüber kommen und die Straße überqueren. Sie stellte sich neben Kajsa unter das Fenster. Ein Mann mit Kochmütze reichte eine breite, längliche Schüssel herunter, die mit Folie zugedeckt war. An einer Ecke hatte sich die Folie gelöst, und Kajsa Lagergren roch das süßliche, starke Aroma der rot glänzenden Hühnchenteile, die unter der Folie zu sehen waren. Dem Tandoorihühnchen folgte eine Schüssel mit warmem Brot, *don't forget the nan*, sie sah die Frau mit der Hühnchenschüssel auf dem Kopf und dem Brot unterm Arm zu dem Laden zurückgehen. So sollte man Gegenstände tragen.

Ein kräftiger Mann in einer braunen Khakihose und weißem Baumwollhemd kam aus dem Club »Crazy«, streckte seine Hand vor und sagte: »Janne Lord.« Er hatte einen Bürstenschnitt, die Augen waren hellblau mit markanten Augenbrauen darüber, die Haut gespannt und gerunzelt wie die eines Kettenrauchers. Er trug eine Kette um den Hals, Kajsa Lagergren ging davon aus, dass sie aus Gold war.

»Von der Polizei?«

Er lächelte, und sie nahm einen schwachen Alkoholgeruch im Atem des Mannes wahr. Es konnte auch ein Glas leichtes Bier gewesen sein, das er eine Minute, bevor er in den Schatten der Straße trat, getrunken hatte. Seine Frage hatte er in absolut normalem Tonfall gestellt, so als wäre sie ein Postbote.

Dies war ein Mann, der sich nicht so leicht ins Bockshorn jagen ließ. Nicht von Polizisten, nicht von Politikern oder von Feministinnen, die sich regelmäßig auf der Andra Långgatan zu Protestaktionen versammelten.

Kajsa Lagergren hatte sich nie daran beteiligt, aber sie verachtete die Tätigkeit des Mannes, und sie fühlte sich gekränkt: Teilweise war es auch ihr Körper, der wie ein Stück Fleisch auf Bildern und in den Filmen ausgebreitet wurde.

»Kajsa Lagergren, Kriminalassistentin.«

»Assistentin? Wessen?«

Der Mann zeigte eine Reihe schöner weißer und teurer Zähne, sorgfältig montierte Kronen.

»Ich möchte nur ein paar Fragen stellen. Haben Sie ein Büro?«

»Nicht nur eins, sondern zwei.«

Er hielt ihr die Tür auf und sie betraten einen großen, offenen Raum mit einem Kassentresen rechter Hand. Sie sah lange Reihen von Zeitungsständern, Zeitschriften und Videokassetten entlang der Wände, im hinteren Teil des Raumes eine Tür mit der Aufschrift KINO, links mehr Türen, einige mit der Aufschrift PRIVAT. Die Beleuchtung war schwach. Einige Männer spazierten schweigend zwischen den Regalen hin und her, einer schlug eine Zeitschrift auf und blätterte langsam. Leise Musik aus einem Lautsprecher an der Decke, Musik, die sie nicht kannte. Sie registrierte, dass keiner der Männer auch nur einmal den Blick hob. War es eine Schande, sich hier aufzuhalten?

Als sie durch den Raum gingen, wurde eine der privaten Türen geöffnet und ein Mann kam heraus. Er stieß leicht mit ihr zusammen, murmelte ein »Entschuldigung« und verließ rasch den Club »Crazy«. Sie konnte einen Blick in ein kleines Zimmer mit einem Videobildschirm werfen, auf dem sich nackte Haut bewegte, unterdrücktes und lautes Stöhnen, *oh, oh, oh, oh, oh*, einen Münzautomaten und eine Rolle Toilettenpapier an einem Stahldraht an der Wand. Ein Papierkorb unter der Rolle.

Ihr wurde plötzlich intensiv schlecht, wie nach einer schnellen, durchrüttelnden Autofahrt, wenn man das Gesicht über Berichte beugte, die man lesen musste.

»Die Wichsbox ist populärer denn je«, sagte Janne Lord. Seine Stimme klang immer noch ganz normal. *Für ihn sind das ja Geschäfte*, Wörter oder Taten bedeuten nichts.

Er führte sie in einen kleinen, fensterlosen Raum mit einem kleinen Tisch und einer Sofagruppe aus Leder. Die Wände waren nackt. An der Seite des einen Sessels stand eine Stehlampe, die einen kräftigen, kreisförmigen Lichtschein verbreitete. Auf dem Tisch lag ein Stapel pornographischer Zeitschriften, eine davon aufgeschlagen.

Janne Lord sprach lange und nur Gutes von Georg Laurelius, wusste jedoch nichts von seinen »Abenteuern« der letzten Zeit.

»Wir haben dieses Restaurant ein halbes Jahr lang zusammen betrieben, aber dann sind wir getrennte Wege gegangen.«

»Es muss doch unter seinen alten Geschäftspartnern einiges darüber geredet worden sein, was ihm passiert ist.«

»Nicht viel. Wenn ich ehrlich sein soll, dann glaub ich nicht, dass jemand um ihn trauert.«

»Das sind harte Worte.«

»Wir leben in einer harten Welt. Und Laurelius wollte ein harter Mann sein.«

»Wollte es sein …«

»Manchmal wurde er nicht ganz ernst genommen, und das hat er gemerkt. Dann hat er versucht, noch härter zu sein.«

»Wie äußerte sich das?«

»*No comments.*«

»Diskutieren wir hier ernste Angelegenheiten?«

»Sie wissen natürlich, dass ich einige Personen kenne, die ihrerseits andere kennen, die wiederum jemanden kennen, der sich vielleicht in einem schwachen Moment eine Stecknadel von einem Freund leiht und dann für einige Tage vergisst, die Nadel zurückzugeben. Solche Personen. Wenn ich Ihnen erzählen würde, dass Georg solche Personen kannte, fragen Sie vielleicht, warum ich Ihnen das erzählt habe.«

Sie warf einen hastigen Blick auf das Bild der aufgeschlagenen Zeitschrift. Warum sah sie so atemlos aus?

»Er kannte also Leute, die nachlässig mit Stecknadeln umgingen?«

»Solche Leute kennen wir doch alle.«

»Hat er auf dem Gebiet Geschäfte gemacht?«

»Lassen Sie uns sagen, dass er immer taffer sein wollte. Das ist nicht gut. Es ist auch nicht gut, wenn in dem kleinen, friedlichen Göteborg Leute ermordet werden. Das führt dazu, dass die Polizei hierher und zu anderen Orten kommt und Fragen stellt.«

»Darum wollen Sie jetzt helfen.«

»Deswegen will ich meine Ruhe haben. Ich weiß nichts, aber ich kann sagen, was ich glaube. Ich glaube nicht, dass einer von Georgs … äh … Geschäftsfreunden so blöd war, ihn umzubringen. Wer hat etwas davon?«

Als sie sich erhob, hielt er lächelnd drei Zeitschriften hoch.

»Nehmen Sie ein paar mit. *On the house.*«

Sie sah auf den Mann und seine schönen weißen Zähne hinunter.

»Nein, danke. Wenn ich Interesse daran hätte, in die Harnwege anderer Leuten zu starren, wäre ich Gynäkologin geworden.«

Das braune Kuvert stand, gestützt von einer Sandale, hochkant. Er bückte sich und hob es auf, trug es in die Küche und legte es auf den Tisch. Dann gab er Kaffeepulver und Milch in eine Tasse und goss nach einer Weile heißes Wasser darüber. Er hatte den Umschlag geöffnet, die zwei Seiten gelesen und stieß einen Pfiff aus. Während er den Kaffee in kleinen Schlucken trank, dachte er eine Weile nach. Dann stand er auf, ging ins Schlafzimmer und nahm das Telefon.

»Polizeipräsidium, guten Abend.«

»Ich möchte gern Polizeidirektor Sven Holte sprechen.«

»Wen darf ich melden?«

»Wide, Jonathan Wide.«

Es war dreißig Sekunden still.

»Bei Polizeidirektor Holte meldet sich niemand.«

»Danke.«

Wide ging zum Nachttisch, *behalt du ihn, ich kauf mir sowieso ein neues Bett*, öffnete die Schublade und holte ein abgegriffenes schwarzes Adressbuch hervor. Dann ging er zurück zum Telefon.

Nach sieben Klingelsignalen wollte er auflegen, als entfernt und schwach »Holte« im Hörer ertönte.

»Hier ist Jonathan Wide.«

»Was?«

»Jonathan Wide, ehemaliger Inspektor in deiner Armee.«

»Ich erinnere mich an dich, Wide.«

Der Mann sprach wie durch einen Trichter. Was war in den vergangenen Jahren mit ihm passiert?

»Ich muss dich sprechen.«

Am anderen Ende war es still.

»Hallo, Holte ...«

»Ich bin noch da. Warum willst du mich sprechen?«

Warum wollte er einen Mann sprechen, der der Grund dafür war, dass er die Polizei verlassen hatte? Eine gute Frage. Holte wusste die Antwort selber.

»Du kennst die Antwort.«

»Bist du voll, Wide?«

»Möglicherweise voller Wissen. Möchtest du, dass ich dir jetzt ein paar Sachen erzähle, übers Netz?«

»Verdammt, ich weiß nicht, wovon du redest.«

Wieder war es still.

»... aber von mir aus, komm her, du kennst ja die Adresse.«

Er wusste, dass er ihn hatte.

Wide parkte vorm »Nerfertiti« und ging über die Brücke des Hafenkanals. Die Hitze war schlimmer denn je. Das Atmen fiel schwer, die Luft klebte wie nasse Watte. Das letzte Sightseeingboot passierte unter der Brücke. Das Mädchen am Bug erzählte von der Stadt. Er bewunderte ihren Enthusiasmus und die Neugier der Passagiere. Ihm fiel ein, dass er nie eine Sightseeingtour mit seinen Kindern unternommen hatte.

Plötzlich und intensiv hatte er Sehnsucht nach ihnen ... Er wollte nicht Vater in einer Serie von Begegnungen und Abschieden sein.

Niemand öffnete auf sein Klingeln. Er drückte wieder auf den Knopf, aber die Laute verhallten in der Leere dort drinnen. Schließlich griff Wide nach der Türklinke. Die Tür war nicht abgeschlossen. Er betrat eine leere, geräumige Diele. Das Bild der üblicherweise aufgereihten Kleidung auf Bügeln und in Regalablagen fehlte. Da hing eine dünne graue Jacke, zwei Paar Schuhe darunter, als ob der Bewohner vierbeinig wäre. Die Diele war dunkel, und er konnte nirgends eine elektrische Lichtquelle entdecken.

»Komm herein, Wide.«

Die Stimme ertönte wie durch einen Lautsprecher, Wide schloss die Tür hinter sich, ging zum anderen Ende der Diele und weiter nach links in ein Zimmer, das in weichem Licht lag, gestreift und schwach dort, wo es durch Jalousienlamellen drang. Holtes Figur zeichnete sich gegen das Fenster ab. Sein Gesicht konnte Wide nicht sehen.

»Setz dich.«

Wides Augen gewöhnten sich an das Halbdunkel, er sah den Stuhl auf der anderen Seite des Schreibtisches und setzte sich Holte gegenüber. Auf dem Schreibtisch lagen keine Papiere. So war es früher auch gewesen, der Polizeidirektor hatte seinen Schreibtisch sauber gehalten. Wide hatte das immer irgendwie bewundert.

Er sah die Polizeiwaffe, die vor dem Mann lag.

»Hier sind nur wir – die Walther und ich.«

»Du hast nicht Schritt gehalten mit der Modernisierung der Polizei.«

»Ich trenne mich nie von der Walther.«

»Das verstehe ich. Die passt zu dir. Weißt du, dass der Name aus dem Deutschen kommt und *Macht* und *hier* bedeutet?«

»Bist du gekommen, um mit mir Deutsch zu sprechen, Wide?«

»Nein, ich bin gekommen, um Dänisch zu sprechen.«

Wide hatte sich jetzt an das Licht gewöhnt, sodass er ein kleines Zucken im Gesicht des kräftigen Mannes sah, als ob die Nerven um das rechte Auge nicht mehr den Signalen des Gehirns gehorchten, als hätten sie eine eigene Leitungszentrale gebildet.

»Jetzt verstehe ich, warum du mich immer gehasst hast.«

Die Zuckungen in Holtes Gesicht hatten aufgehört.

»Das musst du mir erklären.«

»Ich hab ein wenig Quellenforschung betrieben. Früher schien mir das nicht aktuell zu sein. Aber die Ereignisse in der letzten Zeit haben mich dazu gebracht. Fredrikshavn – im Krieg. Irgendwie waren wir beide beteiligt.«

Sven Holte hatte sich vorgebeugt.

»Dein verdammter Großvater.«

»Das Kriegsarchiv von Århus hat alle Namen. Ich war dort.«

Wide sah auf die Waffe. Wollte Holte ihn erschrecken? Wollte er etwas anderes demonstrieren?

»Dann weißt du, was passiert ist. Und weiter?«

»Du hast es nie vergessen können, Holte ...«

»Wie kann man so was vergessen? Meinen eigenen Vater?«

»Warum jetzt?«

»Warum was?«

»Du hast mich bedroht und das deute ich jetzt immer mehr anders. Wir sprechen hier von kriminellen Taten. Niemand anders als du kann dahinter stecken, ich glaube nicht, dass es irgendjemand anders weiß.«

»Du bist betrunken, Wide.«

»Im Augenblick nicht.«

»Deine Familie hat mein Leben zerstört, bevor ich überhaupt angefangen habe zu leben. Verlang nicht, dass ich dich deswegen lieben soll.«

Wide antwortete nicht. Er sah eine Bewegung im Fenster gegenüber, einen Reflex ... als ob die untergehende Sonne eine Uhr an der gegenüberliegenden Wand getroffen hätte und sie eine halbe Sekunde lang aufblitzen ließ. Für einen Moment packte ihn Angst.

»Hast du das Gefühl gehabt, unter Aufsicht zu stehen, Holte?«

»Wovon redest du denn jetzt?«

»Hast du dich beschattet gefühlt?«

»Nein, zum Teufel ...« Während Holte das sagte, sah Wide, wie das Fenster in Höhe von Holtes Fenster auf der anderen Straßenseite einen Spalt geöffnet wurde. Dann sah er einen hastigen Reflex im selben Fenster und hörte das scharfe Geräusch von zerbrechendem Glas, einmal und dann noch einmal. Schon beim ersten Laut begriff er, was es war, und duckte sich schnell unter den Schreibtisch. Holte blieb sitzen. Wide glitt zur Seite und kroch nach links, um aus dem Fensterbereich zu gelangen. Dann richtete er sich halb auf.

Die Zuckungen in Holtes Gesicht waren jetzt heftig. Ein dunkler Fleck breitete sich über die Brust seines hellen Hemdes, er neigte sich vor, blieb aber am Schreibtisch sitzen. Es sah aus, als wollte er den Revolver erreichen, aber Wide war nicht sicher. Allerdings war er sicher, dass Holte schwer verletzt war.

Rasch kroch Wide zu dem Stuhl und zog den schweren Mann in Deckung. Holte atmete kurz und ruckartig und immer schwächer, wie jemand, der bald keine Reserve mehr im Blasebalg hatte. Wide sah sich um und entdeckte ein kleines blaues Kissen auf einem der dunklen Sessel. Dorthin schlängelte er sich, riss das Kissen an sich und dachte, dass es diesem im Übrigen so rau-männlich möblierten Zimmer einen fast neckischen ... einen seltsam fremden Zug verlieh.

Er riss sich sein Hemd herunter, drückte das Kissen gegen Holtes Brust, in die Brust hinein, und band es fest mit dem Hemd ab, fühlte den Puls. Er schlug schwach.

Er wählte die wohl bekannte Telefonnummer und blieb liegen und drückte das Kissen gegen Holtes Brust und hörte nach einer Weile, wie sich die Sirenen näherten und mit einem letzten Heulen genau unter dem zerbrochenen Fenster verstummten.

Er schloss die Augen und sah noch, wie sich ein roter Schleier über die Schwärze legte.

»Wide! Bist du zum Schlafen hergekommen?«

Er öffnete die Augen und sah Holte auf seinem Stuhl sitzen, die Schultern hochgezogen, das kräftige Gesicht intakt und die Brust weiß und still – der Text auf dem Trikothemd über der linken Brustwarze: Spende Blut, der letzte harte Vokal lief in einem Blutstropfen aus. Das passte gut. Sven Holte war ein Mann der harten Vokale.

Aber der Anblick ... und der Traum ... War mit seinem Kopf etwas passiert, nach dem Schlag, den er bekommen hatte? War er tatsächlich für einen Moment eingeschlafen?

»Ich bin ein wenig müde nach dem, was vor ein paar Wochen bei mir zu Hause passiert ist.«

»Das kann ich mir vorstellen. Deine Art, zu feiern, ist ja allgemein bekannt.«

»Du weißt, wovon ich rede, Holte.«

»Und ob ich das weiß. Geh jetzt, Wide. Du bist verwirrt.«

»Ich hab dir vorhin eine Frage gestellt. Hast du dich verfolgt gefühlt?«

»Erst jetzt.«

»Vor mehreren Jahren gab es Gerüchte ...«

Holte sagte nichts, aber Wide sah die Nerven an seinem Auge schwach zucken, als ob Sven Holte ein Insekt wegzwinkern wollte.

»Du könntest verletzlich werden ...«

»So ein Scheißgerede wurde sofort erstickt.«

»Vielleicht ist das nicht ganz gelungen.«

»Verschwinde, Wide!«

Jonathan Wide erhob sich und ging. An der Tür drehte er sich um und sah, wie Holte sich abwandte und aus dem Fenster schaute, der Revolver auf dem Schreibtisch vor ihm schimmerte matt.

33

Lea Laurelius trat auf wie jemand, der über jede Schuldfrage erhaben ist. Er hatte so viele gesehen, Schuldige, Mitläufer und jene, die daneben gestanden hatten. Und solche, die in eine Situation geraten waren, für die sie keine Verantwortung trugen.

Sten Ard hatte den obligatorischen Kaffee für das Verhör bestellt, aber sie hatte ihn nicht angerührt. Das Getränk würde bald auf Raumtemperatur abgekühlt sein, also nur unwesentlich kälter als zum Zeitpunkt des Aufbrühens.

»Wie lange können Sie mich hier behalten?«

Sie hatte eine Kraft, die darauf hindeutete, dass der Staatsanwalt bei ihr auf Stein gebissen hatte. *Roter Stein*, dachte Sten Ard und sah erst jetzt, dass ihr Gesicht mit einer feinen Schicht Sommersprossen bedeckt war, wie vom Wind verstreuter gemahlener Kaffee.

»Die Zeit ließe sich abkürzen.«

»Wie meinen Sie das?«

»Es gibt Fragen, die Sie noch nicht beantwortet haben.«

»Ich kenne die Antworten nicht.«

»Wo waren Sie? Wissen Sie das nicht?«

Sie machte eine Bewegung mit dem Ellenbogen und

stieß dabei gegen die Tasse, die sich einmal langsam um sich selbst drehte und dann zur Seite kippte. Ard sah es wie im Zeitlupentempo, die dunkle Flüssigkeit ergoss sich über den Tisch, sammelte sich zu einer kleinen Pfütze und tropfte dann auf den Fußboden. Lea Laurelius sah Ard an, *warum macht er nichts?*, ihre Rolle hier war eine andere als die der Gastgeberin: Er musste aufstehen, eine Papierserviette holen und den Kaffee aufwischen.

Wo sie sich aufgehalten hatte, war ihre Privatsache, das hatte nichts mit den Ermittlungen zu tun.

Ihr war klar, dass es jetzt Zeit war, es zu sagen, aber das würde ihr nichts helfen. Sie war allein gewesen. Nein, sie schützte niemanden. Sie war allein gewesen. Ja, sie konnte die genaue Adresse nennen. Nein. Sie war vor nichts geflohen. Zu dem Zeitpunkt, als der ... Mord stattfand, war sie zu Hause gewesen, allein.

»Ich bin doch überfallen worden.«

Sten Ard dachte an Wide und an das, was er erzählt hatte.

»Sie haben Hilfe bekommen.«

»Ja, oder besser gesagt, ich hab um Hilfe gebeten und dann habe ich sie bekommen.«

»Ich hab mit Ihrem Helfer gesprochen.«

»Gut, dann brauchen Sie ja eigentlich nicht mehr mit mir zu sprechen.«

Die Mittagszeit war vorbei und er hatte immer noch keinen Hunger. Er hatte sich durch den Vormittag getrunken und das war nicht gut, der Kaffee war wie ein Nervengift um den traurigen trockenen Kuchen, den er auf dem Weg durch die engen Korridore in sich hineingestopft hatte. Er spürte, dass es nicht gut für seinen Kreislauf war, wenn er das Teufelszeug in sich hineinkippte, es prickelte leicht in den Fingerspitzen. Er fror fast in der drückenden Hitze, eine Unruhe in seinem Körper und Kälte in den Gelenken, das hatte er früher schon gespürt, zu der Zeit, als er reichlich Tabak konsumiert hatte. Das war eine Sucht, von der er nie ganz frei geworden war, ein trockener Tabakoliker. Oder wie hieß das?

Boursé war in den letzten Tagen wie ein unseliger Schmetterling ohne Nahrung durch die Bürolandschaft geflattert. Er hatte seine Mitmenschen mit einem seltsamen Blick betrachtet und war dann weitergeflogen. In diesen Tagen passierten Dinge ... kein im Norden Geborener wurde auf Dauer mit einem tropischen Klima fertig. Wenn man im südlichen Ausland arbeitet, passt man sich an, übernimmt die Gepflogenheiten. Aber hier musste alles genauso effektiv sein, wie wenn die Sommertemperatur bei zwanzig Grad lag. Das ging nicht. Wenn es schon bei normalem Wetter nicht ging, wie sollte es dann jetzt gehen?

Boursé schloss die Augen und schluckte. Sten Ard sah kleine Flecken Wärmeausschlag an seiner rechten Schläfe, Halbkreise von Schweiß unter den Armen. Wann würden sie die Erlaubnis bekommen, in kurzen Hosen und mit nacktem Oberkörper zu arbeiten?

»Holte. Ich rede von Sven Holte. Irgendwas ist merkwürdig mit ihm.«

»Das ist mal was ganz Neues.«

»Nein, Sten, diesmal ist es anders. Der Kerl ist verrückt.«

»Das hab ich nicht gesehen. Ich hab ihn übrigens seit einigen Tagen gar nicht gesehen.«

»Genau, er war nicht hier. Und bei ihm zu Hause nimmt niemand ab.«

»Er ist immer seine eigenen Wege gegangen.«

Ove Boursé zerrte an seinem Hemd, als wollte er es sich vom Körper reißen.

»So hab ich ihn noch nie erlebt ... seit dem Mord an Laurelius ...«

Sten Ard hatte ähnliche Beobachtungen gemacht. Er hatte nur nicht darüber gesprochen. Er hatte Calle Babingtons junge, wache Augen für eine Weile vor Holtes Tür platziert. Dort hatte ein schwacher, aber interessanter Verkehr stattgefunden. Er wollte es für sich behalten, jedenfalls heute noch.

»Erinnerst du dich an eine Sache mit Holte ... vor zehn Jahren oder so ... ein Gerücht, das in Windeseile erstickt wurde?«

»Über sein Leben und Treiben außerhalb der Polizei?«

»Das kleine Leben, das er hatte.«

»Das hat mich kaum erreicht. So was hören wir uns ja nicht gern an, wie du weißt.«

»Ich glaub, ich schau mal in den Akten nach. Wenn ich Zeit habe.«

Ard sah Boursé davongleiten, das Hemd flatterte hinter ihm her und seine Haare im Nacken waren feucht.

Carlos Babington war an der Peripherie, wie immer. War seine Rolle die des persönlichen Assistenten von Ard? Er hatte nichts dagegen. Dreißig Jahre und sein Leben hatte kaum angefangen. So fühlte es sich an. Er hatte sich durch die Militärzeit getastet, dann die Polizeischule, in der er sich so weit wie möglich von allem fern gehalten hatte, anschließend Streife fahren und schließlich ein Job bei der Fahndung, als sie festgestellt hatten, dass er nicht dämlich war. Er war stolz gewesen und hatte versucht, Frauen damit zu beeindrucken, die wenigen Male, wo er

Gelegenheit gehabt hatte, aber er hatte so selten Gelegenheit. Einige Versuche bei Kajsa Lagergren, aber in ihrer Gesellschaft fühlte er sich wie ein dummer Junge. Wann war man reif genug, um attraktiv zu sein?

»Calle, wir müssen noch eine Runde drehen. Deine ... Gesprächspartner bei Klippan. Dieser Taxi fahrende Künstler und das Mädchen, das er aufgelesen hat und mit dem er offenbar Kontakt haben will.«

»Jaaa ... aber das steht doch alles in den Berichten.«

»Bis jetzt alles. Aber er scheint ein wacher Kerl zu sein, und sie ...« Ard warf einen Blick in einen anderen Bericht. »Sie wurde etwas knapp verhört, als sie wieder bei Bewusstsein war. Extragewürztes auf einer Party, wie sie sagt. Tja, das könnte unsere Ermittlungen tangieren.«

»Die Stadt scheint voller Extragewürze zu sein.«

»Ich will mit ihnen reden. Bring sie her.«

Noch eine Runde, das galt auch für Kajsa Lagergren. In einem Raum, der einen Ventilator bekommen hatte, holte Jeanette Forsell eine zerknautschte Packung Zigaretten hervor und wollte sich gerade eine anzünden, als Kriminalassistentin Lagergren nein sagte.

»Nein?«

»Das geht nicht in diesem Raum. Zu klein. Du siehst ja, dass wir das Fenster nicht öffnen können.«

»Und warum nicht?«

»Wir führen gerade ein Experiment durch: Wie lange kann man einen Ventilator laufen lassen? Mit so was haben wir hier oben im Norden ja keine Erfahrung.«

»Nee.«

Jeanette steckte die Zigarette sorgfältig zurück in die

Schachtel, Kajsa Lagergren sah die schmalen Finger des Mädchens.

Dunkle Ringe unter den Augen, hübsche Haare, aber der Beginn brechender Spitzen. Jeans und Sandalen und ein Baumwollhemd, das teuer gewesen sein musste. Es wirkte wie ein Kleidungsstück, das man in einem anderen Land gekauft hatte und mit einem ausländischen Hauch umgeben war. Aber was fesselte, war etwas anderes. Ihr Duft war eigentümlich, ein Parfüm, das Kajsa Lagergren noch nie gerochen hatte, gleichzeitig weich und intensiv. Sandelholz ... konnte man den Basar in Amman mit Mittsommer in einem schwedischen Hain mischen?

»Ich möchte, dass du mir von deiner Heimreise erzählst.«

»Warum?«

Was sollte sie sagen? Dass sie die Angaben der Mutter wegen vergeblicher Anrufe überprüfen mussten? Dass sie ihre Mutter wegen Mordes festhielten, aber noch nicht ganz sicher waren?

»Es ist reine Routine, wie es heißt. Wir möchten es eben genau wissen.«

»Ich habe alles erzählt.«

»Das ist auch Routine – dass wir alles noch einmal durchgehen.«

Jeanette zuckte mit den Schultern, *geht es durch, sooft ihr wollt,* streckte sich nach der Zigarettenschachtel, dann fiel es ihr wieder ein und sie zog die Hand zurück.

»Nach Paris ... wie bist du dann nach Hause gefahren?«

»Ich hab in einem Café einen Jungen getroffen, der auf dem Weg nach Norden war.«

Eine soziale Person, dachte Kajsa Lagergren. Café in London, Café in Paris ... Begegnungen mit Menschen, die sich im Aufbruch befanden. Das war eine Zeit, die sie selber nie richtig erlebt hatte. Ein paar ereignisreiche Sommer mit dem Zug durch Europa, aber man musste schon wieder nach Hause, bevor es richtig losging. Dann hatte sie ein paar Reisen im Auto unternommen. Sie kannte die Wege zum Kontinent ganz gut: Deutschland, Holland, Belgien nach Paris und ein Stück hinaus an die Küste der Normandie.

»Du hast dich getraut, mit ihm zu fahren?«

»Ich kann auf mich aufpassen. Und er hat noch ein Mädchen mitgenommen, kurz hinter Paris.«

»Welche Strecke seid ihr da gefahren?«

»Nach Norden, wie schon gesagt, an die französische Grenze und nach Belgien.«

»Valenciennes?«

»Val... ja, so heißt das wohl.«

»War es nicht schwer, in Belgien per Anhalter zu fahren?«

»Nein, weil ich es ja nicht brauchte. Der Junge ist durch ganz Belgien gefahren und hat uns erst in Deutschland abgesetzt.«

»Am selben Tag?«

»Am selben Abend, es war spät. Aber was spielt das für eine Rolle?«

»Wie ich schon sagte, alles wird festgehalten und muss seine Ordnung haben.«

In Deutschland, von Belgien aus? Sie müssen bei Aachen über die Grenze gefahren sein ... oder ein Stück nach Holland hinein und über Maastricht. Dort war sie 1986 durchgefahren, damals nur ein Name auf der Karte, wenn überhaupt.

»Es ist sinnlos, dass Sie mich fragen. Ich erinnere mich nicht, wie die Stadt hieß.«

»Hast du dich früher nicht sehr für Pferde interessiert, Jeanette?«

»Schon ... und das interessiert mich immer noch. Aber was hat das mit der Sache zu tun?«

»Die Stadt, wo ihr vielleicht die deutsche Grenze passiert habt, hieß die nicht Aachen?«

Sie sah, wie sich das Gesicht des Mädchens leicht rot färbte, als ob sich eine dünne Schicht Blut direkt unter der Haut sammelte.

»Na klar ... dass es mir nicht gleich eingefallen ist! Ich weiß, dass ich daran dachte, als wir abends ankamen. Der Name ist doch so bekannt.«

»Kein Springturnier, als du dort warst?«

»Ich hatte keine Kraft nachzusehen. Wir waren so müde.«

»Wir?«

»Ich und dieses ... deutsche Mädchen. Wir haben uns in irgendeinem lausigen Hotel ein Zimmer geteilt ... Fragen Sie mich nicht, wie es hieß, aber es war teuer ... außerhalb der Stadt, und dann ist sie am nächsten Morgen allein abgehauen. Und ich bin auch abgehauen.«

»Wohin ist sie abgehauen?«

»Sie hat gesagt, sie ist aus Berlin, und wollte, dass ich mitkomme.«

»Hast du ihre Adresse?«

»Jaaa, irgendwo zu Hause.«

»Okay. Und du bist nach Schweden gefahren. Wie lange hat das gedauert?«

»Drei Tage bestimmt, ich bin ganz gut bis Hamburg gekommen und dann durch Dänemark nach Helsingborg und weiter nach Göteborg.«

»Mit welcher Fähre bist du gefahren?«

»Das ist ja ein richtiges Verhör. Putt... Puttgarden heißt

das wohl, ich erinnere mich, dass ich lange mit einer Familie in der Schlange gewartet habe. Sie hatten ein Kind, das dauernd quengelte.«

»Und du hast die ganze Zeit nicht zu Hause angerufen.«

»Ich hab's natürlich versucht. Aber es hat nie jemand abgenommen.«

Kajsa Lagergren schwieg eine Weile. Irgendein kleiner Vogel, vielleicht eine Meise, schlug mit zerbrechlichen Flügelspitzen gegen die Scheibe. Ahnte sie etwa die Kühle hier drinnen?

»Wie war das?«

»Was?«

»Wie war es, von England zum Kontinent zu kommen?«

»Eigentlich ziemlich anstrengend, aber schön.«

»Und Bournemouth?«

»Dort war es noch anstrengender.«

»Aber irgendwas Gutes musst du doch gefunden haben? Cafés, Diskos? Oder den Strand.«

»Jaa, vielleicht einige.«

Kajsa Lagergren dachte nach.

»Auf der Hauptstraße runter zum Strand gibt es ein schrilles Café ... wie heißt das ... ›Southsiders‹ ... ja. Ein Treffpunkt für junge Leute.«

»South... klar, da waren wir einige Male. Aber ich hab gehört, dass sie umziehen würden.«

»›The Mouth‹, die Disko, wart ihr dort?«

»Daran erinnere ich mich nicht. Sind Sie dort gewesen?«

»Ist nicht jeder schon einmal in Bournemouth gewesen?«, fragte Kajsa Lagergren lächelnd.

»›The Mouth‹ ... genau, jetzt erinnere ich mich.«

»Und dieses italienische Lokal fast am Strand … ›Palermo‹. Das muss es doch noch geben.«

Jeanette sah sie an.

»Klar. Große Spagettiportionen.«

»Dann war also doch nicht alles schlecht in der Stadt.«

»Na ja, es war schon ganz nett. Aber ich wollte weg.«

Wohin?, fragte sich Kajsa Lagergren und sah dem Mädchen in die schönen Augen.

Es war schon möglich, dass es »The Mouth« und »Palermo« in Bournemouth gab, aber Kajsa Lagergren wusste nichts von Bournemouth. Sie war noch nie dort gewesen.

Linn Svanberg war dort gewesen und doch auch nicht. Sie war auf dem Fest gewesen, wusste jedoch so gut wie nichts mehr darüber. Alles war außer Kontrolle geraten. Wie lange war sie dort gewesen?

»Wie sind Sie dorthin geraten?«

Sten Ard hatte den Jungen in einem anderen Zimmer warten lassen.

»Ein Freund war eingeladen, der Freund von einem Freund … also sind wir hingefahren.«

»Und das war im Westen.«

»Irgendwo in Askim.«

»Würden Sie wieder dorthin finden?«

Sie schien zu zögern. Blond und mit einem Gesicht, das nicht zu harten Drogen passen wollte. Aber welches Gesicht passte schon dazu, anfangs?

»Wie sind Sie hingefahren?«

»Ein Junge hat uns abgeholt, und wir – na ja, wir haben die ganze Zeit geredet. Ich hab nicht auf den Weg geachtet und plötzlich waren wir da.«

»Aber nicht lange.«

»Was?«

»Sie sind nicht lange geblieben.«

»Ich kann mich nicht erinnern. Ich hab ein paar Leute getroffen, geredet und getrunken … aber nicht sehr viel.«

»Danach … nichts?«

»Ich erinnere mich nur, dass jemand laut etwas rief und wir irgendwohin gefahren sind … und dann, dass ich ein Taxi angehalten habe.«

»Man hat Sie also irgendwo abgesetzt.«

»Offenbar.«

»Wer?«

»Ich weiß es nicht. Es können Jungen gewesen sein, es können Mädchen gewesen sein.«

Es können auch irgendwelche Tiere gewesen sein, dachte die Polizistin. Der Taxifahrer hatte ihr vermutlich das Leben gerettet, konnte Ards Ermittlung jedoch kein neues Leben einhauchen. Der Junge hatte niemanden kommen oder gehen sehen gegenüber von Kerstin Johanssons Atelier. Seins schaute in die andere Richtung, zur Festung.

Manfred Bergman und Linn Svanberg nahmen den Fahrstuhl nach unten, er hielt im dritten Stock und Jeanette stieg zu. Niemand sagte etwas. Der Fahrstuhl hielt im Erdgeschoss und sie gingen hinaus. Lea Laurelius' Tochter verließ das Polizeipräsidium rasch, die schmalen Sandalen kratzten weich über den etwas sandigen Fußboden.

Linn Svanberg sah ihr nach. Was für ein auffallendes Parfüm … das hatte sie schon einmal gerochen, ein einziges Mal, jemand hatte hinter ihr gestanden … kurz bevor sie sich leicht zu fühlen begann und die Kontrolle verlor. Sie erinnerte sich genau, es war ihre letzte bewusste Wahrnehmung an diesem Abend.

Linn Svanberg kehrte um und fuhr mit dem Aufzug wieder nach oben und ein erstaunter Manfred Bergman folgte ihr wie ein willenloser Leibwächter.

Es war der vierte Stock … Hieß er Ard, der Kommissar?

34

Am Abend des 18. Juli gegen zwanzig Uhr drückte Sven Holte ab. Er hatte die Bilder verbrannt und zehn Zeilen auf ein Blatt Papier geschrieben, das er auf dem Schreibtisch liegen ließ. Er hatte die Vorhänge nicht zugezogen. In den letzten Sekunden hatte er an nichts Besonderes gedacht, höchstens daran, dass die Walther schwerer als gewöhnlich in seiner Hand lag.

Ein Nachbar hörte den Schuss und rief die Polizei an. Ein Auto kreuzte die Avenyn und kam kurz nach der Tat an: Ja, der Schuss ist aus der Wohnung gekommen. Die Tür explodierte unter den Händen der kompetenten Polizisten, und es dauerte nicht lange, um zu konstatieren, dass Holte seine alte Dienstwaffe allzu lange festgehalten hatte. Er lebte noch, das Leben gefangen und festgehalten mit einem Griff um die Schreibtischkante.

Am 19. Juli um Viertel vor zwei zogen drei Männer im Schein der nächtlichen Beleuchtung der Stadt glänzende Taucheranzüge an und ließen sich in das kühle, dunkle Wasser gleiten. Der Lindholmshafen ruhte nach dem Tag aus, quer über den Fluss konnten die Taucher den Kai von Masthugget und das Dänemarksterminal sehen. Sie schwammen mit kräftigen Zügen auf die Fähre zu, die während der frühen Nacht in dünnen Nebel eingehüllt worden war. Die Temperaturen fingen plötzlich an zu sinken.

Das Heroin war in vier blauen Stofftaschen verpackt, die achtern an eigens hergestellten Tauen oberhalb des Ruders hingen. Die Stofftaschen waren natürlich nur von außen zu erreichen.

Die Männer hatten die »Stena Danica« mit ruhigen Schwimmzügen erreicht und wollten gerade anfangen zu arbeiten, als ein nächtliches Schiff in den Hafen einlief. Das war eine Überraschung. So durfte es in Göteborgs Hafen nicht zugehen. Zwei der Männer kletterten in den Hohlraum über dem Ruder, während der dritte im Wasser blieb. Als der Scheinwerfer die Fähre erfasste, tauchte er unter.

Fünfundvierzig Minuten später konnten die Männer die Taue kappen und sich mit den Säcken ins Wasser gleiten lassen. Die Säcke waren so präpariert, dass sie nicht oben trieben, alles andere wäre eine Katastrophe gewesen, weil die Nacht immer heller wurde.

Ursprünglich hatten sie weiter zum Hafen schwimmen wollen, aber der Plan wurde geändert: Eine Stunde vor der Operation wurde beschlossen, dass sie ins Hafenbecken nach Lindholmen zurückkehren sollten.

Nach der Bergung übernahm ein Auto das Rauschgift und brachte es in eine Wohnung in Brämaregården in Hisingen. Der unmittelbare Plan hatte so ausgesehen, dass es umgeladen und ein Teil der Ware weiter in Länder auf dem Kontinent geschickt werden sollte: der übliche Weg für Transitverkehr von Rauschgift. Ein verhältnismäßig großer Teil sollte in Göteborg bleiben.

Das Heroin, das nach Schweden eingeschmuggelt wird,

hat in den meisten Fällen eine Konzentration von über neunzig Prozent. Dann braucht es weniger Platz und bei Gerichtsurteilen in Rauschgiftvergehen wurde die Konzentration nicht berücksichtigt. Ein Kilo Neunzigprozentiges wird genauso bewertet wie ein Kilo Zwanzigprozentiges.

Wenn das Heroin auf der Straße verkauft wird, beträgt die Konzentration um die fünfzehn Prozent, manchmal zwanzig.

Als die Arbeit in der Wohnung in Brämaregården begonnen hatte und bevor die Taucher davongefahren waren, griff die Polizei zu. Alles lief ganz undramatisch ab, das Polizeiaufgebot war groß, die Hinterausgänge waren bewacht. Die sechs Männer in der Wohnung wirkten ruhig und gefasst, *win some lose some*, wie einer von ihnen gesagt hatte, als sie, wohl noch unter Schock, zu den Autos geführt wurden.

»Es ist unklar, ob jemand an Bord von der Ladung wusste«, sagte Oberstaatsanwalt Kaj Högberg zwei Tage später in der Zeitung.

»Der Auftraggeber ist unbekannt«, sagte er auch.

»Endlich ein Durchbruch«, sagte Kriminalkommissar Gert Fylke und kratzte sich am Hals, »und das verdanken wir dem Arschficker der Polizei, weil der endlich beschlossen hat, seine Dienstwaffe sinnvoll einzusetzen.«

»Mit solchen Reden kommst du nicht in den Himmel.«

Sten Ard war damit beschäftigt, ein Streichholz in so viele Einzelteile wie möglich zu zerlegen. Er hatte das Gefühl, er müsse etwas mit seinen Händen tun.

»Ich *bin* im Himmel, Kommissar Ard. Dieser Zugriff kann einen Knoten lösen, mit dem wir uns seit Jahren vergeblich herumgeplagt haben.«

»Schon mal mit einem Schwert versucht?«

»Was?«

Ard hatte keine Lust, über Geschichte zu reden.

»Nichts. Aber hier ist nicht alles Gold. Es wird einen Orkan geben, wenn herauskommt, dass einer der höchsten Vertreter der Polizei in Göteborg in Rauschgiftgeschäfte verwickelt war.«

»Er hat seine Verbrechen gesühnt. Und ich scheiß auf den Nachruf.«

Ard war mit einem Streichholz fertig und nahm sich das zweite vor.

»Möchte mal wissen, was ihn veranlasst hat, das zu tun.«

»Auf sich selbst zu schießen?«

»Nee, das ist ja selbstverständlich, ich meine, in die Sache einzusteigen.«

»Das Einzige, was mir einfällt, ist Erpressung. Holte hat ja schon beim letzten Mal fast die Walther genommen.«

Gert Fylke hielt sich die Finger an die Schläfe und tat so, als würde er abdrücken. Sten Ard sah ihn mit gespieltem Abscheu an.

»Die Gerüchte über seine Homosexualität.«

»Das war's ja nicht nur. Es wird behauptet, er fühlt sich zu kleinen Jungs hingezogen. Am Ende wusste niemand was Genaues, aber einer der Internen hat von einer Reise nach Thailand erzählt.«

Ards Streichholz brach plötzlich mit einem Knacken mittendurch, sodass er fast zusammenzuckte.

»Woher weißt du das?«

Fylke lächelte, antwortete jedoch nicht. Stattdessen sah er auf Ards Hände und erhob sich, als wollte er zu dem Kollegen gehen und ihm die Streichhölzer wegnehmen.

»Ich muss stehen. Wenn ich eine Weile gesessen habe, werde ich so verdammt steif.«

»Mir geht's genauso.« Ard legte die Streichholzschachtel auf den Tisch. »Vielleicht sollte man in einen Sportverein eintreten.«

Er dachte an die Lehrerin Bitt und ihren kräftigen, geschmeidigen Körper. Sollte er immer noch formbar sein ...? Er sah die Anzeige vor sich, in der für eine Altersversicherung geworben wurde, die Frau mit einem mehrdeutigen Lächeln, dazu der Text: *Wenn mein Herr fünfzig ist, ist es vielleicht noch nicht zu spät*, oder waren es achtundfünfzig? Darauf bewegte er sich jetzt zu und die Zeit verging schnell.

»Das würde die Pumpe nicht mitmachen. Dabei red ich noch nicht mal vom Training selber. Weißt du, was die Mädchen und Jungen bei der Gymnastik in den siebziger Jahren in den USA miteinander gemacht haben? Oder die Jungen mit den Jungen?«

Ard wollte es nicht wissen, er konnte es sich auch so vorstellen.

»Zehn Zeilen. Viel gibt er nicht preis.«

»Holte war ein stolzer, eitler Kerl. Wenn Namen auf dem Zettel stünden, würde er seinen eigenen Namen für alle Zeit und Ewigkeit in den Dreck ziehen, amen.«

»Er lebt ja.«

»Das ist ein Wunder. Wenn die ihn aus der Bewusstlosigkeit rausholen, dann wird man feststellen, dass niemand mehr zu Hause ist. Da kann man die Tür für immer schließen.«

»Wann hast du denn eine Arztausbildung gemacht?«

Fylke lachte krächzend, das Lachen erreichte fast seine Augen. Ard betrachtete die Streichholzschachtel, berührte sie aber nicht.

»Hast du dir diesmal keine Gedanken über den Auftraggeber gemacht?«

»Er kann in Bogotá oder Bangkok sitzen.«

»Oder hier in Göteborg.«

»Das ist möglich, aber dann arbeitet er mit jemandem in Bogotá oder Bangkok zusammen.«

»Hast du schon mal von einem Fredrik Björcke gehört?«

Fylke dachte eine Weile nach.

»Der Name kommt mir bekannt vor, aber wir haben nichts ... importiert Textilien und so einen Scheiß aus Asien, oder?«

»Ja, hierher ... und nach Dänemark.«

»Einer, der umlädt, meinst du?«

»Ich weiß es nicht, aber es wäre doch möglich. Er ist einer von vielen Namen, von denen wir nicht recht wissen, was wir damit anfangen sollen. Oder vielleicht wissen wir es schon, können ihm aber nichts nachweisen.«

»Björcke ... tja, du musst wissen, dass Geschäftsleute in dieser Schmugglerbranche häufig Löcher brauchen, in die sie ihre Sachen stopfen können ... wie ...« Fylke lachte noch krächzender und Ard sagte hastig »ja, ja« und hob abwehrend die Hand. Fylke hielt sich zurück und fuhr mit der Sachfrage fort: »... ein Loch also, in das man Rauschgift stecken kann. Davon kann man ausgehen. Wir haben zum Beispiel Rauschgift in Möbeln aus Indonesien gefunden, Plastikrohre voller Drogen und die Rohre bedeckt mit Holz. Aus Bolivien sind einmal Rohrmöbel voll gestopft mit Rauschgift gekommen, aber einer der Jungs vom Zoll wusste, dass in Bolivien kein Rohr wächst, der Trick ist also aufgeflogen.«

Ard hörte interessiert zu. Das wunderte ihn selber.

»Eine Gang hat mal den Tabak in einer Ladung Zigaretten ausgetauscht und durch Gras ersetzt. Eine andere hat eine Partie Walnüsse geöffnet, sie mit Rauschgift gefüllt und das Ganze wieder zugeklebt. Das hat übrigens in der Zeitung gestanden.«

»Und ihr schafft es, die Fälle zu lösen?«

»Manche, die Geschäftsleute finden stets neue Methoden, man muss immer dranbleiben. Die Kripo beim Zoll arbeitet mit Hochtechnologie. Und das ist nötig. Es wird immer schwieriger – besonders im Schiffsverkehr.«

Fylke verstummte und meditierte zehn Sekunden lang über den Schiffsverkehr. Dann sah er auf.

»Wo wir gerade von Schiffen reden – wie geht es mit deinem Mord?«

»Wir befinden uns auf der Zielgeraden.«

Sie gingen langsam durch den Park. Einige Leute saßen im Schatten unter den Bäumen und sahen den Kanal vorbeifließen auf dem Weg zur Hafeneinfahrt. Der Urlaubsverkehr auf den Straßen wurde von den Bäumen gedämpft. Eine junge Familie auf einer Decke picknickte, Butterbrote, Thermoskanne, Kuchen, Limoflaschen. Wide merkte, dass er großen Durst hatte, nur eine Limo – kein Bier. Plötzlich fühlte er sich stark, kam das daher, dass er sich Limo wünschte?

»Das ist eine ziemlich verworrene Geschichte.«

»Sie ist smart, deine Kajsa.«

»Sie ist wie du, folgt ihrer Intuition, wenn die Fakten fehlen.«

Ard sah eine junge Mutter etwas aus der Thermoskanne in einen Becher gießen, während sich eins der Kinder watschelnd auf einen Spaziergang in Richtung Kanal aufmachte, ein kleines Mädchen, die Mutter erhob sich rasch und holte das Kind zurück, das in Protestgeschrei ausbrach und erst wieder verstummte, als es den Kuchen entdeckte.

Wide sah einen jungen Mann, der sich mit einem zusammenklappbaren Liegestuhl abmühte, während seine Freundin immer lauter lachte.

»Sie ist also gar nicht nach England gefahren.«

»Jedenfalls nicht nach Bournemouth. Wir überprüfen gerade das mit der Schule und der Gastfamilie.«

»Warum zum Teu...«

»Jugendliche Abenteuerlust, vielleicht eine rebellische Tat. Vielleicht ein Freund mit dem gleichen rebellischen Gemüt. Das werden wir bald erfahren.«

Wide dachte an Pontus Nihlén und seinen Protest gegen den Rest der Welt.

»Dann ist sie also in der Europäischen Gemeinschaft herumgewirbelt?«

»Es scheint so, aber auch das findet Kajsa zu vage.«

»Vage? Sie war auch nicht in Europa, meinst du?«

»Es gibt eine andere Möglichkeit ... dass sie etwas von den Geschäften des Stiefvaters wusste und deshalb abgehauen ist, vielleicht hatte sie Angst ... Vielleicht hat sie was gehört.«

»Was ihr Angst machte?«

»Was ihr furchtbare Angst machte. Vielleicht hat sie die Mutter mit jemandem reden hören.«

»Du weißt, was ich von dieser Theorie halte.«

»Du bist da gefühlsmäßig verwickelt.«

Ard sah, wie sich dasselbe Kind auf denselben Spaziergang machte. Band man Kinder heutzutage nicht mehr fest?

»Aber wer hat dann Georg Laurelius umgebracht?«

»Das war eine Abrechnung im Rauschgiftgeschäft. Wenn eine Frau dabei war, dann ist sie jetzt weg. Aber ich glaube nicht, dass es jemals eine Frau gegeben hat. Dein Zeuge hat sich getäuscht.«

Ard hörte Musik von der Bühne, die hinter den dicht belaubten Bäumen zu sehen war. Eine Kapelle ... war das Cole Porter?

»Jonathan, stell dir vor, sie kannte die eventuellen Pläne der Mutter. Stell dir vor, sie kennt die Männer. Kein Wunder, dass sie sich an einem unbekannten Ort versteckt hat.«

»Sie ist zurückgekommen.«

»Ja.«

Die Musik wurde deutlicher, als sie sich näherten, sie war wie ein laues und doch kühlendes Bad in der dünnen Luft.

Der Kies knirschte unter ihren Füßen, als sie ein Stück entfernt an der Bühne vorbeigingen, Wide nahm den Duft von Rosen wahr.

»Ich hab mal einen Dokumentarfilm über einen Jungen aus Argentinien gesehen. Der wurde mit siebzehn festgenommen, noch ein Kind, *siebzehn Jahre*, aber die Knechte haben ihn abgeschleppt, er hat es sonderbarerweise überlebt, hat aber fünf Jahre im Gefängnis gesessen.«

»Ja?«

»Er lebt jetzt in Schweden. Er hat erzählt, dass sie nie Musik hören durften. Dann, nach drei Jahren, als er gerade die Korridore im Gefängnis putzte, dröhnte plötzlich Musik los in den Lautsprechern, zwei Songs von den Beatles, *We can work it out*, und dann war es wieder still. Dieser Junge erzählte, dass er total verrückt geworden ist, er ist in den Korridoren herumgerast, die Musik hat ihm ein so unerhörtes Glücksgefühl vermittelt ... damit konnte er nicht fertig werden.«

Sie gingen durch das Eingangstor und rechts zum Kungsportsplatsen.

»Ich möchte, dass du noch mal mit ihr redest.« Ard hatte sich ihm zugewandt.

»Noch ein Verhör?«

»Ja. Du hast mit ihr gesprochen, und ich möchte, dass du es noch einmal tust.«

Sie trennten sich und Wide ging zum Parkplatz am Kungstorget. Er spürte einen kurzen Windhauch im Haar und sah im Westen einen Wolkenzapfen wie einen schmalen Finger aufsteigen. Als er in die Allén eingebogen war und einen besseren Überblick hatte, sah er, dass dem Wolkenfinger eine ganze Hand folgte, eine geschlossene Hand bis auf den einen Finger, auf dem Weg über die Stadt.

35

Lea Laurelius lag auf dem Bett, das Gesicht der groben Wand zugekehrt, die scheinbar bewusstes Design war, um Hoffnungslosigkeit auszudrücken. Sie konnte entfernte Geräusche hören, Schritte, das widerliche Geräusch schwerer Türen, die zuschlugen. Sie hatte auf all diese Fragen geantwortet, aber niemand beantwortete ihre Fragen. Der große Kriminalbeamte ... Ard ... er hatte sie sehr genau betrachtet hinter einer Fassade aus Routine, sie sah, dass er ein Ziel hatte, sah aber auch den Zweifel ... waren sie vorangekommen?

Sie war mit in die Hölle gereist. Was sollte sie tun, wenn sich das Ziel während der Reise änderte, nicht stückweise und mit Zeit für die Anpassung, sondern jäh, überrumpelnd. Es hatte eine Notbremse gegeben und die war schließlich die einzige Rettung gewesen.

Wann würde sie ihrer Tochter das nächste Mal nah sein ...? In der letzten Zeit hatte sie den Eindruck gehabt, dass sie sich näher waren denn je. War es Entwicklung oder Reife? Als die Pubertät richtig begann, war es aufreibend gewesen, das war natürlich, aber es gab auch etwas Dunkles in dem, was sie tat, als ob sie es täte, weil sie etwas wusste ... Es war ein ewiges Auf und Ab gewesen. Irgendwann war sie eine Nacht von zu Hause weggeblieben, das hatte sich wiederholt, und eines Nachts hatte Lea sie in einer Wohnung in Lunden gefunden, zusammen mit zwei Männern, die noch bedröhnter waren als Jeanette.

Danach war alles noch schlimmer geworden, die Mutterrolle war nur noch ein Wort. Jeanette zog sich völlig zurück, sprach kein Wort mehr. Lea ahnte, dass sie in der Schule erschienen waren, in den großen Pausen, dass sie sich aufdrängten. Natürlich war das aufregend für die jungen Mädchen, ältere Jungen, die sich für sie interessierten, sie ernst zu nehmen schienen. Auf so etwas fiel ein junges Mädchen leicht herein.

Sie hätte mehr kämpfen müssen, sie wusste ja, dass die Gefahr ganz nah war ... sie hätte etwas tun müssen ... eigentlich sofort.

In Jonathan Wides Augen hatte sie etwas gesehen, von dem sie mehr erfahren wollte. Hatte er die Kraft, ihrer Tochter zu helfen? Sie konnte sich keinen anderen vorstellen und das erschreckte sie ...

Das Mädchen wollte los. Er fuhr in Richtung Stadt.

»Nicht raus ans Meer?«

Sie hielt den Kopf in den Wind am halb offenen Fenster, das Haar tanzte um ihren Kopf. Ihre Kleidung wirkte unordentlich, als hätte sie darin geschlafen.

»Nein. Ich mag das Meer nicht mehr.«

Der Himmel war klar, die Wolken, die sich über dem Horizont abgezeichnet hatten, waren über Vinga ausradiert worden.

Sie fuhren durch den Gnistängstunnel und sie zeigte nach links.

»Fahren Sie hier ab.«

Er fuhr über die Gleise und in das alte Zentrum von Kungssten, hinauf zum Verkehrskreisel und weiter unter dem Autobahnviadukt hindurch. Für den Bruchteil von Sekunden konnte er nichts sehen in der Dunkelheit, seine Augen waren groß und vorbereitet, als sie wieder hinaus ins Licht kamen, und er sah die Temperaturanzeige über dem Industriegebiet wie eine kleine Sonne: siebenunddreißig Grad. War das möglich?

»Geradeaus weiter.«

Sie fuhren zum Sannaplan und langsam die Fridhemsgatan hinunter, dann nach rechts zum Westfriedhof.

»Können Sie hier irgendwo anhalten?«

Sie machte eine unbestimmte Handbewegung zum Straßenrand. Jonathan Wide bog nach rechts zum Blumenladen ein und fand einen Parkplatz im Schatten unter den Bäumen. Sie stiegen aus.

»Ich möchte hier jemanden besuchen.«

»Darf ich mitkommen?«

Sie zuckte mit den Schultern und ging auf den Friedhof zu. Wide ließ einem Paar den Vortritt, die Frau trug ein Rosenbukett, deren Blätter sich von der Hitze eingerollt hatten, der Mann einen Kranz, der nach Wald duftete: in der Mitte eine blanke Scharpe in Weiß und Gold, die sich ihm um das linke Bein legte. Ein dunkler Anzug, der lange unbenutzt im Schrank gehangen hatte.

Jeanette Forsell ging an den Steinen entlang, Familiengräber, Reihen von Namen und Jahreszahlen, Wide jetzt an ihrer Seite. Sie ging an der Kapelle vorbei und dann in einem Halbkreis zurück, bog in einen schmalen Gang ein und blieb im Schatten von Eichen vor einem Grab in einer kurzen Reihe von Steinen stehen, der Stein war weiß und glänzend, einige niedrige Wacholder, frische Lilien in einer Vase, in der noch Wasser war. Ein breiter, gusseiserner Kerzenhalter, eine Kerze, die schon viele Male gebrannt hatte.

Sie sah auf den Stein hinunter und Wide las:

Karolina Mörk
8. 6. 1975–15. 1. 1993

Sie schaute ihn mit trockenen Augen an. Er sah den Vorwurf in ihrem Gesicht. *Was meinst du, warum ich hierher fahren wollte? Ja. Darum.*

»Deine Freundin.«

Sie nickte und wandte das Gesicht wieder dem Grabstein zu.

»Du konntest es nicht akzeptieren.«

Sie schüttelte den Kopf.

»Nein. Wie soll man so was akzeptieren ... es aushalten?«

»Weiß deine Mutter davon?«

Er trat näher an sie heran und legte vorsichtig eine Hand auf ihren Arm. Er fühlte sich hart an unter dem dünnen Hemd.

»Ich weiß nicht, wie viel sie weiß. Ich hab nichts gesagt ... noch nicht. Aber es wäre nicht mehr länger gegangen ... sie kann ja nicht da drinnen sitzen bleiben.«

Sie lachte auf und dann begann sie zu weinen.

»Du wolltest selbst ... dabei sein ...«

Sie sah Wide an. Sie waren ungefähr gleich groß, aber er hatte nicht das Bedürfnis, sich zu recken. Sie erzählte, kurz. Sie war schuldig. Sie hatte ihn umgebracht.

»Ist das nicht furchtbar? Ich wollte sehen ... dass es erledigt wird. Aber genau gesehen, wie es passiert ist, habe ich nicht. Erst hinterher ...«

»Was war das für ein Gefühl?«

»Es war schrecklich, aber auch schön ... und es ist ja auch schrecklich. Aber er war ein Monster.«

»Einen Menschen umzubringen ist das Schlimmste, was man tun kann.«

Jeanette Forsell senkte den Kopf zum Kiesweg, eine Meise hüpfte energisch um ihre Füße herum.

Als sie wieder sprach, klang ihre Stimme wie die eines Anrufbeantworters.

»Er hat versucht, sich an mich ranzumachen ... das ist ein paar Mal passiert, aber zum Schluss hat er sich zurückgehalten.«

»Hast du das deiner Mutter nicht erzählt?«

»Wenn es so weitergegangen wäre ... aber wie erzählt man so was?«

»Manchmal ist es nötig.«

»Mama wusste schon, dass sie nicht mit ihm leben konnte. Ich glaub, das hat sie ziemlich schnell kapiert.«

Er ließ ihren Arm los.

»Was ist mit den anderen?«

»Den ... anderen?«

Wide sah sie an.

»Die auch dabei waren.«

»Ich sage nichts mehr. Nur so viel: Es war meine Idee.«

»Jemand muss ihn mindestens genauso hassen wie du. Vielleicht noch mehr.«

»Ich weiß nicht, ob das möglich ist.«

»Jemand aus der Familie Mörk?«

Sie antwortete nicht.

»Wir erfahren es ja doch bald.«

»Wir? Auf wessen Seite sind Sie?«

Wie sollte er darauf antworten? *Du hast die Welt von einem Massenmörder befreit und so belohnen wir dich?*, wie sollte sie Gesellschaftsethik verstehen, die so oft beiseite geschoben wurde. Verbrechen, das zu Verbrechen führt.

Sie nahm ihm die Antwort ab.

»Ich weiß, es ist das Gesetz. Es existiert im selben Land ... in dem *er* dafür sorgen konnte, dass die Drogen zu ... uns kommen, Kindern und Jugendlichen. Letztlich sogar zu den eigenen Kindern. Karolina war nicht das beste Kind, sie wollte Sachen ausprobieren, aber sie waren so schnell und leicht zugänglich. Einmal hat sie den Bogen überspannt. Es war zu sauber, haben sie gesagt.«

»Woher weißt du, dass Georg Laurelius dafür gesorgt hat, dass sie es bekam?«

»Ich hab es mit eigenen Augen gesehen.«

»Er hat direkt an sie verkauft?«

»Er hat es dem Jungen gegeben, der es an sie verkauft hat. Ich weiß es.«

Wide glaubte ihr.

»Ihr Bruder?«

»Ww ... wie?«

»Ihr Bruder, Karolina Mörks Bruder. Er war an dem Morgen dabei.«

Jeanette Forsell antwortete nicht. Das war die einzige mögliche Antwort.

Er legte ihr vorsichtig einen Arm um die Schultern und sie gingen langsam zurück zum Tor. Wide erkannte das Paar von vorhin, jetzt sah es jünger aus, befreit von Kranz und Blumen. Der Mann hielt die Frau bei der Hand, sie standen vor einem kleinen Grab, das ganz im Schatten ihrer Körper lag.

Björcke spürte die Unruhe, aber er wusste, dass sie nachlassen würde. Er hatte Nachricht von der Beschlagnahmung bekommen, eine Weile darüber nachgedacht und sie in anderer Form weitergegeben. Er sah sich gern als ein *Veredler* von etwas, Waren oder Nachrichten.

Kein Grund, aus dem Fenster zu springen. Er wusste, dass alle dichthielten, nach einer Weile hinter verschlossenen Türen ging das Leben weiter. Oder es nahm dort drinnen ziemlich schnell ein Ende. Verräter hatten nur ein kurzes Leben. Wer würde sich trauen zu plaudern?

Schlimmer war es mit dem anderen ... wie viel Prestige wollte der sich eigentlich bis zum Schluss erhalten? Hatte er eine letzte Chance wahrgenommen, Held zu spielen, ohne dass Namen genannt wurden? Ein Versuch, sich selbst nicht allzu sehr anzuschwärzen. Dass die Dienstwaffe von diesem Bullen aber auch so verdammt schlecht funktioniert hatte!

Vielleicht würde es möglich werden, Fragen zu stellen ... obwohl er das bezweifelte. Die Nachrichten, die ihm vorlagen, waren sehr exakt. Er war vorbereitet.

Er konnte bis Lindholmen sehen. Die Häuser leuchteten in einem warmen, roten Schein.

Es war ein Problem, keine Katastrophe. Holte stellte ein Problem dar, das zu lösen war. Es wurde nur ein wenig teurer.

Sten Ard trank Bier, und er hatte das Gefühl, er trinke zum ersten Mal Bier. Er hatte den Rasensprenger eingeschaltet, das war eine ungesetzliche Handlungsweise, er stellte sich unter die Strahlen und bildete sich ein, es regne. Die Flasche in seiner Hand war groß und kühl. Die nasse Kleidung klebte an seinem Körper.

Maja Ard kam auf die Veranda und schaltete das Wasser ab.

»Danke.«

»Wir leiden alle unter Flüssigkeitsmangel.«

Sie schaute ihn an, er sah aus wie ein Mann, der über Bord geworfen worden war und sich zurückgekämpft hatte.

»Ziehst du dich um?«

»Hat das einen Sinn?«

»Es kommt darauf an, was du für die Zukunft planst.«

»Gibt es eine?«

Dann zog Sten Ard sich aus, hob seine Frau hoch und trug sie ins Schlafzimmer. Er blieb bei ihr, in ihr, so lange er konnte. Er fühlte sich ruhig, als wäre er dem Netz entronnen, das er den ganzen Tag um sich gespürt hatte.

»Dein Körper wird weich, wenn du dich entspannst.«

Sie sah seine Miene und lachte.

»Ich meine, hinterher.«

»Ist das nicht der Sinn?«

»Doch, aber du entspannst dich so selten.«

»Wie soll ich nun das verstehen?«

»*Roll me over, lay me down and do it again.*«

Hinterher hatte er das Gefühl, als hätte er weitere Knoten gelöst.

»Du brauchst mehr Entspannung.«

»Aber liebe Maja, ich kann ni...«

»Das meine ich diesmal nicht. Sex ist ein außerordentliches Mittel zur Entspannung, aber der Körper gibt mehr Signale, auf die man achten muss.«

»Es gibt auch schlechtere Entspannungsmittel.«

Sie richtete sich auf und nahm den weißen Bademantel, der über einem Stuhl aus poliertem Bambus hing.

»Wird es denn immer schlimmer, Sten?«

Wann hatten sie diesen Stuhl gekauft? Auf welcher Reise? Vielleicht hatte er ihn gekauft, bevor ... sollte er mal nachsehen?

»Ja. Aber es gibt Leute, die beherrschen die Kunst, desinformiert zu sein. Gestern stand ein großer Artikel in der Zeitung, der in etwa lautete: ›Übertriebenes Gerücht über Heroin an den Schulen‹, da kann man ja mal über den Zweck nachdenken.«

»Ist das Gerücht denn nicht übertrieben?«

»Wie kann so ein Gerücht übertrieben sein? Allein die Tatsache, dass es das Gerücht gibt, macht die Sache doch sensationell.«

»Und trotzdem – wenn es nur ein Gerücht ist?«

»Genau, da haben wir es. Indem man ›Gerücht‹ schreibt, nimmt man dem Thema den Ernst.«

»Es ist also mehr als ein Gerücht.«

»Es ist die nackte Wahrheit. Es handelt sich nicht um eine marginale Erscheinung, was an sich schon schlimm genug wäre. Es geht um das Gerücht über ein Gerücht.«

»Ein Mythos, der keiner ist?«

»Ja.«

Sie stellte sich neben das Bett und plötzlich glitt ein schneller Schatten über ihr Gesicht.

»Lebt Sven Holte noch?«

»Gerade so eben.«

Er sah sie den Mantel anziehen, ihr Körper ein wenig schwerer, aber immer noch vertraut, die Brüste fest nach einem Leben ohne BH.

»Ich geh unter die Dusche. Ach, übrigens, das hab ich ganz vergessen ... Jonathan hat angerufen.«

»Warum hast du das nicht eher gesagt?«

»Ich hatte gewissermaßen keine Zeit.«

Er hörte ein Auto am Schlafzimmerfenster vorbeifahren, das Geräusch der Reifen auf dem Asphalt klang, wie wenn man Tesafilm von Papier abreißt. Er streckte seinen weichen Körper und setzte sich auf die Bettkante.

»Das macht nichts. Ich weiß, was er mir sagen wollte.«

Wie lange hatte Wide gebraucht, um es herauszubekommen? Oder hatte er es längst gewusst?

36

Das war ein Schreckschuss ... oder ein Versuch, Interesse zu wecken.«

»Ein Hilferuf?«

»Er weiß, dass ich ganz schön hartnäckig bin, wenn ich erst mal eine Spur habe.«

»Er hat also nur auf dich gewartet?«

»So was in der Richtung.«

»Wonach haben sie denn gesucht?«

»In meiner Wohnung?«

»Mm.«

»Mein Archiv.«

»Hattest du was über ihn ... von früher?«

Jonathan Wide sah Sten Ard an.

»Vielleicht. Vielleicht hab ich auch was über dich.«

Sie saßen in Ards Küche, die Fenster standen offen in die Nacht, Grillen in der Gartenlaube. Wide hatte ein Glas Fisherman abgelehnt, eine Flasche Jever aber gern angenommen. Auf dem Tisch lag ein schweres Holzbrett mit einer in dicke Scheiben geschnittenen Wurst aus der Ukraine, daneben grobes Roggenbrot und Butter. Kleine eingelegte Gurken. Ein Krug mit Wasser, in der eine Scheibe Zitrone schwamm.

Ard biss in eine Wurstscheibe und nahm den kräftigen, säuerlichen Geschmack nach rotem Pfeffer und veredeltem Fett wahr. Holte … immer noch im Krankenhaus.

»Oder hast du ihn in Verdacht gebracht?«

»So was ist ja nicht schwer.«

»Ich hab einige Briefe gekriegt.«

»Die waren von Holte.«

»Nein. So viel wissen wir. Aber er könnte natürlich dahinter stecken.«

»Ein gefallener Bulle als Sündenbock? Natürlich könnte ich in Frage kommen.«

Einige Häuser entfernt fing ein Hund an zu bellen, es klang schrill und klar in der stillen, warmen Luft. Plötzlich brach das Bellen ab und wurde zu einem schwachen, undeutlichen Gegrummel, als hätte sich jemand angeschlichen und ihm etwas über den Kopf gestülpt. Vielleicht hatte jemand das Gebell verrückt gemacht und ihm eins über den Schädel gegeben. Vielleicht hatte der Hund etwas zu fressen bekommen.

Ard nahm eine Scheibe Wurst in die eine und ein Stück Gurke in die andere Hand.

»Du wirst mit offenen Armen empfangen, wenn du wiederkommst.«

»Das müsste dann jetzt sein.«

»Bei uns kannst du mehr für die Menschheit tun.«

»Da bin ich nicht so sicher. Kürzlich hab ich – in meiner Eigenschaft als Privatdetektiv – einen Skinhead in den Schoß der Familie zurückgeführt.«

»Eine heroische Tat!«

»Hab ich auch geglaubt. Deswegen war ich sehr überrascht, als ich vorgestern denselben Kopf auf einem Bild von dieser Faschistendemonstration in der Zeitung gesehen habe.«

»Wie kannst du die überhaupt voneinander unterscheiden?«

»Ich war nah an ihnen dran. Und jetzt stand er unter einer Fahne mit einem umgedrehten Hakenkreuz.«

»So eine Enttäuschung!«

»Dass das Hakenkreuz umgedreht war?«

Wide nahm das Messer und schnitt mehr Scheiben von der duftenden Wurst ab.

»Dass es dir offenbar doch nicht gelungen ist, den Skinhead seinen Lieben zurückzugeben.«

»Sag das nicht. Jeder kann mal einen Rückfall haben.«

Sten Ard sah, wie sich der Vorhang am Fenster leicht bewegte. Der Wind hob den Vorhang an und bewegte ihn in die entgegengesetzte Richtung zum Fenster hinaus. Jetzt hörte er den Wind, zum ersten Mal seit langer Zeit. Er sah auch, wie die Tür sich bewegte, *zur halb offenen Tür hinaus stahl sich ein letzter Windhauch, fort in das Unsichtbare, und ein trat der Tod*, die Scharniere mussten unbedingt geölt werden.

»Hörst du den Wind? Ich glaube, wir kriegen einen Wetterumschwung.«

»Sag das nicht. Ich hab gestern eine Wolke gesehen, aber die ist wieder verschwunden.«

Ard lauschte eine Weile auf den Wind, der aus Westen kam.

»Die Ereignisse bei Laurelius ... das war nur ein verdammter Zufall.«

»Nein. Georg wollte wohl auf eigene Rechnung arbeiten. Es war ein regelrechter Durchcheck.«

»Gleichzeitig trat der Tod ein.«

»Das muss ein Schock für die gewesen sein. Das war ja nicht geplant. Sie fingen an, nach den Konkurrenten zu suchen.«

»Daraus ziehen wir jetzt Nutzen«, sagte Sten Ard, »man kann den Verkehr ja abhören, vielleicht sind wir dem großen Fisch schon ganz nahe.«

»Aber sie haben sich schnell gefunden.«

»Der Anruf mit der imitierten Stimme? Die haben in jeder Situation Mittel. Irgendwas muss immer in Bereitschaft sein, für alle Eventualitäten. Aber du hast wohl begriffen, dass es in dem Fall nur um dich ging. Eine Warnung oder noch was Schlimmeres.«

»Ja.«

»Lea Laurelius scheint total unwissend zu sein, eine irrationale Frau, aber unwissend.«

»Ich hätte mich vielleicht genauso verhalten.«

»Du wärst auch geflohen?«

»Besser so ausgedrückt: Ich hätte Schutz gesucht.«

»Hast du mit ihr gesprochen?«

»Ja.«

Mehr wollte er nicht sagen und Ard fragte nicht weiter. Jetzt hörte Ard, wie sich das Fenster bewegte. Wieder fing der Wind die Vorhänge ein und ließ sie zurück in die Küche gleiten. Er ging zum Barometer und klopfte leicht dagegen. Der Pfeil zeigte unverändert auf Hochdruck.

Der Wind hatte versucht, mit Wides Haar zu spielen, als er durch die Nacht nach Hause ging, aber er war nicht stark genug. Wide hatte den Geruch von Grillkohle und Spiritus wahrgenommen und zwischen allem den Duft von gegrilltem Fleisch.

Als er am nächsten Morgen erwachte, war die Stille zurückgekehrt, der Himmel war hoch und blau, die Luft trocken und heiß. Er war müde, obwohl er sieben Stunden geschlafen hatte.

Er sah Holtes Körper durch das Fenster, das Gesicht von Plastik durchbohrt, soweit er sehen konnte – die Bandage bedeckte das meiste. Als es für Sven Holte wirklich darauf ankam, war kein Verlass auf seine Pistole gewesen. Irgendwann würden sie es schaffen, Holte und die Waffe, nichts deutete darauf hin, dass er zugegen wäre, wenn sie ihn aus dem Schlaf holten. Aber er war ein starker Mensch, er könnte sie überraschen.

Ard hatte einen Mann vor der Tür postiert, Wide sah Krankenhauspersonal kommen und gehen, und er war froh, dass er nicht für die Kontrolle verantwortlich war. Weiße Mäntel waren schwer zu identifizieren.

Er machte einen Schritt beiseite, ein Pfleger schob ein leeres Krankenbett durch die automatischen Schwingtüren. Diese Betten schienen sich schwer manövrieren zu lassen ... er hatte gelesen, dass ein Genie einen Motor konstruiert hatte, der hinten montiert wurde. Das war einmal ausprobiert worden, aber das Bett war in die Wand eines unterirdischen Ganges gefahren und hatte den frisch operierten Passagier und die drei unschuldigen Vorbeigehenden verletzt, die gerade beim Frisör um die Ecke gewesen waren.

Der Pfleger war weiß gekleidet und hielt den Kopf gesenkt, darauf konzentriert, das Bett durch die Tür zu bugsieren ... Wide ging noch einen Schritt zurück, als der Mann nach rechts lenken musste, um den richtigen Winkel zu erwischen. Er schaffte es und fuhr weiter in die Intensivabteilung. Wide sah ihn im Profil und hinter ihm schlugen die Türen mit einem leisen »swisch« zu.

Jonathan Wide ging zu den Fahrstuhltüren und wartete auf einen Fahrstuhl, der nicht kam. Er ging die Treppen zum Eingangsbereich zu Fuß hinunter, durchquerte rasch die Eingangshalle und trat auf den heißen Platz vorm

Haupteingang. Dort bog er nach links ab und ging die Per Dubbsgatan hinunter.

Nach hundert Metern kehrte er zu einem Gedanken zurück: vor den Fahrstuhltüren. Er war einem Pfleger begegnet …

Wie viele Pfleger arbeiteten hier? Er war kein ständiger Besucher des Krankenhauses, deswegen wunderte es ihn, dass er den Pfleger erkannt hatte …

In Gedanken drehte er sich zu den geschlossenen Türen am anderen Ende des Treppenhauses um, drehte sich langsam um, damit der Kopf mitfolgte, Herr im Himmel, das war ein Gesicht, das er kürzlich gesehen hatte … eine lebensbedrohliche Sekunde lang beleuchtet auf einem kleinen Platz in Fredrikshavn. Die Ohren! Das bekannte Profil. Dieser Pfleger hatte keine Ohrläppchen …

Jonathan Wide rannte zurück durch den alten Eingang, stürmte durch widerhallende Korridore, die nach Bohnerwachs und Desinfektionsmitteln rochen, und erreichte einen offenen Aufzug in der Sekunde, bevor sich die Tür schloss. *Himmel … welches Stockwerk* … Er rief zwei Krankenschwestern, die ängstlich aussahen, »Intensivstation?« zu, drückte auf den richtigen Knopf, kam richtig an und stieß die Schwingtür mechanisch auf.

Der uniformierte Polizist auf dem Stuhl am anderen Ende des Korridors trank gerade ein Glas Wasser.

»Ist jemand zu Holte reingegangen?« Er sah das Fragezeichen im Gesicht des Polizisten und gleichzeitig das Krankenbett an der Wand. Wide riss die Tür zum Zimmer auf und begegnete zwei Ärzten mit Stethoskopen und einigen Instrumenten um den Hals und einer Krankenschwester mit einem kleinen Tablett. Alle drei waren dabei, den Raum zu verlassen. Tiefer drinnen im Raum eine vierte Person in Weiß, auch mit einem Stethoskop und der untere Teil des Gesichtes bedeckt von einem grünlichen Mundschutz. Die Ohren, denen die Ohrläppchen fehlten, traten noch deutlicher unter den Bändern hervor.

Der Mann kehrte der Tür halb den Rücken zu, den Blick hatte er auf den vier Meter entfernten Patienten gerichtet. Wide trat rasch auf ihn zu und drehte ihm beide weiß gekleideten Arme auf den Rücken, die beiden Ärzte sahen bestürzt zu, und die Krankenschwester lief hinaus auf den Korridor, um nach der Polizei zu rufen.

»Polizei!«, schrie Wide und drehte noch fester an den Armen, ohne die Knochen zu brechen, der Körper des Mannes wurde nach vorn gebogen und schließlich musste er sich hinknien. Das Stethoskop schleifte über den Boden, Wide sah einen runden, feuchten Fleck mitten auf dem Mundschutz des Mannes.

Die Uniform tauchte in der Tür auf und Wide schrie: »Rufen Sie eine Streife, schnell, sofort!«, und dann: »Rufen Sie Sten Ard von der Mordkommission an!« Sein schwerer Körper lag über dem Rücken des anderen und die Zeit fühlte sich sehr lang an. Ein Wärter vom Untersuchungsgefängnis, den er kannte, hatte einmal drei Stunden lang in einem Zug zwischen Göteborg und Stockholm so liegen müssen, ein Messer im Griff, das der Pfleger jetzt gepackt hielt. Wide blieb liegen und hörte schließlich schnelle Schritte und sah die Männer um sich herum. Er ließ los, als sie ihre Griffe angewandt hatten.

Jonathan Wide wanderte jetzt den ganzen Per Dubbsbacken hinunter und ging über die kleine Brücke zum Schlosswald, er ging durch den Park und an dem neuen

Robbenteich vorbei, hinunter zur Slottsskogsgatan und weiter nach Vänmötet. Er setzte sich mit einer Tasse und einem Kopenhagener an einen Tisch, aber er konnte den Kopenhagener nicht essen. Als er die Tasse anhob, zitterte seine Hand und er traute sich nicht, die Tasse zum Mund zu führen. Die anderen Gäste sahen seinen Versuch. Drei Bauarbeiter in verstaubten Blaumännern und Hämmern in den Händen, die wie Waffen aussahen, schauten ihn etwas mitleidig an. Ein Alkoholiker, der im Augenblick nüchtern zu sein schien, warf ihm einen kameradschaftlichen Blick zu.

Wide zahlte und ging. Er hatte das Bedürfnis, sich noch ein wenig zu bewegen, überquerte den Mariaplan, ging an Gröna Vallen vorbei in Richtung Norden.

Er roch das Meer, ging an der Sankta-Birgitta-Kapelle vorbei und hinaus auf die Strandpromenade. Dort setzte er sich auf eine der Bänke, und er wusste, dass er steif sein würde, wenn er sich erheben und weitergehen wollte. Genauso steif wie der da, dachte er, als er einen Läufer mittleren Alters mit einem eigentümlichen Laufstil vorbeilaufen sah.

Die »Stena Jutlandica« war auf dem Weg in den Hafen. Er sah die Fähre rasch auf die Älvsborgsbrücke zugleiten, und er sah, wie sich die kleinen Gestalten auf dem oberen Sonnendeck duckten; hören konnte er nichts, da der Wind von Süden kam, aber hätte er auf der anderen Seite gesessen, auf der Hisingenseite, hätte er das verlegene Lachen der Passagiere gehört, als sie ihre Sinnestäuschung erkannten und über den optischen Streich lachten, der ihnen gespielt worden war, als das Schiff unter der Brücke hindurchglitt. *Raaa, raaa, raaa*, hätte es geklungen, wie Krähen krächzten, und der Wind hätte die Laute aufgefangen, hätte sie verstreut, sodass nichts mehr von ihnen übrig geblieben wäre, wenn der Wind Torslanda erreichte.

Wide sah aufs Meer hinaus. Er konnte keine Wolken entdecken.

Dann ging er nach Hause und rief seine Kinder an.